Minagawa Hiroko
COLLECTION

# 皆川博子コレクション
# 10
## みだれ絵双紙 金瓶梅

日下三蔵 編

出版芸術社

# 皆川博子コレクション

*Minagawa Hiroko* COLLECTION

10

## みだれ絵双紙　金瓶梅

目次

PART 1

PART 2

装画　木原未沙紀
装幀　柳川貴代

# みだれ絵双紙　金瓶梅

## PART 1

画　岡田嘉夫

原画所蔵　香川県 観音寺市 真言宗 無量寿山 宗林寺

# 其ノ一

全軀鳴動《うえはゆくゆく》　金蓮悶絶《したではむせぶ》
駆除古郎《おっとかたづけ》　捕獲新郎《たまのこし》

私がだれであるか、それは未だ、明かすまい。
これから書かれる物語の中に、私は、いずれ、登場する。発見するのは、読者《あなた》だ。
私の記憶の底に刻まれた遠い日の情景について、まず、語ろう。

おだやかな秋日和だった。
地がひび割れるほど暑く乾いた夏は去り、烈風が梢を鳴らす冬はまだ気配もみせていなかった。
二羽の鶏が、院子《なかにわ》の杭に縄でつながれたまま、地に撒《ま》かれた餌をついばんでいる。
小さい木の椅子に、男の子と女の子が、ならんで腰を下ろしている。

二輪の梅の花のように、縦半分に割られた茹卵《ゆでたまご》の両片のように、一人の人間の右の手と左の手のように、二人は、そっくりだ。同じ月の同じ日に、同じ母親の胎《はら》から、二人は生まれた。

二人は、白い仔猫をなだめている。

強気の仔猫は、鶏が気に入らないのだ。子

供の両手の中にすっぽり入るくらいのちびのくせに、毛を逆立て、牙をむいて鶏を威嚇《いかく》する。

　母親が、地べたにかがみこんで、砥石で刃物を研いでいる。

　研ぎ澄まされた刃物を片手に、母親は立ち上がり、鶏に近づいた。

　あたふたと逃げようとする鶏を、一羽は膝でおさえつけ、もう一羽の首根っこを摑《つか》み、二羽いっしょにかかえこむと、母親は、二人の方に来た。もがく鶏の羽毛が舞い散った。

　二人の前にかがみこんで、刃先を一羽の腹につきたて、ぐいと引き裂いた。つづいて、もう一羽も。

　二人は息をのむ。

　昂《たかぶ》った仔猫は一人の子供の腕に爪をくいこませた。

　裂かれた腹からほとばしる血が鶏の白い羽毛を真紅に染めた。猫の逆立った毛も、子供の腕から噴き出す血で、まだらに紅《あか》くなった。

　子供は、腕の傷を舐《な》めて、痛みをなだめた。

　母親は、刃物を地に置き、仔猫の首っ玉をつかんで投げ捨てた。

「ばか。ひっかき傷なんかつくるんじゃない。痕が残ったらどうするんだよ」

　猫に爪をたてられた子供の足首を、母親は強く握った。

　そうして、鶏の腹の裂け目に、その足先をつっこんだのである。

　もう一人は、恐怖と好奇心で身

動きができない。

子供の両足は、沓《くつ》のように鶏を履《は》かされた。

二羽とも、まだ生きていた。

むなしく羽ばたきし、暴れるたびに、温かい肉が痙攣《けいれん》して子供の足をしめつけ、溢《あふ》れる血が地面に溜まって、虹色の油のようにてらりとした。

「じっとしていな」

鶏を履かせた足を地に縫いつけるようにおさえ、母親は、おそろしい声でどなった。

母親に逆らったらどれほどひどい目にあうか二人が知りつくすのに、生まれてからこれまでの四年という歳月は、充分すぎるほどだ。

女の子は目をそらせ、男の子も、同じ方を見た。

視線の先に、さまざまな道具ののった台があった。

湯気をたてている熱い湯の入った桶《おけ》。

明礬《みょうばん》を入れた器。

縫針と糸。

先が細くとがった靴下と、赤ん坊が履くような小さい、これも先端が鳥の嘴《くちばし》のようにとがった紅い布鞋《ぬのぐつ》。

そうして、藍色《あいいろ》の、幅十センチぐらいの長い長い布。

昨日、母親がその布に糊をつけ、棒でたたいて皺《しわ》をのばしているのを、二人は目にしている。何の布？　とは、二人ともたずねなかった。訊《き》いても、うるさい、とどなられるだけだと承知していたから。父親はおらず、母親が仕立物で稼いでいたので、長い布でも幅のひろい布でも、刺繍《ししゅう》した布でも、家にあるのは珍しいことではなかった。

熱いほどだった血が少しずつぬるくなっていき、鶏の動きはとまった。風が土埃《つちぼこり》をまきあげ、牡蠣《かき》のような色に変わった鶏の眼の上に降りかかった。

鶏が動かなくなったせいか、仔猫も毛並みを鎮《しず》め、近寄ってきた。

鶏を履かされた子供は、小さく舌を鳴らして、猫を呼んだ。

仔猫は、膝にとびのった。

母親は、湯の入った桶を地に下ろし、子供の足を鶏の腹から引き抜いて、浸した。そうして、湯の中に手をいれ、子供の足を、指のあいだまで念入りに洗った。

「骨の芯までやわらかくなっただろ。足が綿になったような気がするだろ」

母親は言いながら、子供の右足を自分の膝にのせた。

「鶏の生き血であたためてやったおかげだよ。お金持ちなら、骨を

やわらかくするのに孔雀を使うけれどね、うちはそんなまねはできない。鶏だっても、貧乏人にしちゃあ、ずいぶん贅沢《ぜいたく》だ。お湯しか使わない吝嗇《けち》な親が多いんだから」

拭《ぬぐ》った足の指のあいだに明礬をふりかけ、指を一本ずつひっぱり、それから、不意に、親指の他の四本を、足の裏のほうに、力まかせに、ななめにへし曲げた。骨が撓《たわ》み、足の甲は縦二つに折り曲げられた。

悲鳴をあげて、子供はのけぞり、猫を抱きしめた。

「騒ぐんじゃない」

親指だけがつんと突出し、残りの四本は裏側の土踏まずに縦に並んでくっついた、鋭い三角の形にした足を、母親は、藍色の長い布で、ぎりぎりと巻き始めた。

「ごめんなさい。ごめんなさい」

子供は、泣きわめいた。もう一人も、いっしょに泣いた。

絞り上げるように巻いた布を、母親は念入りに、針目こまかく縫いつける。

子供は全身を火の中に突っ込まれたように、わあわあ叫んだ。もう一人も、叫んだ。

つかまれていない左足で湯をはねかえし、暴れたが、母親は、びくともしなかった。

「これは、おまえを、美人にするため」

母親は、糸のついた針をぬきとりながら、言った。そうして、また一針、布をすくった。

「これは、おまえを、大金持ちの奥様にするため」

糸をひきしぼり、母親は、言った。

「これは、おまえが、一生、遊んで暮らせるため」

これは、おまえが、だれよりも権勢を持つため。これは、おまえが、どこのどの女より、男にかわいがられるため。

そうして、おまえが、男を意のままにあやつるようになるため。

左足を湯から出すんじゃない、と、母親はどなった。

「冷えると、もっと痛いよ。痛い思いをするのはおまえだよ」

右足を巻き終え、左足を母親が握ろうとしたとき、子供は、足をはね上げ、母親の顎《あご》を蹴った。

右足は地につけることもできず、片足でとびながら逃げたが、たちまち、とっつかまった。

「猫を捨てな」母親は言った。

あまり強く抱きしめていたので、仔猫は、息をしなくなっていた。

「おまえの足は、大人になっても、男の口の中にはいるほど、愛らしく小さいだろうよ」

そう言いながら、母親は、左足の指も、がきっと折った。

「いまは恨んでも、大人になったら、かならず、おっ母さんをありがたく思うよ。わたしの足をごらん」

母親の足は平たく大きかった。

「わたしのおっ母さんが気が弱くて、何もしてくれなかったから、わたしは、甲斐性なしの飲んだくれの、ちびの醜男《ぶおとこ》の女房でがまんしなくてはならなかった。亭主は――おまえたちの父親のことだよ――飲んだくれたあげくに、やくざになぐり殺され、わたしは後家になったけれど、この大足のせいで、女房どころか妾《めかけ》にしてくれる男だっていやしない。朝から晩まで、背中をかがめて、ろくな銭にもならない針仕事だ。おまえは顔は愛らしいし、年のわりにかしこい。きっと、美《い》い女になるだろうよ。でも、それだけでは、運はつかめない。男はね、顔よりも、姿よりも、何よりも、小さい足が好きなんだよ。成帝に寵愛《ちょうあい》された飛燕《ひえん》も、玄宗皇帝が溺れた楊貴妃《ようきひ》も、足は、男の掌《てのひら》の上で舞えるほど小さかったというよ。おまえはかしこいのだから、よく、わたしのいうことを聞いておぼえておくのだよ」

喋《しゃべ》りながら、左足も縛り上げる。

「いつ……」と、縛られていない子供がつぶやいた。「これ、ほどくの?」

「三日たったら」母親は言い、針を動かす。

縛られないですんだ子供は、縛られた子供に、指を三本たて、三日の辛抱だって、と、目顔で合

図した。

「それから、もう一度、もっときつく縛るんだよ」

母親は告げ、両足に、赤ん坊のもののような小さい紅い沓を履かせた。

「そうして、また、もっときつく。足の肉がただれて、膿《う》むけれど、そこをもう一我慢も二我慢もするんだよ。そうすると、甲の肉が落ちて、二年もたてば、みごとに小さい、新月のような足になる。足の裏には、細長い溝のような窪《くぼ》みができる。これがどんなに大事だか、おまえが大人になれば、わかる」

私は、今は、わかっている。


馬乗りになった蒲団の下で、うめき声は、次第にかすかになった。

必死に押し上げようとする力が、蒲団を波立たせ、またがった潘金蓮《はんきんれん》の太股《ふともも》につたわる。

金蓮は、蒲団の上から夫の顔を押さえつけた手に、全身の重みをかけた。

嘔吐《おうと》に似た声が、蒲団の下から洩《も》れた。それを最後に、声はとだえ、蒲団も静かになった。その下にあるのは木の人形でもあるかのように。

金蓮は寝床から下りた。

蒲団をめくると、武大《ぶだい》は血にまみれていた。鼻孔や、口や、耳の穴や、からだの七穴すべてから血を流していたのだ。

押さえつけたせいか、その前にのませた薬のせいか、金蓮にはわからなかった。

隣家との境の壁を叩いて合図すると、ほどなくせわしない足音がして、王婆《おうば》が入ってきた。

隣で茶店を出している婆である。男と女のとりもちを、陰の商売にしている。

「すんだのかい」

「すんだけれど」

金蓮は床に横座りになっていた。

「疲れたわ。あっけなくくたばるかと思ったら、ずいぶん騒ぐのだもの。わたし、手がしびれてしまった」

「湯は沸いているかい」

「用意しといたわ」

婆は、手のひらを上に、手をだした。

「礼金ならば西門《せいもん》の旦那からもらっておくれよ」

「それは、また、別さ」

金蓮は、花釵《はなかんざし》を髷《まげ》から抜いて、王婆の手にのせた。

「足のつくようなところで売らないでおくれよ。旦那様からもらったものなんだから」

釵を袖に入れ、王婆は胸をたたいてみせた。階下の台所から湯を汲みいれた桶に布を浸したのを、王婆は運び上げ、武大の血まみれの服を脱がせた。

金蓮は壁にもたれ、眺めている。

「この干からびた三寸ちびに、よくもこれだけ血があったものだ」

王婆は簪一本ではまだ不足だとにおわせ、桶の中の布をしぼり、武大のからだを拭いた。すすぐたびに、湯は紅い粘りを増した。

「同じ三寸でも、おまえさんの三寸金蓮とはおおきな違いだ」

三寸金蓮——理想的な纏足《てんそく》の美称である。

この物語の時代である北宋《ほくそう》末期を、さかのぼること六百数十年、斉の皇帝が美妃に黄金づくりの蓮の花の上を歩かせた。

その歩みの優雅さから、極度に小さくつ

くられた足を、金蓮と呼ぶようになった、と、言い伝えられる。

南唐最後の君主・李煜《りいく》は、一代豪奢をきわめ、その代償に国は滅び、毒殺されたのだが、黄金や玉《ぎょく》の香炉に丁香、檀香、麝香《じゃこう》をくゆらせ、七夕の夜には紅白の薄絹百匹で天の川をこしらえ、翌朝、捨てさせたという。その李煜の寵姫に窅娘《ようじょう》というたおやかな美女がいた。李煜は彼女のために高さ二メートル近い蓮《はす》の大輪を作らせ、その上で、窅娘に舞わせた。そのとき、窅娘は、足を布で固く縛り、三日月のように細く小さくして爪先立ち旋回し、あたかも天女が宙に舞うようであった。それ以来、女は細い小さい足に憧れ、男はそれに好き心をさそわれるようになったという話も伝わっている。真偽はさだかではない。確実なのは、異様に小さい足に、男たちは異様に官能をそそられ、女はそれに応えたということだ。清代末に革命が起きるまで、千年にわたって。


「おまえ、裸にしてから殺せばよかったのに。これだって、汚れていなければ、いくらかには売れたものを。洗ったってこれじゃあ落ちやしない」

武大の血浸しの服に、残念そうな目を、王婆は投げる。

「血を吐くなんて、聞いていなかったもの。あの薬……」

「さて、階下《した》に下ろすのは、わたし一人の手には負えないよ。手伝っておくれ」

王婆に促《うなが》され、金蓮は立ち上がり、夫の骸《むくろ》の足を抱え上げた。

階下の部屋で、古い戸板の上に骸を横たえ、血で汚れていない服を着せ、靴を履かせ、白布を顔にかけ、「あとは、うまくおやりよ」王婆は引き上げた。

――二郎は、気がつくだろうか、わたしのしたことに……。

一人に――骸を人数にいれなければだが――

なって、金蓮はつぶやいた。

二郎と金蓮が呼ぶのは、武大の弟、名を武松《ぶしょう》という。次男なので、二郎が通称になっている。

――わたしはずいぶん本気で、あのひとを好きなのだけれどねえ……。

それから、近所に聞こえるように、金蓮は、大声をあげて、泣いた。

「亭主が死んでしまったよ。わたしをおいて、ひとりで先に逝《い》ってしまった。ああ、ああ、何てことだろう。何日も何日も、わたしは寝ずに看病したのに。わたしは何て哀れなんだろう。ああ、ああ、ああ」

女の泣き方には三通りある。

涙を流し声をあげて泣くのを哭、声をださず涙のみ流すのを泣、涙はださず声ばかり大きくあげるのを号という。金蓮は、号で夜を明かした。

まだ陽ものぼらぬ早暁、鼓楼《ころう》の太鼓が、五更《こう》――午前四時ごろ――の合図を打つ。それとともに、鉄の板を打ち叩く音が、街路を通り始める。報暁《ほうぎょう》頭陀《ずだ》と呼ばれる役をつとめる行者が、首都開封《かいほう》の人々に夜明けを知らせてまわるのである。

外城、内城、二重の城壁の門が開け放たれる。外で待ち兼ねていた近郊の物売りが、どっと入り込む。辻々で露店をひろげる。野菜、果物、豚や羊の肉の塊、柳の葉にとおして浅い桶にいれた魚。明るくなる前に店じまいする市もある。〈鬼市子〉と呼ばれる。幽霊市という意味だ。盗品などもここで捌《さば》かれる。

水売り、湯売りが、行きかう。開封は水が悪い。荷車をひくもの、天秤をかつぐもの、驢馬《ろば》の尻

を追うもの。南から遠路、荷を積んだ駱駝《らくだ》を曳《ひ》いてきたものもいる。

風呂屋も劇場も開く。お粥《かゆ》やスープを出す屋台が、匂いのまじった湯気をたてる。

よい匂いばかりではない。糞尿を城外にはこぶ車も通る。街の人々は駆け寄って、車にのせた木箱に馬桶《マートン》の中身を空ける。部屋に馬桶はそなえてあり、それで、用を足す。

その上、下水を浚《さら》ったどぶどろが、そのまま山積みに放ったらかされ、悪臭をただよわせている。開封の地下には、巨大な下水溝が暗渠《あんきょ》としてつくられてある。

地下では暗渠が汚物をはこび捨て、地上では、四つの運河が城内をつらぬき、諸国の産物をはこび入れる。

都の中心部にある宮城の東南、潘楼街は、馬行街とともに、開封で一番の、高級繁華な区域で、絹織物、真珠、香料、薬種な大料亭、大妓楼《ぎろう》どの一流大店舗が並ぶ。も、そのあたりに多い。西門慶《せいもんけい》はそこで薬種商をいとなみ、別に、封丘門に近い最高級住宅街に広大な屋敷を持っている。

　夜も明けきらぬうちからせかせかと外出する必要などない大富豪なのに、西門慶は、息せききって、物売りをかきわけ、急ぐ。

　三十を少しでた男盛り。美食のせいでいささか肥満ぎみだが、男振りは悪くはない。〈瓦子《がし》〉とは、盛り

場のことだが、中瓦子をぬけ、曹門大街をわたり、桑家瓦子をすぎ裏に入ると、あたりは、ごみごみと貧しげになる。その一軒の前に人だかりがしていた。

　その家は、戸を閉ざし、高い泣き声ばかりがもれる。

　戸の前に集まった野次馬は、ひそひそ話を

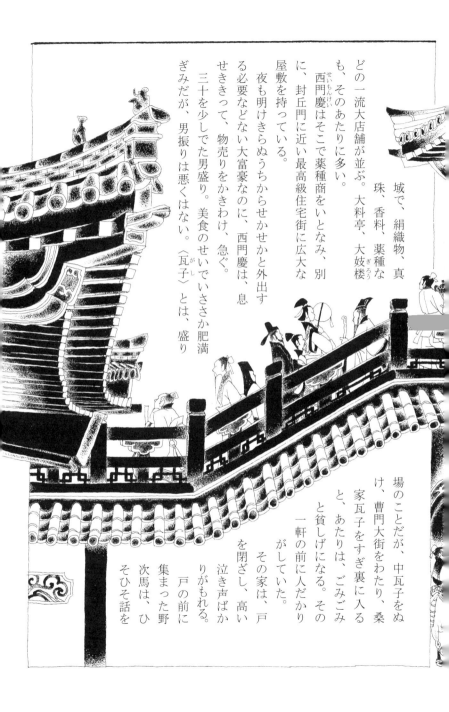

かわしていたが、一目で富裕な商人とわかる西門慶に、道をあけた。

しかし、西門慶は隣の茶屋に入った。

出迎えたのは、王婆である。

「こちらへ」と、そそくさと、人目につかぬ奥に案内した。

壁越しに、泣き声は聞こえた。

「一晩中、ああやって、空泣きしていましたから、声が嗄《か》れてしまいましたよ。早くけりをつけてやらなくちゃあ」

西門慶は銭の包みを婆にわたし、

「葬式は、婆さん、おまえにまかせる。いるものは、これで買ってくれ。礼は、別に充分にするさ」

「こっちからお行きなさい」

王婆は、隣への抜道をしめした。

「これじゃあ、検屍人が、一目でおかしいと見抜いてしまいます」

武大の顔から躰《からだ》を覆った白布を、金蓮はめくってみせた。

肌は黒ずみ、爪は青く、苦悶《くもん》のあげく嚙《か》みしめた歯の痕が紫に変色した唇に残っている。

「何九《かきゅう》だろう、検屍人頭《がしら》は。あれなら、金で話はつく」

西門慶は金蓮の腰に手をまわし、引き寄せた。

「ちょっと待ってくださいな」金蓮は骸を布でかくした。

金蓮の裙子《クンツ》の裾《すそ》から手を入れ、西門慶は小さい足先を撫《な》でさすっていたが、やがて、袖から銀の

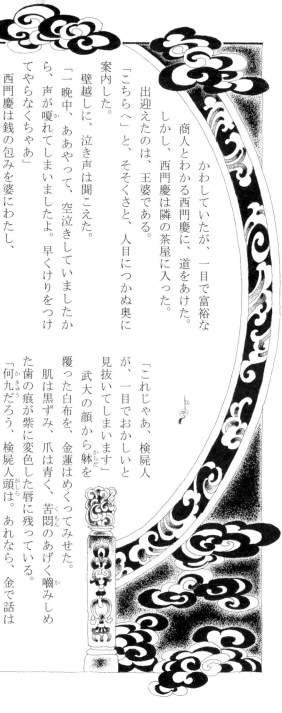

小さい丸い器をだした。中には〈木犀丸《もくせいがん》〉が入っている。木犀や竜脳、肉豆蔲《にくずく》などさまざまな香料と薬草の乾燥粉末を混ぜてねりかためた催淫剤である。一粒を口にふくみ、舌の先にのせ、顔を寄せ、女の口に移した。女は舌でからめとり、しばらく、玉は、二人の口中を行き来した。

「鞋を脱いでおくれ」

「いやよ。こんなときに。外に聞こえますよ。わたしは、泣いていなくちゃいけないのに」

思い出したように、金蓮は、泣き声をあげた。そのはずみに、木犀丸を飲み込んだ。

「ああ、ああ、亭主が死んでしまった。ああ、ああ、ああ。胸が痛いというから、高い薬をのませて、何日も看病したのに、一日一日と悪くなって、とうとう、死んでしまった」

武大が寝込んだのは、西門慶が鳩尾《みずおち》を蹴飛ばしたためだ。

蒸し餅をつくって振り売りに出るのが、武大の商売だった。

その留守に逢っていたのだが、告げ口をするものがいて、突然早く帰宅した。

矮軀《わいく》の武大を蹴り倒すのは、武闘の心得のない西門慶にもたやすい。西門慶は逃げた。肋骨が折れたのだろう、吐血して動けなくなった武大を、金蓮は、ほったらかしにしておいた。

「このまま、おれが死ねばいいと思っているんだな」

武大は、掠《かす》れた声を金蓮に投げた。

「まあ、いいさ」咳き込むと、血の泡が口のはしからこぼれた。「おれは、力がないから、おまえにも間男の奴にもなにもできない。だが、弟はちがう」

弟——武松のことをもちだされ、金蓮はそのとき、胸苦しくなった。

——忘れようとしているのに。あのひとのことは。

武松は、開封から二百キロほど北の清河県《せいが》という小都市で治安隊長をつとめている。この正月、官命で開封に来た。そのとき、兄をおとずれた。

兄の武大と同じ親から生まれたとは思えぬ長身の美丈夫だった。

虎を素手で殴《なぐ》り殺したという武勇譚を聞いているから、豪傑だろうとは金蓮も想像していたが、予想を越えた凜々《りり》しく逞《たくま》しい美青年だったのである。

そうして、これも金蓮の予想を越えて、兄弟はきわめて仲がよかった。ことに武松は兄を本心から敬愛していた。

矮軀、醜貌、小心、愚図、意気地無し、と、金蓮にはまるでとりえのない男に見える武大なのだが、両親を早く亡くし、貧しい中を兄がいっしょうけんめい稼いで育ててくれたと、武松は恩にきていた。

金蓮の誘いを、武松は無視した。

武松の口に足の先を吸われる悦楽を、金蓮は妄想の中でしか感得できなかった。

紅い小さい鞋に包まれた足を、金蓮はちらちらのぞかせたのだけれど、武松は、目を投げもせず、淫《みだ》らなまねはおやめくださいとくそ真面目に嫂《あによめ》をいさめ、「春にはまた、官用でまいります」と、兄と名残《なごり》を惜しみあい、帰っていったのだった。

「弟がたずねてきたら、おまえの情夫がおれに何をしたか、告げてやる。おまえがおれにどんなに薄情な仕打ちをしたかということも、あらいざらいな」

「兄が弟に泣きついて、告げ口するのかい。情けない。そんなだから、女房に間男されるんだ」

金蓮は罵《ののし》ったが、それを金蓮から聞いた西門慶は、青ざめた。

武松の虎退治の話は、ひびきわたっている。兄の女房を寝とったあげく、重傷をおわせたときいたら、どんな仕返しにでるか、こちらの命さえ危ない。

　この女とかかわりあったことを、一瞬、西門慶は悔やんだ。

　しかし、女があたえてくれる愉楽は、命のほかのものなら、何にも代えがたい。

　悦楽の最中であれば、このまま息が絶えても損はないとまで思う。

　豊麗な顔だち、凝脂《ぎょうし》なめらかな躰《からだ》は、古《いにしえ》の楊貴妃とはかくやと思うほどだ。それにもまして、性戯にたけていた。

「おまえ、このようなことを、三寸ちびにしてやっているのか」

「あなたが初めてですよ、旦那様」

　婉然《えんぜん》と微笑して、金蓮は、鞋を脱ぎ布をといた両足をあわせ、そのなかに彼を導き入れる。足の裏の細い深いみぞが、女体そのものより彼を狂喜させる。この時代、ほとんどの男が女の纏足を愛好するが、なかでも、〈蓮癖〉と呼ばれる纏足狂いたちの、西門慶は一人であった。

　ほっそりと端麗で、可憐《かれん》で、親指は玉筍《ぎょくじゅん》のようにするどい円錐《えんすい》形、しかも脂がのってやわらかく艶《つや》のある、みごとな小足に、西門慶はめぐりあったのだ。手放せるわけがない。

　三月、春の陽差しがうららかだった。女が簾《すだれ》をかけようとして落とし、西門慶の頭巾にあたった。それが知り合うきっかけになった。女の方で彼の裕福なみなり、男前にひかれ、きっかけをつくったのかもしれない。西門慶は、内心、そうも思っている。王婆が、ふたりの仲をとりもってくれた。

　武大の言葉を金蓮から告げられあおざめた西門慶に、策を教えたのも、王婆だった。

「旦那の店に、いくらもあるじゃありませんか。砒霜《ひそう》を少し、もっておいでなさい。そうして、金

蓮さん、おまえが、痛みを鎮める薬だと言って、ご亭主にのませりゃ、ね。喪が明けたら、西門の旦那さん、花轎《はなかご》をしたてて、お嫁さんを迎えにおいでなさい」

そう、王婆は言ったのだった。

ついのみこんだ木犀丸は、からだのなかで溶け、血に混じってすみずみにゆきわたり、金蓮は、空泣きのつもりの声が、せつない淫声になった。

「ああ、旦那様」

27　みだれ絵双紙　金瓶梅

「しっ」と、西門慶のほうがあわてる。

　折り良くというか、悪しくというか、王婆が、柩《ひつぎ》をあつらえ、冥器《めいき》や線香、蠟燭《ろうそく》、紙銭などをととのえて戻ってきた。冥器というのは、紙で作った轎や馬や人形や館などで、霊前にそなえ埋葬のときに紙銭といっしょに焼く。死者があの世でつかえるように。

　王婆を見ても、金蓮は、西門慶の首にまきつけた腕を放そうとはしなかった。

　からだのなかを、催淫薬のまじった血が、熱くめぐっていた。

「検屍のお役人がくるよ。なにも、こんなときでなくたって、これから、何年も何十年も、たっぷり可愛がってもらえるのに」

　王婆はあきれ、金蓮をひきはがそうとする。

「私はまず、何九に話をつけなくてはならない」

と、西門慶も、金蓮をおしのけた。

「娯《たの》しみは、その後だ」


　白い喪服に着替え、白い紙のつけ髷をつけ、灯明《とうみょう》をあげながら、金蓮は、からだに残る火照《ほて》りをもてあましていた。

　——旦那が二郎さんだったらねえ。どこへも行かせやしない。一日中、夜も昼も、離さない。二郎さん、帰ってきてほしい。でも、おまえは、わたしを殺すだろうねえ、武大にわたしが何をしたか知ったら。

　そのころ、私は、地底にいた。

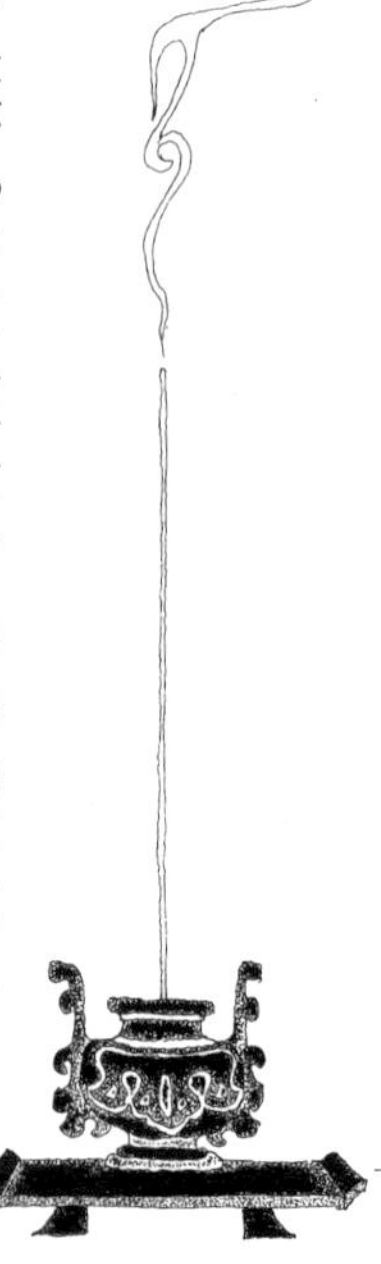

## 其ノ二

不好叫喚《やかましいやい》　牙僧女嫐《しょうわるすべた》
兄仏殺鬼《あにをぶっころしたやつ》　開扉蹴臀《だしやあがれ》

五月五日、女たちは、髪に、艾《よもぎ》の葉でつくった蜈蚣《むかで》や蚰蜒《げじげじ》や蛇や蠍《さそり》を飾って、辟虫《へきちゅう》の呪《まじな》いにする。毒虫によって、毒虫を祓《はら》うのである。

開封《かいほう》の城内をつらぬく大運河汴河《べんか》では、竜頭の船による競技がたけなわだ。

船上にもうけられた楼台の上には、涼傘《りょうさん》や旗が立てられ、艫《とも》の竜尾には、斜めにさされた大旗が風になびく。

岸を埋めた見物が、壺や瓶《びん》に賞金の額と姓名を記した紙を封じたのを、河に投げ入れる。

竜船の乗り手は、我がちに水に飛入り、水中での争奪戦になる。瓶を手にしたものは、後に、書かれた賞金を受け取ることができる。

台の下では、楽人が、銅鑼《どら》や太鼓をうちならし、興奮を駆り立てる。

菖蒲《しょうぶ》酒をさげて、武松《ぶしょう》は、兄の家をおとずれようと、汴河のほとりを行く。

汴河は、開封の大動脈である。

江南の豊かな米穀物資を吃水《きっすい》すれすれにまで満載した巨大な船の群れが、開封めざす。

広大な原野をつらぬく運河は、水位の差を調節するために各所に水門がもうけられている。

昨今、この船が、消失するという事件がときどき起きている。到着する予定の船がいっこうあらわれず、

途中で消息を絶っている。

　水門を入ったきり、出てこないといわれたりしているが、これははっきりした目撃者があるわけではなく、噂にすぎない。

　家々の門には、朱の絹紐《きぬひも》を編んだ朱索《しゅさく》と桃の木の板を五色に染めた五色印をかざり、悪鬼をふせいでいるのだが、兄の店は戸をとざし、飾り物もなかった。

　武松は不安をおぼえた。縁起かつぎの兄は、邪鬼祓いの行事は、いつも怠らない。

「兄さん、留守ですか」

　戸を叩く武松に、

「知らなかったのかい」

　近所のものが、声をかけた。

「武大《ぶだい》さんは、この春、死んだっけが」

　武松は、一瞬、絶句した。

「どうして……」

と、形相を変えてつめよる。

　相手は、おびえて後ずさった。

「嫂《ねえ》さんは？」

「おまえは、何も知らないのだね。後家になったおかげで、金蓮《きんれん》さんは、玉の輿《こし》だよ」


〈歌館〉は、舞踊奏楽のたしなみの深い高級娼妓の住まいをいう。

　おそろしく金がかかるから、高官、豪商などでなくては、出入りできない。

　開封でもっとも名高い遊び女は皇帝徽宗《きそう》の愛人

李師師《りしし》で、その歌館と宮殿のあいだには、皇帝がおしのびで通うための地下道がつくられているという。

李桂姐《りけいそ》は、李師師よりはるかに若く、かつ美貌の点においても、まさっている。少なくとも、西門慶《せいもんけい》は、そう思う。なまじ皇帝に愛されたため、李師師を色の相手にしようという客は少ない。西門慶も何度か李師師を酒席に呼んだことはあるが、皇帝の不興を買っても悔いないというほどの美形ではない。賢そうだが、姥桜《うばざくら》だ。

「持ってきてくださって？」

手をだす李桂姐に、西門慶は、袖から包みを出してわたした。

三階の李桂姐の私室である。ここに招じ入れられるのは、特別な客だけだ。

帳《とばり》をめぐらした睡《すい》房《ぼう》に李桂姐は腰を下ろし、小さい鞋《くつ》を脱ぎ、包みを開いた。

黒々とした長い髪が、とぐろをまいている。

つかみあげて、李桂姐は鞋の底に敷きこみ、足を入れた。

「こうやって、毎日、踏みつけてやるわ。蒸し餅屋の後家め」

蒸し餅屋の後家を、西門慶が第五夫人として家に入れたと知ってから、李桂姐は、その女の髪を切ってもってきてくれ、としつっこくねだった。西門慶は李桂姐の方を金蓮より寵愛《ちょうあい》しているわけではないが、髪を鞋に入れて踏みつけるということに、ちょっと嗜虐《しぎゃく》的な娯《たの》しみをおぼえたので協力した。もっとも、金蓮に髪を切るのを承知させるのは至難だから、西門慶が持参したのは、実は、金蓮の小間使いにやとった春梅《しゅんばい》という小女の髪である。

「嫉《や》くことはないだろう。おまえを、こんなに、可愛がってやっているのに」

「浮気もの」

李桂姐は、睡房に横になりながら、なじる。

「情けない。西門の旦那ともあろうお方が、女ひでりでもないでしょうに、よりによって、開封一の醜男《ぶおとこ》の女房にしかなれなかった女に手を出すなんて」

西門慶は相手にせず、竜眼《りゅうがん》の実ほどの小さい銀の玉をもてあそぶ。

「女の髪より、もっといいものを試させてやろう」

と、股間でぬくめたそれを、女の耳に近づける。

「音がするだろう。本物の緬鈴《ミエンリン》の証拠だ。中に淫鳥の愛液が封じ込めてある。緬《ミエン》（ビルマ）にしかいない鳥だ。色好みで、女とみると、番《つが》おうとする」

「旦那さまのようだわ」

「土地のものは、藁人形《わらにんぎょう》に女の衣を着せて、髪に釵《かんざし》と花を挿しておく。すると、鳥は、人間とまちがえて交わり、愛液をのこす」

それを採取して封じ込め、と説明しながら、うるおってきた秘所に秘め、自分は象牙《ぞうげ》の懸玉環《けんぎょくかん》を装着した。一対の竜を浮き彫りにした名品である。

潘《はん》金蓮であれば、このような性具はいっさい必要ないな。慣れた手つきで準備をととのえながら、西門慶は、そう思う。

素材がそのままで美味であれば、複雑な調味料は邪魔になるばかりだ。

しかし、どれほど美味でも、毎夜では飽きる。

少しでも好き心がおきた相手はかならずものにする。金に糸目をつけないし、男前だから、これまで、彼に誘われ落ちない女は一人としていなかった。いささか物足りないほどだ。

自邸に、正妻の他に、三人の妾《めかけ》を同居させてい
た。さらに、潘金蓮がくわわった。

潘金蓮も、たあいなく、落ちた。むこうから誘いかけてきたのだ。あれでもう少し反骨ぶりをみせてくれたら、味が深くなろうものを。

いや、金蓮を手に入れるにあたっては、殺人という、こよない味つけがあったっけが……。

彼自身は、何も手を汚していないのである。武大をなぐって痛めつけ、その後、砒霜《ひそう》を用意してやっただけだ、彼がしたことは。直接毒を飲ませたのは、潘金蓮だ。彼のために、女は、亭主を毒殺した。それほど、おれにのぼせたのだ、あの女は。

彼が貧しかったら、金蓮は決してなびきはしなかっただろう、とは、彼は、考えもしない。

〈西門慶〉は、〈富〉と同義語である。

〈私が貧しかったら〉という仮定は、〈私が犬だったら〉〈私が豚だったら〉という仮定と同様に、彼にとっては、想像の外だ。

〈貧しい西門慶〉は、黒い日輪とか、辛い蜜と同様、世にあり得ない。

そうして、女が富にどれほど弱いかを、彼は充分に心得ている。貧しい美男より富める醜男。富豪で男振りもよい西門慶は、女をひきつけることにかけては、欠けるところがない。

生まれながらに豪商の息子であり、彼の代になって商売はますます盛んになった。

彼にとっては、殺人も姦淫も、同レベルの生《せい》の味つけにすぎない。

ふと、彼は耳をすませた。

細鈴の音は、女の体内でかすかに鳴っている。

しかし、それとは別の楽音を、彼の耳はとらえた。

窓の外から流れ入ってくる。

次第に近づくそれは、琵琶《びわ》やら笛やら羯鼓《かっこ》やら鐃鈸《にょうはち》やら、たいそう賑《にぎ》やかだ。

彼の耳がとらえたのは、楽の音《ね》にまじる、踊り子の足音だ。

漣《さざなみ》がしのびよるような軽やかな愛らしい足音。どんなにか、小さい蓮《れん》弁《べん》にちがいない。

李桂姐は美しいが、足は彼の審美眼からすると、三流である。蒸し餅屋の後家、と李桂姐が罵倒《ばとう》する潘金蓮に及びもつかない。潘金蓮は、彼がこれまでに手に入れたなかでもっとも美しい小さい理想的な足の持主であり、おそらく、これからも、金蓮をしのぐ足にはめぐりあえることはないだろう。そう、西門慶は思っているが、足音の主は金蓮を別とすれば、めったにない逸品にちがいない。

李桂姐が袖をひいてとめるのを振り払い、西門慶は寝台を下り窓から外をのぞいた。

大道芸人の一団だ。

歌館の前で、数人が楽器を奏で、ひとりが爪先《つまさき》立って踊っている。

半ばすきとおった紗《しゃ》の裙子《クンツ》の裾《すそ》がひるがえるたびにちらりとのぞく紅い鞋は、手の中に入りそうに小さい。

それを見きわめてから、西門慶は、踊り子の顔に目をうつした。

不審をもった。

——見たことのある顔だ……。

それも、よく知っている娘だ。

——春梅と、よく似ている……。

そんなはずはない、と打ち消した。

春梅なら、大道芸人の仲間に入って踊っていることなど、できるわけはないのだ。

今ごろは、厨房《ちゅうぼう》から金蓮の部屋に鵞鳥《がちょう》の胃の粕漬だの焼家鴨《やきあひる》だの木犀《もくせい》入りの白魚だの金華酒だのをはこびこんでいるところだろう。

厨房をつかさどるのは、四番目の妾の孫雪娥《そんせつが》で、他の女たちの小間使いは、雪娥にたのんで作ってもらった料理をそれぞれの女主人のもとにはこぶ。

雪娥は、もともとは、西門慶の娘の小間使いだった。前かがみになって髪を洗っているときの腰つきがよかったので、西門慶は後ろからものにし、その後、しばらく娯しんだが、どうも陰気なのが気に入らない。お払い箱にしようかと思ったのだけれど、あまりに恨めしそうな様子を見せるので、第四夫人の地位から落とすことだけはせず、料理係で飼い殺しにしている。下女たちを指図してつくる料理の味は、抜群なのである。

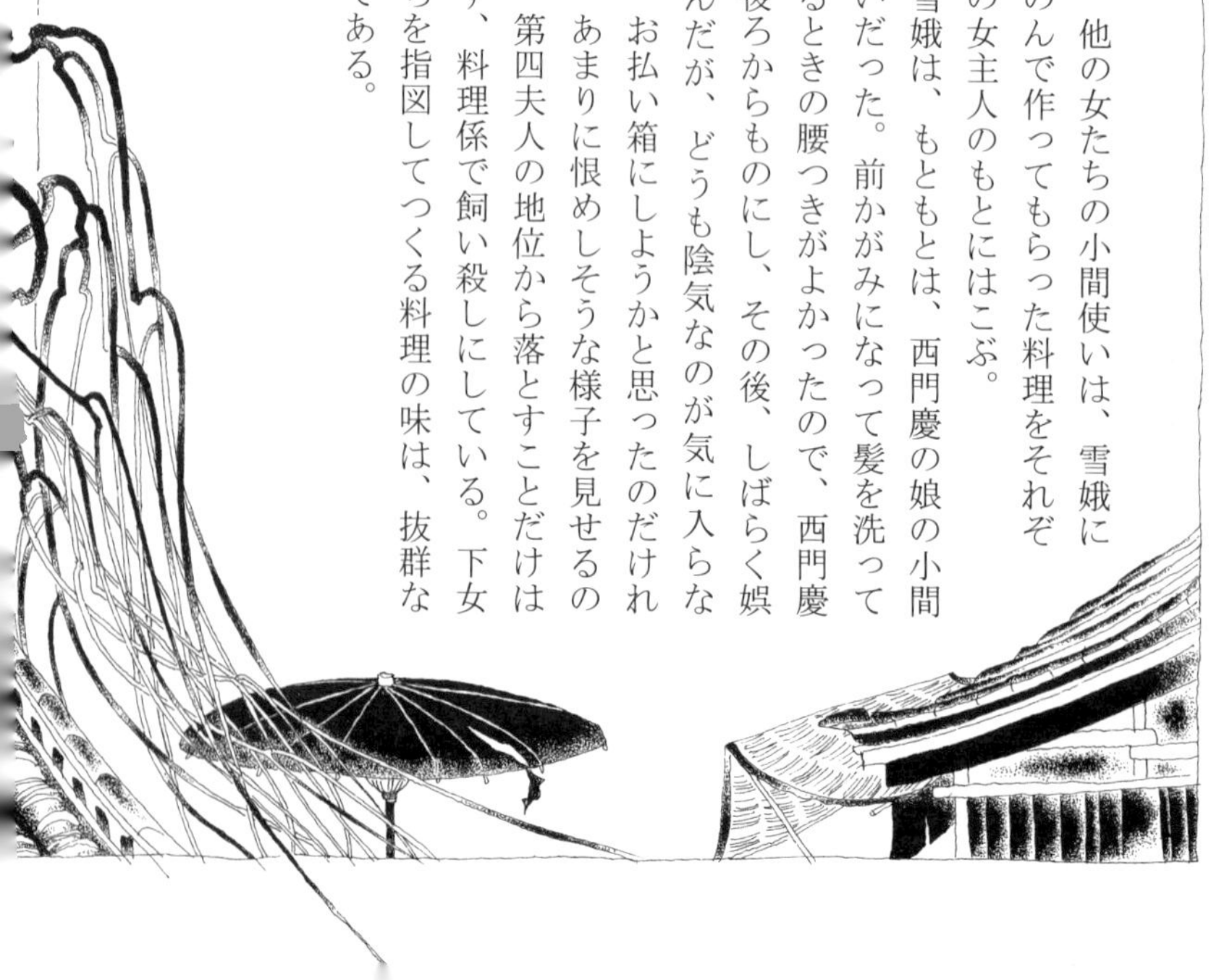

西門家にきてから、金蓮は、実によく食べるようになった。

これまで口にしたことのない珍味佳肴《かこう》が溢《あふ》れている。そのために、凝脂《ぎょうし》はいっそうなめらかになり、少し肥えた。

あらためて思い返してみると、春梅がどのような目鼻立ちだったか、西門慶は、あやふやになってきた。

女には目も手も早い西門慶だが、金蓮といっしょにいるとき、その小間使いにまで目を向ける余裕はさすがになかったのだ。

髪を切るときも、その手ざわりを楽しんだだけで、顔を子細に見はしなかった。

——だが、やはり、よく似ているような……。

李桂姐の鞋に敷きこまれ踏みにじられている髪の毛が、本人の生霊を呼び寄せでもしたか……。

西門慶は、ちょっとの間、あらぬ妄想を持ち、踊り子のめまぐるしい動きに眩暈《めまい》をおぼえた。


宙に領巾《ひれ》がたなびいた。

踊り子が放ったのである。西門慶は身を乗り出して手をのばしたが、三階まではとどかず、ふわりと落ちる。

地に落ちる前に、芸人四人、四隅をそれぞれつかみ、拡げた。同時に、踊り子の足は、張りわたされた布の上にあった。

はずみをつけて、踊り子のからだは、宙にとび、布のうえに帰る。

霞《かすみ》のように薄い布なのに、よほど強靭《きょうじん》なのか、踊り子のからだが重みをもたない蝶にひとしいのか、現代で言えばトランポリンのように、布の上で、踊り子はかるがると跳ぶ。

宙返りしたとき、小さい足の先から腿《もも》まで、一

瞬、西門慶の視野をかすめた。

この娘の鞋で酒を飲んだら、さぞ美味だろう、と喉《のど》が鳴る。

通行人が、集まってくる。

「見ろ」

と、西門慶は、李桂姐をうながした。

「珍しくもない」

楽しみをさまたげられた李桂姐は、不服ったらしい声を返す。

「見飽きていますよ。踊りなら、わたしの方がよほど」

このように、と、李桂姐は腿をくねらせる。

「掏摸《すり》だ」

西門慶は、身を乗り出す。

踊りに見惚《みと》れている野次馬の間を、少年が、すりぬけながら

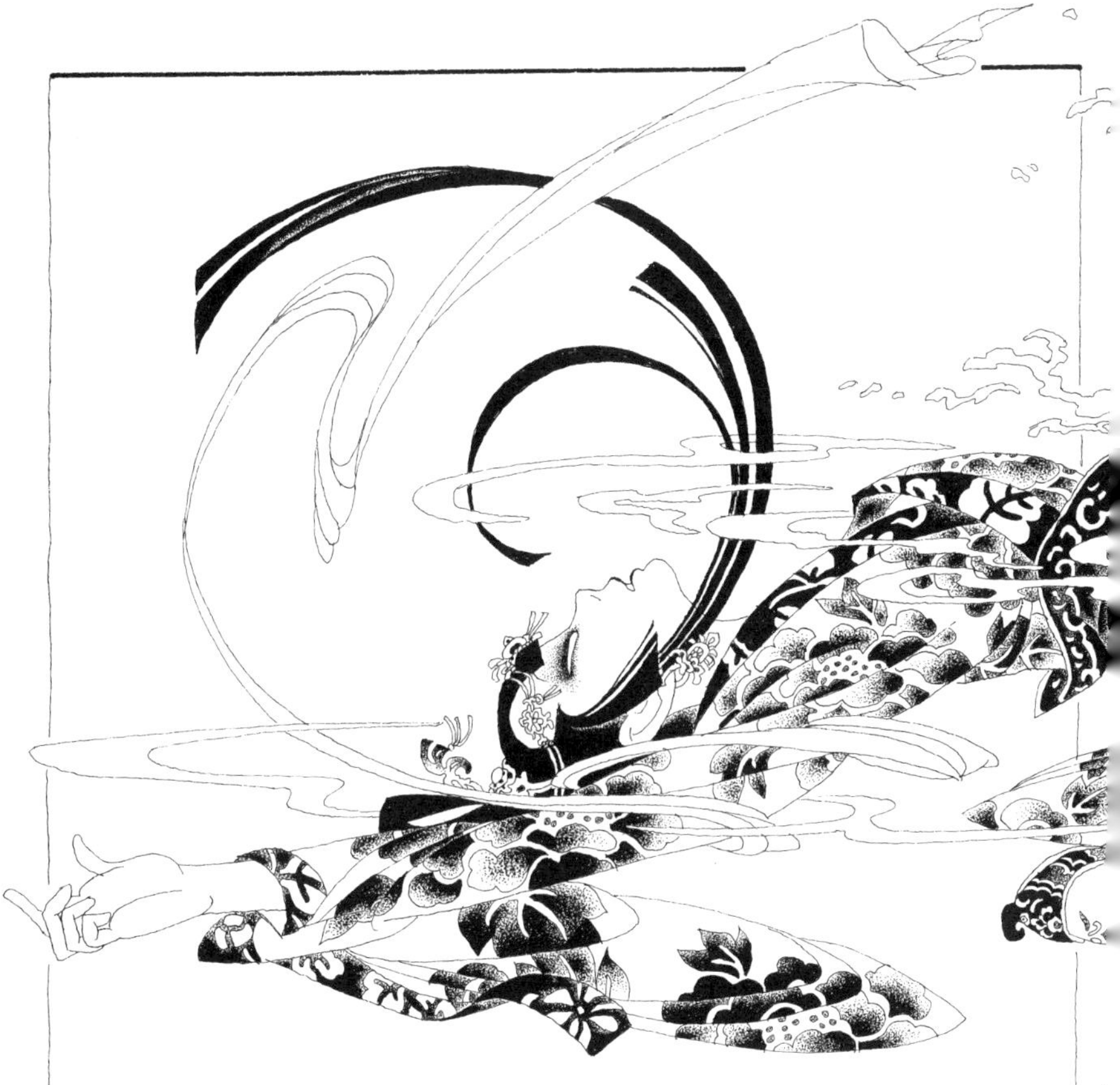

銭を掏《す》りとる手口が、上から見下ろすと、よく見える。

「や、なかなかの美童だ」

「琴童《きんどう》でしょう」

「知りあいか」

「美童で掏摸なら、あの子にきまっています」

　李桂姐は、西門慶の後ろに歩み寄り、背後から身をあずける。身動きするたびに細鈴がからだの中で、妙音をひびかせ、せつない。

　西門慶は、掏摸の少年の指先を思った。繊細でたおやかな指に違いない。

　すると、彼は、少年を指責めにかけたいという願望にとらわれた。

指のあいだに棒をはさみ、しめつける拷問である。

西門慶は、自分が残虐だとは、まったく思っていない。

快楽原則に無邪気なまでに忠実であるだけだ。美味《うま》いものを食べればこころよいように、女体を味わえばこころよいように、か弱いものをいたぶるのは、こころよい。だれでもそうだと思っている。おおっぴらにできるものと、小心なためにやれないものの違いがあるだけだ。

「琴童という名なのか。掏摸とみな、承知しているのかい」

「知っている人も知らない人もいるでしょうけれどね」

「役人は見逃しているのか」

「すばしこいので、現場をつかまえることができないんですよ。掏ったその場でつかまえなくては、証拠がありませんからね」

「あの芸人たちと、ぐるなのかな」

「そうじゃないでしょうよ」

「ここに呼び入れてくれ。おれが、小者にやとってやる。かっぱらいよりましな暮らしができるはずだ」

「おやめなさいよ」

李桂姐はそっけなく言い、腰は、西門慶にひたりと吸いついている。

「あの小僧の一家はね、先祖代々、掏摸なんだそうですよ。いわば、掏摸の名門です。旦那さまのような方が、かかわりを持ったら厄介なことになりますよ」

　そんなことより、早くさ、と、李桂姐はせっつく。

　普通なら、客に求めさせこそすれ、こちらからはしたなくねだったりはしないのだが、奇妙な玉のせいだ。

「さすがは、本物だな。効験《こうけん》あらたかだ」

　西門慶は、女の手を自分の前にまわさせ、目は街路に向けている。

　野次馬の群れが乱れた。

かきわけて、歌館に入ってこようと焦《あせ》っているのは、西門家の一番番頭、傅銘《ふめい》。店のものには傅《ふ》番頭《ばんとう》と呼ばれている男だ。

　悲鳴が上がった。

　もうひとりの男が、人々をつきのけ、進んでくる。

　傅番頭もおし倒された。

たくましい美丈夫である。

「西門慶」

と、男は窓の下からどなる。

　武松の顔は、西門慶は知らない。

しかし、直感した。武大の弟については、金蓮から話を聞いている。

　武松にちがいない。

　武松の名を口にするとき、金蓮の表情が微妙にうごくのを、西門慶はみとめていた。

　好意をもっているな、と、察しがつく。嫉妬は起きない。囲っている女が少しぐらい他の男をつまみ食いしようと、彼はいっこう平気で、女をいたぶる口実ができるのが楽しいほどだ。

　しかし、武松のただならない様子に、西門慶はいささか恐れをなした。虎を素手で撲《なぐ》り殺したと

噂のある男だ。

検屍人頭の何九《かきゅう》の口は、賄賂《わいろ》でふさいだのだが……。


武大の死と金蓮は西門家に迎え入れられたことを聞き知った武松が、兄の家の戸をこじあけたところ、中は、荒れ果てたまま放置されていた。武松は町の辻に立ち戻り、羅斎《らさい》にたのんで位牌をつくってもらった。町角や橋のたもとには、決まった寺に属さない坊主や道士がたむろしていて、祝儀不祝儀の用をたのまれるのを待っている。こういう連中を羅斎と呼ぶ。寺の僧侶より安上がりなのだ。

買いととのえた冥器《めいき》を位牌の前にかざり、

「兄さん、いったいどうして死んじまったんですか。嫂さんは、葬式もだしてくれなかったんですか。おれに一言の知らせもなく……」

物言わぬ位牌に語りかけていたとき、突然、背筋に寒気が走るのをおぼえた。

位牌を飾った壇の下に、なにやら、もやもやと、輪郭のおぼろなものがうごめいている。

「兄さん。兄さんですね。何か、おれに言いたいことがあるんですか。姿をはっきり見せてくださいよ。だいたい、生きているときからはきはきしない兄さんだったんだから、死んでいっそうもやもやになるのも無理はないけれど、何を言っているんだか、聞き取れませんよ。壇の下にうずくまっていないで、せめて、堂々と、壇上に立ってものを言ってくださいよ」

おれは、殺されたんだよ。

もやもやは、そう言っているように、武松には聞こえた。

「殺された？　だれに。だれが、兄さんを……」

西門慶。

そう、聞こえた。

「西門慶？　嫂さんを妾にしたという……？」

みじめな影がうなずいたように見え、

「さてこそ」

武松は、猛《たけ》り立った。

「兄さん、仇は、おれが討つ」

叫ぶとともに、走り出た。


西門家に駆けつけると、門の前で、一人の男が、もう一人の男に何かあわただしく告げている。

「旦那様は、李桂姐のところだ。よし、儂《わし》が行く」

話を聞いた男は、そう言って駆け出した。

武松は、後を追ったのであった。


歌館の召使たちが門前に集まって武松を阻《はば》み、傅番頭のみを通そうとしたが、猛虎さえなぐり殺した武松にとっては、紙人形のようなものだ。押し退け、打ちたおし、強引に入り込もうとする。

芸人の群れや野次馬も騒ぎにまきこまれ、足を踏まれたの何のと、野次馬のあいだでも喧嘩が起きる。

そのあいだを縫って、掏摸の美童はすばしこく稼いでいる。

小さい悲鳴を、武松は耳に止めた。

ふりむくと、どさくさまぎれに楽しもうというのだろう、野次馬のひとり、いかにも好色そうなやつが、若い娘を背後から抱きかかえ、胸乳《むなぢ》をつかもうとしている。大道芸人の仲間の踊り子だ。

他人のことにかかずらっている場合ではないのだが、武松は、割って入らずにはいられなかった。だいたいが生一本で、野暮《やぼ》な男なのだ。女はか弱いもの、かばってやらねばならぬもの、と、固定観念にとらわれている。

男をつきとばし、

「早く、行け」

かなりかっこうよいせりふを口にして、武松は、本来の目的にとりかかる。

歌館の中に押し入ろうというのだ。

「阿兄《おにい》さん、何の騒ぎだえ」

踊り子はたずねた。

「敵討《かたきう》ちだ」

武松は、律儀に説明する。

くそまじめで融通のきかないこの男は、愛らしい娘に、ただの乱暴者と思われたくなかったのだ。

「おれの兄を、西門慶が殺したのだ」

「それで、阿兄さんは、西門の旦那を殺す気かえ」

「そうだ」

「それは、困ったねえ」

娘は言う。

「おまえに何の関係がある。どけ」

「あの旦那は、金づるだからねえ」


そんな問答をかわしているあいだも、周囲では野次馬たちがなぐりあい、歌館の召使たちが、人々を追い払おうとし、棒をふりまわして武松に打ちかかるものもいる。

娘が離れないので、武松は、闘いにくい。

傅番頭が館の中に入るのを、武松はみとめた。

娘をふりはなし、武松は押し入った。

「西門慶」とどなりながら、武松は、部屋部屋をのぞいてまわる。

大理石の衝立《ついたて》やら、青磁の壺やら、柘榴《ざくろ》の盆栽やらをかざり、軸をかけ、贅《ぜい》をこらした部屋で、歓楽の最中の客は突然の闖入者《ちんにゅうしゃ》に罵声をあびせ、妓《おんな》が枕を投げつける。

階下にはいないと見さだめ、二階を検分し、三階にまでのぼった。

そのころには、武松は、少し逆上がさめていた。

兄を殺し、嫂《あによめ》を奪ったと聞いて、頭に血が上り、打ち殺してやると一途に思いつめたのが、殺せばこちらも罪人になる、それよりは、役人に訴え、裁いてもらったほうが……いや、金持ちのあいつのことだ、賄賂はお手のものだろう、近頃の役人ときたら、袖の下次第。やはり、この手で、あいつを……と、思い惑うのも、気持ちに余裕が生じたからだ。

しかし、朱漆《しゅうるし》の扉を開けたとたん、目に入ったものに、武松はふたたびかっとなった。

紗の帳を垂らした睡房で、ふたりの人影がむつみあっているらしい。

「ああ、西門の旦那様」

掠《かす》れた喘《あえ》ぎ声が、単純な武松を、いっそう猛らせた。

冷静に考えれば、ことの最中に、わざわざ、〈西門の〉と注釈をつけることはないのだ。武松にきかせるための言葉だ、と気がつくほど怜悧《れいり》な男なら、なぐりこみなどしはしない。美丈夫の熱血漢、やさしさも持つ男だけれど、欠けているのは、冷徹な判断力だ。

武松は帳をひきちぎった。

女におおいかぶさっている男をひきずり離し、股間を蹴りあげ、ぐたりとたおれた両足をつかむと勢いにまかせて窓から放り投げた。

それだけのことを、瞬時にやってのけた。

窓の下から、群衆の叫びがつたわる。

見下ろして、武松は愕然とした。大地に仰向けにのびた男の顔は、傅番頭だ。

混乱した頭でも、罪のないものを殺してしまったのだということだけは、わかった。

召使が知らせたのか、役人が集まってくるのが見える。

捕《つか》まったら、死罪だ。

動転する武松の手を、やわらかい手が握った。

「こちらへ、おいでなさい」

傅番頭と寝ていた女だ。

その顔を見て、武松は、いっそう惑乱した。

つい、今しがた、大道で踊っていた娘ではないか。
痴漢にからまれていたのを彼が助けた娘ではないか。
どうして、ここに。
考えている暇《いとま》はない。
役人が踏み込んでくる。
娘に手をとられ、武松は、廊下に出た。
表口の階段とは別の、裏階段に、娘は武松を導いた。
使用人が使う、粗末な梯子段《はしごだん》である。
下りたところは、厨房であった。

羽根を毟《むし》られた家鴨《あひる》や鶏が吊るされ、揚物《あげもの》にする準備をしていたのだろう、粉をまぶした生の豚の足が皿に盛ってある。

白磁や水晶の皿が並べられ、料理で飾られるのを待っている風情だ。

甕《かめ》は、酒のにおいをただよわせている。

こんな危急の場合だけれど、武松は、酒で喉をうるおわせずにはいられなかった。

足音がとどろき、役人どもが梯子を駆け下りてくる。

武松は、酒甕を持ち上げ、投げつけた。

甕は砕け、男たちは全身酒に濡れる。

「こっちのほうが」

と、娘が示したのは、油の甕だ。

油にまみれて、男たちは梯子を滑り落ちる。


捕方がまごついているあいだに、裏口から出ようとしたが、そこも、捕手が殺到していた。

踊り子は、積み上げられた麻袋を手首ですっと撫でた。袋の横腹が裂けた。

「投げて」

娘は武松に命じる。

前後をふさいだ捕手たちに、武松は力まかせに袋を投げつける。

麦の粉を詰めた袋であった。もうもうと、粉が舞う。

目《め》潰《つぶ》しをくらって、捕手は立ちすくんだ。

# 其ノ三

虐針挿絵《はなのいれずみ》　燕青開帳《だてにはほらぬ》
横道奔走《ぐれたあんたに》　女鎔哀号《とろけたわ》

捕縛されてから十日ほどは、地下牢にぶちこまれていたのだが、この日、ひきだされ、裁判にかけられるのかと思ったら、こんな、見せ物の檻《おり》のような牢に入れられた。衆目のさらしものだ。

一メートル四方はある板の首枷《くびかせ》をはめられ、武《ぶ》松《しょう》は、檻の中で身動きもままならない。首枷は、

「うるせえ」

合牢の若い男がわめいた。

牢といっても、獄舎の入口の両脇につくられたもので、広場に面した側は桟《さん》で仕切られただけだから、野次馬が中をのぞきこむ。

手枷をかね、下の方に二つ開いた穴が、突き出した手首をしめつけている。両脚の足首も縄でつながれ、家鴨のようなよちよち

歩きしかできない。

首枷、手枷、足枷は、

合牢の男も同様だ。

武松より前から、この男は檻でさらしものにされていた。夜は地下牢にもどされ、昼間だけさらされているのだという。

牢の向こうの広場では、公開の絞首刑が行われている最中だ。

見物が半円をつくって杭にくくりつけられた罪人と刑吏《けいり》たちを取りかこんでいる。

罪人の顔に、お面のように笊《ざる》がかぶせられているのは、目隠しのためだ。死罪になるものの恐怖をとりのぞこうという温情かもしれないが、まわりが見えなかったら、かえっておそろしいだろう。おれは、笊の目隠しなど願い下げだ、と武松が思うのは、なにしろ、絞首刑は、明日の我が身だからだ。

上半身裸の罪人は、杭を背に、後手にくくられ、頸《くび》にも縄がまわっている。

その縄と頸の隙間にこじ入れた棒を、刑吏がねじる。

軍楽隊が並び、銅鑼《どら》を鳴らし、その音にあわせて、縄は喉にくいこんでいく。じゃん、と響くたびに、刑吏はねじる腕に、ぐい、と力をこめるのである。

笛と胡弓《こきゅう》が、いささか哀切な楽を奏でる。

「うるせえ」

合牢の男はまたどなったが、騒々しい音楽に消された。

誤殺したことで落ち込んでいる武松は、うるさい、とわめく元気もない。

牢の中の武松には罪人の背中しか見えないが、後ろにまわして結わえつけられた手の指の痙攣《けいれん》と地を蹴って跳ねる足が、絞殺される苦悶を武松にみせつける。

耐えられなくて、武松は、目をとじた。

せっかく、踊り子らしい娘が、彼を助けてく

れようとしたのだ。嘘にでも、西門慶《せいもんけい》を仇《あだ》と狙うのはやめる、と言えば、こんな思いはしないですんだのかもしれない……と、悔やみたくなる。

捕吏《ほり》どもに目つぶしをくらわせた娘に、

「西門の旦那をつけねらうのは、おやめな」とささやかれ、愚直な武松は、「不倶戴天《ふぐたいてん》の仇だ。許すことはならない」言い張ってしまったのだ。

「それじゃ、後は、自分で始末するがいいや」

言うなり、娘は、つかんだ粉を彼に投げつけた。目つぶしだ。まごついているところを、新たに殺到した捕吏に捕らえられ、娘の姿は消えていたのだった。

「なんだ、おまえ、目をつぶっちまって、せっかくの、一番の見せ場を見そこなったじゃないか」

合牢の男の声に瞼《まぶた》を開けると、絞首刑の罪人は全身土気《つちけ》色になって、縄をはずされているところだ。ぐにゃりと、骸《むくろ》は地面に転がった。

「おまえ、みかけによらず、胆《きも》が小さいんだな」

嘲笑《あざわら》われても、武松は腹をたてる元気もなく、

「絞め殺されるのは、おれは、性に合わない」つぶやく。

「縛り首は、そう、しょっちゅう見られるものじゃあないのに、もったいない」

「おれも、ああやって殺されるのかと思うと……。戦って、力及ばず死ぬのならともかく……」

「おまえ、何をやらかした?」

相手は問う。

武松はようやく、相手の顔貌《かおかたち》に目を向けた。それまで、相手をしげしげと見るような気持ちのゆとりがなかったので。

感嘆した。美しい。年は武松より少し下——

二十二、三か。この男も、武松と同様、入牢前に上着を取りあげられたとみえ、上半身は裸なのだが、とびきり、色が白い。象牙《ぞうげ》細工のようだ。黒々とした双眸《そうぼう》が男のくせに色っぽくて、首枷が擦れて喉が紅くなっているのが痛々しいほどだ。

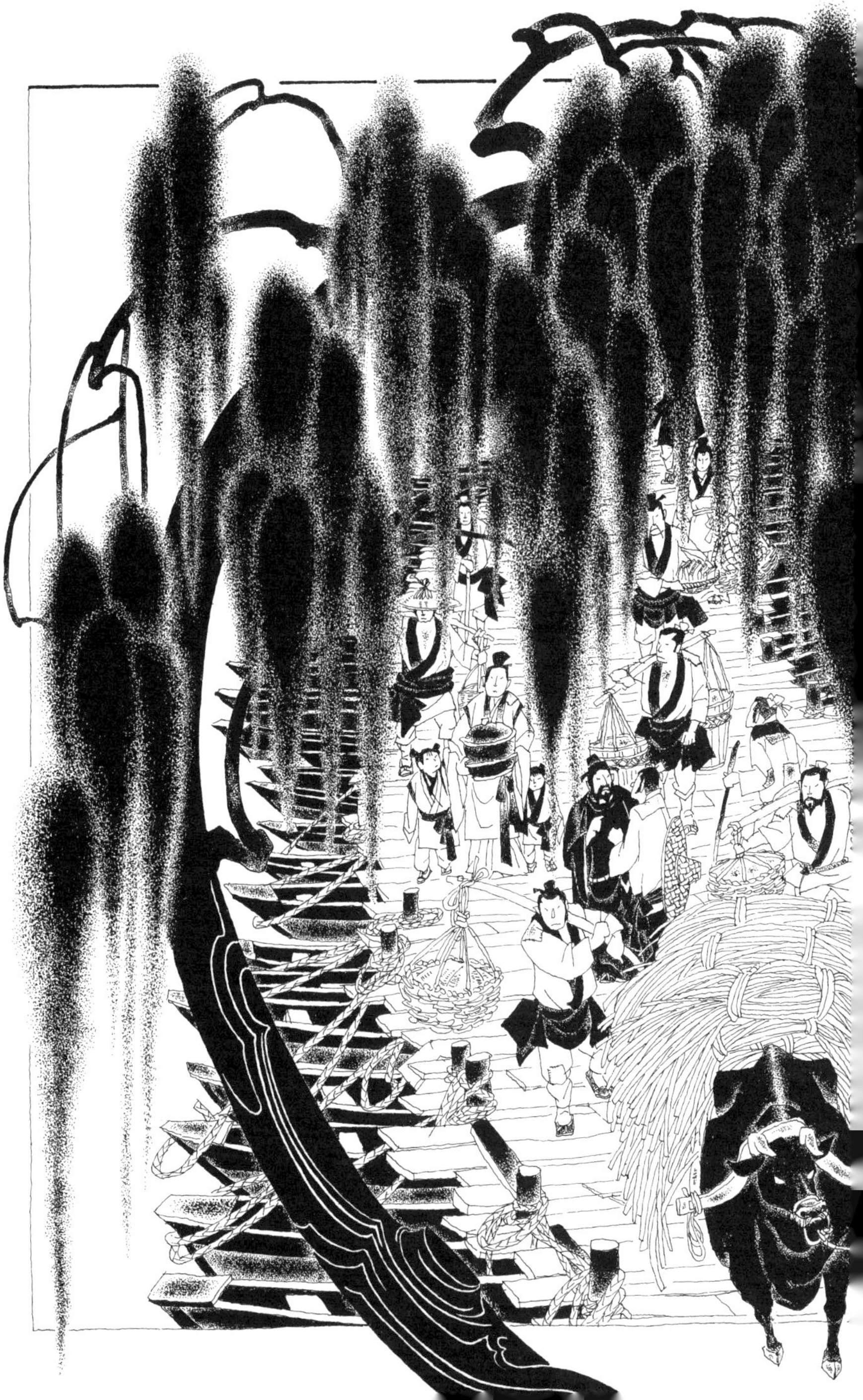

しかし、華奢《きゃしゃ》ではなく、腕や脚の筋肉が、白い皮膚の下にくっきりと存在をしめしている。

薄いくちびるは、象牙に刻まれた一すじの紅。きざなことに、髪に一輪、花を挿している。それも、ついさっき枝を折りとったというふうにみずみずしい。

さらに、武松は、息を呑んだ。男の背の刺青《いれずみ》のみごとさに、気がついたのだ。

まるで、象牙の肌に翡翠《ひすい》を象嵌《ぞうがん》したようだ。

吐息をついてから、他人の刺青に感心している場合ではないと、「おれは、人を殺してしまった」うなだれて、武松が告白すると、

「そりゃあ、立派なもんだ」相手は言った。「おれなんか、女にさそわれて、手を出したら、そいつの亭主が気づいて騒いだので、ちょいと怪我をさせただけだ。清河《せいが》県にいたときのことなんだが、亭主というのが、開封《かいほう》のなんとかいう羽振りのよい宦官《かんがん》の、甥《おい》なんだそうだ」

宮刑《きゅうけい》にしたがっているよ、おれを。そうつけ加えたとき、威勢のいい男の声が、ちょっと翳《かげ》った。

刑罰は、九刑といって、九種類ある。

そのうち、大辟《たいへき》、宮、刵《ひ》、劓《ぎ》、墨の五刑は古代からあり、さらに、周の時代になって、流・贖《しょく》・鞭《べん》・朴《ぼく》の四刑が加わった。

大辟は死刑、刵《ひ》は足切り、劓《ぎ》は鼻削ぎ、墨は入れ墨であり、宮刑は、男なら去勢、女の場合は幽閉を意味する。

相手の言葉を充分に耳にとめる余裕は武松にはなく、「おれは、死刑になる……」沈みこむ。

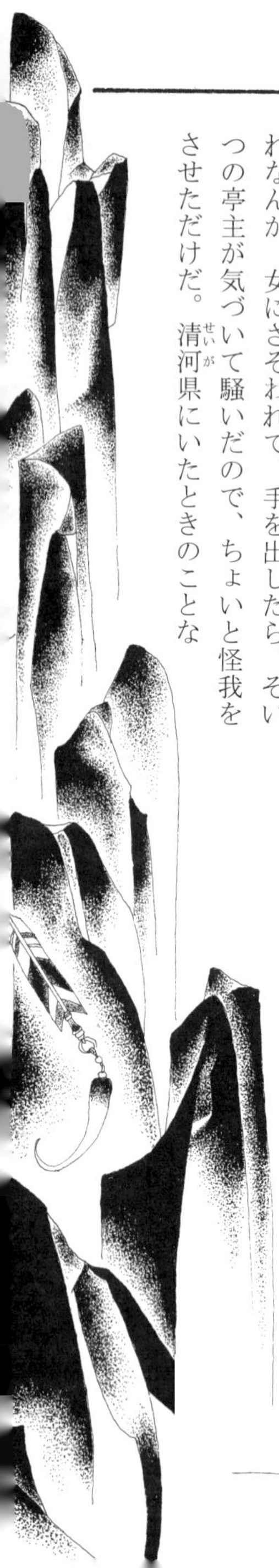

「死刑のほうが、宮刑よりはましだ」と、相手は言った。

「殺したいやつを殺したのなら、胸もすくが、まちがえて……」

と武松が言いかけると、相手は白い喉をそらせて大笑いした。

「殺す相手をまちがえて、死刑か。わりにあわないな」

「あわない」と、武松はすなおにうなずき、「無実のものを殺してしまった……」ますますうなだれる。

「無実のものなんて、いやあしないさ。だれだって、二度や三度死刑になってもひきあうくらいのことはしている」相手は、笑い捨てた。

死刑が終わったので野次馬は散り始めたが、牢の罪人を見物にくるのもいる。

なかに、若い女たちもいて、「あれ、今日はいい男が二人だよ」と嬉しがっている。

「兄さん、もうちょっとこっちに寄っておくれ」

女の一人が手招いた。

武松ではない、合牢の男に呼びかけたのだ。

「なんだ」と無愛想に男が応じると、桟の隙間から手をさしのべ、男の髪の花をぬきとり、新しい花枝を挿した。

「これだから、おれの花釵《はなかんざし》は、昔から、しおれる暇がないのだ」

男は、武松に苦笑を見せた。

もっとも、首枷、足枷のみじめなかっこうだし、馬桶《マートン》を使うざままで衆目にさらされるのだから、色男もだいなしである。馬桶は、用を足すための桶で、牢内においてある。

「親しい女か」

「いいや。おれは、清河県でつかまって、こっちに護送されたのだから、開封に知り合いなんどい

やしない。女たちのほうで、かってに親しくなりたがる。ここにいると、毎日、いろんな女が競いあって飾りたててくれら」

「碧磬楼《へきばんろう》の三階から、西門の店の番頭を投げ落として殺したという無法者は、どっちだろう」

と話し合う野次馬たちの声が、いやでも武松の耳に入る。

「色の浅黒いほうだろう。白い方は、何をしたんだか、人殺しにしても、毒のほうが似合いそうだ」

「店の荷をはこんでくるはずの船が」少しでも事情にくわしいものは、こういうとき、群衆の主役だ。とくとくと、喋《しゃべ》る。

「途中で消えちまったんだそうだ。番頭さんは、碧磬楼で遊んでいる西門の旦那に御注進にかけつけたんだってさ」

こいつは、と、武松を指し、「船盗人の一味らしいというぞ」

「知らんぞ」

思わず、武松は叫んだが、野次馬は無視し、

「番頭が、船消失のことで、なにか、情報をつかんだ。それを旦那に告げられては困るから、こいつが、殺したのだそうだ」

「何しろ、素手で虎をぶち殺したというものなあ、この男は」

野次馬の高声を耳にした合牢の男の態度が、急に変わった。

「それじゃ、おまえさんが、あの、虎退治の武隊長かい」

「治安隊長は、免職だ。それどころか、死罪の大罪人だ」

「嬉しいね。虎退治の豪傑と、おれが合牢とは」

男の白い頬に薄く血の色がさした。皮膚が薄いので、少しでもたかぶると色に出るのだろう。形のよい鼻孔のふちも、薄い耳たぶも、ほんのり紅くなり、漆《うるし》のような艶《つや》を持つ瞳の黒さが、いっそう目立った。

「おれは」と、男は言った。「弓一張りに矢三本あれば、百羽の小鳥を射止める。組みうちも強い。歌と踊りは、なまじな芸妓《げいぎ》よりましだ。器用なんだな。頭も、切れる」ぬけぬけと、男は手前褒《てまえぼ》めをした。「だが、虎を素手でぶち殺す自信は、ない。あんたを、兄と敬《うやま》おう。おれは、姓を燕《えん》、名は青《せい》。浪子《ろうし》燕青、花繍《いれずみ》の燕青とも人は呼ぶよ」

浪子は、不良、無頼《ぶらい》、の意である。

敬う、と言いながら、どこか、武松の単純さを笑っているようなところもみえる。

「清河県市中をとりしまっていた治安隊長と、無頼の燕青が合牢とは、皮肉なめぐりあわせだね。あんたの部下にとっつかまりかけたことぐらい、あるかも」

「こっちをお向きよ、色男」

「来い、来い、こっちに来い」

などとからかっていた見物は、やがて、飽きて、散り去った。

「で、兄貴、どうして相手をまちがえて人殺しなど」

燕青にうながされ、武松は、兄が西門慶に殺されたことから復讐しようとして別人を殺してしまったことまで、打ち明けた。

「おれは、不思議でならないことがあるのだが……。道端で踊っていた娘が、どうして、三階の睡房《すいぼう》で、傅《ふ》番頭と寝ていたんだろう」

「人違いだろう。ちょっと似ていただけのことじゃないのか」

燕青にあっさりそう言われると、武松も自分の記憶がこころもとなくなった。

「どさくさの中だったからなァ。見まちがえたかなあ」

「殺す相手さえ、まちがえた兄貴だものな」

燕青はまた、喉をそらせ、笑った。

踊り子が、麻袋を手で撫《な》でると、横に一筋裂けたのも、武松には不思議だった。

そのことを口にすると、燕青は、ちょっと興味を持ったように、「刃物は持っていなかったのか？」とたずねた。

　あのときのことを思い返し、「何も……」武松は首を振る。

「どんなふうにして、切った？」

　武松は娘の仕草をまねてみせた。

「腕輪をしていたかい？」

「おぼえていないが……」

「たぶん、腕輪が暗器《あんき》になっていたのだろうよ」

　暗器、すなわち、隠し武器である。からだのどこかに隠し持つものと、見た目には、それとわからないが、実は敵をたおす武器になるものの二種類がある。

「外側の縁が鋭い刃物になっていたのだろう。そんな腕輪をつけていたとしたら、その女、ただものではないな。美女だったか？」

「どのみち、おれは死刑だ。美女も醜女もおれには無縁だ」

「牢を出たら、おれが手助けしてやるから、兄貴、こんどは、まちがいなく、西門慶とやらを殺しな」

「その前に、おれが縛り首だ」

　武松は、うなだれた。


　金に碧玉《へきぎょく》を象嵌した鳳凰《ほうおう》の釵、銀細工の胡蝶が糸のように細い鎖の先で揺れる釵、牡丹《ぼたん》を浮き彫りにし真珠をちりばめた銀細工の櫛《くし》、琥珀《こはく》を嵌《は》めこんだ金細工の耳環、瑪瑙《めのう》と玉をつらねた首飾り、銀の透彫《すかしぼり》の腕輪……。

　乾いた海綿がいくらでも水を吸い込むように、際限なく、金蓮《きんれん》は身の飾りを欲しがる。

　それよりもっと欲しがるのは、金銭で、螺鈿《らでん》の小箱にためこんだ金貨銀貨に手をつっこみ、じゃらじゃらという音と感触をたのしみ、そのうち、息づかいが荒くなって、からだが濡れる。

正夫人の呉月娘《ごげつじょう》、第二夫人の李嬌児《りきょうじ》、第三夫人の孟玉楼《もうぎょくろう》、小間使い上がりの第四夫人・孫雪娥《そんせつが》と、これまでに四人の妻をおいているし、他にも李桂姐《りけいそ》をはじめ彼が手をだした商売女、素人女は数多く、どの女も、衣服や装飾品が増えると喜ぶが、物欲と情欲がここまで相乗効果をもたらす女は、はじめてだ。

からだが睦《むつ》みあうのに、装飾品は邪魔になるばかりだが、新しい服を一枚買い与えるたびに、新たな髪飾りを買ってやるたびに、金蓮のからだの反応は激しさを増す。

鏡の前で飾りたてているうちに、金蓮の目がうるみ、からだが潤《うるお》ってくるのを西門慶は、はじめのうちはおもしろがって眺めていたが、毎日見ているうちに、飽きてきた。

甘美に淫《みだ》らに潤った濃艶《のうえん》な表情は、どれだけ見ても飽きないが、ほかのことで潤うところも見たくなったのである。

その日、琴童《きんどう》をひったてて西門慶が金蓮の房にはいってきたとき、金蓮は、銭箱に手をつっこんで恍惚としている最中だった。

それを眺めているのは、西門慶の遊び仲間、応《おう》伯爵《はくしゃく》——いや、仲間というのはふさわしくない。「応」と西門は呼び捨て、応伯爵のほうでは「大人《たいじん》」と敬称をつけるのだから、対等の友人とはいえない。応伯爵は、王侯のきげんを取り結ぶ道化《どうけ》師《し》のように、西門慶をおもしろがらせ、小遣いをたかるのを常にしている。右の肩が左より少し盛り上がっている。軽い佝僂《くる》の気があるのだ。いつも、口もとに薄い笑いをうかべている。追従笑《ついしょう》いと西門慶は思っているが、見るものによっては、皮肉な笑いとも、哀しみをひそめた笑顔とも見るだろう。

箱からこぼれた金貨を、応伯爵は、放り投げ、受け止め、たくみに手玉にとっていた。

女の恍惚の相手が銭箱というのが興醒めだが、

鼻孔を少しひろげ、とろりと目をうるませた金蓮の顔は、やはり艶冶《えんや》で、眺めていると西門慶は男の力がみなぎってくる。

背後から抱きすくめ、服の上から突いてからかいながら、

「今日は、贈り物があるぞ」

耳たぶにささやいた。

「何でしょう」

金蓮の声がはずむ。

「これだよ」

西門慶は、子供を足で金蓮の方に押しやった。

はずみで、子供は床に這いつくばる。

「琴童という。小者に使ってやれ」

「つまらない。召使は、春梅《しゅんばい》だけでまにあっています。あの娘はよく気がきくわ」

「綺麗な子供だろう。これほどの美童は、ちょっと類がない」

「顔がよくたって、子供じゃおもしろくありません」

うしろから金蓮を抱いたまま、足を使って、子供の尻を、西門慶は剝《む》いてみせた。

「餅のようだろう」

「子供のお尻なんて」

「掏摸《すり》だよ、この子は。親から買い取ってきた。

先祖代々掏摸だから、よく仕込まれているらしい」

「そんなのを雇ってどうするんです。ぶっそうじゃありませんか」

「だから、おもしろい」

足の先で、西門慶は子供の尻を小突き、

「値打ち物を見たら掏《す》るのが、本能になっているのだな、こいつは。叙やら銭やら、こいつが盗む現場を見たら、つかまえて、おれに知らせろ。もっとも、金蓮、おまえひとりの証言ではあてにならない。そのときの気まぐれで、でたらめを言いかねないからな。もうひとり、目撃する者が要るな。おまえのほかに、応でも、春梅でもかまわん。二人以上の目が、こいつが盗む現場をとらえたら」

「提刑所《ていけいしょ》につきだすのかい」

床に腰を下ろして金貨をもてあそんでいた応伯爵が声を投げた。

提刑所というのは、警察と裁判所をかねた役所だ。

「いや、おれが、お仕置きをしてやる」

浮き浮きした声を、西門慶はだした。

「理由もなく責めるのは、理不尽というものだ。掏摸や盗みは、こらしめねばならん」

「よくよく、からっぽなんだね、西門さん、あんたは」

ほうり上げた金貨が落ちてくるまでの間に、応伯爵はそう言い、落下する金貨を口で受け、袖にしまった。

「あんたも、金蓮さんもね。金蓮さんは物で充たそうとし、あんたは刺激で充たそうとする」

愛嬌のある顔なので、応の言葉に、西門慶は、刺《とげ》も皮肉も感じとらない。

「底無しの袋のようなものだな」

「おまえの袖も、底無しの袋だ。さっきから、何枚、金貨をしまいこんでいる」

「おれは、あだ名が花子《ホアツ》というくらいだからね」

花子は、乞食の意だ。

「からっぽだと思うだろうが、この中に」と、応は、右肩のこぶを指した。「生きる知恵と分別がつまっている。おや、いいにおいだ」

料理を幾皿ものせた盆をはこんできたのは、金蓮の小間使い春梅だ。

「食事の時間ではないだろうに」

とがめる西門慶に、

「乞食の応さんがきたから、ご馳走しようと思って。ちょうど、雪娥さんが作っていたんですよ」

と弁解しながら、肉のにおいに、金蓮はうっとりした表情になる。

春梅を目にするたびに、西門慶はこのごろ、居心地が悪い。

武松が「西門慶」とどなって碧磬楼に乱入してきたときの恐怖を思い出してしまうのだ。

春梅が、あのときの踊り子を連想させるからだ。

武大《ぶだい》の変死は、検屍役人頭の何九《かきゅう》に、数貫の銀を与え、病死ということでかたをつけさせてある。

しかし、武松のようなわからずやには、通用しなかった。

碧磬楼の三階から大道芸人の踊りを見下ろしていたとき、一番番頭の傅番頭が、あわてて駆け込んできた。その後から、武松が暴れこんだ。三階に駆け上がってきた傅番頭が、なにやら告げようとしたが、武松の闖入《ちんにゅう》におびえた西門慶は、落ち着いて話をきくどころではない。李桂姐も動転し、ふたりでうろたえていると、窓から、踊り子が飛び込んできたのだ。
「ここは、わたしと番頭さんにまかせて、早くお逃げ」
西門慶と李桂姐をうながした。
布の上で高々と飛び跳ねていた、あの技で二階の屋根に飛び上がり、三階の窓から入ったのだ、と察したのは、ずっと後になって気が鎮まってからだ。春梅はあのとき、金蓮の房で、女主人の鞋《くつ》に刺繡をしていたという。

――踊り子の助けがなかったら、窓から投げ捨てられ骸になっていたのは、おれだ……。

踊り子は、命の恩人なのだけれど、不愉快なことは、思い出すのも嫌だ。快楽原則にひたすら忠実な西門慶としては、武大殺しのことは、ふだんは忘れている。

武松は捕縛され、さらしものにされた後、苛酷な取調べを受けた。

西門慶に兄を殺された

仇討《あだう》ちだと弁明したが、提刑所の役人は西門慶から充分に賄賂を贈られているから、さんざん拷問にかけたあげく、〈武松は殺人をおかした重罪人であるから、手足、そ

の他、すべて切り取った上、絞首刑にするを適当と認める〉という報告書を書いた。

その通り処刑されるだろうと西門慶は期待していたのだが、役人の中にも融通のきかない――別の言葉でいえば気骨のある、ということになるのだが――ものがいる。

事件を担当した上司、陳文昭《ちんぶんしょう》は、西門慶から謂《いわれ》ない進物がとどいたことに不審を持った。下役に命じ、さらに調査させたところ、西門慶と金蓮が密通し、ぐるになって武大を毒殺したのに、検屍役人の何九は莫大な賄賂をもらって見逃した、と近所のものが噂していることがわかった。

だが、武大の骸はとうに焼かれてしまい、噂を証拠立てるものは何も残っていない。

昔から、密通は現場が証拠、窃盗は贓品《ぞうひん》が証拠、殺人は死体が証拠、ということになっている。噂だけで西門慶と金蓮を訴人することはできない。しかし、武松が兄の仇を討とうとして誤って傳番頭を殺したのであれば、悪質な犯罪とはちがう。絞首刑は重すぎる、と、武松の刑を一等減じさせ、鞭打ちの上、入墨をして、孟州《もうしゅう》に流した。

それが、数日前のことだ。二度と開封に姿を見せることはあるまいと安堵した西門慶は、その日は祝宴をひらき、その後あの事件を、心から消した。

それなのに、春梅が、いやなことを連想させる。

家鴨の卵やら骨付肉の揚物やら蒸鶏やら豚足の煮物やらを卓子にならべている春梅の髪に、西門慶は目をやった。李桂姐にやるために西門慶が一摑み切り取ったところは、つけ髷《まげ》で上手にごまかしている。

卓子にならんだ料理の皿のあいだを、釵だの櫛だの宝玉だの耳環だの腕輪だの手箱からあふれた金貨銀貨だのが埋める。

満足な吐息を、金蓮はつく。

その表情にそそられ、西門慶は、思いついたことをさっそく実行にうつした。

琴童を丸裸にし、床にかがみこませ、

「磁鼓橙《じことう》のかわりだ」

金蓮の裙子《クンツ》もはぎとり、丸まった琴童の上に腰かけろと、金蓮に命じた。磁鼓橙は、胴が丸みを帯びた陶製の腰掛けである。陶器の冷たい感触より、人肌のほうがたしかに心地よく、その上、子供の背から臀《しり》の丸みが金蓮にひたと吸いつく。

しかし安定はあまりよくないとみて、西門慶は、春梅に金蓮の背中をささえるように命じた。

西門慶の方も、不安定なかっこうになるので、こちらは、応伯爵に背中をささえさせ、「うまく押せ」と言いつける。

応伯爵は馴《な》れているから、西門慶のリズムにあわせて、たくみに後ろから腰を押したり離したり。半分人まかせのこのやり方を、西門慶は最近春宮画《しゅんきゅうが》でみつけ、ためしたところ、思いのほか心地よかったので、以来、ときどき、娯《たの》しんでいる。

子供を椅子がわりにするのは初めてのこころみだが、金蓮がうっとりしているところを見ると成功なのだろうと西門慶は思い、下敷きにされた琴童の愛らしい顔が紅潮するのを眺める。

ときどき、動きをとめ、金蓮も西門慶も、皿に箸をのばす。口のまわりを脂で濡らし、たまには、背もたれ役の応伯爵と春梅の口にも、捲餅や豚の足を入れてやる。

腰を押すのも、応伯爵の武骨な手より、女の手の方が好ましい、と、思いついた。

正夫人の呉月娘は、気位が高いから、この役はいやがるだろう、第二夫人の李嬌児、第三夫人の孟玉楼、どれも、腹をたてるだろうが、孫雪娥なら、あとで可愛がってやるといえば、いそいそと励むにちがいない。

春梅に、雪娥を呼んでこいと命じようとしたとき、当の孫雪娥が、

「お隣の方が、ご挨拶《あいさつ》にみえました」

と告げにきた。

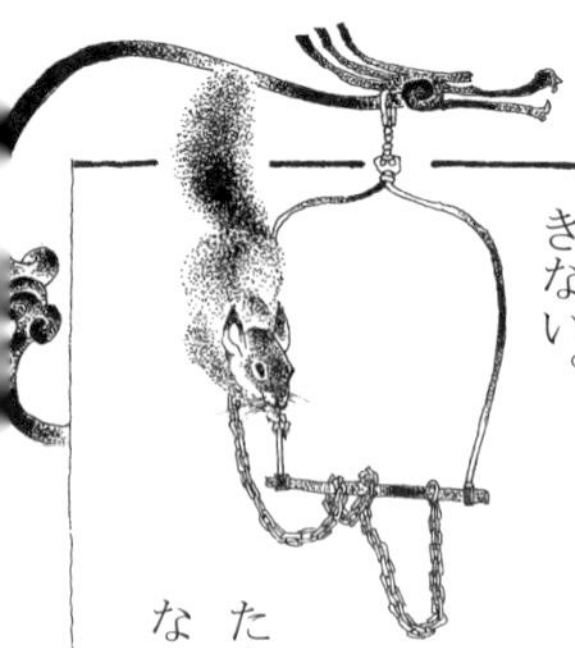

「どこにお通ししましょうか」

「隣は、空き家だろう」

西門の家の隣家は、花太監《かたいかん》という宦官の屋敷だったが、太監は先ごろ病死し、宦官だからもちろん妻子はおらず、使用人は去っていた。

「花太監の甥にあたる方が、遺産をいっさい相続したので、越してこられたとか」

孫雪娥は目を伏せ、小声で言う。

「芙蓉《ふよう》亭にお通ししろ」

庭にもうけた接客用の亭のなかでも、一番豪華な亭を、西門慶は指定した。

花太監の遺産の相続者とあっては、疎略にはできない。

ひとまず衣服の乱れをととのえているあいだに、春梅は熱い湯にひたして絞った布を用意する。一々指図されなくても、必要なことはとどこおりなくやるから、まことに重宝な小間使いだ。

「おいてきぼりですか。あたしは、このままじゃ、嫌よ。応さんと遊んじゃいますよ」

「かまわんよ。応では、味は悪いだろうが」

西門慶に一つ取柄があるとすれば、妾《めかけ》が暇などきに応などを相手にしようと嫉妬はしないことだ。鷹揚《おうよう》なのである。あまった料理をわけてやるのと、同じ感覚である。

おかげで、応伯爵は、西門慶が中断したところから続行することになったが、

「金蓮さん、どうせのことなら、睡房《すいぼう》で、落ちついて遊びましょうよ。子供が、ほれ、押しつぶされて、気絶しそうだ」

子供は、重みをささえきれなくて、ぺちゃんこになり呻《うめ》いている。

立ち上がろうとして、金蓮は、悲鳴をあげ、とびあがった。ふっくらした臀に鋭い痛みが走ったのだ。

# 其ノ四

愛憐玉門《ははのごもんに》　揉弄凝視《なごりのえしゃく》
勇躍門出《りんとたったる》　希代蕩児《せいもんけい》

花太監《かたいかん》の甥《おい》は花子虚《かしきょ》と名乗ったが、西門慶《せいもんけい》は、挨拶《あいさつ》をうけるのも上の空だ。
花子虚は、妻をともなっていたのである。
その女を見たとたんに、西門慶は、ぞくぞくっと顫《ふる》えた。

感動のあまりだ。女の玉門に絞り上げられる感触が、身のうちを走った。
この女の骨は透明な細い玻璃《はり》でできているのではないか、それにあわあわと霞《かすみ》をまといつかせたのではないか、抱いたら腕の中で淡雪のように溶けてしまうのではないか、と思えるほど華奢《きゃしゃ》だ。真珠や翡《ひ》

翠《すい》の髪飾りの重みに、細い頸《くび》がしないそうだ。

かすかに身動きするたびに、ゆたかな黒髪を結い上げた髷《まげ》の中から玫瑰《はまなす》の葩《はな》びらがほろほろとこぼれ、耳たぶを飾る金の環《わ》から垂れたいくつもの紫水晶が触れあって、儚《はかな》い音をたてる。縫い取りをした白い紗《しゃ》の裙子《クンツ》は、すがすがしく清らかだ。

しかし——である。西門慶は直感したのだ。この女、したたかに、淫蕩《いんとう》だ。この上なく清楚な外貌、貞淑なつつましやかなふるまいの内側に、みだらな蜜がねばっこく流れているにちがいない。玉門は蜜の巣だ。その部分はふっくらと、花肉ゆたかで、ささえる小さい足が頼りなくゆらぐたびに、バランスをとるために強くひき

しめられ、緊張とやすらぎを繰り返して、強靭《きょうじん》に鍛練されているにちがいない。
生まれ落ちたとき、振り返って、母親の玉門をうっ

とりと眺め小さい陽物をいきりたたせたという逸話がまことしやかにつたわっている西門慶である。——生まれた直後に目が見えるわけはないのだが——。物心ついて以来、味わった玉門、数知れず。いわば、玉門感覚コレクターである。

女体に関しては、コンピューター同様、詳細な情報が彼の中にインプットされているので、相手によって的確な反応をからだは起こす。

ただし、面皰《にきび》ざかりの餓鬼ではないから、花子虚に淫心を見抜かれるようなぶまはしない。

一瞬の身ぶるいをおし隠し、

「伯父君の花太監には、たいそう昵懇《じっこん》にしていただきました」などと、尋常な挨拶を返す。

嘘っぱちである。実のところ、花太監とは、隣同士でありながら、西門慶は親交はなかった。大身の宦官《かんがん》である向こうのほうが、西門慶を相手にしなかった。花家で宴会がもよおされたとき、お義理で招かれたことが一度。豪華さに圧倒され、見栄っ張りの西門慶は招き返すことができなかった。

甥の花子虚は、西門慶と同じ年ごろだ。子虚というより腎虚《じんきょ》と呼んだ方がふさわしい青瓢箪《あおびょうたん》で、癇性《かんしょう》なのか、こめかみに青筋が浮いている。伯父よりは、はるかにあしらいやすそうだ。

花子虚は、妻を西門慶にひきあわせた。

「これは、生家の姓を李《り》、名を瓶児《へいじ》といいます」

顔かたちが華奢でも、足が充分に小さいとはかぎらない、何とか足を見たい、と思うのだが、李瓶児の鞋《くつ》は、裙子の陰だ。

苛立《いらだ》ちを、ちょうど茶をはこんできた雪娥《せつが》に投げつけた。

「気のきかないやつだ。わざわざ挨拶にみえた花太監の甥御さんに、お茶だけという接待があるか。西門の家は吝嗇《けち》だ、と花大人《たいじん》に軽んじられるじゃないか」

「いや、いや。どうぞ、おかまいなく」

礼儀正しく、花子虚はなだめる。

「すぐにお暇《いとま》いたします」

「それは、ご遠慮がすぎるというものです。どうか、この家を我が家とおぼしめして、くつろいでください」

決りきった社交辞令をしらじらしくやりとりしているあいだに、西門慶にどなられた雪娥は、せっせと、酒と料理をはこびこんだ。

雪娥の料理の味つけは極めつけだから、花子虚は、たちまち、箸をはこぶのに夢中になった。

「や、これは、結構ですな」

「なに、ほんのありあわせです。突然のご来駕《らいが》なので、用意がまにあいませんでした。今度、あらためて、ご招待いたしましょう。そのときは、熊の掌《てのひら》、駱駝《らくだ》の蹄《あし》、竜の肝臓、鳳《ほう》の腸《わた》と、珍味のかぎりをととのえます」

愛想よく喋《しゃべ》りながら、西門慶は、さりげなく箸を床に落とした。

具合よく、卓子の下の李瓶児の足元にころがった箸を拾うふりをして、身をかがめる。

床にはいつくばった顔の前に、白い紗の裙子の裾《すそ》がある。

西門慶が手をのばす前に、小さい鞋の先が、ちらりとのぞいた。

女の方から積極的に誘いをかけている。

縫い取りのある爪先を、西門慶は軽くつねった。男の次の行動を待つように、足はおとなしくしている。嫌なら、足をひっこめるはずだ。爪先は、小鳥の嘴《くちばし》のように、彼の手の甲を軽くつつきさえした。

女の気持ちがわかったので、西門慶は嬉しくなって、箸を拾い椅子に坐りなおし、なにくわぬ顔で、礼儀正しい世間話をつづける。

「ところで」と花子虚が、「一昨年のことでしたが、梁山泊《りょうざんぱく》の賊徒が大名府を襲い、長官梁中書《りょうちゅうしょ》の一家もひどい目にあったのを、ご存じでしょう」

「もちろん、存じていますよ。恐ろしいことだった。梁中書のご一家は皆殺しになったとか」

「さいわい、梁中書とその正夫人は、いっしょに逃げのびたのですが」

皇帝の寵臣《ちょうしん》である宰相蔡京《さいけい》の、梁中書は、女婿《じょせい》である。

当代の皇帝徽宗《きそう》は、書画にすぐれ、武より文を重んじ、よく言えば芸術愛好家なのだが、贅沢と浪費は度を越している。蔡京は、皇帝の贅沢嗜好《しこう》をあおりたてることによって、気に入られ、重用された。

徽宗が江南の風物を愛し、奇岩、奇石、名木を蘇州《そしゅう》から運搬させ、名園を造るのに夢中になったのも、蔡京の影響といわれる。

蘇州近郊の太《たい》湖の水辺には、白いのや青黒いのや、奇怪な形をした岩石が突兀《とっこつ》とつらなっている。太湖石と呼ばれる。〈嵌空《がんくう》穿《が》眼《がん》、宛転嶮《えんてんけん》

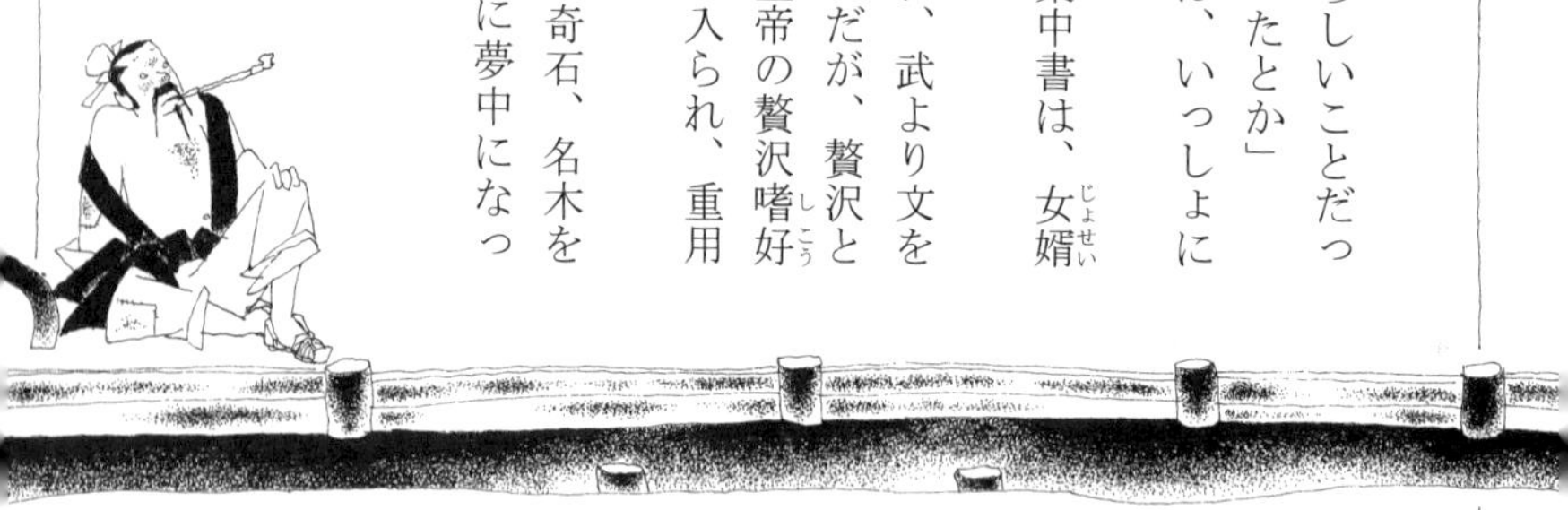

怪《かい》〉とうたわれるように、人の背丈の数倍にもおよぶ巨岩で、それも巨人が気紛れによじったり穴を穿《うが》ったりしたような複雑な形だ。
穴のある岩は、弾子窩《だんしこう》と呼ばれ、ことさら珍重される。仙人の棲む洞窟を思わせるからだ。
徽宗は、庭園に山を築き、集めた太湖石とおびただしい石筍《せきじゅん》で、仙境のおもむきをつくり、四季の花樹を植え、女人と春遊するのをこよない楽しみとしている。
それに要する費用は、増税でまかなう。巨岩や巨木を運ぶのに邪魔になる民家は取りこわす。その上、贅をこらした宮廷生活の維持のために、ひどい税法を新設した。土地を計るのに、宮廷の雅楽にもちいる楽器をはかる尺度

を採用したのである。『楽尺』と呼ばれるこの尺度は、ふつうのものより短い。これで計ると、同じ面積でも、数字上は増える。増えた分を没収した。雅楽器をもちだしたところに、文人皇帝の面目があるのかもしれないが、庶民はたまったものではない。財力のある大地主は賄賂でごまかすという便法があるけれど、零細農民には、役人の目がきびしい。

皇帝の好むところは、民間でも流行となり、西門慶も、庭に凝るのを趣味とし、取り寄せた太湖石で深山洞窟になぞらえた景色をつくった。湖水になぞらえた池泉が洞窟に流れ入り、廂房《しょうぼう》をつなぐ回廊が曲折し、院子《いんし》の土塀が突如行く手をふさぎ、竹藪あり岩組あり、思わぬところに通路があり、庭園は迷路のようだ。

芙蓉《ふよう》亭の窓から、その一部が眺められる。視界

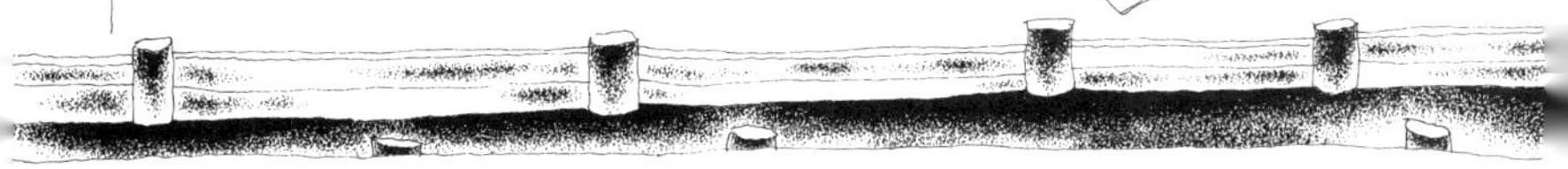

の果てをさえぎる土塀に開いた通路のむこうには、金蓮《きんれん》の部屋にあてている廂房の院子が垣間見える。

ずいぶん手間のかかった庭園なのだが、隣家の庭にくらべたらはるかに見劣りがするのはいたしかたない。

花子虚は、芙蓉亭の庭を見ても、とおりいっぺんのお世辞しか言わなかった。

どれほど西門家が富裕でも、花太監の目から見たら何ほどのこともない。それで、西門慶はいささか口惜しい思いもしていた。池を酒で満たし舟を浮かべその酒粕で千里にわたる堤防を築き、おびただしい肉を樹木につるして林となし、男女を裸にしてそのあいだを走り回らせたという紂王《ちゅうおう》の酒池肉林の壮大さには及びもつかないが、せ

めて、花太監を感嘆させ得るほどの贅は凝らしたいと、かねがね思っていた。

殷《いん》王朝最後の帝王である紂は、残虐さのスケールも大きい。肉親の伯父の胸を生きたまま割《さ》いて内臓をしらべ、貴族を殺害して塩辛や干し肉にしている。反逆者を罰するには〈炮烙《ほうらく》の刑〉を用いた。燃え盛る火の上にわたした油を塗った銅の棒の上を罪人に歩かせたのである。銅の棒は当然、灼熱し、おまけに滑る。

こういう偉大な先例が他にも多々あるのだから、西門慶のサディズムなど、かわいいものだ。西門慶は当然、自分を残酷だと自覚すらしていない。

賄賂をむさぼる高官や、暴利を得ている西門慶のような富豪が、贅沢きわまりない暮らしをしている一方で、窮乏のあまり土地を捨て、逃亡し、無頼《ぶらい》の仲間に入るものが続出している。

梁山泊は、官に反逆する叛徒《はんと》の巣窟《そうくつ》だ。頭目の名は宋江《そうこう》。貪官汚吏《たんかんおり》を襲うので、官からは恐れられ、庶民のあいだでは人気が高い。

西門慶は政府高官に取り入り官職をも得たいと望んでいるので、蔡京の身辺については関心が深い。

しかし、なぜ、唐突に梁山泊賊徒の大名府襲撃や梁中書一家の惨殺を話題に持ち出したのかと、いぶかしむ西門慶に、

「わたしの妻は、梁中書の妾《めかけ》だったのですよ」

花子虚は言った。

李瓶児は楚々とした風情で、目を伏せている。前身を明かされても、別に恥じらうふうはない。政府高官に囲われていたのは、この当時、むしろ名誉なことだ。

だが、梁中書の正夫人がとんでもなく嫉妬深く、夫が手をつけた女を殺しては奥庭に埋めていたという噂を、西門慶は耳にしている。

この女も、夫人に傷《いた》めつけられたのだろうか、と、西門慶は嗜虐《しぎゃく》的な刺激を受け、華奢な女に流し目をくれる。

「瓶児は、命からがら、開封《かいほう》の親類のところに逃げのびてきたのですよ。それを、わたしの伯父・花太監が目をつけ——伯父は、ご承知のとおり、妻は持てないの

で――わたしの正室にと」

去勢の結果だろう、宦官は、老いるにつれて、異様に醜くなる。花太監も、肥満して恰幅《かっぷく》がよかったのが、老いたら急激に肉が落ち、あまった皮膚が幾重にも折り畳まれた皺《しわ》をつくり、目も鼻も皺のあいだに埋もれてしまった。

こんな美女を知っていたのなら、甥に嫁がせるより、隣人のよしみで、おれにとりもってくれればよかったのに、と西門慶は思ったが、人の妻を奪うのも一興、楽しみが増えるか、と、思いなおす。

それにしても、こんな女が開封にいたのに、他人の妻になるまで気がつかなかったとは、西門慶の名折れだ。

「旦那様」と、そのとき顔をのぞかせたのは、金蓮の小間使いの春梅《しゅんばい》だ。

「五奥様が怪我をなさいまして……」

五奥様、すなわち、第五夫人の金蓮のことだ。

「来客中だ。そんなことは、後にしなさい」

金蓮がちょっとしたことで大袈裟《おおげさ》に騒ぎ立てるのを知っている西門慶は、相手にしない。せっかく李瓶児とうまくいきかけているところでもある。妾の怪我に気をつかうところなど、見せるわけにはいかない。

春梅は、主人にすらりと身を寄せ、ささやいた。西門慶はうろたえた。「大事なところを」の一言を、春梅は西門慶に告げたのである。

そのとき、窓から、ふわりと白い小さいものが飛び下りた。

春梅が悲鳴を上げて後じさりした。

仔猫である。

李瓶児の裙子の裾にじゃれつく。

「雪獅子《ゆきじし》」

と、李瓶児は抱き上げた。

「うちの飼い猫ですの。家においてきましたのに……」

「猫は、往来自由で」

と、言いながら、西門慶は腰がおちつかない。

金蓮が、よりによって、〈大事なところ〉を怪我するとは。

「なにか、お取込みのご様子」と、花子虚は気を利かせ、「失礼しよう」李瓶児をうながす。

「いやいや、そのようなご斟酌《しんしゃく》には」

西門慶は平静をよそおった。

夫の後につつましく従い、目を伏せて立った李瓶児の腕から、仔猫が飛び下り、窓からひらりと姿を消した。

李瓶児は去りぎわに、長い睫《まつげ》のかげから、西門慶に、蜜の糸のような視線を投げた。

大事なところ、と言っても、西門慶がとっさに想像した場所とは違っていた。
寝台にうつ伏せになって泣きわめいている金蓮のこんもりと白い二つの臀《しり》の山の片方に、突立ったのは、寿の文字を打ち抜いた金釵《きんさい》だ。
「おまえ、どういうつもりだ

……」

ずいぶん色々な女の姿態をながめてきた西門慶だが、

「臀に釵《かんざし》を挿した女は、はじめて見るなァ」

興味深く見物する。

「あいつが突き刺したんだわよォ」

金蓮は、琴童《きんどう》を指さした。

食べ散らかした料理の残りは、春梅が気を利かせてさげたのだろう、室内はきれいにかたづいていた。

あくどい悪戯《いたずら》の犯人は、ありあわせの紐《ひも》やら金蓮の領巾《ひれ》やらで、手も足もぐるぐる巻きにされ、芋虫のような恰好でころがっている。

頬杖をついて見物の応《おう》伯爵は、「抜こうとすると、たいそう痛がるんでね、どうにもならない」

西門慶に苦笑を投げる。

「刺されたとたんに、肉が縮んで、釵の脚にからみついたんだな。肉が千切れてもかまわないくらい、冷血かつ無慈悲にやらないと、抜けない。わたしは気がやさしいのでね、とても、できない」

気がやさしい、と自称するわりには、平気な顔つきだ。

「なんとかしてくださいよ。ああ、ああ」

喋っても泣いても、筋肉が動いて神経を刺激するから、語尾はうめき声になる。

「右の臀丘《でんきゅう》に〈寿〉か。左に〈福〉の釵をたてると、景観として整うな」

西門慶は落ちついて鑑賞し、金蓮が身悶《みもだ》えるたびに、釵の飾りが触れあってたてる音に、李瓶児の耳環の紫水晶の澄んだ音を思い出して、思わず、含み笑いが浮かんでしまう。

「笑い事じゃないんだから。ああ、ああ。福の釵も買ってくださいよ。ああ、ああ」

「ここは、ほとんど、脂身だろう」西門慶は臀の肉をつかみ、「なぜ、痛いのだろう」まじめに不思議がる。金蓮は悲鳴を上げた。

――たかが、臀に釵が刺さったくらいのことで、呼び立てて。せっかく、隣の美女と誼《よしみ》を通じようとしていたときに……

と、西門慶は、春梅のご注進がいささか腹立しくもあり、

「大事なところなどと、でたらめを」

春梅をなじろうとして、語尾がちょっと弱くなった。

どうも、春梅はあの踊り子を連想させる。

なんだか、弱みを握られているような気になってしまう。

傅《ふ》番頭は、窓から飛び込んできたあの娘の策略で、おれの身代わりとして殺されたのだ。


それにしても、あの踊り子は、なぜ、見も知らぬおれを助けたのか。

忘れようとしても忘れきることのできない疑問がまた湧く。

たぶん、こちらは知らないが、むこうではおれを見かけ、岡惚れしていたのだな。

そう思えば、納得がいく。なんでも、自分に都合よく解釈する短絡思考タイプだ。

「何とかしてくださいよ。ああ、ああ」

「抜けばいいのだろう」

力まかせに、西門慶は釵を引き抜いて投げ捨てた。

金蓮のすさまじい悲鳴。

く、く、と、忍び笑いをしたのは、縛られている琴童だ。

その琴童の目が、扉の方にむけられた。

つられて、西門慶も視線の先に目をやると、白い仔猫が、するりと入ってきたところだ。

仔猫は、すばしこく走ってきて、床にころがっ

た釵に前足をかけた。そうして、くわえあげた。

「あれ、くわえて逃げるよ。春梅、早くつかまえて、とり戻すんだよ」

金蓮が命じるのに、春梅は、聞きそびれたのか、目をそらせている。

「早く」

とせきたてられ、春梅が「何でしょう?」と聞き返したときは、仔猫は逃げ去っていた。

「のろま。ぐず」

金蓮は口汚くののしる。

「ああ、痛い、痛い。釵を早く取り戻しておいで。ああ、ああ、ああ」

琴童の忍び笑いは、小気味よさそうな大笑いになった。

「金蓮さんのお臀の血と肉を、猫にせしめられてしまったな」

応伯爵が言う。

釵の脚には、たしかに、毟《むし》り取られた肉が少しばかりまといつき血もついていた。猫はそのにおいに惹《ひ》かれたのだろうと、西門慶は思った。なりは小さくても、肉食獣だ。

そうして、

――あの猫は、李瓶児の飼い猫だ。李瓶児に会いに行く口実ができたな。

と、内心喜ぶ。

「春梅、追わなくていい。あとで、わたしが」

西門慶がとめるまでもなかった。春梅は、女主の命令は聞こえなかったふうに、血止めや痛み止めの薬をととのえるのに専念している。

お宅の雪獅子が、うちの妾の釵をくわえていってしまいましたので、返していただきにきました、と、言ったら、あの女は恐縮して、まあ、お上がりなさいまし、と勧めるだろう。それから……と西門慶はその先を想像し、笑いがこぼれる。

かたわらで、応伯爵が、

「味をしめて、また、金蓮さんのそこを食いに来るかもな」

ひとりごとめかして続けたので、

「気色の悪いことを言うんじゃないよ。乞食《ホアツ》」

金蓮はわめき、また悲鳴をあげた。大声をだすと、傷にひびく。

「料理の残りを下げないでおけばよかったね。そうすれば、釵の脚についた少しばかりの金蓮さんの肉より、豚足の煮物の方を、猫も選んだだろうに」

応伯爵がのんびり無駄口をたたいて金蓮を怒らせているあいだに、春梅が、軟膏を金蓮の傷口にすりこむ。

この娘もなかなかいいじゃないか、と、西門慶は、あらためて鑑賞した。あまり手近なので、かえって、気がつかなかった。碧磐楼《へきばんろう》の事件を思い出すので、目をそらせていたからでもある。

小作りできりっと引きしまった怜悧《れいり》そうな顔立ちは、正夫人の呉月娘《ごげつじょう》はもちろん、目下手元においているどの妾にもないものだ。李瓶児の嫋々《じょうじょう》とした美しさに惹かれる一方で、若々しく張りのある肌の下に野性をかくしているような春梅の味も、西門慶は知りたくなる。ひょっとしたら、この娘は、まだ、男を知らないんじゃないかな。

考えてみると、西門慶は、処女を手に入れたことは少ないのである。

家計をまかせている第二夫人の李嬌児《りきょうじ》はもとは廓《くるわ》の芸妓。第三夫人の孟玉楼《もうぎょくろう》は呉服屋の後家。第五夫人として家に入れた潘《はん》金蓮は武大《ぶだい》の女房。これから物にしようと思っている李瓶児にしても花子虚の女房。よく言えば〈熟《う》れた女〉。別の言葉で言えば、〈使い古し〉ばかりだ。第四夫人にせざるを得なかった孫《そん》雪娥も、生娘のようなふりをしてみせていたが、下男のだれかれと乳繰りあったことぐらいあると、西門慶は見抜いている。

男に馴《な》れた女の方が味は深いけれど、生娘を手ごめにするのも悪くはない。少しは、女に抵抗されてみたいものだ。

やがて、春梅がすりこんだ軟膏が効目をあらわし、元気を回復した金蓮は、

「さあ、この小僧、現場をつかまえたんだから、思いきりお仕置をしてやらなくちゃ」

と、いきりたった。

「何の現場だ？」

「旦那様が言ったじゃありませんか。盗みの現場をとらえたら存分にお仕置するって。わたしの釵だったんですからね、こいつが突き刺したのは。まったく、いつ、いつ、かすめ盗ったんだろう」

「いつ、盗ったかわからないというのでは、現場をとらえたことになりませんな」

応伯爵が口をはさむ。

「ついさっきだわよ」

まだ縛り上げられたままの琴童を、金蓮は足の先で小突き、

「わたしが挿していたのを、くすねたんだわ」

「でも、盗る現場は、金蓮さんもわたしも見なかった。春梅さん、おまえも、見なかっただろう。それでは、現場をおさえたことにはならない」

それに、と、応伯爵は、西門慶にむかって言葉を添えた。

「もう、いいかげん、お仕置はすんだんじゃありませんか。さっきから、息もろくにできないほどに縛られて。その前には、金蓮さんのお臀の下に敷かれて」

なまじ、とりなしたのが、琴童にとっては悪い結果をもたらした。

乞食の応に指示されたのでは、西門慶は素直にうなずけない。

といって、盗みの現場を見ていないのに咎《とが》めるのは、前言をひるがえすことになる。

さいわい、琴童のしたことは、傷害罪にあたるから、そっちの名目で、思い切った罰を与えてやればいい。

わたしは、名判官だな。

どんな罰が正当か（つまりは、どうやって痛めつけようかということだが）と、西門慶は浮き浮きしながら、思案した。

やはり、指責めだな、と、ほっそりした指に目をやると、金蓮が、

「〈殺人祭鬼〉をして稜睜神《リンチエン》の生《い》け贄《にえ》にしたらいいわ」

ぶっそうな提案をした。

〈殺人祭鬼〉は、たびたび禁止令が出ている。つまり、いくら禁じても、止まらない風習であるわけだ。

人を殺して鬼を祭る。人身御供である。

犠牲にされるのは、無力な子供や女が多く、人買いがさらったり買ったりしたのを、稜睜神——福の神——の御利益を得たい金持ちに高く売りつけるのである。

残酷な殺し方ほど福の神の気に入るらしい。生きたまま、目をえぐり、耳と鼻を切り落とし、地に掘った穴に埋め、煮え湯を注ぐのが、もっとも効果的とされている。

禁令を出す天子のお膝元である開封では、さすがにあまり実施されていない。

「こいつを担げ」

西門慶の命で、応伯爵は、ぐるぐる巻きの琴童を肩にかつぎあげた。背が低い伯爵としては、なかなかの大仕事だ。

「まさか、大人、あのお祭りをやる気じゃないだろ？」

「さあな」

「やるのなら、わたしも祈り事はいろいろあるんだから」と金蓮が、「無断でやらないでくださいよ」

琴童が少し青ざめた。

それまでは、痛めつけられてもいっこうに音をあげず、せせら笑うような小生意気な表情をうかべていたのだが、相手が本気かもしれないと感じたのだろう。

いっしょに行こうとする金蓮を、

「おまえはついてくるな」

と、西門慶は制止した。

子供をかついだ応伯爵は、息を切らせて西門慶に従いながら、

「野暮ですよ。あんな祭りをするのは、田舎者ばかりだ」

忠告する。

西門慶は、鼻先であしらい、小部屋にかつぎこませ、扉をとざし、縛り上げた紐を応伯爵に命じてほどかせた。

裸のからだに、紐のあとが赤く残っている。

白い皮膚のしたにほどよくやわらかい肉がついて、

「食べてもうまそうだな」

冗談か本気か、みきわめがつかない西門慶の独言に、子供は眼を見開き、歯をくいしばった。意地でも、命乞いなどはすまいと心をきめているふうだ。

「後ろを向け」

西門慶は命じたが、子供は動かず、まっすぐに西門慶を見つめている。西門慶は蹴飛ばそうとしたが、思い直して、子供の背後にまわった。

「かわいい臀だ」

と褒《ほ》め、

「かわいがってやろう。おれは、まだ、子供はためしたことがない」

西門慶の高くもたげた雁の首はなかなかに逞《たくま》しく、子供は悲鳴をあげた。

「おやめなさい。裂けてしまう。わたしが代わりをつとめますからさ」

「おまえでは、酥《そ》のかわりに秣《まぐさ》を食わせられるようなものだ」

「旦那様」と、外から声がした。春梅の声だ。

とたんに、紫の艶《つや》を帯びた西門慶の雁首は、うなだれた。

――あの女、またも、これからというところで邪魔をする。

一瞬、西門慶の力がゆるんだ隙に、子供は応伯爵の後ろに逃げ込み、西門慶に強い目を向けた。蹴られても縛られても平然と表情を変えなかった子供の目が、激しい憎悪を放った。

## 其ノ五

春床欲睡《さんぜんせかいの》　騒然鶯声《うぐいすころし》
戦闘再開《もいちどねたいわ》　瓶児鶯声《ねえあなた》

数日後、西門慶《せいもんけい》は、琴童《きんどう》を供に夕靄《ゆうもや》のたちこめた庭をそぞろ歩いていた。

琴童の歩きぶりが不自由そうなのは、西門慶に菊座を痛めつけられたからだ。

この子供、ひどく無口である。あまり表情も動かさない。手込めにした西門慶にあからさまに憎悪の目を見せたのは、一瞬だ。その後は、かたくなに表情をくずさなくなった。

西門慶があれ以来、後ろから責めることをやめたのは、子供の臀《しり》がたいして美味ではなかったからだ。一度ためせば、たくさんだ。

いつか、隣家との境の塀ぎわにきていた。

そのあたりは、いっそう靄が濃い。淡い墨を一筋流したようにみえるのは、塀の上端の瓦だ。

西門慶は、これまで、自制だの忍耐だのとかいう〈美徳〉とはまったく無縁に過ごしてきた男である。

しかし、ここ数日、李瓶児《りへいじ》からの使いを、辛抱強く待っていた。

釵《かんざし》を口実に李瓶児に逢いに行くつもりだったが、考えてみれば、向こうだっておれに逢いたいはずだ、と、気がついたのだ。

夫のいないときをみはからって、向こうからおれに連絡してくるにちがいない、それが、女の実意というものだ、こっちから先に訪問するのは、相手をつけあがらせるもとだ……と、常に自分につごうよく考える西門慶だが、知らず知らず足が塀の方に向いたのは、李瓶児からいっこう音沙汰がないので内心苛立《いらだ》っていたためだろう。


この向こうに……と、西門慶はのびあがった。

もちろん、隣家の庭など見えはしない。

塀は、彼が爪先立って手をいっぱいにのばしてもとどかないくらい高いのだ。

その上、枝をのばした木蘭《もくれん》の繁った葉叢《はむら》が視界をいっそう邪魔している。

梢のあいだに、不意に、花が開いた。木蘭の花の季節ではないのに……。

いや、首だ。

李瓶児の首だ。

仄白《ほのじろ》く浮かんだ首は、西門慶を見下ろし、微笑した。

飛頭蛮《ひとうばん》！　とっさに西門慶が思い浮かべたのは、それである。

首がからだを離れて飛び歩く妖怪だ。ふだんは普通の人間として暮らしており、ときどき、気が向くと首だけ浮遊して、ふらふら遊びに出るのである。

西門慶は、立ちすくんだ。いくら想い人でも、首のお化けでは、たまらない。

冷静に考えれば、何も異様なことはない、相手は塀の向う側で踏台にでも乗ってのぞいているのだと、わかる。靄がもたらした錯覚だ。

「お出《い》であそばせな」

小さい手が、ひらひら招いたときには、西門慶も靄の惑わしから立ち直っていた。

「や、お邪魔をしてよろしいですか」

いそいそとして、表にまわろうとすると、

「乗り越えてお出であそばせよ」

塀を、と、李瓶児は、靄に溶けいりそうな儚《はかな》い顔立ちとは裏腹の大胆なことを、けろりと言う。

「遠回りをなさることは、ございませんわ」

そう誘われても、手もとどかない高い塀をどうやって乗り越えるのだ。

青くさい餓鬼の逢引きじゃあるまいし。

「いま、夫はおりませんのよ」

李瓶児は言った。その言葉の意味を自覚していないような無邪気な顔だ。

あの踊り子なら、と、西門慶は宙に舞った小さい纏足《てんそく》を思い出した。

——このくらいの塀はたやすく飛び越えるだろうな……。

などと思っている西門慶にかまわず、琴童が、太い枝に両手をかけ、地を蹴った。ひょいと枝に飛び上がり、さらに上の枝によじのぼる。靄のなかを見え隠れしながら、身軽に、のぼっていく。

こうすればいいじゃないか、と西門慶に見せつけるかのようだ。

礼儀をわきまえないやつだ。おれは、木登りを楽しむ年ではない。そんな軽々しいことをする身分でもない……と思ったのだが、李瓶児の無邪気なくせに妙に色っぽい笑顔に惹《ひ》かれ、二股にわかれた幹に足をかけた。よじのぼり、樹上から塀の上に身を移した西門慶の目に、李瓶児の全身が映じた。

李瓶児は、象の背に横座りになっていた。


靄が、李瓶児の庭は、いっそう濃い。

「池から湧くんですわ」

西門慶は象に乗り移り、李瓶児を膝に抱いた。象に乗るのは、西門慶もはじめてだ。おっかなびっくりまたがると、李瓶児が両腕を彼の頸《くび》に甘くまわした。

象の背にゆられて靄の中を行く。琴童は、象の頭の上に器用に腰をすえている。

足もとも行く手も見えず、雲の中をただよう気分だ。

流れる靄に、李瓶児の姿は、たえずおぼめく。

夢心地をたのしむ風流心は持ちあわせず、現実的な快楽にしか興味のない西門慶は、さっそく女の前に手をのばした。ふわふわとした手触りだ。毛深いのだなと思ったとたんに、甲に血の筋が走った。

猫の爪だ。李瓶児の両腿のあいだに、靄にまぎれて、雪獅子《ゆきじし》がいた。

ええかっこしいの西門慶としては、猫にひっかかれても、女の前で、ギャ、などと声をあげるわけにはいかない。そしらぬふうをする。

「悪い子」

李瓶児は、猫を放り出した。白い靄の中に、白い仔猫は吸い込まれ、消えた。

「飼っておられるんですか」

と西門慶が訊いたのは、象のことだ。

皇帝は、軍隊のパレード用に数十頭の象を飼育しているが、個人で飼っているのは首都開封《かいほう》でもさすがに珍しい。

「象《これ》も、主人の伯父が残していったんですわ」

西門慶の手をそれとなく、もはや危険な爪のいなくなった場所にみちびきながら、李瓶児は言う。こころよく湿った沼を、西門慶は中指でまさぐる。おや、沼の襞《ひだ》が動いているではないか。ひたひたとからまり、指はくわえこまれた。たちまち、付け根までぐうっと――。あ、これは、まるで魚の口だ。こりこりと付け根を嚙むぞ。指の先は、熱いぬめりのなかで翻弄されている。

西門慶は指では物足りなくなる。

「さすが、花太監《かたいかん》ですな。象を飼っておられたとは」

応答は上の空だ。

片手は、李瓶児の胸の上にある。顔も頸も玻璃《はり》細工のようなのに、乳房の感触は――ああ、それは、豊潤な乳房以外の何ものにもたとえようがない……。

「しかし」と、西門慶は、ふと浮かんだ疑問を口にした。

「花太監がなくなられてから、あなた方がここに移ってこられるまで、ずいぶん日数がたっていたんじゃありませんか。象は、だれが世話していたんです」

「それが、不思議なんですのよ」

李瓶児は、からだの重みを西門慶にあずけ、

「伯父が飼っていたのは、象ばかりじゃございません。孔雀《くじゃく》だの、鳩だの、馬だの、豚だの。世話するものはいなかったはずですのに、それが、みんな、元気で……」

そう口にするころ、霽は晴れ上がり、夕陽にかっと照らされた広大な庭が姿をあらわした。池の面には、まだ水煙の名残《なごり》がたゆたっている。西門慶は、ちょっとあわてて指を引抜き、なにくわぬふうをつくろった。

数十人の男たちが、立ち働いていたのだ。

色事にかけては鉄面皮《てつめんぴ》な西門慶だが、不義の現場をあからさまに目撃されては具合が悪い。

李瓶児はわるびれた様子もなく、

「庭は、伯父の死後、だれも手入れをしなかったとみえて、こんなに荒れてしまって」と、説明口調になる。「職人を入れて、作り直させていますの」

幾重にもかさなり聳《そび》える太湖石の巨大な築山はなかば崩れ、池に架けられた石橋もこわれている。ころがり落ちた岩石を縄で引き起こしたり、亭の屋根瓦を葺《ふ》き直したり、橋を架けなおしたり、と、男たちはいそがしげだ。

薔薇、桃、葵、柳、蘭、竹、梧桐《あおぎり》、紫蘭、菊、梅、李《すもも》、杏《あんず》、杜若《かきつばた》、茘枝《れいし》、柘榴《ざくろ》、楓、百合、芍薬《しゃくやく》、棗《なつめ》、萩、松、茱萸《ぐみ》、菖蒲、舜華《むくげ》、槐《えんじゅ》、楊梅《ようばい》、合《ね》歓《む》、梔子《くちなし》、藤……と、おびただしい花樹、草木が、根っこから倒れたり、枝が折れたり、ひこばえが生い茂ったり、無惨なありさまだ。羊歯《しだ》やら藪枯らしやら伸びほうだいの雑草は、職人たちに踏みにじられ、泥と摺《す》り混ぜたようになっている。

回廊、曲廊が、視野を複雑にさえぎり、一つ一つ違った意匠を持つ花窓のむこうに、これもまだ荒れたままの院子が見える。

これらがすべて整ったら、四季おりおり、さぞ見事だろう。

花子虚《かしきょ》の青瓢箪づらを、西門慶は思い浮かべ、この園林の持主が、自分ではなくてあんなやつであるということが、きわめて不条理に思えてきた。

女ごと、おれのものであって、しかるべきだ。花子虚は、たまたま、花太監の甥《おい》に生まれついたというだけじゃないか。

塀ひとつが、おれの庭とこの壮麗な園林をへだてる。

庭が完成したら、こちらの手に入れる手段を講じよう。相手が花太監では歯が立たないが、甥の青膨れならなんとでもなりそうだ。

西門慶は、このところ、大損をしている。店の方はうまくいっているのだが、南で買いつけた物産を積んで戻ってきた船が、途中で行方不明になるということが、二、三度起きているのだ。そのたびに、投じた資金を失っている。こんなことが何度も続いたら、いくら西門家でも身代《しんだい》が持たない。

なんとしても、この庭、手に入れるぞ。

この女も、と、西門慶は、腰を抱いた手に思わず力がこもったが、そのとき、視線を感じたような気がして、目を投げた。

太湖石の築山を、ふわふわと走り登る白い毛玉が、まず、目に入った。

さっき李瓶児が放り投げた雪獅子だな。

西門慶に視線を向けていたのは、もちろん、仔猫ではない。岩山の頂上近くに立っている職人だ。

若い小柄な男だと、見てとれる。

その顔立ちが、なんだか、西門慶には気にかかった。

遠目なので、はっきりとはしない。

仔猫が、その男の足にじゃれついた。

若い男はのけぞり、足を踏みすべらせ、岩のむこうに落ちた。まるで、虎か何かに襲われたようなあわてぶりだと、西門慶には見えた。

周囲で働いている職人たちが、駆け寄っていく。

——あの若い男……

だれかに似ている、と西門慶は思い、春梅《しゅんばい》だ！　と気づいた。春梅に似ているということは、あの踊り子に似ているということにもなるが……。

宙にひるがえった踊り子の小さい纏足を、西門慶は、なつかしく思い浮かべた。とっさの場合に、あの娘はおれを助けてくれた。よほど、おれに惚れたのだなあ。

もう一度、遇《あ》ってみたいものだ。

武松《ぶしょう》の恐ろしさは、記憶から薄れてきていた。

あの娘のかわりに、春梅を姦《や》ればいいか。膝の上の李瓶児の重みをたのしみながら、西門慶は、ちらと、そんなことを思った。

李瓶児は職人の事故には目もくれず、三人を乗せた象はゆったりと歩みを進める。
　人影のない院子にきたので、西門慶はふたたび指から全身につたわる感触をたのしみはじめた。

「主人は、清河《せいが》県にでかけて、今夜は帰りません。何か、財産のことで、兄弟といざこざがあるとかで」

　庭はまだ荒れているけれど、李瓶児の居室は、掃除がゆきとどき、かたづいていた。

　しかし、臭い。

　鳥籠が、大小、十幾つはあるだろう

か、窓辺にずらりと吊るされ、卓子の上や床にまでおかれ、それぞれに、鸚哥《いんこ》だの鸚《おう》鵡《む》だの鶯《うぐいす》だの小綬鶏《こじゅけい》だのが羽根をやすめている。華麗な色彩にみちているのだが、鳥の糞のにおいもまた充満している。

「よほど、生きものがお好きなのですね」

西門慶が言うと、

「ええ、あたくし、もう、かわいくて、かわいくて」

李瓶児はしおらしく微笑《ほほえ》み、うなずいたが、そのとき、琴童が、いかにも皮肉な表情をうかべた。

「なによ、おまえ」

気に障《さわ》ったのだろう、李瓶児はとが

めた。西門慶に向ける甘い声とはまるでちがう声音だ。

鳥籠のひとつの、扉に琴童は手をかけ、開け放った。

生きものが好きなら、自由な空に飛び立たせてやれよ、と、言わんばかりに。

しかし、一羽として、籠の外に出ようとする鳥は、いなかった。

「ばかだねえ」李瓶児は嗤《わら》う。「籠の中にいるのが一番安全で楽しいと、鳥たちは知っているんだよ。猫の爪もとどかないし、餌はたっぷりあるしね」

召使が酒肴《しゅこう》や果物を運び入れ、明かりを灯《とも》して出ていったあと、李瓶児は窓寮《まど》を閉ざした。窓は二重になっていて、外側を窓、内側を寮という。

「召使が、ご主人に言いつけやしませんかね」

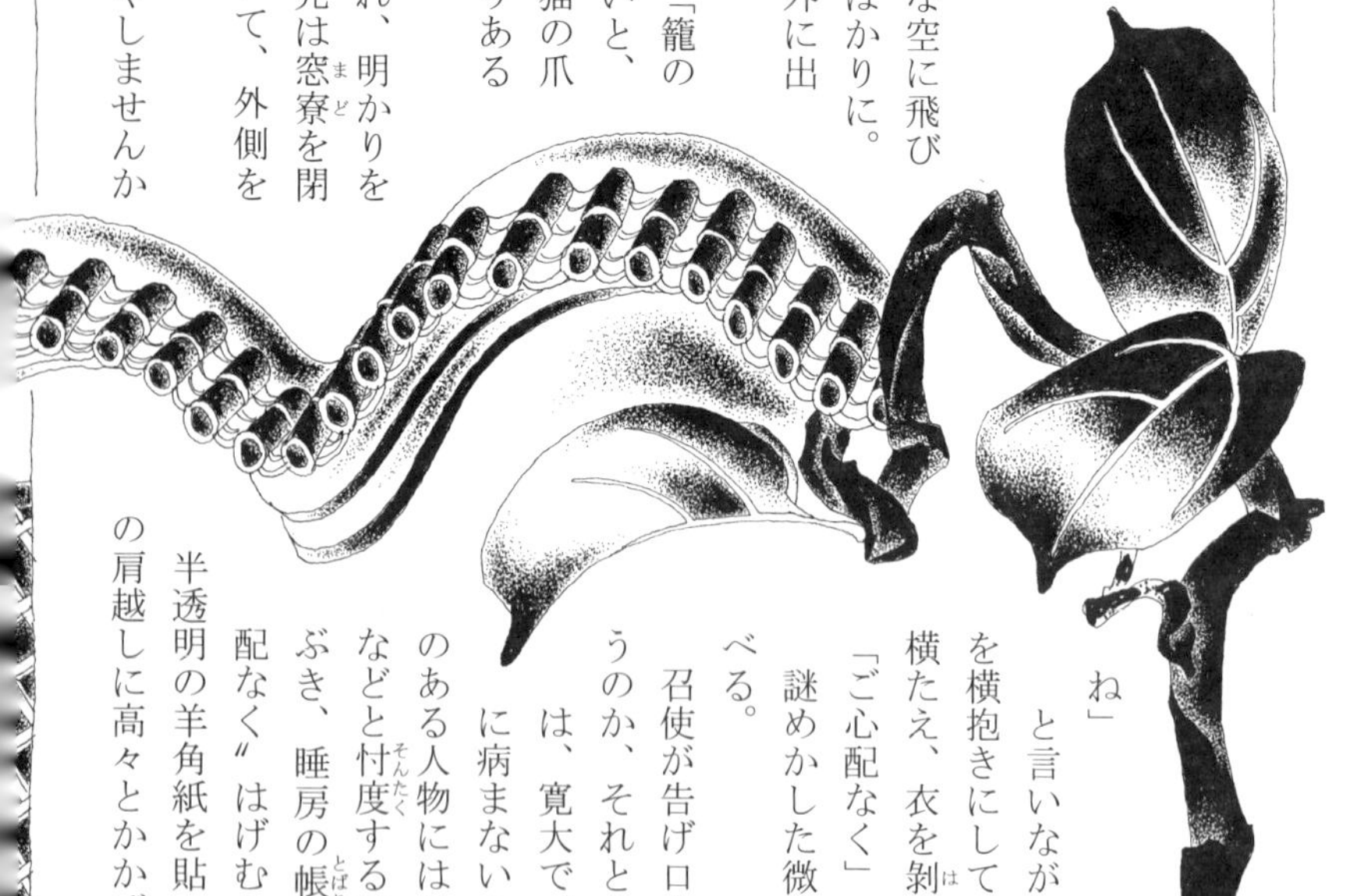

と言いながら、西門慶は李瓶児を横抱きにして、睡房の上にそっと横たえ、衣を剝《は》ぐ。

「ご心配なく」

謎めかした微笑を、李瓶児は浮かべる。

召使が告げ口する心配はないというのか、それとも、花子虚という男は、寛大で、妻が浮気しても気に病まないのか――そんな度量のある人物には見えなかったが――などと忖度《そんたく》する手間は、西門慶ははぶき、睡房の帳《とばり》を開いたまま、〃心配なく〃はげむことにした。

半透明の羊角紙を貼った窓寮に、西門慶の肩越しに高々とかかげられた小さい纏足の影が映る。

李瓶児の瀝々《れきれき》たる鶯声《おうせい》と西門慶の喃々《なんなん》たる燕語《えんご》に、鳥たちの啼声と金属を打ち叩く音が、けたたましく、喧《やかま》しく、まじった。

意地になったのか、琴童が、鳥を追い出そうとして、ありあわせの棒で籠を叩きまくっているのだ。羽毛が飛び散る。

西門慶は睡房を下り、棒をとりあげ、琴童を打ちのめした。

「お仕置をするのなら、あなた」

けだるく寝そべって、李瓶児が口をはさむ。

「お魚ちゃんにしてやったらよろしいわ」

「魚？　水に漬けるのかい。すばしっこいから、こいつ、泳げるんじゃないか。お仕置にはならないな」

「お湯の中でね、あなた」

李瓶児は肘枕《ひじまくら》で、「あなたのそれをね、赤ん坊がお乳を吸うみたいに、吸わせるの」

「嚙みつくよ、こいつは」

「もちろん、歯は全部、抜くんですわ。歯茎がこりこり当たって、たいそう具合がいいって言いますよ」

子供の歯茎は、たしかに、菊座よりはるかに心地よさそうだ。象の上で、指を李瓶児の下の口にくわえこまれ、魚の口を連想したことを西門慶は思い出し、「あなたは、うちの五番目のより、賢いなあ。いいことを知っていますね」

と感じ入った。

金蓮《きんれん》が提唱した殺人祭鬼は、一度こっきりしかできない。殺してしまえば、それで終りだ。よほどの願いごとのあるときでなくては、もったいない。魚ちゃんなら、何度でも役立たせることができる。

西門慶は、ますます李瓶児がいとおしくなった。

「帰宅したら、早速、呪《まじな》い師を呼んで、抜かせましょう。だが、その前に、あなたに、お魚ちゃんになってほしいな。あなたなら、

歯を抜かなくても、嚙みついたりはしないでしょう」
少しぐらい嚙まれても、李瓶児の歯なら、いいか。
西門慶の請いに、李瓶児はさっそく応え、召使を

呼び、湯船と蘭の湯を室内に運び入れさせた。

魚戯ばかりではない、李瓶児は舟となって玉股を揺すり、西門慶は李瓶児の玉筍《ぎょくじゅん》をつかんで舵をとり、喜々歓々は美女の情、雄々糾々たるは男児のつとめ、とばかりの色合戦。

叩きのめされて身動きもならない琴童は、怒りの眼を、湯気立ちのぼる浴槽に据えながら、幼鳥の一羽をこっそり袖の中に入れた。


さて、色浸りの西門慶は放っておいて、孟州《もうしゅう》に流罪と決まった武松に目を向けよう。

燕青《えんせい》の方は、恐れていた宮刑はまぬがれ、鞭《べん》だけで出獄をゆるされた。

『刺配孟州牢城』の文字を両頬にわけて入れ墨され、七斤半の首枷《くびかせ》をはめられた姿の武松が、二人の護送役人とともに開封を発つとき、先に牢を出ていた燕青は城門の外まで見送り、「兄貴、かならず、帰ってこいよ」と、名残を惜しんだのだった。「護送のやつらなんか、途中で殺しちまえ」と身振りでそそのかしたが、武松はこれ以上無辜《むこ》のものを殺す気にはなれなかった。

だが、兄の仇を討てなかったのは、いかにも心残りでならない。機会をみつけ、護送役人をまいて開封に立ち戻り、今度こそ、あいつを、と、武松はひそかに心を決してはいるのだった。
炎天の街道を、武松と二人の役人は歩きつづけた。流刑地までの旅費は、罪人が自弁するの

である。役人の分もだ。役人は多少のお手当が支給されるが、それは使わず、罪人の懐《ふところ》をあてにする。

罪人に余裕があれば、道々、酒をのませ、うまい料理を食わせ、役人の方でも嬉しがって扱いに手心をくわえるのだが、武松はあいにく、清貧の人だ。どうにか飢えないだけの食しかとれず、酒のかわりに湧き水で渇をうるおすというふうだから、役人の機嫌はきわめて悪い。あしらいも手荒だ。

巨大な柳の下に居酒屋の旗じるしが垂れているのを見つけた役人は、「一杯飲もう。銭が足りないなら、おまえが薪割《まきわ》りでも水汲みでも手伝って、飲み代をかせげ」と命じ、さっさと、店に入った。

出迎えたのは、肉づきのいい、大女である。壁のように白粉《おしろい》をぬたくり、頬の紅《べに》が真赤だ。男が化粧をしているのではないかと武松が疑ったほどのたくましいからだつきだ。

山盛りの肉饅頭《まんじゅう》を女は卓子にはこんできた。

「うちの名物なんですよ」

これでは、後で、只働きをして飲み食いの代金のかわりにしなくてはなるまいな、どうせ働くのなら、思う存分食ってやろう、と、武松はでかい饅頭に食いついた。

口の中に噛み切れない変な筋が残った。

ひっぱりだしてみると、数本の髪の毛だ。

女が奥に入ったすきに、

「この店はなんだか、あやしい。飲まずに出立しよう」

と、武松はささやいたが、役

人たちは、飲み食いの銭
を払うのが惜しいのか、
と、相手にせず、女がは
こんできた濁酒を、ぐい
ぐい飲む。
武松は用心して飲む
まねだけにした。
たちまち、役人たちは

眠りこけた。武松もそれをまね、熟睡したふりをして床にころがった。

「おまえさん」と、女が奥にむかって呼ばわると、のっそりと男が出てきた。背が高く、骨ばった手足が不格好に長い。役人ふたりをいっしょ

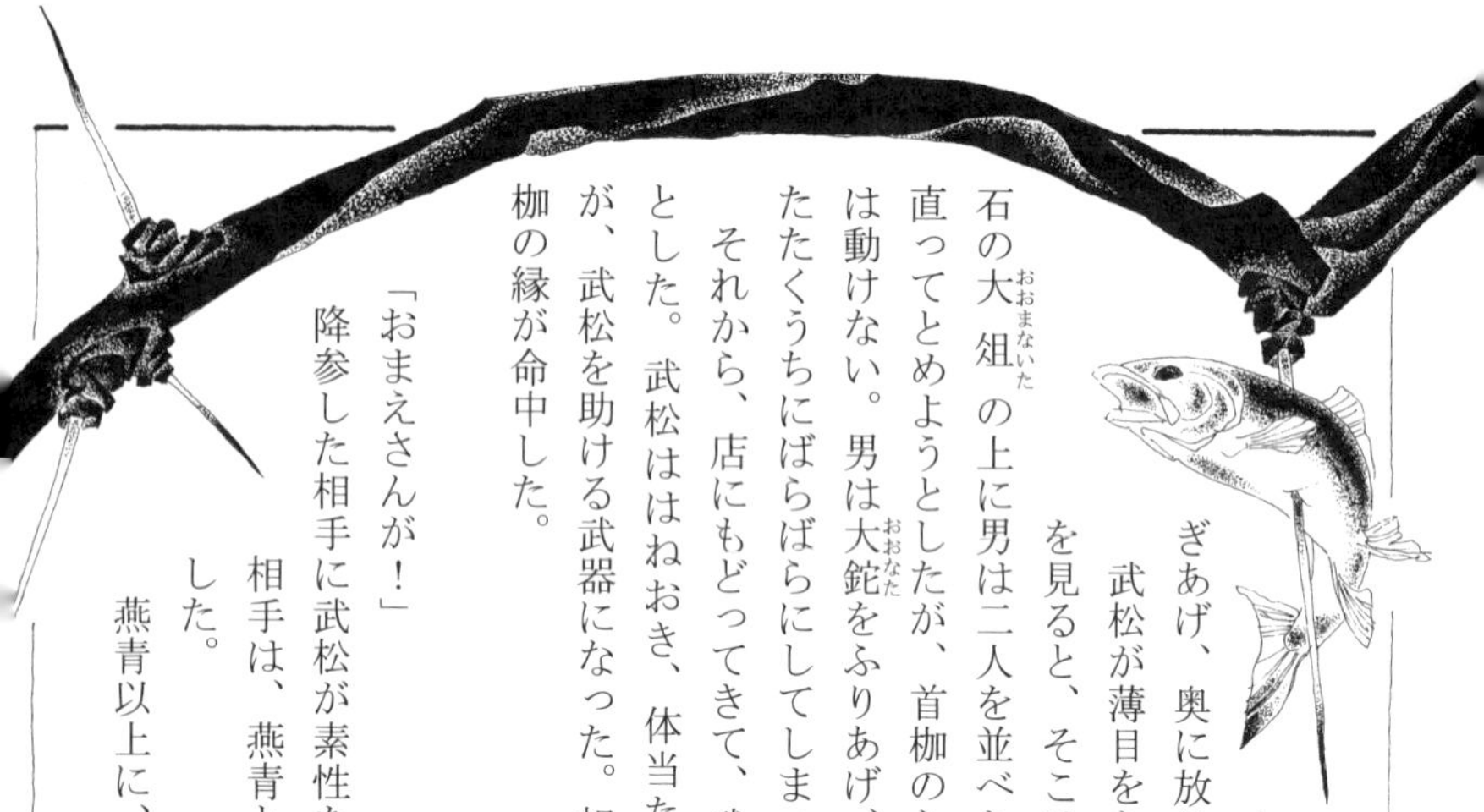

くたに肩にかつぎあげ、奥に放りこんだ。

　武松が薄目をあけ、奥の様子を見ると、そこは台所らしい。石の大俎《おおまないた》の上に男は二人を並べた。武松は起き直ってとめようとしたが、首枷のためにとっさには動けない。男は大鉈《おおなた》をふりあげ、首と手足、またたくうちにばらばらにしてしまった。

　それから、店にもどってきて、武松をかつごうとした。武松ははねおき、体当たりした。首枷が、武松を助ける武器になった。相手の腹に、首枷の縁が命中した。

「おまえさんが！」

　降参した相手に武松が素性を告げたとき、相手は、燕青と同じ反応を示した。

　燕青以上に、かしこまってしまった。

「あの虎退治の武隊長か。おれたちは、大変なお方に出会ったんだなァ」

　まことに失礼を、と、夫婦そろって頭を下げる。お偉方にはいっこう通用しない武松の武勇譚だが、悪党のあいだでは、鳴りひびいているらしい。

　店の男は張青《ちょうせい》、女はその女房で母夜叉《ぼやしゃ》の孫二《そんじ》娘《じょう》と名乗った。

　この店、表向きは居酒屋だが、旅人を物色し、薬酒でねむらせ、解体して黄牛《あめうし》の肉と称して売り、残りの肉は挽きつぶして饅頭の中身にする。そう、張青は説明した。なるほど、台所の奥まった壁には、ひろげた人の皮が数枚、釘で打ちつけられ、梁《はり》には脚が数本、吊り下がっていた。

「不用心じゃないのかね。人目につくだろう」

「なに、村の者は、みな、知っている」

　張青はこともなげに言った。

「ひっかかるのは、旅の者ばかりだ。おれたち夫婦の稼ぎで、村の者もうるおうのだから、訴人する阿呆はいねえ。しかも」と張青は指を三本たて、「おれたちは、旅の者でも、坊さん、女芸人、流されてくる罪人、この三種には、手は出さねえと決めている」きっぱり言った。

「武隊長、あんたのことも、殺す気はなかったのだよ。あんただけは助けるつもりだったんだが、そう話す前に、あんたにやられちまったから」

僧侶を殺さないのは仏罰が恐ろしいからだろうし、弱い女芸人に手を出さないのは、俠気《きょうき》というものだろうが、

「罪人を、なぜ見逃す?」

「お上ってのア、ひどいやつだ。そのお上にさからって罰を受けるのア、善いやつだ」

張青の黒白のつけかたは、きわめて単純明快であった。役人の中にも陳文昭《ちんぶんしょう》のように情理をわきまえた者もいる、と武松は思ったが、話がややこしくなりそうだから、口にするのはやめた。ややこしい話は、武松も苦手だ。

「役人が死んじまったのだから、なにもばか正直に孟州まで行くことはねえでしょう」と、夫婦は言った。

武松、もとより、折を見て役人をまき、開封に戻って兄の仇討ちをするつもりだったのだから、願ってもないチャンスだ。

しかし、首枷は夫婦がはずしてくれたが、頬の二行の入れ墨を、如何《いか》にせん。燕青のような艶《あで》やかな花繍《いれずみ》なら自慢もできるけれど、金印とも呼ばれる頬の墨は、だれの目にもそれとわかる、孟州追放の流刑人の証《あかし》である。

案じる武松に、

「消す手立ては、無いわけじゃありません」

そう言ったのは、母夜叉孫二娘。

「実を言やア、わたしも入れ墨者」

と、化粧の濃い頬をさした。

「前科を示す文字を二行、両の頬に入れられていたのですが、この店に足をやすめた坊さんが、消してくれたのですよ。腕の墨なら焼き消すことができますが、女の頬に火傷《やけど》が残っちゃあ、無残だと、その坊さん、何か薬を文字の上にさし、消してくれたのでした。それでも、まるきり消え失せはしないけれど、紅白粉を塗りたくれば、目立たぬほどにはしてくれました」

「その坊さんは、どこに」

腰を浮かせる武松に、

「梁山泊《りょうざんぱく》に行くとか言ってでしたけどねえ、たしかなことはわかりません」

「梁山泊……」

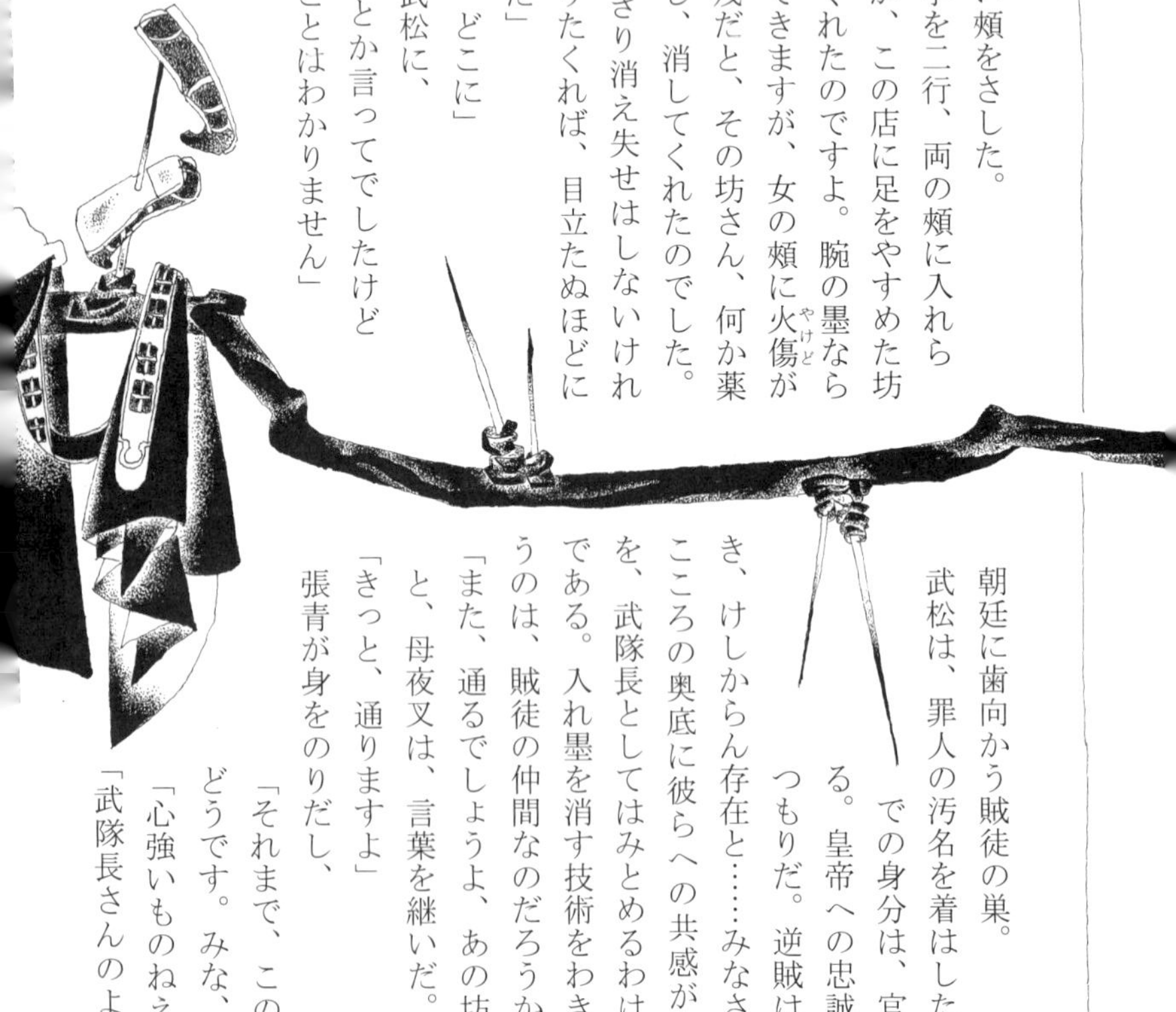

朝廷に歯向かう賊徒の巣。

武松は、罪人の汚名を着はしたけれど、それまでの身分は、官軍の下士官である。皇帝への忠誠は忘れていないつもりだ。逆賊は、退治されるべき、けしからん存在と……みなさねばならない。こころの奥底に彼らへの共感がひそんでいるのを、武隊長としてはみとめるわけにはいかないのである。入れ墨を消す技術をわきまえた坊主というのは、賊徒の仲間なのだろうか……。

「また、通るでしょうよ、あの坊さん」

と、母夜叉は、言葉を継いだ。

「きっと、通りますよ」

張青が身をのりだし、

「それまで、この村に居坐ったらどうです。みな、歓迎しますよ」

「心強いものねえ」と母夜叉も、

「武隊長さんのような豪傑に、村

に住んでもらったら」

「お世話になりましょう」

決然と、武松は、言った。

人情的に表現すれば、男子意気に感ず、というわけだが、ちやほやされていい気分になっただけだ、とも言える。

人肉入りの肉饅頭は食う気になれず、母夜叉が黄粱《こうりょう》を炊くあいだ、武松は外に出た。

都につづく道の果てに目を投げ、うたた寂寥《せきりょう》の思いにとらわれた。

こういう単純な武勇の男は、えてして感傷的になりやすいのである。

官の軍人として出世し、貞淑な妻をめとり、恩のある兄に尽くし、と、思い描いていた行く末が、めちゃめちゃになってしまった。

これもだれゆえ、あの売女《ばいた》と西門慶のためだ。

おれは、兄の仇を討つ以外に、生きる目的を失ってしまった……。

ここで、坊主を待とう。いつまでもこなければ、梁山泊をおとずれるまでだ。

ついでに、賊徒の動静をさぐり報告すれば、皇帝への忠誠を愛《め》でられ、逃亡の罪もゆるされるのでは……と武松は思いついたが、

——そう、うまくいくだろうか……。

おぞましい頬の入れ墨に、思わず手をあてる。

「兄貴」

かたわらの茂みから、声がかかった。

なんと、開封の城門で別れた燕青だ。

「兄貴のことが気になってさ、後をついてきたんだ」

兄貴が酒を飲むふりをして、実は捨てたのも見てとったから、後は安心して成り行きを見物していた、と燕青は言った。

「ここに、しばらく滞在するんだって？」

「そうだ。いずれ、帰って、仇討ちをするが。おまえも、ここで暮らさないか」

「おれは、まだ開封に用があってね」

清河県にいたとき、と、燕青は言った。

「女に誘われて手を出したら、亭主に気づかれ、ちょっと怪我をさせたため、牢にぶちこまれたと言っただろう」

そうだっけかな。武松は、あのとき、自分のことで頭が一杯だったから、おぼえていない。

「そいつが、伯父の宦官《かんがん》が死んだので、遺産を継いで、開封にいると、わかったのだよ。

おれも、そいつに、おとしまえをつけさせなくちゃあ、腹が癒《い》えない。

じゃあ、開封で待っているぜ」

あばよ、と、燕青の姿は夕闇に溶け入った。

## 其ノ六

截断珍玉《たからなくして》　把握宝田《かねひっつかみ》
肥満宦官《あとはふくれて》　孤愁孤臥《ねるばかり》

夏も終わり、重陽節をむかえた。
この日、清河《せいが》県に住む西門慶《せいもんけい》の娘が夫といっしょに里帰りし、正夫人呉月娘《ごげつじょう》から第二夫人の李嬌児《りきょうじ》、第三夫人の孟玉楼《もうぎょくろう》、第五夫人の潘金蓮《はんきんれん》と、ずらりと集まって、西門慶をかこみ、宴会がもよおされた。
女たちは競って艶《あで》やかに着飾り、綸子《りんず》の上着の緋やら金やら緑やら、真珠の髪飾り、翡翠《ひすい》の腕輪、紫水晶の耳環、おびただしい蠟燭の灯に照らされて煌《きら》めき、香料のにおい、茉莉花《まつりか》酒のにおい、脂っこい料理のにおいが、むんむんと室内にみちる。
応《おう》伯爵までぬかりなくお相伴にあずかっているのだが、第四夫人の孫雪娥《そんせつが》ばかりは、台所で料理つくりに追われ、食卓につくひまがない。それほど、わたしの料理の腕はすばらしいのだと誇りに思う以外に、孫雪娥は、アイデンティティを保つてだてがないので、できた料理をみずから運んでは、みなの顔色を見、賞賛の言葉を待つ。しかし、だれもが、食べたり喋《しゃべ》ったりに夢中で、その製作者は無視される。孫雪娥は、小さい溜め息をついて台所にもどり、新たな料理にとりかかるのであった。

それぞれの夫人付の召使は後ろに立って、奥様の世話をする。

琴童《きんどう》も侍《はべ》らせられている。

心やさしい読者にとって幸いなことに、琴童は、歯を抜かれお魚ちゃんにされるのをまぬがれた。西門慶が仏心を起こしたわけではない。応伯爵の機転による。

歯を抜いたって、その気になれば、噛《か》みちぎるのはむずかしくないんですよ。

言いくるめられはしないぞ、という顔の西門慶を、下町の茶店に連れていった。そうして、中年の女主人の胸元をはだけさせたのである。垂れた胸乳《むなぢ》の、片方は乳首がなくて、縫い縮めたようにつぼまっていた。

若いころ、乳の出が悪かったので、怒った赤ん坊が噛み切ったんです。赤ん坊は歯はないけれど、歯茎だけで、これくらいのことはやってのけます。まして……、と、応伯爵に言われ、西門慶は納得したのであった。

実のところ、女が乳首を失ったのは、間男に乳を吸わせているところを見た亭主が激怒して万力で捻《ね》じ切ったせいだが、西門慶は応伯爵の言葉をあっさり信じた。わりあい、単純なのだ。

お魚はやめたが、ときどきいたぶって娯《たの》しんでいる。二度ほど、指責めにもしてやった。

いくら痛めつけられても、琴童は逃げることはできないのである。西門慶に買い取られたのだ。逃げれば、琴童の親が牢に入れられる。琴童の心の中に憎悪がたぎるのに、西門慶は気がつかないわけではないが、手向かいはできまいと、たかをくくっている。

西門慶は、妻妾《さいしょう》数多いのに、子供といっては、娘ただひとり。いまの正妻呉月娘は後妻で、娘は死んだ前妻が生んだ子供だ。

最初の結婚のとき、西門慶は十八だった。娘は翌年生まれたのだから、まだ、十四歳。その年でも、貧しい家の娘なら色稼ぎもさせられ、かなり熟しもするが、これは、まだまるで子供で、いまだに、西門のお嬢ちゃんと呼ばれている。娘婿の陳経済《ちんけいざい》は二十三歳、清河県で官職についている。若いから職位は低いが、政府高官・楊戩《ようせん》と縁続きである。楊戩は皇帝の第一の寵臣蔡京《ちょうしんさいけい》と昵懇《じっこん》の間柄だ。官職を得たい西門慶の、政略結婚である。陳経済としても、西門慶の財力にバックアップされるのは大いに好ましいので、お嫁さんが男相手より人形遊びの方が楽しいという女の子でも、不服は言わなかった。結婚したのは、一昨年、お嬢ちゃんは十二だった。初夜の床で、夫の玉茎を目にすると、珍妙なものを持っているのね、と、お嬢ちゃんは笑いだしてしまい、つねったり捩《よ》じったり、玩具にするばかり。性教育はまったく受けていないのだった。痛くて、陳経済の陽物は萎《しお》れてしまう。こうするのだと正しい扱い方を教えた

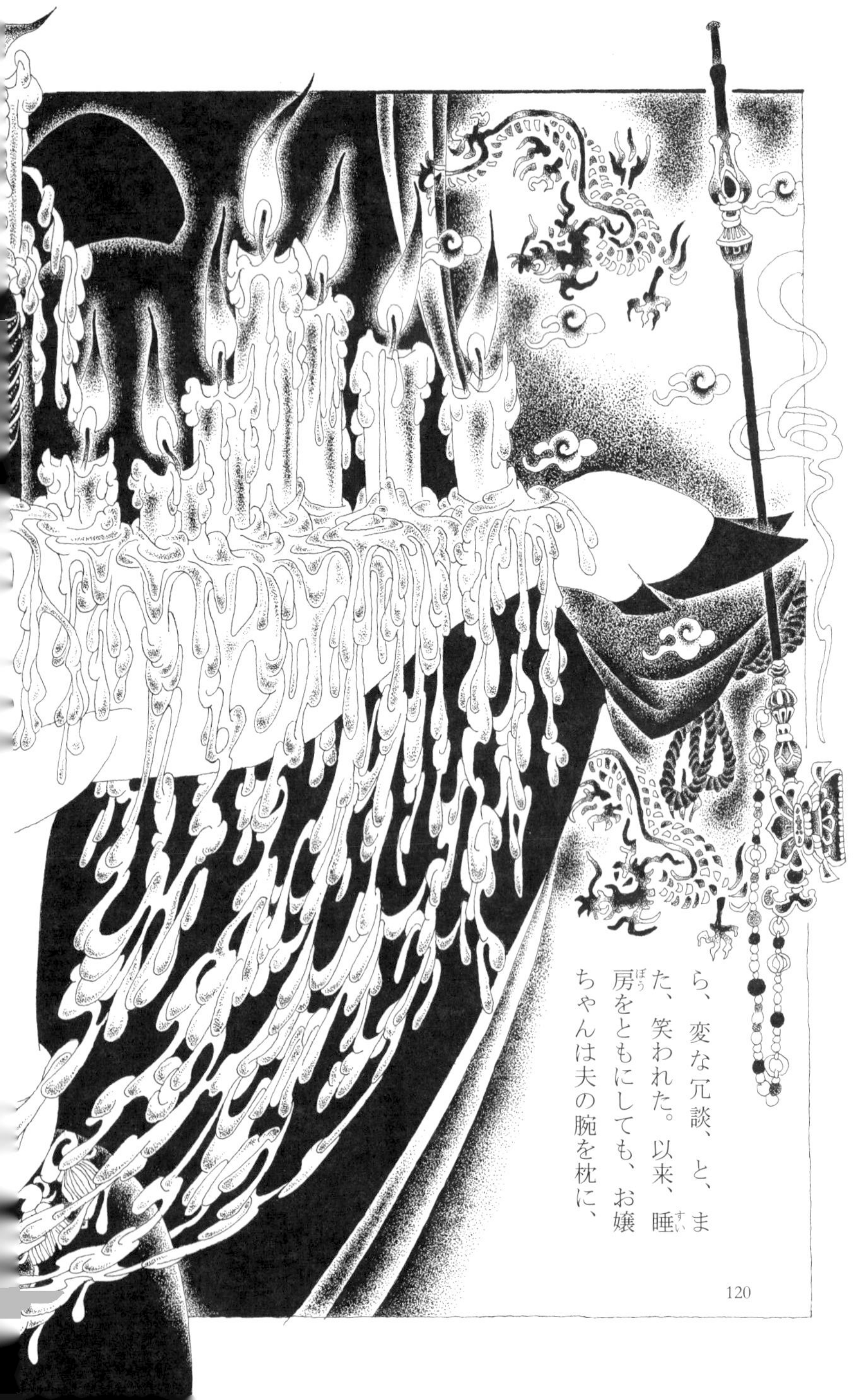

ら、変な冗談、と、また、笑われた。以来、睡《すい》房《ぼう》をともにしても、お嬢ちゃんは夫の腕を枕に、

自分は人形に腕枕をさせ、
寝る。
まあ、しかたない、女道楽は、
舅《しゅうと》を見習えばいい——
と思ったのだが、西門慶
は、自分は遊びほうだい
のくせに、娘の
亭主の浮気は許

さないのである。妾《めかけ》を持つことも、娘が悲しむからと、禁じている。陳経済は目算がはずれた。お嬢さんがいまだに処女だとは、陳経済も、男の面《メン》子《ツ》がたたないから、打ち明けていない。

卓子の上には、数々の料理の中央に、銀の盆にのせた豚の頭の煮込みが鎮座している。孫雪娥が腕をふるった逸品である。毛をつるつるに剃り上げた豚の頭を鍋にいれ、スープをひたひたに注ぎ、油と醤油を大碗に一杯ずつ、それに茴香《ういきょう》やら何やら香料をたっぷり入れ、きっちりと蓋《ふた》をして、長い薪《まき》一本が燃え尽くすまで、とろとろ煮込む。香料に秘訣があるらしいのだが、雪娥は、だれにも教えない。充分に煮込むと、皮も肉もとろけるほど柔らかくなる。しかも、形がくずれないのも、孫雪娥の伎倆《ぎりょう》だ。

象牙の箸で小皿にとりわけ、生薑《しょうが》と蒜《にんにく》を薬味に、口に入れるとき、西門慶も女たちも、至福の感情にひたる。

「お舅《とう》さんは、いい奥さんがたをお持ちだ」

陳経済は、琥珀《こはく》の酒をみたした瑠璃《るり》の杯をかさねながら、つい羨《うらや》ましげな吐息をついてしまう。彼の家の召使は、幼い奥方の指図などまるで聞かず、食事も手抜きでまずい。

名器揃いの女たちのなかでも、酔いのまわった潘金蓮の濃艶《のうえん》さといったら、ない。いささか品はないが、なめらかな肌の下に乳と蜜が流れているようだ。

西門慶に命じられて、応伯爵は、料理を食べる手をとめ、竪琴を弾きはじめた。この男、器用で、楽士も充分につとまる。琴童は、これも命じられて、羯鼓《かっこ》を打つ。まだ料理にありつけない琴童は、唾をのみこむ音をけどられまいと歯をくいしばる。意地っ張りなのだ。芸妓あがりの第二夫人李嬌児が、楽にあわせて歌う。

陶然と酔った金蓮が、立ち上がり、ゆるやかに、そうして激しく、踊りはじめた。

躰が火照《ほて》るのだろう、踊りながら金蓮は上着を脱ぎ捨てた。肌にまとうのは、紗《しゃ》の領巾《ひれ》一枚。

見物しているだけで、陳経済は半ば悶絶《もんぜつ》した。

西門慶が歌舞を楽しみつつコリコリした豚の耳を味わっている最中に、隣家からの使いが来た。

「突然で、もうしわけございませんが、どうにも困り果てていることがございます。お隣の誼《よしみ》で、なにとぞ、相談にのっていただけませんでしょうか」という口上である。

「まいりますとも、すぐにまいります、と、奥様につたえてくれ」

西門慶は、そわそわと席を立った。

「夫婦喧嘩でもしたのかしら。それだったら、うちの旦那様に仲裁をもとめるなんて、とんでもないことなのに」西門慶が部屋から出るやいなや、第三夫人の孟玉楼が、皮肉と憤懣《ふんまん》を声音にこめた。

西門慶のいそいそとした様子は、だれの目にもあまりに露骨だった。

「お隣の奥さんとしめしあわせているのではないかしら。旦那様のことだから、もう、手を出したのかもしれないわ。きっと、お隣はご主人が留守だからと、誘いをかけてきたんだわ」第二夫人李嬌児が、つけつけ言う。

「これだけ美しい方がそろっておられるのに、まさか」と、陳経済。

「うちの旦那様が目をつけたとなると、お隣のご亭主、いつまで命があるかしらねえ」

李嬌児がそう言ったとたん、食べ散らされて半

ばくずれた豚の頭が宙をとんだ。肉と脂にまみれた李嬌児に、

「あら、ごめんなさいよ。

食べようとしたら、つい、手がすべって」

皿ごと投げつけた張本人の金蓮は、しれっと言う。

きィッと悲鳴をあげて立ち上がる李嬌児を、呉月娘が、

「お客さまもおいでになるのに、見苦しいところをお目にかけて

はいけませんよ」

さすが、正夫人の貫禄をみせて制した。

武大《ぶだい》の頓死の真相に関する噂は、女たちも聞き知っている。それをあてこすった李嬌児を、呉月娘は、陳経済の耳をはばかって、たしなめたのである。それとともに、金蓮にも、言葉はやわらかいが痛烈な皮肉を、投げた。

「こういうお料理の食べ方を、ご存じないのね。蒸し餅でしたら、踊りながらでも食べられるでしょうけれどね」

金蓮の眦《まなじり》がつり上がった。

しかし、正夫人につかみかかるわけにはいかず、形相ばかりがすさまじい。

どさくさまぎれに、応伯爵と琴童は料理をさらって、口に入れる。

陳経済は、女たちは、艶麗きわまりないけれど争いぶりもこってりしていて、いささか胸にもたれるな……などと感想を持ち、ふとそらした目に、床に散乱した豚の肉片を始末している春梅《しゅんばい》が映った。

いずれを牡丹、百合、薔薇《そうび》。華麗な花弁をかさねる女たちから少しはなれた春梅の、なんと、清楚なことか。名のあらわすように、これは、まさに、梅、それも、白のごとくして、淡い紅が一刷《ひとは》毛《け》。

凛冽《りんれつ》、しかも可憐。

女には目も手も早いお舅さんが、こんな愛らしい花を見逃していたのか。

陳経済は、思わず薄笑いをもたらした。

金蓮の味は想像しただけでからだがふるえるけれど、舅の妾に手を出したら、後がおそろしい。しかし、春梅は召使だから髪飾りでも与えて口止めすれば……。それも、安物で充分だろう、と、陳経済は、けっこう、勘定高い。

裙子《クンツ》の裾からちらちらのぞく春梅の纏足《てんそく》の愛らしいこと。召使でもこんなみごとな足の持主がいるのだなア。舅が留守のうちに、なんとか機会をみつけてものにしよう、と楽しい決心をしたとき、明け放された窓から白い猫がしなやかにとびこんできた。雪獅子《ゆきじし》である。濃厚な肉の匂いを嗅ぎつけたのだろう。春梅の足元に近寄り、食べ始めた。春梅は、肉片を手のひらにのせ、猫に与えた。

通い慣れた李瓶児《りへいじ》の部屋だが、鳥どものにおいには、西門慶はいまだに閉口している。

まず抱きしめて唇の挨拶をしようとする西門慶を、李瓶児はそれどころではないというふうに押しとどめた。

「大変なことになりまして。この家を、夫の兄たちにとられてしまいそうなんですの」

「それは、また、どうして」

西門慶としても聞き捨てならない。いずれは我が物にするつもりでいる屋敷だ。裾の下に入れかけた手を、ひっこめた。

「夫には、兄が四人おりまして、伯父の花太監《かたいかん》との関係からいえば、相続の権利は同等なわけですの。それを、夫だけが相続したというので、兄たちが怒って、訴訟をおこしているんです。わたくしには詳しいことはわからないのですけれど、相続の手続きに何か不備があったとかで、夫は、とりあえず、逮捕されてしまったんです」

酔っていても、西門慶、財産の話には、しゃきっとなる。

「伯父さんの遺言だったのでしょう。あなたのご主人、花子虚《かしきょ》さんが相続したのは」

「そうなんですけれど……。遺言状がきちんとしていなかったらしくて。夫がもらうことは、生前からの約束だったのですけれど……」

「お兄さんたちをさしおいて、花子虚さんだけが相続にあずかったというのは、よほど、花太監にかわいがられておられた？」

「いえ、あの、理由がございまして。でも、それを公にはできないんですの」

「ほう、どんな理由です。わたしには、何でも打ち明けてください。お力になりますよ」

「ええ、そのつもりで、お出《い》でをねがったんですわ。あの……伯父は、宦官《かんがん》でございましたが……なんということでしょう、宝《パオ》を、紛失してしまったのだそうでございます。盗まれたのかもしれないのですけれど」

「それは、大変だ！」

宝とは、切断した己の陽物である。

施術することを『浄身』という。

宝は、容器に密閉して大切に保存しておく。宦官として位があがるときは、その都度、『験宝』といって、これを宦官の長に見せなくてはならない。なくしたら、せっかくの昇進が許されないのである。また、死んだときには、柩《ひつぎ》にいっしょに入れなくてはいけない。さもないと、来世は雌の騾馬《らば》にされてしまう。

「いえ、二十何年、昔の話でございます」

宝を失った花太監は狼狽《ろうばい》した。

「そのとき、夫は、まだ四つか五つだったそうでございます。伯父が浄身したのも、その年ごろ。それで、伯父は、夫のを呉《く》れと」花子虚の両親に頼んだ。伯父の頼みを聞き入れれば、花子虚は悲惨な術をほどこされても、自分の宝を持たないのだから、宦官として出世することはできない。

「そのかわり、当座、大金を親に払うし、ゆくゆくは遺産相続人にするから、と。夫は五人兄弟の末っ子ですから、親も、まあ、いいか、と、承知しましたそうで。伯父と、夫と、その両親しからない密約でございました。伯父は宦官としてたいそう出世をいたしました」

花子虚の方は、宦官でもないのにいつまでも独身というのは世間体が悪い。花太監の仲介で、李瓶児を妻にした。

「わたくしも嫁に迎えられるとき、その事情は聞きました。いずれは、花太監の遺産を継いで楽な暮らしになる、そうして、他の殿方にわたくしがからだを慰めてもらっても夫は苦情は言わない、ということなので、わたくしも承知しました。おかげで、この立派な屋敷に住めることになりましたし、あなたという、すばらしいお方のお情を受けることもできるようになりました……。夫の兄たちは、この事情を知りません。そうして、裁判ともなりましたら、夫の恥ずかしい秘密を、公にしなくてはなりません。ああ、そんなことになりましたら、わたくしだって、恥ずかしくて、死んでしまいますわ。この富貴の代償が、夫の宝だなんて」

「心配することはありませんよ。うちの娘婿が、楊知事と縁続きなのですよ。その婿が、折りよく、いま、拙宅に滞在しているのです。さっそく、楊知事に手をまわしましょう。ご主人の秘密は、これっぽっちも、洩《も》らしはしません。うまくやりますよ。ただ、かなり、賄賂を使わなくては」

「それは、もう、よく心

得ていますわ。あなた、これをごらんになって」

李瓶児は、部屋の隅におかれた櫃《ひつ》の蓋の錠前を開いた。

馬蹄銀がざくざく、まばゆい光を放った。

「これをお使いくださいませな」

「この半分もあれば、充分ですよ」

「残りは、あなたにお預けしますわ。それから」

李瓶児は、さらに、これも頑丈な錠前をかけた蒔絵《まきえ》の長持《ながもち》の蓋を開けた。長持は四箱あり、どれも、おびただしい宝石やら宝玉、高価な衣服、装飾品などが詰まっており、金蓮が見たら、とたんに性感の頂点に上りつめてしまいそうだ。

「これも、みな、伯父から夫がひきついだものなのですけれど、うかうかしていたら、差し押えられてしまいます。ぜんぶ、あなたに預かっていただきたいんですの」

「ずいぶん、信用してくださるんですね」

「それは、もう」

と微笑み、李瓶児は、西門慶の物欲性欲二つながら蕩《とろ》かすような言葉をつづけた。

「銀にしろ、宝玉にしろ、こうやって死蔵していても、何にもなりませんわ。それは、持っていないのと同様です。夫は、何の才覚もない人なんです。夫の物はわたくしの物。わたくしの物は、あなたの物、あなたの物は、わたくしの物。そういう間柄になれたら、どんなによろしいでしょう。あなたなら、きっと、これを、商売に使って、倍にも三倍にも、増やしてくださるわ。わたくしは、欲張りじゃありませんの。あなたが増やしてくださるそのお零《こぼ》れをいただくだけで満足なの。お金を増やすのは、男の方の仕事。使うのは、女の楽しみ。女の楽しみなんて、ささやかなものですわ」

——何といじらしいことを言うんだ、この女は。

感きわまって、西門慶は、李瓶児の裾の下にもぐり、裙子を剝《は》いで、強く接吻した。

李瓶児は桃のような肌触りの腿で西門慶を抱きしめながら、「早く、なにもかも、あなたの物に」

語尾は、言葉にならず、のけぞる。

「そのためには、そのためには」西門慶の声もうわずった。


帰宅したとき、西門慶は、まったく有頂天になっていた。舞い上がったという状態である。

潤沢な財宝を、西門慶の商売の資本に提供する、と李瓶児は、可憐にも申し出ているのである。夫には、釈放運動のために全部遣い果たしたと言えばいい、とまで入れ知恵してくれた。

ただ、李瓶児と逢引きした後はいつもそうなのだが、いくぶん、欲求不満が残っている。このときも、そうだった。

鳥のせいである。こころゆくまで繰り返す前に、鳥の悪臭に、西門慶のほうが耐えられなくなり、まだ数度続行する精気は残っているのに退散せざるを得なくなるのだ。

これまでは、鳥をとるか、わたしをとるか、と二者択一を李瓶児に迫ることはできなかった。鳥が嫌いな人とはつきあえない、などと李瓶児が言い出すのではないかと不安だったのである。しかし、今日の話でわかった。夫がありながら、李瓶児は孤閨《こけい》に甘んじなくてはならなかった。その空虚を、鳥で満たしていたのに違いない。おれの第六夫人になれば、鳥など、不要になるはずだ。その前に、まず、花子虚を無罪にして屋敷が兄たちにわたらないようにし、それから、花子虚をなんとか処分し……と考えながら李瓶児に放ち尽くせなかった精を金蓮で満足させようと、金蓮の房に行きかけたとき、春梅と鉢合わせしそうになった。

その瞬間の春梅の眼の色に、西門慶は、ひきこまれた。

春梅が、おれを誘っている！

自分の中に、李瓶児によって駆り立てられた性的興奮が残っているから、ことさら、この娘が色っぽく見えるのだ、というふうには、西門慶はもちろん、思わない。

客観的に見ても、このときの春梅は、たしかに、蠱惑《こわく》的な眼を、西門慶にむけた。ふだん清楚であるから、いっそう、その表情は、淫らに見えた。

西門慶は、感動した。おお、女とはかくも不思議な変化をみせるものか。

抱きしめようとすると、

「いけませんわ」春梅は身を引いた。「こんなところで」

「どこなら、いい？」

「だれにも見つからないところ……。あの……蔵春塢《ぞうしゅんう》とか……」

上目づかいに、西門慶を見上げる目の愛らしく、しかも、妖艶なこと……。

『蔵春塢』と名づけられたのは、築山に造られた雪洞である。夏、涼をとるのに適している。

「でも、あそこでは寒くて、旦那様が風邪をお召しになるといけませんわね」

冷えこむからこそ、密会にはたしかに、どこよりも都合がよい。秋ともなれば、だれ一人、利用するものはいないのだ。

「わたくしは、旦那様に抱いていただいたら」

と、春梅は声に恥じらいをにじませた。

「少しも寒くはございませんけれど……」

寒さをしのぐために、春梅は、熱く抱きついてくるだろう。

「それに、あそこは暗いから、灯がいりますわね。灯がちらちらしたら、目につきます。だれかが気がついて奥様に告げ口したら、わたくし、お払い箱になってしまいます」

「なに、灯をともさなければいいのだ。おまえも、あそこの様子はわかっているだろう。灯がなくても、大丈夫だろう」

「はい……。少し怖い気がしますけれど」

寒い上に怖くては、春梅は、いっそう強く抱きすがるだろう。想像すると、西門慶は笑みがこぼれた。

「でも、闇の中で、あなた、どうやってわたしをみつけてくださるのかしら」

「おまえの名を呼ぶよ。そうしたら、答えておくれ」

「いけませんわ。だれの耳があるかわかりませんもの。奥様に、わたし、追い出されてしまいます」

「いいことを思いついた。袖に香毬《こうきゅう》をしのばせて、先に行って待っていておくれ。香りは、いとしいおまえのもとに、わたしをひっそり導いてくれるだろう」と、西門慶は、きざなことを言った。「そうして、わたしは、チュチュと舌を鳴ら

すから、おまえも、チュチュと音をたてておくれ。それなら、たとえ人が聞いても、鼠の鳴き声と思うだろう」

「わたし、下穿《したば》きをつけないでまいりますわ」

春梅は甘くささやいた。


夜は星明りがほのかに物の影を見せているが、蔵春塢に一足入ると、濃い闇が底無しの沼のようにわだかまる。

チュチュ、と舌を鳴らすと、チュチュと、返ってきた。その方向に進むと、ほのかに香りがただよった。

香りが強くなった。人の体温も感じられ、西門慶は、手をのばした。

とたんに、狼に飛びかかられたような叫びをあげた。

相手の、恐怖と驚愕のまじった声がかさなった。

相手の股間をまさぐった西門慶の手は、あり得べからざる物に触れ、思わずつかんでしまったのである。しかも、同時に彼のすでに猛り立っている逸物も、相手に握りしめられたのだ。

驚きのあまり、西門慶は、つかんだ手の力をゆるめる余裕がない。手を放したら、相手が襲いかかってきそうだ。空いている方の手をふりまわすと、相手の顔に当たった。相手の手も、彼の顔にあたった。

たがいに相手を押し倒そうと、顔にあてた手に力をこめる。その支点はつかんだ陽物であるから、きわめて痛い。

引き抜かんばかりに力をこめたとき、相手も渾《こん》身《しん》の力をこめ、おかげで、双方、ギャ、と叫んで、手を放した。

星明りにうっすらと明るんだ洞外にむかい、西門慶は夢中で、闇の中から這《は》いずり出た。

後から、相手がつづいて這い出てきた。

「春梅さんに、誘われて……」

西門慶の部屋で、召使に熱い木犀茶《もくせい》を運ばせたあと、二人きりになると、陳経済はさっそく、弁解これつとめる。

二人とも、服の裾や膝は泥だらけだ。

実は、陳経済が春梅に誘いをかけたのだが、当然、自分に都合のよいように潤色して語る。

春梅が誘いをいやがったとは、陳経済には思えない。香毬を袖に入れろの、人に知られぬよう鼠鳴きをしろの、と、こまやかに手筈《てはず》をととのえたのは春梅だ。

お舅さん、どうぞ、わたしがお嬢ちゃんを裏切ったなどとお怒りにならないでください、と哀訴しようとしたが、西門慶が「春梅としめしあわせて、おれをなぶったのだな」と激高するのをみて、うまい弁解を思いついた。

「ほんとうのことを申します。春梅が、旦那様の浮気をこらしめたいから、手を貸してくれと、わたしに頼んだのですよ。奥様方が大勢おられて、それぞれ、よく尽くしておられるのに、召使のわたしにまで手を出そうとなさるんだから。春梅はそう申しましてね」

西門慶はちょっと苦い顔をしたが、婿よりははるかにしたたかだ。

「嘘を言うな。春梅は、おれに言ったのだぞ」

と、婿の言葉を逆手にとって、言い返した。

「お嬢さんの旦那様に言い寄られて、困っています、こらしめてください、とな」

ぎろりと睨むと、陳経済は、たちまち、おどおどしてしまい、馬脚をあらわした。

「おれを言いくるめようとは、たいした度胸だな」

うなだれる婿に、西門慶は、高笑いを浴びせた。

「なに、実のところ、二人とも、あの小娘にしてやられたということだ。相身互いだ。このことは、娘には黙っていてやる」
「わたしも黙っていることにします。お舅さんが春梅に」
恩着せがましく言いかけた婿の言葉を、西門慶はさえぎった。

「おれが召使をどうあつかおうと、だれにも文句は言わせん。だが、おれは、おまえを訴えることもできるのだぞ。春梅は、おれの財産も同じだ。それに、おまえは手をつけようとしたのだからな」

　おどしつけてから、西門慶は声をやわらげた。

「それはそれとして、おまえに頼みたいことがある。楊知事に、口をきいてほしいのだ」

　喜んで、と陳経済は応じた。

　そのころ、応伯爵が春梅にたずねていた。

「おまえさんは、猫が好きなのかい。嫌いなのかい」

　春梅の足に、すっかりなついた雪獅子がじゃれている。

「どうして？」

「好きなのか、嫌いなのか。どっちだい」

「なぜ、そんなことを訊くの」

「気になってさ」

「奥様がお呼びだわ」

　小走りに去る春梅の後を、雪獅子が追う。

　その背に、「好きなのか。嫌いなのか」応伯爵は、しつっこく声を投げた。

　ときに、可愛がり、ときに、おびえたふうに避ける。応伯爵の目には、そう映る。

　春梅はふりむいた。そうして、言った。

「嫌いよ」

# 其ノ七

人肝豊饒《のめやうたえや》　鮮血淋漓《いくさはしょうり》
猛虎哄笑《おれがじまんの》　満漢全席《フルコース》

雪もよいの空の下、黄濁した大運河を、積荷を満載した船がさかのぼる。

梱包された積荷の大半は、西門慶《せいもんけい》に命じられ、番頭の一人が手代《てだい》を連れて杭州まで下り、買いつけた糸と織物である。

西門慶の資金は潤沢だった。花子虚《かしきょ》が、くたばった。

西門慶は、居ながらにして、財産と女、両方を手に入れたのである。その資金で、本来の薬種商の他に、質屋を兼業し、糸、織物の売買にも手を広げた。

花子虚の死の次第については、開封《かいほう》をめざす船に乗り込んでいる番頭と手代の来旺《らいおう》の退屈しのぎの会話を聞いていただこう。喋《しゃべ》っているのは、もっぱら、来旺だ。

「お医者は熱病だといっていたが、あれは、悔しさのあまりの憤死ですねえ」と、来旺。鼠のような小男だ。

「せっかく裁判に勝ち、晴れて花太監《かたいかん》の相続者とみとめられても、肝心の財産は、あらいざらい、賄賂《わいろ》に使ってしまった、土地も屋敷も賄賂の金を工面するため抵当にあてた、と奥方に言われては、花子虚さんも、どうすることもできませんやね。玉帛《ぎょくはく》はほとんど、うちの旦那の懐に入ったと察しても、賄賂は公沙汰にできないから」

来旺も番頭も知らないことだが、例の花太監との宝《パオ》の取引という秘事もある。花子虚としては、こんりんざい公にはできないことだ。

「素寒貧《すかんぴん》になって、花子虚さんは、歯ぎしりして、憤死」大きな声では言えませんが、と、来旺はにやにや笑いし、反っ歯を番頭の耳に近づけ、「憤死の奥に、ひょっとしたら、もうひとつ、からくり」

西門慶が李瓶児《りへいじ》に一服もらせたのではないかと思っている奉公人は、来旺一人ではない。

「めったなことは言うな」

番頭はさすがに顔をしかめて叱りつけた。

南と北をむすぶ大運河は、段差のある水路を繋《つな》ぐために、水門を所々にもうけ、水位を調節している。

船の背後で水門が閉ざされた。前方の水門が開き、どうっと水が流れ入って、水位が上がる。船がぐっと浮き上がる。さらにその先にもいくつもの水門がある。船は今、二つの水門のはざまにある。

水夫らが数多い縦帆をたくみにあやつり、風を間切って、曳《ひ》き手がいなくても、船は運河を進む。

その帆綱が、突如、切れた。

飛びきたった矢が、綱を切ったのだ。三日月型で、内側の縁が刃になった、特殊な鏃《やじり》を持った矢である。

一本や二本ではない。雨霰《あめあられ》と飛来し、帆綱は一瞬の間に、全部断ち切られた。

そそりたつ岸壁の陰から矢は放たれていた。

「舵がきかねえ」

舵手が叫ぶ。舵は菱形の孔の開いた板をならべたもので操作は楽なのだが、ふいに重くなり、動かなくなったのだ。

水が澄んでいれば、水中にもぐって舵にとりついた男たちの姿が見えるところだが、濁水は水賊の姿をかくしていた。

立ち往生した船の左手に、忽然《こつぜん》と、一艘の船が出現した。

幾重にも重なった岸壁の一部が引き戸のように開いてそこから漕《こ》ぎ出てきたのだとは、うろたえた乗組の眼にはわからず、幻か現実の船かと、水手らは脅《おび》えた。

幻どころではないと、すぐに悟らされた。


水賊の船は、商船よりはるかに小さい。岸壁と船と両方から矢攻めにしつつ、賊の船は商船の舷側に寄り添った。先端に鉤《かぎ》のついた綱を、賊どもは投げ上げる。

たちまち、船から船へ、おびただしい綱が斜めに張り渡された。綱をつたって、賊どもは、甲板によじのぼってくる。片手に朴刀《ぼくとう》や、眉尖刀《びせんとう》、鉞《まさかり》、斧《おの》、狼牙棒《ろうがぼう》と、それぞれの得手の武器をかざし、片手と両足のみでするすると、のぼる。

商船の水手たちも、剽悍《ひょうかん》、獰猛《どうもう》なものが揃っている。最初は度胆をぬかれたが、ただちに刃物、棍棒で応戦にかかる。

鉤綱もつかわず、船縁《ふなべり》を蹴って、一気に飛び上がってきた賊がいる。

その顔を、もし西門慶が目にしたら、息がとまるほど驚いたことだろう。

春梅《しゅんばい》！　と思うか。あるいは、あの踊り子が！　と愕然とするか。

もったいぶらずに、正体を言おう。あの踊り子である。今は、荒くれ男たちと同じみなりだが、その纏足《てんそく》の動きの凄《すさ》まじいこと。つづいて、賊の船から商船へ、空を切って、黄と黒の縞が走った。

水手たちは絶叫をあげた。

思いもよらぬ敵。

踊り子につづいて甲板に飛び移ってきたのは、虎だ！

「白郎《はくろう》」

呼ばわった踊り子の足元に、虎は駆け寄る。

「行け！」

踊り子に命じられ、虎は水手に襲いかかった。

船は揺れ、切れた帆綱が宙をのたうち、あやつり手を失った蓆帆《むしろぼ》が荒れ狂う。

右手に柳葉刀、左手に多節鞭《たせつべん》、二つの武器をたくみに使いわけ、踊り子は、相手を惑乱させる。多節鞭は、七、八本の鉄の短棒を鉄鎖で繋いだ暗器だ。ふだんは折り畳んで服の中にかくしている。鞭《むち》はしな

やかに敵の武器にからみつき、うろたえる相手の胴を、柳葉刀が裂く。
さらに第三の武器が、踊り子には、ある。

纏足である。
かろやかに飛び上がった一蹴りが、敵の胸板に孔を開けた。
血を噴いて水手は倒れる。
血だまりに、踊り子は足をすべらせ、仰向けに倒れかけた。

上からのしかかり棍棒でなぐりつけようとした新手《あらて》の水手が、悲鳴を上げてのけぞった。股間が血に濡れた。ふぐりの裏を引き裂かれたのだ、倒れながら蹴り上げた踊り子の爪先に。

それと同時に、水手は、頭をもぶち

割られていた。踊り子が危いとみて、賊の仲間が、背後から大鉞を振り下ろしたのだ。

「大丈夫だったか、木蘭《もくらん》」

坊主頭の大男である。筋骨もたくましい。花和尚《かおしょう》魯智深《ろちしん》と名乗っている。

「よけいなおせっかいだ」踊り子・木蘭は言い返した。「おぼえていてくれ。この仕事の頭目はおれなのだからな」

木蘭の紅い小さい鞋《くつ》は、白銅製なのである。上に可《か》憐《れん》な布をはってある。側面も底も硬いが、とりわけ先端は、鉄の釘のように鋭い。

「人数が足りないから手を貸してくれと、馬霊党《ばれいとう》に始終、泣きをいれてくるくせに」

鉞をふりまわし、またひとり、水手の頭をかち割って、大坊主は言った。

走り寄ってきた虎が、四つ脚でがっと骸《むくろ》を踏まえ、かぶりつこうとする。

「まだ、食事は後だ。行け」

木蘭は、左手の多節鞭を振る。鉄鎖が鳴ると虎は、新し

い獲物にとびかかった。

「食い意地ばかりはったやつだな」和尚は笑い、鉞を後手に薙《な》ぎはらって、背後からしのびよってきたやつの横腹にくいこませた。

甲板で死闘殺戮《さつりく》が行われているあいだ、下の船室で、来旺と番頭は、抱きあわんばかりにふるえていた。

やがて、船の揺れがしずまった。

「様子をみてこい」番頭に言われ、

「いやですよ」来旺は、柱にしがみついた。

てこでも動かないので、番頭はやむを得ず、甲板への梯《はし》子《ご》をのぼる。首から上が、来旺の視野から消えた。

次の瞬間、首の切り口から高々と血を噴き上げながら、からだが梯子からくずれ落ちた。

思わず、梯子の上の切り穴を見上げると、虎と目があった。虎がくわえているのは、真紅になった番頭の頭だ。

来旺は這《は》いずって積荷の陰にもぐりこんでから、気絶した。

甲板の殺戮は終わった。骸の肉をあらかた食い終わった虎は、満足げ

に、木蘭の足元に寝そべっている。

岸壁にいる味方に船上の賊が合図すると、岩戸が開いた。

「まだ後始末が残っているぞ」

木蘭にうながされ、すでにほぼ満腹している虎は、ちょっと不精な目を向けた。

「食い物じゃない。水に落ちた仲間を助けてこい」

木蘭が鳴らす鉄鎖の音に、虎は河に飛び込んだ。

帆柱を倒した商船を纜《ともづな》で曳き、水賊の船は、洞穴に入ってゆく。

浮かび上がったとき、虎は水中に沈んだ仲間をくわえていた。前脚を船縁にかけ、虎が飛び乗ったので、船はぐらりと揺れた。


帝都開封の地下には、巨大な暗渠《あんきょ》が迷路をなしている。下水道として造られたものだ。

地下の暗渠に盗賊、悪党どもが蔓延《はびこ》っているということは、官の方でも承知だが、手のほどこしようがない。

地上に宮殿があれば、地下にも当然、殿堂がある。もっとも、地上の皇帝は徽宗《きそう》一人だが、地底はまだ群雄割拠の状態で、勢力を争っている。

賊どもは、地下道をさらに掘りひろげ、それぞれの頭目が居城をつくり、それでなくとも迷路のようなのを蜘蛛手《くもで》にしてしまっている。うかつには踏み込めない場所なのである。どれほどの規模の賊が、どこにどう巣くっているか、その実態も官にはまるでつかめていない。

春先に、蓋《ふた》を開け、大がかりな溝《どぶ》さらいが行われるのだが、掃除人夫にかりだされてそのまま行方不明になる者も多い。さらった溝泥はそのまま道端にほったらかしである。

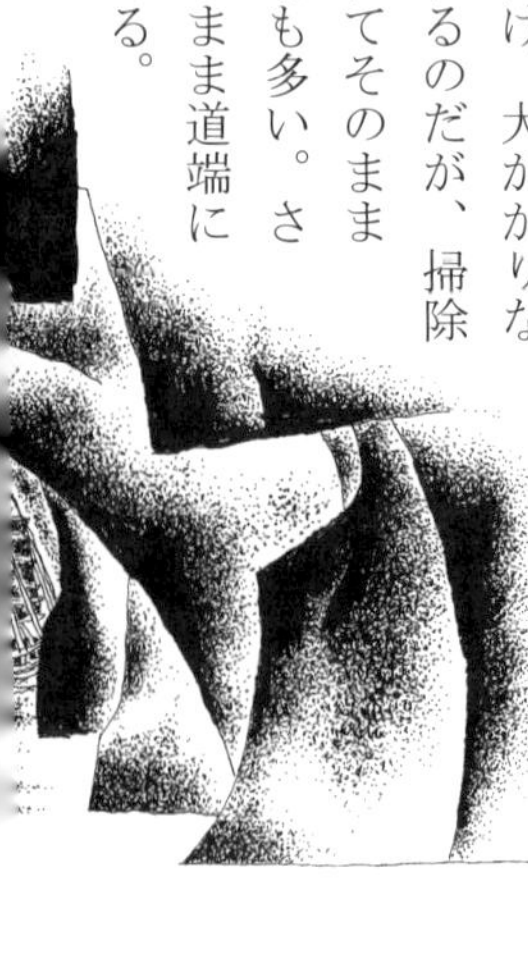

いま、このときは、年の暮れ、溝さらいの時期ではない。異臭が流れこむので、房は、香をたきしめている。それでも、臭い。香のにおいと入り混じって芳香とも悪臭ともつかない濃厚なにおいがただよう。地底の住人たちはなじんでしまっているので、あまり気にかけない。

地上は雪の寒さだが、地底は、地熱のおかげで、寒気はややゆるやかだ。

戦捷《せんしょう》と略奪品の豊富さに、地底の木蘭の館では祝宴の最中である。

酒の酔いが熱気をいっそう高め、火桶をおかなくても灯燭《とうしょく》のぬくもりだけで暖をとるには充分なほどだ。

無傷というわけにはいかず、腕や脚に巻いた布に血をにじませながら酒をあおるものも多い。

酔えば、喧嘩沙汰もはじまり、床がゆれる。

「ちっとァ静かにしな。船がひっくりかえるぜ」

割って入ったのは、花和尚魯智深。

木蘭の館は、船なのである。それも小型だ。商船襲撃にもちいた船が、そのまま、ふだんは、下水道の枝道の奥の定位置に繋がれ、住まいになっている。地下も、賊のあいだでそれぞれ縄張りがあるから、どこでもかってに係留することはできない。

船を繋いだところは、壁を削り開いて平坦な広場をつくり、柵をもうけ、そこに、虎は放されている。生肉をたらふく食って満足した虎は、懶惰《らんだ》に腹ばっている。

「客人が口をだすこっちゃねえわ」

木蘭の配下の一人が、魯智深に、荒い言葉を投げる。

「助っ人にたのんでおきながら、その言いぐさはないだろう」

と、別の男がからむ。これは、魯智深同様、〈馬

霊党〉という地底の悪党集団のなかでも最大の規模をほこる党から、木蘭の仕事の手伝いにきている男だ。

馬霊党の頭目は、安忱《あんしん》という。

木蘭の弱みは、配下の人数が少ないので、大仕事、たとえば、西門慶の番頭が買い込んだ商品を船ぐるみ奪う、というようなときは、他の党の力も借りなくてはならないことだ。このところ、もっぱら、馬霊党に助っ人を頼んでいる。頭目安忱みずから、出馬することもある。

「このちっぽけな船では、ちっと暴れたら、ひとたまりもなく、くつがえるな」と悪態をついたのも、馬霊党からの助っ人の一人だ。

そのとき、闇の中に燭の明りをゆらめかせ、溝くさい暗渠を漕ぎ寄ってきた小舟がある。

数人の漕ぎ手を小舟に残し、乗り移ってきた布《ほ》袋《てい》腹《はら》の巨漢は、安忱その人であった。歴戦の傷跡が、顔にも手足にも縦横に残っている。

「迎えにきてやった」と、安忱は言った。

「だいぶ稼いだようだな。せっかくの祝酒だ。こんなけちなところでやることはない。おれの館に招こうじゃないか。来い」

「今日の仕事は、おれが、頭《かしら》。祝いも、ここでやりますよ」木蘭は応じ、配下のものに、安忱に杯をと、目顔で命じた。

「前から幾度も言っている」

大杯をあおりながら、安忱は言う。

「おれの片腕になりなよ。そのほうが、おまえの身のためだ」

木蘭は、苦笑した。おためごかしを言ってもだめだよと皮肉をこめた薄笑いだが、安忱の眼には愛らしい微笑とうつる。

「西門慶ときたら、花太監の遺産をそっくり手に入れた上に、その資力で、質屋商売にまで手をのばし、今や、たいしたものじゃないか。おまえが一人占めするには、大きすぎる。鼠だけでは食い切れない相手だ。もったいない」

「おことわりだよ」木蘭は言ったが、口調はやわらかいし、あいかわらず微笑しているから、安忱の配下どももも、殺気だちはしなかった。

安忱も冗談ととり、

「そうすげなく言うな」

腕をのばしたのは、このさい、手込めにという下心もある。しなやかな女姿をしているけれど木蘭は男だという話は、安忱も知っている。まだ、肌をたしかめたことはない。男だろうと女だろうと、顔と足がこのくらい美しければ、どちらでもかまわない、と安忱は思っている。

「李師師《りしし》の歌館の地下に棲み、皇帝をも獲物にしようという馬霊党が、木蘭が育てた獲物を奪おうというのかい」と、木蘭。


高級娼妓の李師師は、皇帝徽宗の愛人で、宮殿と歌館は地下道で通じている。

安忱は、李師師の歌館の下に暗渠の水をみちびく地底の運河を掘り、そこに宏大な館を造り、鬼《き》礬楼《ばんろう》と名づけている。それによって、皇帝の内情をさぐる便を得ているし、ゆくゆくは、宮殿の城壁内の地下にまで水路をのばすつもりだ。

西門慶は、木蘭とその一党がえらんだ獲物だ。

木蘭が西門慶に食らいついたのは、子供のころ別々に売られて別れ別れになっていた妹が、西門慶の正夫人・呉月娘《ごげつじょう》の小間使いになっているのを知ったからである。

西門家の庭園の地下に小さいながら根城をつくり、西門慶の稼ぎを盗み取っている。詳細な情報を妹から聞きとり、ときには、妹と入れ替わって西門家に入りこみ、自分でさぐりもする。

地上の悪徳商人に稼がせ、その結実を手にいれる。木蘭は、いうなれば、鵜飼《うかい》の鵜匠のようなものだ。西門慶にあっさり死なれたり没落されたりするのは、木蘭にとっては好ましいことではない。獲物は肥え太っていなくては困る。

西門慶が新しい妾《めかけ》、潘金蓮《はんきんれん》をむかえると、妹の春梅は、金蓮づきになった。

花子虚が西門慶の隣家に入り、庭園の修理を始めたのは、木蘭にとっては、根城改築の好機であった。党をあげて、まっとうな職人にまぎれこんで雇われた。木蘭は、男の鞋を履き詰物をして、纏足をごまかした。そうして、どさくさまぎれに、岩組のあいだに地下との通路をつけたのである。

それに先立ち、花太監が死んだあと荒れたままの庭に、木蘭は入りこんだことがある。西門慶の庭と地下との通路は、蔵春塢《ぞうしゅんう》の奥にすでに造ってあり、ここにも通路がほしいと、下調べにもぐりこんだのだ。そのとき、檻のなかに置き去りにされた禽獣《きんじゅう》を見た。みな、飢えていた。象などは、息も絶え絶えになっていた。木蘭は、餌をはこび、薬を与え、世話をした。動物たちはなついた。虎に、木蘭は惹《ひ》かれた。調教するのにいい機会だった。餌を与えつつ、鉄鎖も使って、馴らした。白郎と名づけ、地底に連れ込んだ。船襲撃の、最高の相棒に、白郎は、なった。ただ、襲撃の前には、あるていど飢えさせておかなくてはならない。満腹しきると、白郎は、動くのを嫌がる。そうかといって、あまりに飢えると、味方を襲う恐れもある。人肉の味を知ってしまった虎は、恐ろしい。

人間への忠誠心など、誇り高く賢い虎が持つわけがない。もっとも、木蘭にだけは、白郎も馴れ親しみ、従服もしている。

白郎にすれば、人間どもに餌の調達をさせているつもりかもしれない。

地下の棲処《すみか》は、住み心地がよいわけではない。何しろ、太陽がとどかない。明かりは灯油と蠟燭《ろうそく》である。風も吹かない。木蘭は陽光の下で踊る方が好きだ。地上で踊るのは、市井の様子をさぐるためであるけれど、踊るのが楽しいからでもある。趣味と実益をかねている。それでも、西門慶の儲《もう》けを横取りする楽しさは、住み心地の悪さと引きかえにしてもあまりあるくらいだ。だから、盗賊稼業も、好みと実利、双方の欲望を満たしている。商船襲撃は、白郎にとっても運動と日光浴と食事を兼ね、まことに喜ばしいことだ。

　ときどき、西門慶にくだらないおちょくりをやりたくなるのが、木蘭の、頭目としてまだ未熟な点なのかもしれない。

　西門慶に踊り子の姿をさらしたのは、愚かなことだった。春梅との相似に気づかれたら、後の仕事がやりにくくなるばかりだ。西門慶の館に出入りして春梅と入れ替わるのも、内情を自分でさぐるためではあるけれど、スリルを楽しんでいる一面もあって、春梅の言うところでは、応伯爵《おうはくしゃく》が、不審をもちはじめているらしい。

　猫のせいだ。虎さえ飼い慣らす木蘭だが、猫だけは、だめなのだ。ことに、白い仔猫は。

　猫が好きなのか、嫌いなのか。応伯爵に問いただされ、春梅は、嫌いよと答えてくれた。そのおかげで、春梅は、これからずっと、猫嫌いでとおさなくてはなるまい。

　――私は、猫は、嫌いだ。いや、嫌いなのではないが……他の生きものは、何でも好きだけれど、猫だけは……。

　幼時体験による感覚は、本能とわかちがたいほどに、性癖にしみこんでしまっている。木蘭は、紅い鞋を履いた小さい足に、目を投げた。四つだった。ほかに何があったか、ほとんど記憶にないほど、幼い年齢だ。

　しかし、あの時のことは、周囲のこまごました

様子まで、眼の底に彫りつけられたように、くっきりしている。

引き裂かれた鶏の腹に足を突っ込まれた、その妙に柔らかい感触もおぼえている。それでも、鶏を怖がるようにはならなかった。

足の甲を、縦二つにがきっと折り曲げられたときの激痛。痛いなどというなまやさしいものではなかった。仔猫を抱いていた手に、死にもの狂いの力がこもった。何かにしがみつかずにはいられなかったのだ。たまたま、それが、真っ白い愛らしい仔猫だった。

私も春梅も、どれほど仔猫を可愛がっていたことか。

手にしていたものが無機物であったら、どんなによかっただろう。

仔猫は、首の骨が折れて、死んだ。

ぐにゃりとした感覚と痛覚が、私の中で一つになった。長じてからは、血にまみれて殺戮し、死骸になじみきった私なのに、幼い感覚に刻みこまれた仔猫のぐにゃりとしたあれだけは……。あのときの感覚は、母親が、ふいに妖怪のような、了解不能の酷薄なものになった恐怖とも、ないまぜになっている。

物語の最初に、私は書いた。私はいずれ登場する。発見するのは、読者《あなた》だ、と。

私は、木蘭。春梅の双子の兄。

なぜ男の私が纏足をさせられるのか、四つの私は、母親に問うことも思いつかなかった。あのとき、私と妹は、服をとりかえていた。二人がときどきやっていた気まぐれにすぎない。母親は、私と妹をとりちがえた。

纏足をしても、縛った布をほどいていれば、足はもとにもどるのだけれど、まちがえたと気がつきながら、母親は、私の足を縛りつづけた。纏足をした美しい男の子――私は、美しい子供だった、春梅同様に――は、珍しがられ、高く売れると、母親は算段したのだった。母親の計算は、たぶん当たったのだろう。どれだけの値がついたのか、私は知らないが。とりちがえに気がついてから、母親は、もちろん、春梅にも纏足をほどこした。春梅は、猫を絞め殺すことはなかった。もう、猫はいなかったから。私が売られるとき春梅も売られた。売られた先は別々だった。あちらこちら転々と売られ、曲技の一座に買い取られたこともある。そこで、踊りと武技を、私は身につけた。猛獣を仕込むわざもおぼえた。それから、また金持ちの座興用に買われた。私は、私を愛玩し酷使する主人を殺して逃げ、開封で盗賊の仲間に入った。

そうして、小人数ではあるけれど、集団の頭目となった。春梅とめぐりあった。

と、ここまで語って、私はまた、物語の後ろに隠れよう。私一人の物語ではないのだから。

運河につうじる秘密の水路も、木蘭の党のものが発見したのだった。かつて、同じように地底を棲処にしていたものたちが掘り抜いたのだろう。半ば崩れていたのだが、木蘭たちは、それを修築し、ふたたび使えるようにした。水力と滑車を利用して岩戸を開ける仕組も作り直し、水門の番人を——獲物を分配してやることにし、木蘭の色も少々使って——欲と色でたらしこみ、味方につけた。西門慶を獲物にするために、木蘭は、ずいぶん苦心もしているのだ。

安忱は、おうように、

「奪うたァ言っていねえ。手を組もうと申し出ているんだ」

「手なら、いつだって、組んでいるじゃァありませんか」

ふいに、艶冶《えんや》な流し目を、木蘭はみせた。

女の味も男の味も充分知っている安忱が、一瞬うろたえた。

誘っているな、といい気分にもなって、肩にまわそうとした安忱の手の甲に、痛みが走った。

木蘭の腕輪の端が、切り裂いたのだ。

「他人の獲物を横取りたァ、けちな根性だねえ」

と笑ってみせた木蘭は、かっこういいが、やはり、浅慮だ。なにも、わざわざ大盗賊を敵にまわすことはない。

もっとも、安忱は、そう簡単に激高するほど単細胞ではなかった。

相手は、その気になれば、あっさり捻《ひね》り潰《つぶ》せる小わっぱだ。

ぶっそうなのは、虎だが、さいわい、たっぷり肉を食ったあとだから、襲ってはこない。

木蘭が命じても、満腹している

ときは動かないと、安忱も承知している。

猛獣が使い手の意のままになるのは、鞭の恐ろしさと、芸の後にもらえる餌の嬉しさを思い知らされているからだ。

すわ、といきりたつ配下どもをなだめ、甲に滲《にじ》んだ血の粒をなめて、

「手下ぐるみ、馬霊党に入ったほうが仕事は楽になるぜ」

木蘭も、いま、白郎を頼みにできないことはわかっている。

「今のままでよござんすよ、と言えば、力ずくで、奪うつもりだろうが、そのときァ、おまえさんの命も」と、木蘭は、足の先をちょっと蹴りあげる仕草をしてみせた。

その爪先をぐいとつかみ、安忱は、鞋を脱がせた。木蘭が抵抗する暇もない早業であった。

「舐《な》めるなよ」低く言って、つかんだ手

に力をこめる。

骨が砕けそうだ。呻《うめ》きを、木蘭は押し殺して耐えた。

「音《ね》をあげないのは、さすが、賢いな」

安忱は言った。

「悲鳴をあげれば、おまえはぶざまな様を手下にさらすことになる。それでも、手下どもは、おまえを助けようと、討ってかかるわな。すると、おれの配下もだまってはいない。乱闘になるわな。おれの配下は、十人、二十人殺されようが、森の樹が一、二本倒れたほどのことだ。何の損害もねえわ。だが、おまえの方は、一人だって無駄死にはさせられまい。五人も殺されたら、破滅だ。おまえはまた、一からやり直しだな」

相手に隙がないとみて、木蘭は抵抗をやめた。この体勢では、攻撃する前に、足首をへし折られる。しかし、相手が手をゆるめたら、その一瞬を衝《つ》こうと、うかがう。

安忱も、木蘭の内心は見抜いた。足をにぎったまま、次の行動にうつれない。殺す気なら始末は簡単だけれど、配下に組み入れたいのだ。色の相手にもしたい。

相手が力ずくで攻めてこられないとみて、木蘭は、いささか、安忱をみくびった。ここで安忱を倒せば、馬霊党をそっくり配下にできる、と無謀な考えが浮かんだ。

瞬時の隙を、逆に、衝かれた。安忱の泥袋のような重い躰《からだ》が、のしかかってきた。

「そういえば」と、まのびした魯智深の胴間声が、切迫した空気をやわらげた。

安忱は襲う手をとめた。

「酔っぱらっちまう前に、わけまえを、きっちり確認したほうがいいよ、頭」

魯智深は言った。

他の者が言ったのなら、わけまえをごまかすようなけちな真似をおれがすると思っているのか、と木蘭は浴びせるところだが、危機をすくうための坊主の機転だとわかった。

　魯智深は、馬霊党の生え抜きの子分ではなかった。つい先ごろ、仲間にくわわった新米だ。そのわりには横柄だ。馬霊党は、一味の印として、陽物に刺青《いれずみ》をしている。配下が、地上で喧嘩をし、はずみで陽物をさらしてしまった。それを見ていた坊主が、噂に聞く馬霊党か、頭目にひきあわせてくれ、と言った。腕をねじあげられ、ことわるとへし折られるので、頭に処分してもらおうと連れてきた。安忱は坊主が気に入り、客分にした、といういきさつがある。

　拿捕《だほ》してきた商船は、地底のドックに係留してある。

　積荷の陰で気絶していたおかげで賊の目を逃れ

た手代の来旺は、そのまま死んでいれば怖い思いもしなくてすんだところを、あいにく息を吹き返してしまった。
　真暗闇だ。血まみれの首をくわえた虎がそこらにいるようで、来旺は恐怖に声も出ない。
　手燭の明りか、小さい炎が、三つ、四つ、五つ……、下りてきた。

# 其ノ八

降雪《ゆきは》霏々《ふるふる》　毒虫《さそりは》紅蓮《もえる》
着灼《もえて》熱衣《あなたの》　狂走《うんを》当卦《さす》

雪におおわれた開封《かいほう》の街が夜の色に沈むと、連なる灯籠《とうろう》の火明りが、煌《かがや》きを増した。

正月十五日、元宵節《げんしょうせつ》である。

家々の軒という軒に吊るされた灯籠にいっせいに灯が入り、昼をあざむく綺羅《きら》。

牡丹《ぼたん》や蓮華《れんげ》をかたどったもの、曼陀羅《まんだら》のように、多様な色の瑠璃《るり》を嵌《は》めあわせたもの、と、色も形もさまざまだ。

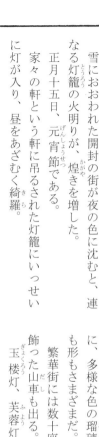

繁華街には数十座の灯籠棚がたてられ、灯籠を飾った山車《だし》も出る。

玉楼《ぎょくろう》灯、芙蓉《ふよう》灯、雪花《せっか》灯、駱駝《らくだ》灯、青獅灯、

白象灯。それぞれ、五色の房をなびかせる。

みごとなのは王宮の前にしつらえた灯山で、五十メートルを越す山の全面に無数の灯燭《とうしょく》がともされ、その中ほどに立った二本の柱に金の竜がそれぞれ巻きつき、口の中にも灯がともっている。

さらに、正門の上には、青い紗幕《しゃまく》をはり、その蔭に灯《とも》された数万の灯燭が、竜の影を浮かび上がらせる。

爆竹の音。簫《しょう》太鼓の音。ひときわ凄まじい轟《ごう》音《おん》とともに、花火があがる。

食い物の屋台がならび油や肉の濃厚なにおいが流れ、その間を見物の群れが押しあう。

芸人は稼ぎどきと楽を奏で歌い踊り曲技を見せ、占師が客を招く。

こういう賑《にぎ》やかなときに、西門慶《せいもんけい》が宴会を催さないわけはない。正夫人から最新の第六夫人、ことごとく引き連れて、やってきた。琴童《きんどう》や春梅《しゅんばい》などの召使、そうして、もちろん、応伯爵《おうはくしゃく》も供をしている。

「旦那様、旦那様」

呼び止めたのは、女の占師だ。筋骨たくましい、人並みはずれた大女。白粉《おしろい》をぬたくり、頬には紅が真赤。男が化粧しているような。

西門慶は無視して通り過ぎようとしたが、女は占いが好きだ。ちょっと気をひかれて、女たちの歩みがおそくなったところへ、占師はすかさず、

「奥様、美しい奥様」

六人の女は、ぴたりと足をとめた。

誰もが、自分のことだと思ったのだ。

「お美しい奥様、あなた様の額に瑞祥《ずいしょう》がみえますよ」

「わたしの額に？」

金蓮《きんれん》が身をのりだした。美食になずみ、金蓮は、ますます肉《しし》おきがゆたかになり、顎《あご》に

くびれができはじめている。

あたしのほかに、美しい奥様がいるものか、と、自信にみちて応じたのだが、占師が目をむけたのは、たおやかな李《り》瓶児《へいじ》であった。

他の五人が憤懣《ふんまん》の声をあげる。

「何でしょう」

李瓶児は、あどけなくたずねる。

「額の真ん中に、白い光が見えます」

「まあ、嬉しい。どんないいことが

あるのかしら」

「それ以上は、わたしにはわかりません。占ってみなくてはね」

「あなた」

と、李瓶児は西門慶を甘い声でからめとり、

「占ってもらってよろしいでしょう。あたくしの瑞運は、旦那様にとっても、吉祥にちがいありませんわ」

甘い声でねだられ、よし、よし、と西門慶は鷹《おう》揚《よう》にうなずいた。

低い台の上に縁の高い丸い盆がおかれ、盆の平底には、金泥で、放射状に筋が描かれ、その一区画ごとに、呪文のような文字が記されている。

かたわらに置いた籠《かご》の蓋《ふた》をあけ、占師がつまみ出したものをみて、女たちが悲鳴を上げた。

「蠍《さそり》！」

盆の底におかれた蠍は、うずくまったままだ。

「元宵節にしか、やらない蠍占い。今宵をはずしたら、来年の元宵節まで、蠍占いはやりませんよ」

おびえる女たちを、「こわがることはありませんよ」と、なだめたのは応伯爵。

「やけにもったいをつけているが、ザリガニか何かに尻尾《しっぽ》をくっつけたいかさまですよ」

「おれの蠍様をいかさまとは、よくも言った」

と、占師はくってかかる。

「てめえ、罰があたるぞ。毒針をお見舞いするぞ」

と、応伯爵にむかって凄み、西門慶には、うってかわった媚《こ》び笑いで、

「占ってさしあげますよ」

うずくまったままの蠍の背に、山と積み上げたのは、艾《もぐさ》だ。そうして、火をつけた。

蠍の尾が、ぴんと持ち上がった。艾が煙をあげはじめると、蠍は、ぴくっと動いた。

もうもうと煙がたちのぼるにつれ、蠍の動きが、めまぐるしくなった。

背中を焼き爛《ただ》らす火に、鋏《はさみ》をふりまわし、のた

うち、悶《もだ》え暴れるのだが、艾が落ちないのは、占師のやり方に何かこつがあるのだろう。

艾が燃え尽きるころは、蠍は、紅い透明な灯籠みたいになった。痙攣《けいれん》し、ひっくりかえって腹をだし、死んだ。

女占師は、蠍の死骸がある区域の呪文字をたしかめる。

「美しい奥様。お生まれの年月日時を、お教えください」

「辛未《かのとひつじ》の年の正月二十日、午《うま》の刻《こく》だけど……」

なんだか禍々《まがまが》しい占いに、李瓶児の声は少しふるえた。

女占師は卦帖《けちょう》をとりだした。

十二冊の卦帖のうち、表紙の文字が蠍の示す呪文字と符号するものをえらび、

「辛未正月二十日午の刻でございますね」

と、頁をめくる。

「なんと、奥様は、おめでたでいらっしゃる」

占師が開いた頁には、得体の知れない文字と三体の神像、そうして黒い顔の鬼が一匹、描かれてあった。

「おめでた？」

西門慶の喜びの声と、他の女たちの嫉妬の唸《うな》り声が入り混じった。

「確かか？」

「年に一度の蠍占い。蠍様が命と引きかえに運勢を教えてくれるのですよ」

「おまえ、みごもっているのか」

西門慶は李瓶児にたしかめる。

「もしかしたら、と思っていたのですけれど……」

李瓶児は、恥じらいと甘えを露骨に、西門慶の胸に顔を伏せた。他の女たちにみせつけている。

先妻が産んだお嬢ちゃんのほかは、いっこうに子供ができない西門慶は、遊びすぎて子種がなくなったのだろうとあきらめていたのだった。

先妻はいまは死人だから、だれも羨《うらや》んだり嫉妬

したりはしなかったのだが、李瓶児がみごもったとなったら、話はちがう。女たちの顔がひきつった。

「懐妊すると、悪阻《つわり》で食事がとれなくなるというが、瓶児は、ふだんから食が細いから、気がつかなかった」

西門慶が言うと、

「とんでもないわよねえ」

と、女たちが、口々に、わざとらしく声をひそめてうなずきあう。

「旦那様の前だけだわよねえ、西瓜《すいか》の種を二粒三粒で、〝もうあたくし、おなかが一杯〟なんて、しおらしく、おちょぼ口で言うけれど」

「その後で、雪娥《せつが》さんに家鴨《あひる》の卵だの豚の足だの臓物だの十碗も二十碗もはこばせて、せっせと詰め込んでるわ」

「金蓮さんがきて、食費が急に倍にふえたと思っていたら、李瓶児さんがきて、またまた、倍だわ」

と言ったのは、家計をあずかる芸妓《げいぎ》あがりの李《り》嬌児《きょうじ》。

金蓮の眉がつりあがる。

「あんたは、ちまちまと、銭勘定ばかりしているのね」

「ねえ、雪娥さん」と呉月娘《ごげつじょう》が、「金蓮さんと瓶児さんとどっちがよく食べる？　お料理係のあんたが、一番よくわかるでしょう」

「悪阻はもう、終わったらしいわ。先月は気分がすぐれなかったけれど、このごろは食欲が旺盛なのよ。赤ちゃんの分も食べているからだわ」と、自慢げに李瓶児。

西門慶は、てきめんに機嫌が悪くなった女たちの諍《いさか》いは耳にとまらず、

「男を産めよ」

浮き浮きして、李瓶児に命じる。

「せっかく財産を増やしても、女に使わせるばかりでは、増やし甲斐がない、跡継ぎがいなくては

な」とあけすけに本音を吐いた。お金を増やすのは男の方の仕事。使うのは女の楽しみと口にした李瓶児にいじらしいと感きわまって裾の下にもぐったことなど、けろりと忘れている。

「おい」

と、西門慶は、懐《ふところ》から出した銀塊五分を占師にみせびらかし、

「赤ん坊は男だろうな。男なら、これをやるぞ。女なら、銭五文だ」

「はい、はい、坊ちゃまでございますとも。この奥様は、一生涯、亡くなられるそのときまで栄華富貴をきわめ、なに不自由なくお過ごしになりますよ。結構な紅の薄絹のようなご運勢ですが」

言い終えぬうちに、有頂天になった西門慶は、懐からだした銀塊五分を蠍の死骸の上に放り投げ、

「さあ、祝いだ、祝いだ。早く、碧磬楼《へきばんろう》に行こう」

笑みがこぼれる李瓶児と、憤懣やるかたない女たちをうながし、足を速める。碧磬楼は、西門慶が贔屓《ひいき》にしている娼妓李桂姐《りけいそ》のいる歌館である。

「しかし、どうも、暗い影が……」とぶつぶつ言う蠍占師の言葉は、しんがりの応伯爵の耳にしか止まらなかった。

「この影をとりのぞく法は」

と、言いかけ、女占師は、銭になりそうな旦那が立ち去ったのに気がついた。

「嬉しがらせを言った後で、凶兆もあると脅し、凶事除きの呪法でたっぷりふんだくろうと思ったのだろうが、あてがはずれたな」

応伯爵が、そう言い捨てて、西門慶らの後を追う。

「ふん、わたしが邪気祓いの法をしてやらなければ、赤ん坊は死ぬよ」

女占師は応伯爵の背中に浴びせ、

「旦那様、旦那様、お連れのお美しい奥様の額に、吉兆がみえますよ」

通行人に呼びかける。

立ち止まった二人連れに、「占ってさしあげますよ」

新しい蠍をとりだそうとしたら、籠がない。

「やられた！　畜生！　だれだ、おいらの商売道具をかっぱらいやがったのは」

血相変えて、立ち上がった。

その形相の凄まじさに、客ばかりか他の通行人たちも、どっと逃げる。

走り出そうとする蠍占師の前に、

「おい、姐《ねえ》さん」と、ひとりの男が立った。

「教えてほしいことがある」

占師の前に立ったのは、浪《ろう》子《し》燕青《えんせい》。久々の登場である。

「姐さん、さっき女を占ってやっただろう」

「それが、どうした」

「あの女の運勢は、いつごろが下り坂だ？」

「蠍が占ってくれた卦《け》では、一生、富貴と出たよ」

「死ぬまで、富貴か。いつごろ、死ぬ」

「さあ、そこまでは、蠍は教えてはくれなかったね。蠍を返しな」

「おれは知らねえよ」

「嘘をつくな」

「おれが嘘をついているかどうか、占師ならわかるだろう」

「蠍がないのに、どうやって占う」

燕青が牢にぶちこまれたいきさつは、其ノ三において、ちょっと触れている。清河県《せいが》にいたとき、女に誘われて手を出したら、亭主に気づかれ、争いになって怪我をさせた。傷害罪で訴えられたのだ。亭主というのが、花子虚《かしきょ》、女は、李瓶児である。

出牢の後、花子虚が伯父の遺産をついで開封にいると知り、おとしまえをつけようと、狙っていた。

ちょっとやそっとの仕返しでは腹が癒《い》えない。女はともかく、亭主のほうはぶっ殺してやらねば、と思ったのだが、またとっつかまるのは御免だ、前科があるから、二度目、しかも殺人罪では、こっちの命がない。人知れず殺す機会をうかがっているうちに、花子虚は頓死《とんし》してしまった。

しかし、この厚化粧の女、どこかで見たことがある……。

だれだっけか、と考え、思い当たって、

「あ！」と、燕青は声をあげた。

そうして、くすっと笑って言った。

「雪で街道は人足とだえ、肉饅頭の材料が手に入りにくくなったので、春になるまで、商売替えというところか」

人肉饅頭の母夜叉孫二娘《ぼやしゃそんじじょう》、図星をさされて、

「何ィ」ぎょっとする。

肉饅頭のことまで知られていては、やばい。

「だれだ、てめえ」

「兄貴は元気か」

「てめえの兄弟なんざ、つきあいはねえわ」

「虎退治の武松《ぶしょう》の兄貴が、おめえのところにいるだろうが」

他人の耳をはばかり、小声だ。

「じゃ、おめえ、武隊長の弟か？」

「血はつながっていねえが、弟分だ。嘘だと思うなら、兄貴に聞いてみな。花をかざした浪子燕青ってな。あいにく、冬場で、花はきらしているが」

「ああ、おまえが無頼の燕青か」

母夜叉は笑顔をみせた。笑うとなお怖くなる顔だ。

「武隊長から、名前は聞いていたっけよ。よくおれの顔を知っていたな」

「よそながら見ていたよ、姐さんとご亭主が、兄貴の護送の役人をばらすところを」

「武隊長は、梁山泊《りょうざんぱく》に行っているよ」

「あの豪傑たちの仲間入りか」

「いや、流刑の罪人と一目でわかる入れ墨を、消してくれる坊主に会いにね。入れ墨のままでは、開封に戻れない。うちのといっしょにね」

「仇討《あだう》ちの初志は忘れずか」

「そうだよ」

「それで、おまえ、西門慶の様子をさぐりに開封に来たのか」

「いや、稼ぎにきただけだが」

「西門慶に声をかけていたじゃないか」

「あれが西門慶だったのかい」

「そうだ」

「あいつが、西門慶か。それじゃあ、いっしょにいた女たちのなかに、潘《はん》金蓮とかいう売女もいたわけか。くそ。で、おまえは、なぜ、西門慶の妾《めかけ》の運勢が知りたいのだ」

李瓶児のおかげで、と、燕青は、入牢の次第を語る。

「あの裏切り女郎《めろう》を存分にしてやらなくては、おさまらないのだが、女は西門慶の屋敷の奥。襲う時がない。つかまって入牢はばかばかしいから、命運が下り坂の時を狙おうと」

「おまえ、蠍占いなど、本気にしているのか」

「いんちきか？」

燕青のちょっとがっかりした顔を見て、母夜叉はまた笑った。

「間違いなく当たるものなら、とっくに、武隊長の復讐が、いつどのようにしたら成るか、占っているよ。でも、あの妾が孕《はら》んでいるのは、あたったようだよ。あてずっぽうの嬉しがらせを言ったのだが、どうやら、的を射抜いたらしい」

　蠍がなくちゃあ、商売あがったりだ、今日は、店仕舞いだ、と、母夜叉は、台をかたづけはじめた。

「兄貴が墨を消して、開封に帰ってくるのなら、そうして、仇を討つのなら」と、燕青は、言った。

「おれも、手を貸そう。李瓶児のやつも、ひとまとめにして、たたきのめしてやる。兄貴につたえてくれよ。燕青が、いっしょに一暴れするつもりで、開封で待っているって」

「おまえ、ほんとうに、やる気があるかい」

「兄貴といっしょなら、おれも、あの屋敷に火をつけて焼き殺すぐらいのことはするぜ」

　そう言ったとき、燕青の目が活《い》き活《い》きと輝いた。

「それは、いいな」と、母夜叉も乗り気になり、

「どさくさまぎれに、たっぷり盗める」

「騒ぎが大きいほうが、兄貴だって、ぶっ殺しやすいよな」

　と、燕青も浮き立った。ひとりでちまちまと女

を犯したりいじめたりするより、武松や母夜叉たちと徒党を組んで、放火強盗の方が楽しそうだ。実のところ、燕青は、花子虚がかってに死んでしまったことで、いささか気落ちしていたのだ。おとしまえをつけてやると張り切っていたのに、はぐらかされた気分だった。武松は強盗などには興味がなさそうだが、仇討ちという大義名分があるのだ。

「西門慶と女たちが留守どわかっている今のうちに、屋敷の中のようすを、ちょっとさぐってくるか」

宴の最中、西門慶は、手水《ちょうず》にたつようなふりをして碧磬楼を抜け出し、外に待たせてあった轎《かご》に乗った。

せっかくの宴を放り出したのは、女たちの皮肉だの妬《ねた》みだのをとりまぜた李瓶児いびりに、ほとほとうんざりしたからである。

うわべは言葉をかざりながらの陰険ないびりあいに、西門慶は慣れっこになっており、ときにはけしかけて楽しみもするのだが、この宵の、李瓶児vs.他の女軍の闘いは、ひとしお、陰湿で激烈であった。

五人の女は結束して李瓶児ひとりに当たり散らし、李瓶児は、ひたすら西門慶を楯にする。

何をされたって、あたくしには旦那様がついていてくださるんですからね、と、言葉にはださないが、態度で露骨にしめし、いきりたつ金蓮に

「今日は豚の頭がなくて、お気の毒だったわね」

と、手裏剣《しゅりけん》のような皮肉を投げた。

「あんた、どうして、あれを知ってるのよ。だれが告げ口したの」

「さあ、どなただったかしら」

金蓮は「あんたでしょう」と、日頃特に仲の悪

い第二夫人李嬌児に浴びせ、女軍は仲間割れをはじめ、李瓶児はべったりと西門慶にすがりつき、これみよがしに、「旦那様、ほら」と、手を腹の上にあてさせる。

跡継ぎができるのは喜ばしいが、胎《はら》の中の赤ん坊にはいっこう興味も愛情もわかない西門慶は、うっとうしくてかなわない。

どなりつけようかと思ったが、女たちがいっせいに泣き騒ぎだしたら、お祭り気分は目茶苦茶だ。快楽は何処《いずこ》にやあらん。女たちを置き去りにして春梅だけ屋敷につれ帰り、手込めにするか、と思いめぐらしたとき、いや、今宵は、あれの初味を、と、思い当たった女がいる。

去年の暮に、船がまた行方知れずになり、乗り込ませていた番頭と手代も帰ってこないのだが、その手代来旺《らいおう》の女房の宋恵蓮《そうけいれん》、こいつを一度やりたいと、この日頃、思っていた。西門慶の敷地の中に来旺は住まいを持っているのだが、ずっと帰ってこないので、西門慶はその住まいをあけさせた。宋恵蓮は母屋《おもや》に住まわせ、台所で働かせている。西門慶としては恩恵を与えたつもりでいる。

美女ではない。むしろ、不細工なのである。大柄な、丸太ん棒のような女で、いつもぼうっとしている。紅い上着に紫の裙子《クンツ》をはいたりして、着物の趣味も悪い。ところが、西門慶がちょっとでも誘う様子をみせると、顔色を変えてからだを固くし、拒むのである。〝あたしは貞淑な女房です。亭主の無事な帰りを待っているんです〟と、頑固だ。

どんな傾国の美女でも、西門慶の誘いにのらない女はいないのに、ぶすで鈍なくせにふり通すというのが、腹立たしい。おれより鼠《ねずみ》の来旺のほうがよいというのか。どうでも落とす、と思っていた。

手強《てごわ》い女は、落とすまでが、楽しい。春梅は次の機会にとっておこう、今日は宋恵蓮、と決めたら、待ったなしである。

女たちが、いつ気がついて戻ってくるか、それまでに落とす、と、タイムリミットをさだめた。

そうして、だらしないざまを、女たちといっしょに嗤《わら》ってやろう。


西門慶の屋敷も門前に灯籠をつるし、通りに面した建物の窓の外にも飾り灯籠が華やかだが、邸内は暗い。

中に明かりがみえるのは、二部屋だけだ。

一つは大広間、もう一つは小部屋らしい。大広間から笑いさざめく声が洩《も》れる。主たちは留守なのだから、残った召使たちが、一間に集まって酒盛りをしているのだろうと、燕青は見当をつけた。

足跡は、たちまち、降り積もる雪が消す。

燕青は、小さい灯籠を一つ盗んで、手明かりにした。

これまでに、何度か覗《のぞ》き見はしているので、李瓶児の廂房《しょうぼう》の在りかはわかっている。花太監《かたいかん》の屋敷をとりこわしたあとに建てられた、瀟洒《しょうしゃ》な房だ。

ここも中は真暗だ。

踏み込んだとたん、燕青は、足をすべらせた。床がつるつるなのだ。同時に、異様なにおいが鼻をおそった。

すべるのも当たり前だ。床に水たまりができ、それが薄氷になっている。

明かりの輪の中に、おびただしい鳥籠が浮かんだ。その中にあるのは、無数の鳥の死骸だ。

どれも、羽毛はみすぼらしく濡れそぼち、地肌がただれ、白目をむいている。燕青は、喉《のど》をつこうとする悲鳴を押し殺した。羽根を濡らした水はうっすらと凍り始めていた。

床に流れて凍った水は、鳥籠の底から溢《あふ》れ出たものだ。

　立ち上がろうとして、燕青は呻《うめ》いた。ころんだはずみに、足首をくじいたのだ。二枚目としてはだらしないことだ。


　街の華やぎのかけらもない小部屋で、宋恵蓮はうなだれて、鞋《くつ》に刺繡をしている。

　――あの人が帰ってきたら、この鞋を履いて出迎えよう。

　不細工な大女で、足も大足だが、宋恵蓮は、考えていることは可憐《かれん》なのだ。

　――いったい、どこに消えてしまったんだろう、あの人は。

　呪《まじな》い師に、宋恵蓮は、祈禱をたのみさえした。西門慶は手代の無事を祈るために銭を使ったりはしてくれないから身銭をきったのである。

　――早く帰ってきてほしい。あんたがいてくれたら、いっしょに、灯籠祭りにでかけるのにね。あんたが爆竹を鳴らして、あたしは新しい釵《かんざし》を挿して。だって、あんた、江南土産《こうなんみやげ》に、釵ぐらい、買ってきてくれるでしょう。奥さんたちのような高いのはいらないわ。あんたの気持ちだけで嬉しいの。あたしみたいな大足の女をあんたはお嫁さんにしてくれて、そりゃあ、可愛がってくれるんだもの。あんたが帰ってこないもんだから、あたしは、みんなにからかわれるのよ。来旺は南でいいひとができたんだ。足の小さい可愛い子をみつけたから、番頭さんとぐるになって、船荷を猫ばばして、もう帰ってはこないんだ、なんて。そんなこと、ないわよね。帰ってくるわよね。大事な大事なあたしの来旺。

　心の中で思っているだけのつもりが独り言になり、扉の外に佇《た》った西門慶の耳にもとどいた。

——こりゃ、そうとうしつっこい女だ。

西門慶は、いささか、げんなりした。召使どもの当て推量も案外的を射ているのかもしれんな。

扉を開け、西門慶は、ずかずか押し入った。


凄まじい悲鳴を上げたのは、李瓶児だ。

「何よ」

女たちは、あっけにとられる。

「二奥さん、あんた、何かした？」と金蓮。

「何よ、あんたが、卓子の下で足でも蹴飛ばしたんでしょう」と、李嬌児。

「とどかないわよ」

「そうね、あんたの足じゃあね」

李瓶児は立ち上がり、椅子の上にのぼり、纏足《てんそく》のためにバランスがとれないからころがり落ちそうになって、隣の正夫人呉月娘にしがみつく。

「何をするんですよ」

呉月娘はふりはらった。

椅子から落ちた李瓶児は、きいきい叫びながら、ふたたび、椅子の上。さらに、卓子の上にまで這《は》い上がった。

「さ、さそり！　さそり！」

床を指さす。

悲鳴は六重唱になった。

「どこに」「どこよ」

「そこ、そこ」

尾を振り上げ、床をのそのそ這う蠍。

女たちは、料理の皿を踏みつけ、蹴落とし、卓子の上によじのぼる。

楽師や娼妓、下僕らは、部屋の外に逃げ出す。

応伯爵も、素早く、春梅の手をとって廊下に出る。

うろたえた下僕のひとりが、外に出るなり、扉を閉ざした。

「いやよ、開けてよ。蠍を外に追い出してよ」と、中ではわめき声。

廊下では応伯爵が、「おまえか」と、小声で琴童を糺《ただ》す。「かっぱらってきたのか」ふてくされた顔で、琴童はうなずいた。

「ちっとも動かないと思っていたら、部屋の中があたたかくて、元気になったらしいや。籠の蓋を破って這い出したんだろう」

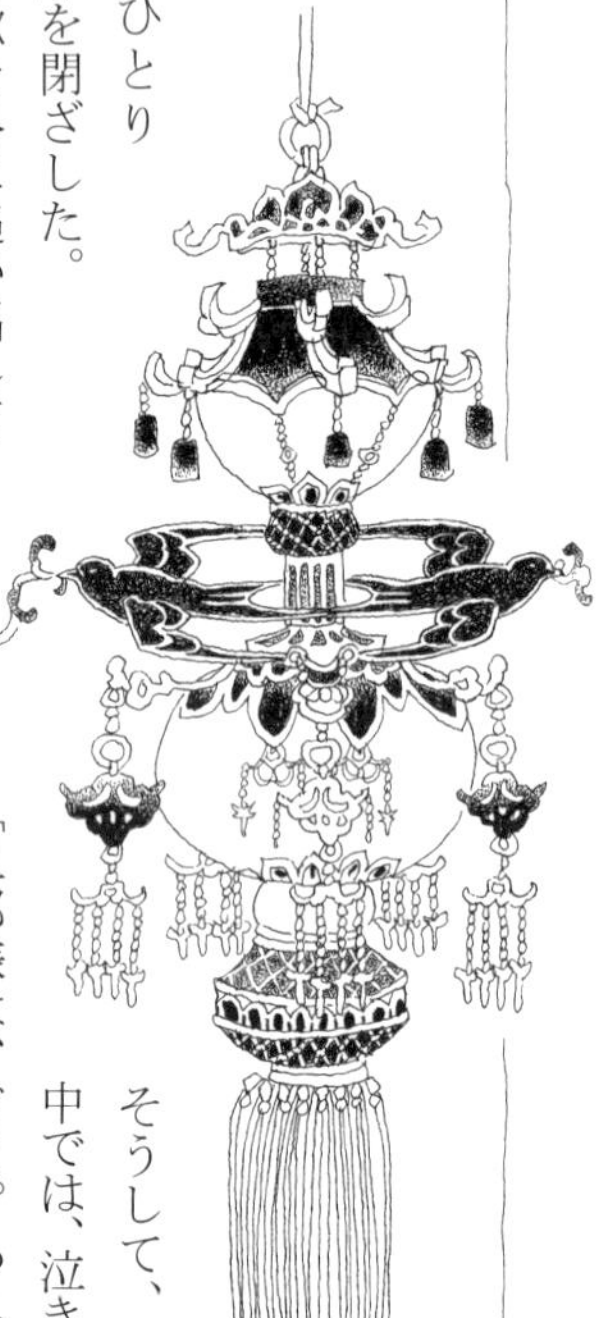

扉が開いた。金蓮が飛び出してきた。決死の覚悟で床を走り抜けたらしい。蠍がもぐりこまないよう、裾をまくりあげている。外に出たとたんに、扉を閉めた。

そうして、安堵の大溜め息。

中では、泣き声やらわめき声やら。

「旦那様は、どこ。あたし、帰るわよ」憤然と、金蓮。

つづいて、孟玉楼《もうぎょくろう》、呉月娘と——たぶん、決断力のある順に——裾をたくしあげて、飛び出してくる。

最後に半狂乱、死物狂いで走り出た李瓶児は、扉を閉めてから、応伯爵の腕にぐったり倒れこんだ。

そのときは、他の女たちはすでに轎に乗り、屋敷にむかって一目散。

「空揚げにするとうまいのに、逃がしちゃった」と、琴童がぼやく。

## 其ノ九

鳴鳥愛鳥《あいにきたのに》　浴沸騰湯《なぜでてあわぬ》
全裸熱傷《でるにでられぬ》　逢鳥哀鳥《ゆでチキン》

お止めなさい、と言いたくなる声を、応伯爵《おうはくしゃく》は、のみこんだ。

止めだてしても効目はないとわかっている。力ずくでも、西門慶《せいもんけい》にはかなわない。

「や、みごとな景観ですな」

とりあえず、おだて上げた。

二本の脚を思いきりひろげ、服がめくれて腹までむきだしになった恰好で、女が衣架《いか》に逆吊《さかづ》りになっている。

顔は垂れた裳裾《もすそ》にかくれているけれど、むきだしになった大足といい、悪趣味な服の色といい、

この部屋の主、宋恵蓮《そうけいれん》であることは見まちがえようもない。
炕《カン》に腰をおろした西門慶は、足の指で、逆吊りの宋恵蓮の谷間をさぐる。金竜探爪《きんりゅうたんそう》の体位である。

ギャラリーあらわると見て、西門慶ははりきり、

「見ろ、これは、牝戸《ピンフ》大張《だいちょう》というやつだ」

と、宋恵蓮のからだをねじり、体位を変えた。

それから、谷間をおしひろげ、

「紅鉤赤露《こうこうせきろ》だ」

さらに、Vの接点
に顔をおしあて、もごもご何か
言った。
応伯爵も体位の名称は承知だから、「鶏《けい》
舌内《ぜつない》吐《と》」と言ったのだなと察しがつく。
「大変ですよ」

と、応伯爵は息をきらしてみせた。

「蠍《さそり》がでて、もしかしたら、李瓶児《りへいじ》さんが刺されたかも」

「なんだって」と、さすがに西門慶も鶏舌を内吐するのをやめ、振り返った。「これから、いいところだというのに」

碧磬楼《へきばんろう》に蠍があらわれた次第を、応伯爵は告げた。

「奥さんがた、皆逃げ帰ってきて、大広間にいますよ。召使たちが、大慌てで、奥さんがたの部屋の炕《カン》に火をいれて暖めています。皆さんがこんなに早く帰るとは思わないから、召使どもは、大広間で酒盛りをしていたんですよ」

応伯爵の声を背に、西門慶は階下の大広間に走る。

応伯爵は、炕の上に爪先立って、宋恵蓮の足を縛った脚帯を解いた。

宋恵蓮は、顔をおおって泣きくずれ、応伯爵にすがりつき、

「ああ、恥ずかしい。あたし、死んでしまいたい。応さん、あたし、恥ずかしくって、恥ずかしくって、いっそ、死んじまいたいわよゥ」

すすり泣きながら、ぐいぐい腰をすりつけてくる。

「死んじまいたいわァ。殺して。殺して」

かきくどく言葉が譫言《うわごと》めいて、手は応伯爵の服を脱がせにかかる。

「殺してちょうだいよゥ。もう、どうにもよくって、たまらないのよゥ。ああ、恥ずかしい。あたし、来旺《らいおう》の貞淑な妻なのよゥ。ああ、いいわァ。そこを、もうちょっと、いじめてちょうだい。もう、あたし、死ぬわ。死ぬわ。こんな恥ずかしい目にあわされたんですもの。死ぬほかないわ。ええ、死にますとも。あら、まだ、抜いちゃだめよ。死ぬゥ」

それより、少し前。

李瓶児の廂房《しょうぼう》で、足をくじいた色男燕青《えんせい》はまごまごしていた。

薄氷のはった滑りやすい床である。

片手に灯を持つと、躰《からだ》をささえるのは、片手と片足しかない。腹ばいになって、少しずつ出口の方ににじり寄る。立てないのだ。

こんなとき、だれか入ってきたら、身の破滅。もっとも、女なら、とろかして味方につける自信がある。

しかし、下男などが数人集まってきたら、ちょっとあしらうのが厄介だ。

かつて、合牢の武松《ぶしょう》に「弓一張りに矢三本あれば、百羽の小鳥を射留める。組み打ちも強い」と豪語した燕青だが、片足が使えないざまで複数の相手を叩きのめす自信は、ない。だいたい、彼がこれまでに闘った相手というのは、市井のちんぴら無頼とか木っ端役人。武松のような鍛練を経た武人とはちがうのだ。

女といっても、李瓶児にいま入ってこられては困る。李瓶児の目にこんなぶざまなところを曝《さら》すわけにはいかない。

——李瓶児をおれの前に這《は》いつくばらせねばならないのに、こっちが先に平べったくなっているのでは、嘲笑を浴びるばかりだ。いや、哀れみをかけるかもしれないが、仇《かたき》に哀れまれちゃあ、おしまいだ。

彼は、ふと耳をすませた。

忍び笑い……。

気のせいだ。

くすくす笑いは、フ、フ、とはっきりした声になった。

声のする方に、燕青は手燭《てしょく》をつきだす。

闇にまぎれていた櫃《ひつ》のかげから、すらりと立った少女。

燕青は初対面だが、読者はご存じ、花木蘭《かもくらん》。人目についたとき怪しまれぬよう、春梅《しゅんばい》と同じ小間使いの衣装だ。

はっとして立ち上がりかけ、足首の痛みが脳天までひびいて、燕青は顔をしかめる。

「どじ」と、木蘭は浴びせた。「まぬけ」

燕青はめんくらった。

「さっきから見ていりゃあ、何てざまだろ。こそ泥かい。それにしても、だらしないったら」

「おまえ、李瓶児の小間使いか。鳥に水をかけて凍死させたのはどういうことだ」

燕青はなじったが、床にへたばった恰好だから、まるで威厳はない。

「足だけじゃない、目も悪いんだな。これが凍死に見えるの？」

あ、帰ってきやがった！　と、木蘭は身をひるがえそうとする。

表にむいた窓の外、遠目にちらちらと、幾つもの明かり。このとき、女たちが、轎《かご》をいそがせ逃げ帰ってきたのである。

「おまえ、屋敷のものじゃないのか」と、燕青。

「おめえも、泥的か」

笑い声を残して、開けた窓から庭に姿を消そうとする木蘭に、

「おい、おれも連れていけ」

「邪魔だ」

と言ったが、木蘭は気を変えて、

「今後、わたしの手下になるかい」

「てめえのような小娘の、手下になれというのか」

「いやなら、おいていく」

「待ってくれ。ひとまず、手下になる」

「ひとまず、か」

「おれは、今、足がこうだから、なおってから、あら

ためて勝負だ。勝ったらおれが頭、おまえが子分だ」
　木蘭は、脚帯をとき、自分の足首と燕青のくじいた方の足首を結びつけ、肩を貸して立ち上がる。
「跳ぶよ。呼《い》吸《き》をあわせな」
　二人三脚で、床を蹴った。跳躍力はふたりとも抜群だから、ひととびで窓を越え、庭へ。さらに、跳ぶ。跳ぶ。

「凍死じゃありません、これは」

明言したのは、孫雪娥《そんせつが》である。

皆の視線が集まった。

孫雪娥としては、めったにない、自己アピールの機会である。

あがってしまって、頬から鼻の先まで赤くなりながら、得意でもある。

「わたし、鳥の料理は始終していますから、一目でわかりました」

籠《かご》をあけ、鳥を一羽つかみだす。

李瓶児の廂房の炕に火を入れにいった小女が、大広間にもどってきて、「鳥がみんな、凍死しています」と告げたのである。

西門慶は、だれも蠍に刺されたりはしなかったとわかって腹を立てていたところだった。無事だったのを怒っているのではない。無事なのに、宋恵蓮との娯《たの》しみを中断されたことが憤懣《ふんまん》の種なのだ。女のだれかが蠍に刺されて死んだら、せっかくこれまで贅沢をさせて養ってやったのが無駄になるから、あわてててとんできたまでだ。

宋恵蓮と一合戦終えた応伯爵も、大広間にも

どってきていた。

小女の注進で大騒ぎになり、みんな、ぞろぞろと李瓶児の廂房に集まったのである。小部屋で余韻に浸り、夢心地になっている宋恵蓮をのぞいて。

炕の火と燭台の熱であたためられ、薄氷が溶けて床は水浸しになり、鳥も雫《しずく》をしたたらせている。

「ほら、ごらんなさい」と、孫雪娥は鳥の羽をむしってみせる。

「鳥の羽をむしるためには、まず、熱湯に漬けるんです。そうしないと、羽って、なかなかむしれないものなんですよ」

夢中になってむしり、撒《ま》き散らす。

「すごいわね、雪娥さんは」と、孟玉楼《もうぎょくろう》が聞こえよがしに、「鳥の死骸を平気でつかんでいるわ。わたしなんて、触るのもいやだわ」

「雪娥さんなら、豚だろうが、鳥だろうが、鯰《なまず》だろうが、へっちゃらよ」と、李嬌児《りきょうじ》。

思いがけなく一座の中心人物になった気分の孫雪娥は、悪口を耳にとめるどころではなく、「ほら、ごらんなさいよ」と、むしりまくる。

羽を失ってみすぼらしい鳥を高々とかざし、

「この、鳥の皮をみてください。火がとおっているでしょう。茹《ゆ》でられちゃったのよ」

「あんたが、お料理するために、李瓶児さんの鳥を全部茹でたってことね」と言ったのは、金蓮《きんれん》。

「ちがいますよ」と、孫雪娥はむきになり、「こんな鳥、食べられやしません。ほら」

鳥の腿の付け根を、力まかせに捻《ね》じきった。

「いやあね」と、皆が顔をそむけるのに、ちぎれた切り口を一人一人の目の前につきだし、

「中は火がとおってなくて、生肉でしょう」

「やめなさいよ」

「茹でたんじゃなくて、熱湯をかけたんだわ。あなたがた、だれひとりわからないでしょうけれど、わたしにはわかるわ。だれかが、鳥籠に熱湯をかけて、鳥を皆殺しにしたのよ」

口より、金蓮は手のほうが早い。李瓶児をひっぱたいた。

李瓶児は、西門慶の胸に顔を埋め、泣きじゃくる。

「わたし、もう、見ちゃったわ。旦那様、どうしましょう。こんな赤ん坊が生まれたら、わたし、死んじゃうわ」

「別のことで死ぬ方がいいですよ」と、応伯爵がなだめ、「金蓮さんが企んだということはありませんよ」

「それじゃ、だれなの。嬌児さん？　玉楼さん？　みんながわたしをいじめるゥ」

「あなたの懐妊は、蠍占いのとき、はじめて、みんな知ったんですよ」と、正夫人呉月娘《ごげつじょう》が冷静に、「そうして帰ってくるまでみんな一緒だったんですから、だれも、そんな企みを実行する暇はなかったんですよ」

——凍死と熱湯で殺されるのと、どっちが苦し

「だれかって、あんたのことじゃないの」

「わたしは、あんたたちといっしょに、灯籠《とうろう》祭りに行ってたじゃないの。お湯をかける暇なんてなかったわ」

アリバイを孫雪娥は主張した。

「瓶児さんは、気の毒ね」

と言ったのは金蓮だ。

「あんた、この白目をむいた鳥そっくりの赤ちゃんを産むことになるんだわ」

まだ人間の形がしっかりできていないうちに、母親が変なものを見ると、胎児は、そのとおりのものに変わると言われている。

これっきとした医学書にも、書かれていることである。

「いやだわァ」と、李瓶児は悲鳴を上げた。「あんたね。あんたが、変なものを産ませようと企んだのね」

「何言ってるのよッ」

いだろう……と、応伯爵は、あらぬことを考える。

どちらにしても、行き着く結果は死であるけれど、熱湯をかける心性の方が残酷な気がする。

「家に残っていた者のしわざだ」と、西門慶はいきりたち、「残らず、呼び集めろ。糾明してやる」

――熱湯が冷えて凍ったということは、鳥が殺されてからずいぶん時間がたっているわけだ……。応伯爵は、そう思った。

留守中に熱湯をかけたのなら、帰宅したときまだ凍ってはいなかったはずだ。

出かける前に、すでに、熱湯で殺されていた。

――ということは……。

応伯爵は、西門慶の胸に顔を伏せ、可憐にふるえている李瓶児にそっと目を投げた。

名のみの夫と暮らす欲求不満から、かくもおびただしい鳥を飼うようになったのだという次第を、西門慶から、応伯爵は聞いている。

おまえだけに言うのだぞ。だれにも喋《しゃべ》るなよ。

孤閨《こけい》をかこつ必要はなくなった李瓶児に、西門慶は臭気を発する鳥どもを追い払えと命じ籠の戸をあけさせたのだけれど、居心地がいいので鳥どもは、いっこうに飛び立とうとはせず、籠の中に居座っていた。

業《ごう》を煮やした李瓶児が、出かける前に熱湯を浴びせていったのではないか。

応伯爵は、そう想像した。

胎児変容の迷信は、そのとき、忘れていたのか、根っからそんなことは信じていないのか。

証拠のないことだから、ことさら追及する気にもならない。

だいたい、主の西門慶からして、女や財宝を手に入れるためには、手段かまわずなのだから。

呼び集めた留守居の使用人たちを、西門慶が先立ちになり、女たちも嬉々として、指詰めやら石のせやら、責め問いにかけ、白状させようとするのを、応伯爵は、いささか暗澹《あんたん》として眺めた。

西門慶ひとりなら、何とか言いくるめて、残虐行為を阻止するのだが、六人の女がいっしょとなると、応伯爵も手に負えない。

「あたしの潔白は、旦那様がご存じだわ。あたしは、ずっと、部屋で鞋《くつ》に刺繡をしていたんですもの。ねえ、旦那様」

と西門慶にしなだれかかり、意味ありげな目くばせをしたのは、宋恵蓮で、

「ああ、旦那様、旦那様」甘ったれた犬のような鼻声をだす。

「なによ、この女」金蓮たちが目を怒らせる。

「あたしは七番目の奥様にしていただいたのよ」

と宋恵蓮。

「ついさっきまで、旦那様に可愛がっていただいていたんだわ。あたし、まだ、せつなくて、せつなくて」

李瓶児をおしのけんばかりに躰をすりつけるので、

「知るか」西門慶は一喝して突き飛ばした。

「ああ、旦那様」

宋恵蓮はめげない。

「あたし、承知しています。あなたの愛し方って、すごく変わっているんですもの。あんな愛し方があるって、あたし、初めて知りました。ぶってください。たたいてください。踏んづけてください。逆吊りにして、牝戸大張、紅鉤赤露」

「旦那様、この女にそんないいことをしてやったの」孟玉楼が叫び、くやしい、と李嬌児が歯ぎしりして宋恵蓮の髪をつかみ、ちきしょう、と金蓮が蹴飛ばし、尻馬にのった孫雪娥がこのときとばかり日ごろの鬱憤《うつぷん》をこめて、すべた、と罵倒《ばとう》し、正夫人呉月娘は貫禄を見せて冷やかに見くだし、手のつけられない騒ぎがつづき、李瓶児が卒倒して、茹で鳥事件の犯人はうやむやになってしまった。

そのころ、地底では、

「悲鳴なんかあげるんじゃないよ。いくじなし」

木蘭の館である。すなわち、地底の運河に係留された船だ。

燕青がわめいたのは、虎を目にしたからだ。

虎も、ぐわっと大口を開ける。

幸い、柵のむこうだ。

「あいつ、けっこう腹をへらしているから」

言いながら、木蘭が服を脱ぎ始めたので燕青はにやけたが、胸を見て、

「あらら、おまえ、男か」

「女に助けられたと思うより、ましだろう」

手下の一人が、燕青の足に薬をぬりこみ、布

を巻きつけて、荒っぽく手当てをする。

　木蘭が、李瓶児の部屋にしのびこんだのは、鳥たちに餌をやるためだ。

　春梅から、木蘭は李瓶児が鳥をほったらかしにしていることを聞き知っている。一度ならず、籠から追い出そうとしたが、鳥が飛び立たないとみると、李瓶児は餌をやるのをやめてしまった。餓死すれば面倒がなくていいと思っているらしい。李瓶児の小間使いは、悪臭をはなつ鳥を嫌っており、女主人の意向にさからって餌をやる気などまるでない。人目のないときをみはからって春梅が餌をあたえ、どうにか、生きのびさせてきた。この夜は、総出で灯籠見物にでかけると、春梅に告げられて、木蘭が餌をやりにしのび入ったのである。鳥は、死んでいた。すでに凍っていたが、その前に熱湯をかけられたのだということは、鳥の状態から、木蘭にもみてとれた。ひでえことをしやがると憤慨しているとき、燕青が入ってきたので、ものかげにかくれ、燕青がどじをやって足をくじくところまで見物したという次第であった。

「そういう女だよ、あいつは」と、燕青。「虫も殺さぬ顔で、邪魔だとなったら、なんでもしやがる」

　そう言いながら、燕青は、李瓶児のからだを、いささか懐かしんだ。華奢《きやしや》なくせにしまりがよくて、いままで味わった女の中で、もっとも美味だった。

　李瓶児もひとまとめにたたきのめしてやる、火をつけて焼き殺すぐらいのことはするぜ、と母夜叉《ぼやしや》に言った燕青だが、もう一度、あの躰を揉《も》みしだきたくなった。いや、あの女に揉みしだかれたくなった。

　木蘭を女と思い、意馬心猿黙《もだ》しがたくなりはじめていたのに、男とわかってはぐらかされ、いっそう、李瓶児の肌が恋しくなった。

　李瓶児をはじめとする美女どもをぞろぞろひき

したがえた西門慶の、灯籠祭り見物のさまを思い出し、燕青は無茶苦茶に腹が立っている。

可愛がっていた鳥を、邪魔だとなれば熱湯で殺してしまう女の残酷さより、女も金もやすやすと手に入れてのほほんとしている男の方が、燕青には、我慢ならない。クールでニヒルな色男ぶっているが、燕青、女には甘いのだ。


季節はうつり、雪は解け、春や春、下水溝の溝《どぶ》さらいの季節である。溝の蓋《ふた》があけられ、街路のそこここに、溝泥の山が盛り上がる。そうして、清明節《せいめいせつ》をむかえ、開封《かいふう》はまたまた、賑わいたった。墓参をかねた行楽の日だ。

人々は轎をつらね、郊外にでかけ、墓参りのあとは、草の上に酒肴《しゅこう》をならべ杯をかわし、日がな一日遊び呆けたりもする。

この祭りにつきものの遊びは、男子は打毬《だきゅう》、女子は鞦韆《しゅうせん》である。

打毬は杖《つえ》で毬《まり》を打ついわばホッケー、鞦韆はブランコ、ともに戸外の遊びで、躍動する動きによって万物の成育を鼓舞するという意味があるのだが、遊ぶものは、そんな縁起まで考えはしない。

春秋時代に斉《せい》の桓公《かんこう》が北伐したときにつたえたというブランコは宋《そう》の世になってますます盛んだ。

西門慶の庭にも、もちろん、鞦韆がたてられた。陽射しを浴び、李瓶児は、おとなしやかな笑顔で、眺めるばかり。

「瓶児さん、お乗りなさいよ。わたしは充分乗ったから、こんどは、あんたの番よ」

ブランコの上の金蓮が、しらじらしくすすめる。

「あたくしは、だめなのよ。おなかの赤ちゃんに悪いわ」

と、李瓶児はふくらみが目立つおなかをみせつける。

少しはなれたところに、雪獅子《ゆきじし》がねそべっている。

金蓮も肥えたが、雪獅子も大きくなった。猫の成長は早い。ことに、雪獅子は食べ物がいいせいか、そういう体質なのか、ぼってり、どってりと、太りまくり、たいぎそうに、ぼてっ、ぼてっ、と歩く。

女たちが嬌声をあげて漕いでいるところに、西門慶があらわれた。

綱に手をかけてとめ、金蓮といっしょに乗って、漕ぎはじめた。

高く舞うブランコの上で西門慶と金蓮が、下穿《したば》きをとりはずし、腿をかさね、至上の悦楽にひたっている一方、裏庭では、ブランコの仲間にいれてもらえない宋恵蓮が、太い指で、可憐に摘み草などをしていた。

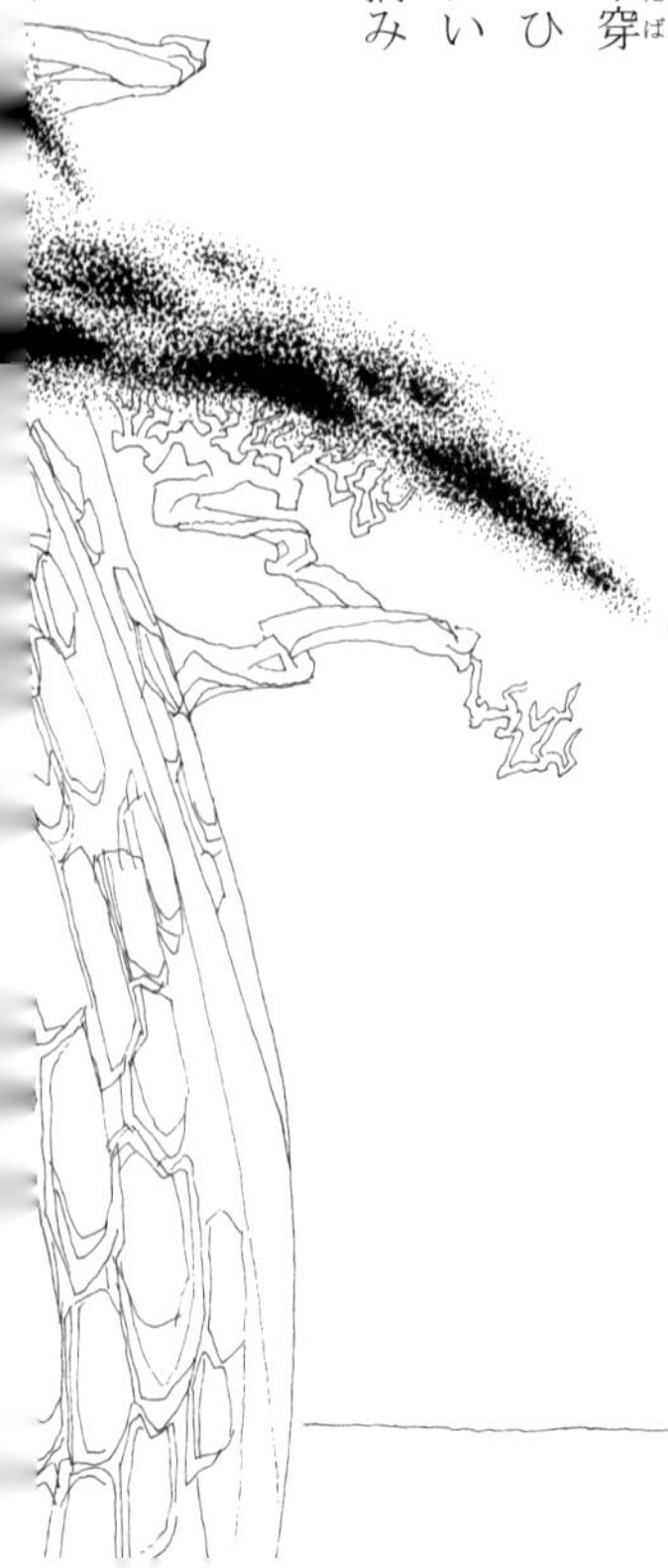

女たちに追い払われたのだ。

「あんたは、来旺の喪に服していなくちゃいけないのよ」

「早くお墓をたててやっていれば、今日の清明節にお墓参りができたのに」

女たちは口々に言い、

「まだ、死んだとはかぎりませんよゥ」

宋恵蓮はくちびるを突き出して言い返したが、衆寡敵せず、すごすごと裏庭に退散したのである。

「ああ、来旺、あたしの来旺」

と、しゃがみこんで草をひっこぬきながらつぶやいていたが、ひとりごとは、いつのまにか、「ああ、旦那様、あたしの旦那様」と、変わっている。

「もう一度、金竜探爪をやってくださいよゥ。あんないいことを、一度だけなんて、殺生だわァ」

　思い出にひたるうち、自分の指が西門慶の指のような錯覚におちいり、うっとりして、

「ああ、旦那様ァ」
「おお、女房」
応じた声に目をあげ、宋恵蓮は、ひっくりかえった。

全身、泥でまっ黒の、海坊主のようなのが、

「いとしや、女房、久しぶりだなあ」

と、両手をひろげて近寄ってくるのだ。

鼻がまがりそうな悪臭を撒き散らしながら、

「会いたかったぞ」

抱きしめようとするので、声もでず、宋恵蓮は這いずりまわって逃げる。

「どうした。なにをうろたえているんだ。旦那様がご帰還になったんじゃないか」

「ぎゃ、ぎゃわわ」

「これ、ようやく、逃げ帰ってきたのに、なんで、そう、ぎゃあぎゃあ、わめくのだ」

「だ、だッ、だッ、だ」

「だれだとは情けない。亭主の顔を見忘れたのか」

「ばばば、ば、化けッけッけッけ物ッ、わ、わ、わわわわ」

「苦労して帰ってきたのに、喜んで迎えてくれないのか。さては、おまえ、おれの長留守をいいことに、間男したな。それで、おれが邪魔なのだな」

猿臂《えんび》をのばした泥坊主を、宋恵蓮は死物狂いで蹴飛ばした。

股間に蹴りが入って気絶した相手を、ようやく気を鎮めてつらつら見れば、泥まみれながら、たしかに来旺の面影。

井戸端にひきずり、水を浴びせた。

相手が来旺とわかれば、何も怖いことはない。

「溝に落ちたんだね、あんた」

宋恵蓮の扱いは、荒っぽくなった。

いくら春とはいえ、井戸の水は冷たいのに、かまわず浴びせる。

そうして、宋恵蓮は、もう一度、ぞっとした。

溝泥が洗い流されたあとに、あらわれてきた来旺の地肌は、やはり青黒く、ぬめぬめとして、その上、鱗《うろこ》が生えているのであった。半魚人である。


宋恵蓮の部屋に連れ込まれ、正気づいた来旺は、鏡にうつる己《おの》が姿を見て、さめざめと泣いた。

「おれは、何て不運なんだろう。虎口を脱することができ、賊の目からも逃れて、運が強いことだと喜んでいたのに、こんな躰になっていたとは、知らなかった……」

地底の下水道を、何ヵ月にもわたって逃げまわり、迷い歩き、水苔《みずごけ》やら青みどろやらで飢えをしのいでいるうちに、からだが外界に適応して、魚の特性を持つにいたったのである、と、学者なら推察するであろう。

「溝さらいで、蓋が開いたから、ようやく地上に出ることができたというのに」

来旺は泣きくずれた。

こういう状況になると、現実的で強いのは女の方である。

宋恵蓮は、けなげにも決心した。

「いいわ、あんた。あたしたち、いっしょに稼ぎましょう。人は、奇妙なものを見たがるし、不思議な体験を聞きたがるものよ。あんたは、生き証人だわ。地下の不思議な世界のことを、行き交う人に語ってやれば、ずいぶんお銭《あし》が稼げてよ。折もよし、今日は清明節。街は人出で賑わっているわ。さっそく、商売に出ましょう。あたしたち、旅をしてまわりましょうね、あたしの大事な来旺。どこへ行っても、あんたは珍しがられるわ。もしかしたら、あたしたち、大金持ちになれるかもしれなくてよ」

「その前に、何かまともなものを食わせてくれよ」

情けない声で来旺は頼んだ。

——旦那様。西門の旦那様。

と、宋恵蓮は、声に出さず言った。

——せっかく可愛がってくださいましたのに、もうしわけございません。あたし、やっぱり、来旺が大事ですわ。この人を捨ててはおけません。ふたりで旅に出ます。この人に教えてやりますわ。金竜探爪だの紅鉤赤露だの。

自分のけなげさに、ほろりとし、鱗のある指で金竜探爪される感触を思って、宋恵蓮は、ちょっと、にこっとした。そうして、取らぬ狸の皮をかぞえ、いっそう、笑顔になった。

宋恵蓮が泣き笑いしながら屋敷を出て行くことなど、まるで知らず——知っても平然としているだろうが——西門慶はブランコを漕ぐ。一漕ぎごとに、快楽が全身を走る。

そのころ、地下では、大騒乱が起きていた。

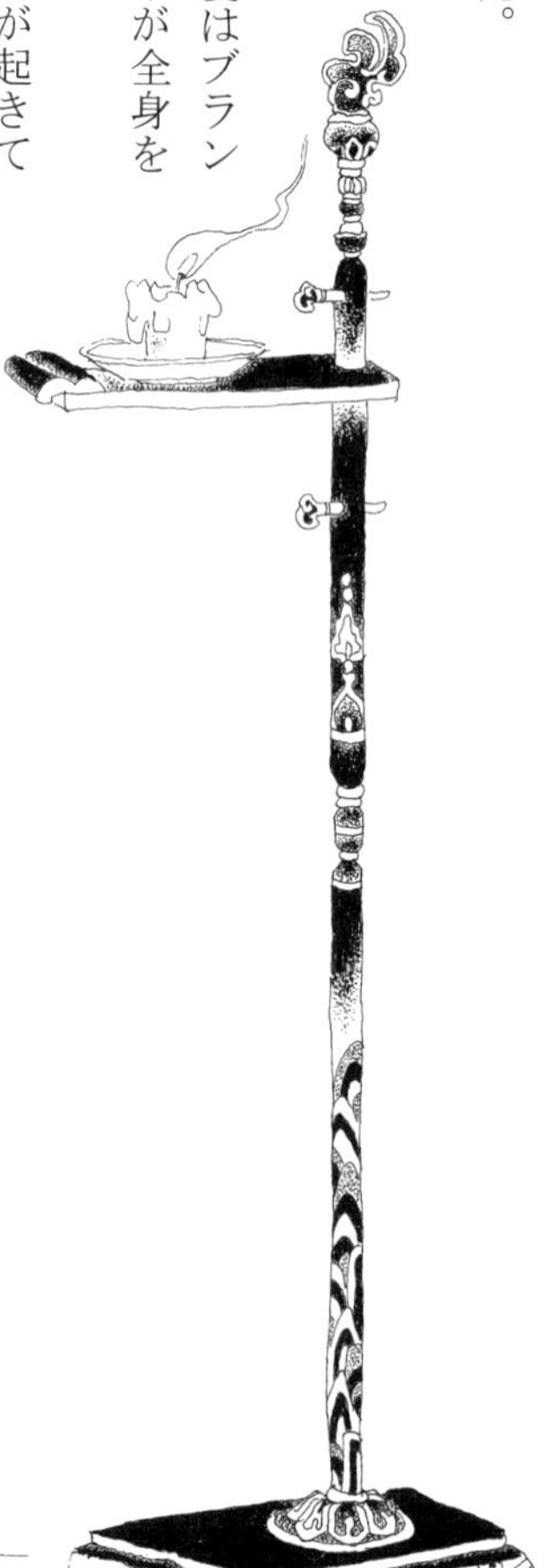

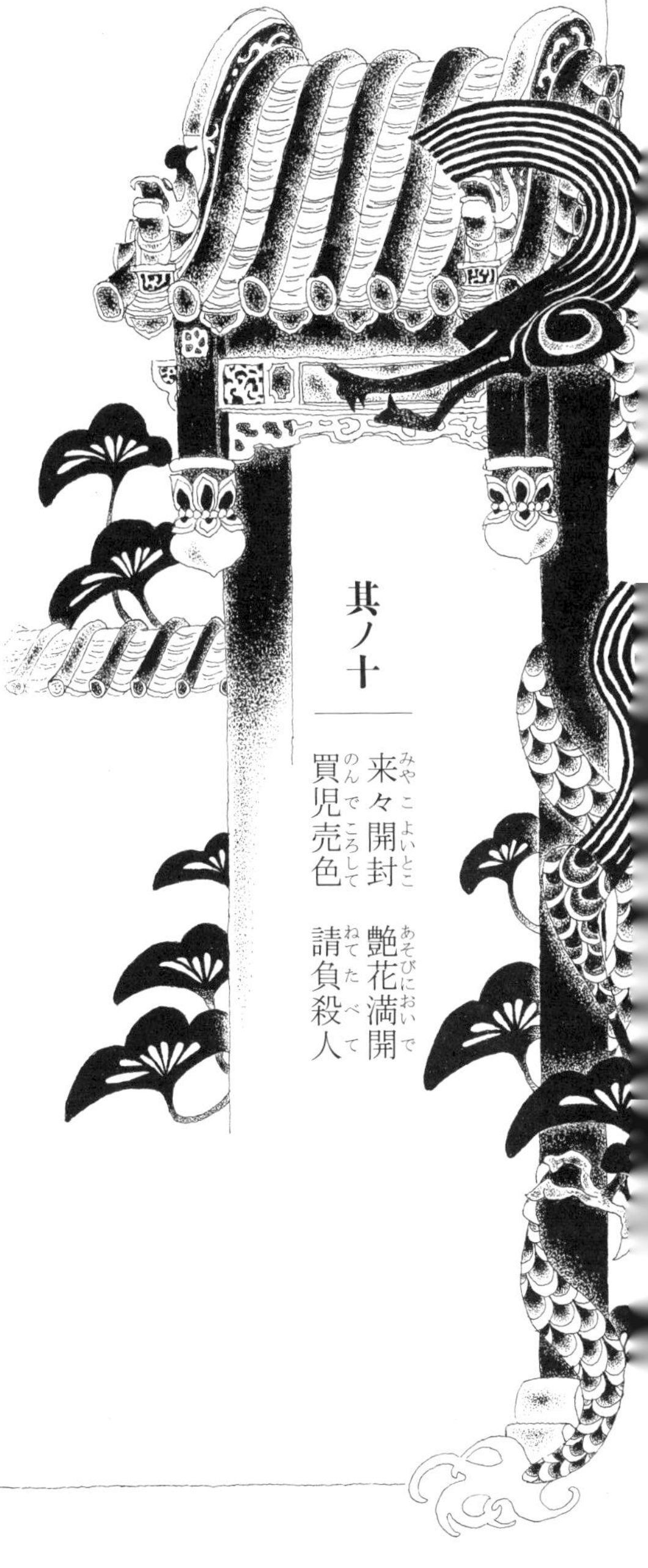

# 其ノ十

来々開封《みやこよいとこ》　艶花満開《あそびにおいで》
買児売色《のんでころして》　請負殺人《ねてたべて》

地下の擾乱《じょうらん》は、清明節に浮き立って、木蘭《もくらん》が手下どもをひきつれ地上に稼ぎにでている間に、白郎《はくろう》が毒害されたことに始まる。

毒を食わされたとわかったのは、白郎の吐物にまみれて、鼠《ねずみ》も死んでいたからだ。吐いた肉片を食べて、鼠は死んだのだ。

この日、開封の大通りは、皇帝のパレードで一日にぎわった。

四季の行事に、華やかなパレードはつきものである。天地の繁栄と農作物の豊穣《ほうじょう》を祈願するのが、皇帝たるもののつとめである。

錦《にしき》をかけ背に金の蓮華《れんげ》をかざりたてた象を先頭に、駱駝《らくだ》が行く、青獅子が行く、犀《さい》が行く。象の首にまたがった象使いが、銅の鉤《かぎ》で、分厚い皮膚を打つたびに、象たちはいっせいに鼻をあげ、うおおん、ぶるるう、と鳴く。

高旗がなびき、大扇、画戟《がげき》、長矛《ながほこ》がつづく。旗や扇には竜やら虎やら雲やらが描かれ、矛に結ばれた銅鈴がひびく。

大斧《おおおの》や剣が陽光をはねかえす。

五色の鳥を肩に止まらせた少女の一団が、手籠《てかご》から花びらを撒《ま》き散らす。

軍楽隊が奏でる騒々しいドンジャンの音にあわせて、禁軍の騎兵が行進する。

将校がうち振る朱色の房のついた指揮棒にあわせ、角笛が鳴り、太鼓がひびく。

金糸銀糸の縫い取りきらびやかな陣羽織に金の帯、銀の飾りのついた杖をふりまわす儀仗兵《ぎじょうへい》たちに護衛され、ひときわ華麗に、皇帝の玉輅《ぎょくろ》が行く。

さらに騎兵、歩兵の列がつづき、宮廷おかかえの道化が、銭を撒く。

乳房をむきだしにした巨大な女だの、侏儒《しゅじゅ》だの、半裸の闘士だの、猿使いだの、皇帝のなぐさみのために抱えられているものたちが、あとにつづく。このあたりになると、行列は、猥雑《わいざつ》な見世物のようになっている。

散らばった銭に、沿道にむらがった貧民が殺到し、つかみあいの喧嘩になる。

宋《そう》王朝は、だいたい、軍事は弱い。文官の重用が、代々の皇帝の治国の方針であった。

しかし、目下、宋王朝は、安閑としていられる状況ではないのである。

宋は、かつて失った燕雲《えんうん》十六州をめぐり、北の遼《りょう》と、しばしば争ってきた。

遼に征服されていた北方の女真《じょしん》族のなかから英雄があらわれ、民族を結集し、国名を金《きん》として、遼と戦闘を始めた。

女真族は、剽悍獰猛《ひょうかんどうもう》な狩猟民族である。

十六州をとりもどしたい宋は、金と同盟をむすび、遼を挟撃することにした。

ところが、同じ時に南方で方臘《ほうろう》というものが大乱を起こし、宋はそちらに出兵するので手一杯。

遼を撃滅したのは、ほとんど金軍の独力であった。

燕雲十六州をも手に入れた金は燕京《えんけい》とその近辺の六州を宋に返還してやった。しかし残る十州は金の支配下にある。

宋は、十州を手に入れるために、敗走して陰山《いんざん》にひそんでいる遼の天祚《てんそ》帝に密書を送り、同盟をむすんで金を討つことを提案した。無節操きわまりない。

同盟がなる前に、天祚帝は金軍に捕えられ、密書を奪われた。

宋の背信を知って金が激怒したのは当然で、宋討つべしの声が澎湃《ほうはい》として沸き起こっているのである。

一触即発の状勢であった。

そのような対外状況なのに、パレードにつづく軍事演習は、まことに優雅で、実戦の役にはたたないものだ。

瓊林苑《けいりんえん》に行列は到着し、ここで皇帝は閲兵するのだが、仮面をつけた兵士たちが、口から火をふきながら模擬戦を演じる。軍事というより祭儀に近い。

その後、清明節にはつきものの打毬《だきゅう》となる。兵士ばかりではない、女官や宦官《かんがん》も馬にのり、打棒で毬をうち、競技に興じる。

遊楽のような閲兵、教練が終わると、皇帝は随行の臣に花をたまわり、全員、花をかざして、鹵簿《ろぼ》は、宮殿に帰還する。

慶事のしめくくりに、皇帝は、正門宣徳楼の上に立ち、罪人に大赦を与える。

楼上から役人のいる一段低い綵楼《さいろう》に、斜めに張りわたされた赤い錦の綱を、金で作った鳳凰《ほうおう》がつたい下りる。その嘴《くちばし》には、大赦の詔書がくわえられている。役人が詔書を読み上げ、罪人は感涙にむせび、城門の前にむらがった人々は皇帝の恩情をほめたたえ、歓声をあげる。

金の猛攻撃が近いことをほのかに予感しながら、その恐怖を意識から追い払うための、陶酔的な一時《いっとき》であった。

木蘭は踊り子のみなりで、群衆の前で舞い踊り、こういうときは白郎は連れて行かれない。地下に留守番をさせておいた。

地上の祭りを楽しんで、地底の屋形に帰った木蘭の目に入ったのが、白郎の骸《むくろ》であった。

木蘭は号泣した。

白郎を殺した敵は、わかっている。

安忱《あんしん》の野郎だ。

白郎がいては、おれに手を出せない。そのために、おれの留守をねらって、汚い手をつかいやがった。

素早く、動きやすい男姿にもどり、

「なぐりこみをかけるぞ」

手下どもに命じた。

「そりゃあ、無茶だ」

「多勢に無勢。かなうわけはない」

「肝っ玉の小さいやつは、すっこんでろ。いやなやつは、舟を下りろ」

下りたら、水の中か、白郎の骸の置かれた空き地のほかには、居場所はない。

「漕げ」

命じるより早く、木蘭は、櫂《かい》をにぎった。

この危急のとき、燕青《えんせい》は、いなかった。武松《ぶしょう》を呼び迎えに梁山泊《りょうざんぱく》にでかけている。

次のような事情があったためだ。

一月ほど前になるか。木蘭の〈仕事〉に花和尚《かおしょう》魯智深《ろちしん》が手を貸し、その後、酒盛りになった。

そのとき、木蘭が「おれの新しい手下だ」と、燕青をひきあわせた。

燕青は和尚に好感を持ち、あれこれ喋《しゃべ》っているうちに、武松のことを話題にした。

「入れ墨消しなら、おれの特技だ」と、和尚が言ったのである。

「人肉饅頭の入れ墨を消してやったのは、あんたか」

「母夜叉《ぼやしゃ》のか。そうだ」

「梁山泊に行ったんじゃなかったのか、あんたは」

「仲間に入ったのだが、開封の様子をさぐるために、こっちにきている」

「行き違いになっちまったんだな。それじゃ、兄貴に知らせて、呼び戻さなくちゃ」

気の早い燕青は、早速、梁山泊にむかったのである。

安忱は、手勢をそろえ、木蘭の襲撃を、待ちかまえていた。

頭に血がのぼった木蘭が、後先みずになぐりこんでくるだろうと、計算ずみだ。虎のおかげで、安忱は木蘭にうかつに手をだせないでいたのだった。白郎さえいなければ、ひとひねりにつぶせる。

木蘭の配下のうちではもっとも腕のたつ燕青がいないのも、安忱の方には都合がよい。

猛《たけ》り狂って木蘭は、安忱に打ってかかる。

両手の武器と両足の白銅製の鞋《くつ》をつかいわけ、安忱を襲うさまは、巨大な豚のまわりを胡蝶が踊るようだ。

数において圧倒的にまさる馬霊党《ばれいとう》は、たちまち、木蘭の配下をたたきのめし、臭い水にほうりこむ。

「おい、ぼんやり突っ立っていないで、働け」

安忱がどなりつけた相手は、魯智深である。

「おれが手を貸すまでもあるまい」

魯智深は腕組みして見物している。

「坊主だからといって、いまさら、仏心をだすなよ」

「木蘭とは、何度もいっしょに仕事をしているからな。どうも、敵意がわかん」

「虎を毒殺したくせに」

安忱はせせら笑って、そう言った。

「何ィ」

木蘭の声が甲走《かんばし》った。

馬霊党の中でも、この和尚だけは、おれに好意的だと木蘭は気を許していた。

それが、いくら頭《かしら》の命令とはいえ、白郎毒害に直接手を下した犯人とは。

くそッと歯ぎしりして、木蘭は、からだごと、大坊主にぶつかっていった。

魯智深は、図体ににあわず身軽によけた。

ふたたび、みたび、木蘭は執拗におそう。

左手の多節鞭《たせつべん》をふりまわし、相手がよけるところを右手の柳葉刀で薙《な》ぎはらう。鉄の釘のような鞋の先端で蹴りあげる。

しかし、たびたび戦闘をともにしているので、魯智深は木蘭の手の内を承知している。

魯智深は、素手だ。右に左によけるだけで、攻撃の武器は使わない。

多節鞭が、魯智深の腕にからみついた。

木蘭は、引きずり寄せようとしたが、魯智深は動かない。逆に、鎖をからめたまま ぐいと腕をひいたので木蘭は前のめりに泳ぐ。鉄鎖を握った手がはなれた。

自由になった腕を使って、魯智深は、柱を引抜き、ふりかぶった。

投げつけた。

柱は、前に倒れかけた木蘭の頭を越え、背後に飛んだ。

悲鳴。そうして、ふりむいた木蘭の視界を血しぶきと飛び散る脳漿《のうしょう》が占めた。

木蘭を後ろから襲おうとした安忱は、頭が柘榴《ざくろ》になっていた。

和尚の投げた柱の先端で額を割られ、後頭部は斧で断ち割られていた。

斧でぶち割ったのは、

「兄貴だ」

と、燕青が、武松を木蘭に引きあわせた。

入れ墨をかくすために、武松は、母夜叉にならい、頰にこってりと白粉《おしろい》をぬりつけてごまかしている。入れ墨のままでは開封に入れない。

梁山泊をめざしたものの、武松は巣窟をすぐにはさぐりあてられず、いたずらに時をすごしていた。ようやくたずねあて、魯智深は開封にいることを教えられ、急遽《きゅうきょ》たちもどる途中で、燕青にであったという次第であった。

「危ないところで、まにあったな」と燕青は、木蘭に、「これからは、おまえが、おれの子分だぞ」

「どうして」

「助けてやったじゃないか」

「助けてくれたのは、そっちの男と和尚だろう。おまえじゃないや」

そう言ってから、木蘭は、魯智深のほうにむきなおり、

「助けてくれたからって、帳消しにはならないぞ」

いきなり、蹴りを入れた。

和尚すかさず飛びのき、

「ぶっそうだな。まだ腹をたてているのか」

「おい、味方に何をする」

燕青が木蘭を羽交《はがい》締めに抱き止めた。

「うっちゃっといてくれ。その坊主は、白郎の仇《かたき》だ」

「ばかだな、おまえ」和尚は、足の先で安忱をしめし、「こいつの口車に、まんまとひっかかりやがって。おれが殺すわけがないだろうが。白郎に毒を盛ったやつは、とっくに、おまえに水の底に投げ込まれている。そいつにしても、頭の命令で

やったのだから、本当の仇は安忱だ。仇討ちは、すんでいるんだよ」

「ああ、おれは、ばかだよ」木蘭はふてくされた。

頭を殺されて、馬霊党の生き残りは、一応降参し、木蘭、和尚、燕青、武松、血溜まりの上に車座になって、勝利の酒盛りをはじめる。

安忱の骸は八裂きにして、心肝をえぐりだし、油で煮た。木蘭たちがかくべつ残虐なわけではない。いくさの際の風習である。

酒をあおりながら、武松は、ちらちらと木蘭に目を投げる。どこかで見たおぼえがあるような……。それでも、思い出せないで武松はとまどっているのだ。

くすっと笑いながら木蘭が見返すと武松は目をそらせ、「この屋形は頑丈にできているな。柱を一本引き抜かれても、びくともしない」

と、ごまかした。そうして、和尚に、

「あんたが、入れ墨を消してくれるそうだな。よろしく頼む。このうっとうしいのを早くおとそう。おい、だれか、水を持ってこい」

隅にかたまっている安忱の手下に命じた。

白粉を洗い流すと、『刺配孟州牢城』の禍々《まがまが》しい文字が、くっきりとあらわれた。

「兄貴は、武勇の腕はすばらしいのに、気が小さいんだよ」と、燕青が笑いながら、「いくら白粉をぬたくっても、入れ墨は薄く浮きだす。役人にみつけられはしないかと、地下にもぐるまで、びくびくものだった。早く消してやっておくれ」

「西門慶《せいもんけい》の番頭を投げ殺して、追放になったんだっけな」

くすっと笑ってそう口にした木蘭に目をすえ、

「おまえは……。いや、あれは、女だった」

武松はつぶやく。

おまえは、無実だよ、と教えたくなったが、木蘭は口に出すのはやめた。

たくましくて、なかなかの好男子だが、融通のきかない石頭にみえる。

番頭は、おまえが投げ落とす前に、急所に当て身をくらって死んでいたんだよ。

そう言っても、この男は即座にはからくりがわからないだろうな。武勇にはすぐれているけれど、頭のまわりは鋭敏ではなさそうだ。愚直なほど生一本という印象だ。

あのとき番頭といっしょに睡房にいた女——つまり、おれが、殺したんだよ。

そう打ち明けたら、この男、怒り狂っておれを殺しかねないな。あるいは、真犯人はこいつ、と、いまごろになって官に訴え、無実の罪をはらそうとするか。

おれの獲物西門慶を、かってに殺そうとしたからだ、などというこっちの言い分は通用すまいな。

知らぬ顔でとおすことにしたが、秘密はおれだけが知っているのだ、と思うと、くすくす笑いがもれた。

魯智深が武松にむかって、

「おまえさん、梁山泊に行ったんだな。おれたちの頭に会ったか」

「呼保《こほう》義《ぎ》宋江《そうこう》か。立派な人物だ」と、武松は、「賊徒の頭目にしておくのは、もったいない。あの人は、皇帝に忠誠をつくしたいと、くりかえし、おれに言った」

「なんだよ」木蘭は腹立たしく、「おまえさんも、あの腑抜けの腐れ皇帝に忠義立てしたいのか」

「おれは、皇帝への忠誠は一刻たりと忘れたことはない」
「へえ。皇帝が阿呆だから、童貫《どうかん》だの蔡京《さいけい》だの、奸臣佞臣《かんしんねいしん》が
かってなことをしやがるんだ」

「阿呆とはなんだ。言葉をつつしめ」

「腐敗堕落の官に反抗するから、梁山泊の連中は、賊でありながら英雄と讃《たた》えられているのに、なんだい、頭からして、皇帝に忠誠をつくしたいだって。ああァ、見損なったよ」

「おい」

と、燕青が、木蘭に、

「忘れるなよ。おまえはおれの子分になったのだぞ。そうして、武隊長はおれの兄貴分なのだから、おまえにとっても、兄だ。うやまえよ」

「義兄弟のちぎりも、いいものだ」花和尚魯

智深が言った。

「入れ墨を消してもらえるのなら、あんたは、おれの恩人だ」と、武松が、「あんたを長兄とあがめよう」

「それなら、おれたち、四人、義兄弟だ。さっそく、かための杯をかわそう」魯智深が言ったが、

「おれは、やだよ」

木蘭はそっけない。

「まあ、そう言うな」と、魯智深はなだめる。「じきに、おまえは、おれたちの助けをもとめなくてはならなくなる」

「へん。だれが」

「地下の巨頭がたおれた。勢力争いで、地下は、大変な騒ぎになるぞ。おまえは、すでに手下の大半を失った。たちまち、たたきつぶされる

な。そうなる前に、四人そろって梁山泊に行こう。大歓迎されるぞ」

「いやなこった」

「おれが安忱のもとにいたのは、都のようすをさぐるためもあるが、地底の豪傑たちを、梁山泊の仲間にできないかと思ったからだ。安忱は仲間にするには、根性が悪すぎる」

「賊の仲間に入れるのに、根性が悪いもないものだ」

「いや、梁山泊は、賊ではないぞ」と、

武松。「英傑ぞろいだ。たまたま、運が悪く、官に追われる立場になったものばかりだ」

「それで、機会があれば、皇帝に尻尾《しっぽ》をふろうというのか。官に屈することじゃないか。おれはまっぴらだ」

「わからずやの餓鬼はおいて行こう。だだをこねるのはいまのうちだ」と、燕青が、「いずれ、後悔する。おれたちは、とにかく、梁山泊に行こう」

「いや、そういうわけにもいくまい」と言ったのは、武松である。「この年若い少年を、餓狼の巣窟のようなこの地下洞に、ひとり置き去りにはできないではないか」

「ハ、ハ、義侠心かよ。かっこつけて」

と、つっぱり木蘭。

祭りが終わった後の路上は、そこここに、象の糞が盛り上がり、駱駝の糞が流れ、乾いた馬糞が、風にまじり、嚙み捨てた南瓜《かぼちゃ》の種がちらばり、ごみ屑がほうりだされ、それに溝泥《どぶどろ》のにおいがまじる。まことにわびしいのだが、夜の灯は、糞泥を闇にまぎらせる。

濃厚な料理のにおいもただよう。

開封は、不夜城なのである。朝まで営業する店が多い。

車をひき歩く屋台もあれば、露店もある。高級な酒楼から小さい呑み屋まで、軒を並べ、灯をつらねる。酒楼の入口には五色、七色の絹でかざりたてたアーチがたてられ、蓮灯のあかりが、絹を透してほのめく。

「腹がへった」

悲しい声で、来旺《らいおう》が訴えた。

祭りの日だから、たっぷり稼げるだろうと思った宋恵蓮《そうけいれん》のもくろみは、はずれてしまったのである。

群衆は、にぎやかなパレードに目をうばわれて、半魚人の見世物にまで目がとどかなかった。

皇帝のおかかえの者のなかには、半魚人顔負けのめずらしいのが、いろいろいたのである。

それらが、騒々しい音楽とともに練り歩くのだから、来旺と宋恵蓮のコンビはくすんでしまった。

その上、見物の中には、いろんなお面をかぶったり仮装したりしたのもいて、来旺の異様な姿も仮装と思うものが多かった。

――あてがはずれたねえ。

宋恵蓮は、溜め息をついた。ふいごのような吐息に、屋台の灯が吹き消された。

「やい、何をする」

屋台の親父がどなったが、宋恵蓮は自分のこととは思わず、歩を進める。

「待て、やい」

親父は、来旺に目を向け、ぎょっとして息を呑んだ。

それから、ふたりを追いかけた。

通行人にぶつかって、胸倉をとられた。

「なんだ、てめえ。ぶつかって挨拶もしねえのか」

「化け物だ。とっつかまえたら、銭になる」

親父、見世物に売りつけるつもりなのだ。

走り出す親父のあとを、

「どこだ。どこだ」

一口のせろ、と、野次馬がくっついて走る。

群衆にさえぎられ、すぐには追いつけない。

そうとは知らぬ二人は、ふらふら歩く。

「腹が減ったよゥ」

来旺が、また情けない声をだした。

まともなものを食わせてくれと、半泣きになって頼んだのに、見世物で稼ぐという思いつきに夢中になった宋恵蓮は、なにも食わせずに、亭

主を引っ張りだしたのである。

宋恵蓮は、西門慶の家にいるあいだに、清明節のご馳走をたらふく詰めこんでいたけれど、それでも、空腹にはなってきている。

——でも、あたしは、あんたを困らせてはいけないと思うから、愚痴は一言もこぼさないで、がまんしているのだわ。

「ああ、あんたが、半分だけじゃなくて、全部お魚だったらねえ」吐息とともに宋恵蓮は言った。

「料理屋はこんなにたくさん並んでいるんですもの。材料をわたせば、すぐに、空揚げでも蒸し焼きでも、作ってくれるでしょうにねえ。

あんたのからだ、どこまでお魚なのかしら。

腕は鱗だわねえ。これは、お魚とみなしていいと思うのよ。

片腕で、二人分の夕食には足りるんじゃないかしら。それどころか、お釣がくるくらいだわ。

足からお腹のあたりも、鱗だわねえ。

鱗の生えた部分は、魚化したとみなしましょう。どこかで、線を引くということが重要なのよ。そうしないと、決め手がないんだもの。

ねえ、腕と足と、どっちが不要かしら」

宋恵蓮は、亭主に問いかけた。

「どっちも、なくては困るだろう」

あたりまえなことを、ぼんやりと、来旺は口にした。

「ええ、そりゃあ、そうよ。でも、ほら、お腹がすいてどうしても、って場合があるでしょう」

「どうしても、って?」

「腕が一本になるのと、足が一本になるのと、どっちがいいかしら」

「どっちも、よくはないだろう」

「でも、どっちかどうしても決めなくてはならないとなったら」

まじめに、来旺は考えこみ、

「腕も足も困る。腹がへってどうしても辛抱できなくなったら、盲腸を切りとって食べよう」

「ほんとに、あんたは、賢いわ」宋恵蓮は、亭主の首に抱きついた。「あたしの来旺。あたし、あんたが、自慢で自慢で、ならないのよ。やさしくって、賢くって」

「でも……」

と、来旺は少し恥ずかしそうに、

「こんなからだになったら、あまり、自慢もできないんじゃないのか」

宋恵蓮は目を大きく見開き、一心に首を振った。

「だれでもが、あんたのようになれるってものではないわ。あんた、すばらしいわよ。ただ、今日は、あたしたちの商売には日が悪かったのねえ。また、いいこともあるわよ、あたしの来旺。あたしたち、常に、前向きに生きましょうね。いつでも、希望を忘れないって、大切なことなのよ。あら、これは、あんたが教えてくれたことだわ。前向きに、希望を持って、ってね」

「そうだ。人生は、そうでなくちゃいかん」

「この店なんか、どうかしら」

と、酒楼の前で宋恵蓮は足を止めた。

「あまり小さい汚い店には売りたくないの。あたしの大事なあんたの盲腸ですもの。こういう立派な店なら料理人の腕もいいにきまっているわ」

祭りの余波が、店の中にはまだただよい、常にもましてにぎやかだ。

客で満員の卓子のあいだを、腰に青花《あおばな》の布を巻き、高く髪を結った給仕が、走り回って注文をとっている。

給仕のなかには、どさくさまぎれに、注文をうけてもいない肴《さかな》を卓子に置き、勘定をふやしているのもいる。

宋恵蓮と来旺のわきをすりぬけて、流しの芸人が四人ほどのグループで店に入っていった。

曲芸師らしい。頼まれもしないのに、逆立ちだの宙返りだの、ひとしきり、芸をみせ、銭を集めてまわる。

「これなら、盲腸を売らないでも、見世物で稼げるかもしれないわ。あたしの大事な来旺、がんばってちょうだいね。あんたの腕のみせどころよ」

けしかけられて、来旺は、ちょっと腕まくりしてみたが、あんまり気持ちのいい腕ではない。

「はじめは、かくしておくほうがいいの。意外性っていうのが大事なのよ」

と、宋恵蓮は袖口をひっぱって腕をおおってやり、尻込みするのを蹴飛ばすようにして店に踏み

入った。

　歌声、笑い声、「いやよ、そんな」と、嬌声、「脱げ」だの「踊れ」だの「見せろ」だの、酔っぱらっただみ声。その喧騒に負けまいと、宋恵蓮は、

「みなさん、聞いてやってくださいましよ」

　声をはりあげた。

「世にも不思議な物語。さあ、さあ、お聞きください」

　入口に吊るされた銅鑼《どら》を、宋恵蓮は打った。

音がひびいたのだが、その音すら、喧騒に消えてしまう。

　気がついたのは、給仕で、

「かってなことをするな。出ていけ」

　どなりつけた。

「だって、芸人衆が入って余興で稼いでいるじゃありませんか。お客さんに喜んでもらえる話をお聞かせしますよ」

　腕っ節の強そうなのが数人集まってきて、「こ

こで商売するなら、先に応分の挨拶をしな」銭を払えと言っているのである。しょば代だ。

「おあしがないからこれから稼ぐのに」

言訳はゆるされず、追い出された。

そこへ、屋台の親父だの野次馬だのが駆けつけ、「銭になるのは、こいつだな」来旺を捕まえようとする。二人は、必死に逃げた。

「あんた、こっちよ。こっちが、安全みたいよ」

「女房、どうしよう」

夫婦愛うるわしく、かばいあいながら逃げまどううちに、いつか町はずれの薄暗い路地。宋恵蓮の目の前で、来旺が、忽然《こつぜん》と消えた。蓋《ふた》を開けたままの下水溝に、落ちたのである。

「しかたないわね」

宋恵蓮は、溜め息をついた。

「それじゃ、あたしは、やっぱり、西門の旦那様のところに帰るしかないんだわね。あんた、下水の方が好きなのねえ。ええ、あたし、あきらめるわ。あたし、しつっこい女じゃないんですもの。いさぎよい、っていうことも、大事なの。あきらめます。あきらめて、前向きに生きます。あんたも、前向きに生きてちょうだいね。さよなら、あたしの来旺」

旦那様の牝戸《ピンフ》大張《だいちょう》。ウフッ。

# 其ノ十一

妖妻集団《こよいたなばた》　憎悪瓶児《いのりましょうね》
呪詛流星《ほしにねがうは》　胎児流亡《ただひとつ》

――夢か……。

失望と落胆が、大きい溜め息となった。意識がはっきりしたら、臭い水の中に横になっていたのだ。

「夢だったのか」


うめくと、ぶくぶく泡がたちのぼった。

――ようやく地上に出ることができて、いとしい女房にめぐり逢って、やれ嬉しやと女房の部屋に行き、鏡を見たら、おれは、手足に鱗《うろこ》が生えていて……。

「夢の中で女房が力づけてくれたっけなあ。ぶく。あたしの来旺《らいおう》、あたしたち、常に、前向きに生きましょうねって。ぶくぶく。そうだ。そうだとも。ぶくぶく言っていてもはじまらないのだ。前向きに生きなくちゃな。だが、この闇の中では、ぶく、どっちが前だか後ろだかわかりゃあしない。なァ、女房、ぶく、どっちの方向が〈前〉なのかなァ。おれには、皆目《かいもく》けんとうがつかないよ」

泡を吐きながら、来旺は立ち上がった。

全身、まだ水の中だ。頭も水の中にある。

――あれ、どうして苦しくないのだろう。水の中じゃあ、息ができないのがあたりまえだぞ。

おれは、まだ、夢をみているのかな。

そうか！　と、来旺は喜んだ。

これは、夢なんだ。

おれは、地上に出て、女房の恵蓮《けいれん》とめぐりあい、女房と抱き合って、睡房にいるんだ。

いや、もっと前から。虎に襲われたり、地下の下水道を迷い歩いたり、これは、全部夢だ。岩壁から忽然《こつぜん》と水賊の船があらわれて、しかもそれに虎が乗っていたなんて、おれも凄《すご》い夢をみたものだ。こりゃあ、しっかりおぼえておいて、眼がさめたら、みんなに話してやらなくてはならないぞ。笑笑生《しょうしょうせい》だって、こんな話は書いていない。
（ここに、筆者《みながわ》注して曰《いわ》く。笑笑生は原本『金瓶梅《きんぺいばい》』の作者といわれる人物である）
夢というのは、さめると忘れてしまうものだ。

忘れちゃいかん。もったいない。

くりかえし、頭にたたきこんでおこう。

それにしても、腹がへったな。

夢の中で空腹を感じるんだから、よほどのことだ。

ところで、おれは、どこにいてこの夢を見ているのかしらん。船の中かしら。

江南で買いつけた荷物をはこぶ船の中かな。だとすると、これが、正夢で、これから、水賊に襲われて……ブルル、そんなことはあるわけがない。

口の中を、ざーっと水が流れて、顎《あご》のあたりから外にこぼれる感じがした。

なにげなく顎にふれたら、顎の鰓《えら》とよばれる部分が文字通り鰓になって、ぱっくりぱくりと動いている。

うう、夢。もちろん、夢だ。

腕にふれると、鱗の感覚。いやな夢だ。ああ、いやな夢だ、いやな夢だ。

鳥肌だって、というところだが、鳥のようにはならない。鱗が逆立った。

夢ではねえわ。

ついに認め、来旺、がっくりした。

これが、西門《せいもん》家の手代《てだい》来旺の現実だわ。

と思ったら、膝から力がぬけて、うにゃうにゃと水の底に坐りこんだ。

前向きによ。あんた、前向きに。

女房の叱咤《しった》激励の声が浮かぶ。

そうだ。前向きに、なア。

水は、どうやら、流れているようだ。

流れにそって、川下に進むのが、前向きというものだろう。

しかし、来旺は、虎を思い出してしまった。

虎に襲われたのは、下水道を出はずれた運河においてだ。

あっちに向かって進むなど、とんでもない。

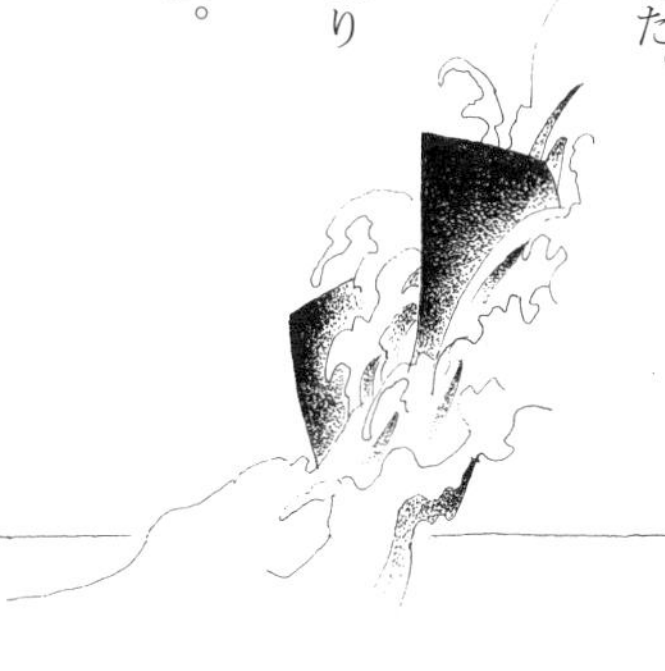

上流への道をとった。流れに逆らうのだから、歩きにくい。

のたりのたりと進みながら、

「おれは、困難な道を選んだのだぞ」

と、心の中で女房宋《そう》恵蓮に語りかける。

「前向きの姿勢というのは、困難にめげず、突き進むことだろう。川下にむかうのは、成り行きまかせの安易なやりかたというものなのだ。流れる力に逆らって、上流へ上流へと進む。これこそ、不撓《ふとう》不屈、一意専心の精神だ。隠忍自重《いんにんじちょう》、堅忍不抜、熟慮断行。おれはがんばっているぞ、女房よ」

　そのころ、女房宋恵蓮は、部屋で香をたいていた。半日足らずの家出はだれも気がついていなかったから、何の悶着《もんちゃく》もなくもとの部屋に帰っている。来旺を部屋にひきいれたおかげで、溝泥《どぶどろ》のにおいがあたりにしみついた。宋恵蓮は悪臭になじんだので、わからなかったのだが、部屋に入ろうとした琴童《きんどう》が、「なんだい、この臭いは。まるで溝の中じゃないか」と騒いだのだ。

「来旺のせいだわ。いやだわね」と、香をたきながらぶつぶつ言う。「臭くては、旦那様がきてくださらないわ。ああ、旦那様。はやくきてくださいな。あたし、自分から誘うなんてはしたないまねはできないんですもの。旦那様の方で、あたしの気持ちを察して、たずねてきてくださらなくちゃ。来旺は、あたしより下水の方が好きなんです。あたしは、寡婦も同然ですわ。ええ、あたし、寡婦ですわ。旦那様の奥様にしていただくのに、問題はございません。ウフ。こうやって、それから、こうやってくださったのよね。ああ。ああ、ああ。早くきてくださいったら。あたし、もう、ひとりでいっちゃいましてよ。あなた、あなた」

と、わめきたてているけれど、部屋には、彼女のほかは指人形の影ばかり。牝戸《ピンフ》大張《だいちょう》、鶏舌内《けいぜつない》吐《と》、金竜探爪《きんりゅうたんそう》、ひとりじゃできぬ。あわれ恵蓮裾食いちぎり、旦那様《あなた》、あなたとすすり泣き。


流れは速くなり、激しさを増した。

どうやら、人工の下水道ではなく、天然の地下水の流れに、来旺は迷い入ったらしい。

「女房よ、おれは、前向きに進んでいるぞ。人生は多難であるほど、報いも大きいのだ。そうだな、女房。激流に逆らい、おれは、泳いでいるぞ。ハハ。まるで、鯉《こい》だな。これが岩の間でじっとしていたら、山椒魚だが、おれは、勤勉に動いているのだから、山椒魚ではないぞ」

いや、手足があるのだから、やはり、山椒魚かなア。あれは、かっこうがよくない。蠑螈《いもり》の化け物みたいだ。おれは、断然、鯉だ。敏捷《びんしょう》、優雅、高貴な鯉だ。

鯉の空揚げはうまいんだがな、と口中に唾《つば》がわき、

——そうだ、おれは、腹がへっているのだ。おれは、鯉だ。鯉は美味《うま》い。だが、おれを食べれば、肝心のおれがいなくなる……。

と、もう一歩思考をすすめれば哲学的領域に達するであろうことを来旺は考えた。闇は愚者をも哲学的にする。だが、彼が哲学者になる前に、からだのわきを何かがかすめて泳ぎ去った。

魚だ！　と、来旺は大発見をした。

自己を食うことはない。ここには、食うべき他者がいるではないか。

泳いでいる魚は、一匹二匹ではない。つ

かまえようとしたが、相手の動きは素早い。

そのとき、来旺は気がついた。

おれ、この闇の中で目が見えるぜ！

闇に慣れ、いつか猫目になっていたのだ。

滾《たぎ》り落ちる水の轟《とどろ》き。

行く手をふさいだのは岩壁。滝がなだれ落ちている。

滝壺にも小さい魚たちが泳いでいる。

とって食うぞ、と、滝壺に踏みこんだ。

ここで当然登場するのは、滝の主《ぬし》、巨大な雷魚である。

滝壺の岩陰で静かに休んでいたのに、突然闖《ちん》入《にゅう》してきたやつがいるから、ぬうと泳ぎ出た。

雷魚は、気性が荒く貪《どん》食《しょく》で、他の魚を食い物にしている。

ふだんの来旺であれば、泡を食って逃げるところだ。

しかし、せっぱつまった飢えは動物を凶暴にする。

雷魚というやつ、頭の斑《まだら》模様が蛇みたいでみかけは気色悪いが、味は絶品だ。

相手がでかければ、それだけ、食う肉の量がふえる、という計算しか来旺は頭にうかばず、しめた、と捕まえにかかる。

なに、おれのほうがでかくて強いぞ。こっちは半分人間だから全魚ふぜいに負けはしないのだ。

もっとも、その半分人間が邪魔をして、丸ごと魚のように敏捷に動けないのである。魚から見りゃあ、人間ふぜいが、だ。

だが、巨大な雷魚のほうは小魚をたっぷり食い、満腹していたので、ここに、ハンディキャップが生じ、互角の戦いとなった。

雷魚がかっぱと口をひらけば、鮫《さめ》のような鋭利な歯並み。

まともにつっこんだら、腕を嚙みちぎられる。来旺は背後にまわりこもうとする。そうはさせじと、雷魚のほうも向きを変える。来旺は、岩によじのぼり、雷魚の背中めがけて飛び下りた。うまくまたがることができたが、雷魚の背はぬめぬめしている。滑り落ちそうになり両手でしがみついた。

だが、人とちがい、魚は、頭と首の区別がないから、ひっかかるところがない。

とっさに指を相手の目玉につっこんだ。雷魚にしてみれば、まったく迷惑な話だ。尾をはねあげ、胴をくねらせ、振り落とそうとするのだが、荒馬にしがみついたロデオよろしく、来旺は、雷魚の両眼につっこんでひっかけた指が、命の綱。

荒れ狂った雷魚は、跳ねたはずみに岩に腹をうちつけ、あえない御最期。

その少し前から、来旺のまわりでは、別の戦いがくりひろげられていたのだが、雷魚つかみに夢中な来旺は気がつかなかった。

必死の攻防をかわしながら、二艘の舟が近づきつつあったのである。

追われる舟に乗っているのは、木蘭《もくれん》とその仲間――武松《ぶしょう》、燕青《えんせい》、そうして魯智深《ろちしん》――の四人である。

敵の舟から、執拗に火箭《ひや》が放たれ、木蘭たちの舟は、燃えはじめていた。敵の方が船体は大きく人数も多い。

木蘭たちも火箭を射かけ、命中率は高いのだが、むこうは人数にものをいわせ、あっさり消してしまう。

こっちはわずか四人だから、火を消していれば矢がふりかかる、矢を射返しているあいだに、火が燃えさかる、と、たいそう忙しい。

せっかく魯智深と武松の助けによって安忱《あんしん》をぶち殺し、その館を奪ったものの、魯智深が予想したとおり、地下は勢力争いで大混乱となったのだ。生き残りの安忱の手下どもは、他の頭目のもとに走り、木蘭を倒そうとする。

地下を捨て、梁山泊《りょうざんぱく》に行こうという魯智深の熱心な誘いに、強情な木蘭もようやく同意しかかったとき、大規模な襲撃を受けたのである。

安忱の館は、小人数で守るには大きすぎる。ひとまず小舟で難をのがれようとしたのだが、多勢に無勢、追いつめられた、という次第だ。

さあ、魚が食えるぞ、と意気込んだ来旺に、それた火箭がとんできた。

反射的に、雷魚をかかげ、楯にした。火箭は雷魚の腹に突きささり、じゅ、と魚肉の焼ける音。

ところが、来旺、おろかにも、とっさに魚を武器がわり、相手に投げつけてしまった。

しまった。おれの食い物を。

よほどすさまじい形相になったのだろう。宙をとんで巨大な魚が降ってきただけでも驚愕した賊どもは、火箭の炎に照らされた半魚人の姿にふるえあがり、逆艪《さかろ》をこいで逃げてゆく。


「かえせ。おれの餌を」

来旺のわめき声が、岩壁に谺《こだま》した。

賊は、死魚を放ってよこした。

受け止めたのは、花和尚《かおしょう》魯智深。

来旺のおかげで敵の襲撃がやんだので、木蘭たちはせっせと火を消し、おかげで、舟は沈没をまぬがれた。

魯智深が雷魚をささげ、四人そろって、うやうやしく来旺に頭をさげ、

「お力添え、ありがとうござんした」

来旺のかっこうだけは凄《すさ》まじいし、敵を追い払ってくれたのだから、たいへんな豪傑だと四人は錯覚した。

さっそく仁義をきり、

「以後、おれたちの親分に」

来旺は根がお人好しだから、

「まあ、おまえさんがたも、ひとつやりなさい」

と、雷魚をすすめる。惜しいなと思いながら。

「それは、どうも」と手をだす木蘭を、
「これ」と魯智深がたしなめ、「まず、親分から
お先に」
「そうかい」
「おれが、料理しましょう」
木蘭は、魚を受け取り、小刀で腹を割《さ》き、三枚
におろし、そのあいだに、燕青が岩の上に火をお
こし、
「親分、どうぞ」
「こいつは、ありがたい」
「それにしても、親分、全身すごい刺青《いれずみ》だね。ま
るで、魚の鱗のようだ」と、燕青。「おれも、背
中の刺青はちっと自慢なんだが、親分のには、負
けた」
腹がくちくなると、来旺は、おとなしい。
「いやあ、面目ないが、これは刺青ではないんで」
「本物の鱗ですかい。そりゃあ、ますます凄い。
で、どっちが魚なんです。親父様？　それともお
ふくろ様が？」
「いえ、いえ、どちらも人間で。言うに言われ
ぬ、辛《つら》い事情がありまして」
「うむ、うむ、それは気の毒だ」と、直情径行の
人・武松は、話を聞かないうちから同情のあまり
胸をつまらせている。
「で、おまえさんの名前は？　いや、人の名をき
くそのときは、まず、こっちから名乗るが礼儀」
と、魯智深が、
「押しのきかねえ悪党も一年増しに功を積み、こ
のもかのもに名の高い、梁山泊にその人ありと、
ちったァ知られた花和尚魯智深」
「つづいて後に控《ひけ》えしは、木咲きの梅より愛嬌の
こぼるる娘の憎まれ口、女姿でかせぐゆえ、お嬢
吉三《きちさ》と——これは筆者の筆のすべり——名さえ優
しい、花木《か》蘭」
「そのまた後に控えしは、餓鬼のときから手癖が
悪く、親の手もとをだりむくり、もっそう飯まで

食らったが、悪事はしても非道はしねえ、花をかざした浪子《ぶらい》の燕青」
なに、非道だってやり放題だ。
武松はあいにく、堅物《かたぶつ》で訥弁《とつべん》だから、さて、どんじりに控えしは、とはいかない。
「おれは、武松」

と、ぶっきらぼう。

「や、もしやして、虎退治の……」

武松がうなずいたので、来旺はがくがくふるえだした。お店の番頭さんを投げ殺した男だ！　西門の旦那様を仇とねらう男だ……。おれが西門家の手代と知ったら、何をされることか。

「してまた、そっちの名は何と」魯智深がたずねた。

「問われて名乗るもおこがましいが」来旺、ぐっとつまったが、苦しまぎれ、「真っ暗闇の地下洞に、ついしたはず

みで墜落し、さま
よい歩くそのうち
に、鰓も鱗も生え
地獄。下水めぐり
の雷魚の来旺」

「なるほど、そういうわけでござんしたか」

と、四人は納得した。

「それにしても、親分、おまえさん、よっぽど長い間、下水めぐりをしていたんだ

な。おれもここに棲《す》みついて何年にもなるが、鱗だの鰓だの生え地獄にはならねえ」と、木蘭に感嘆され、

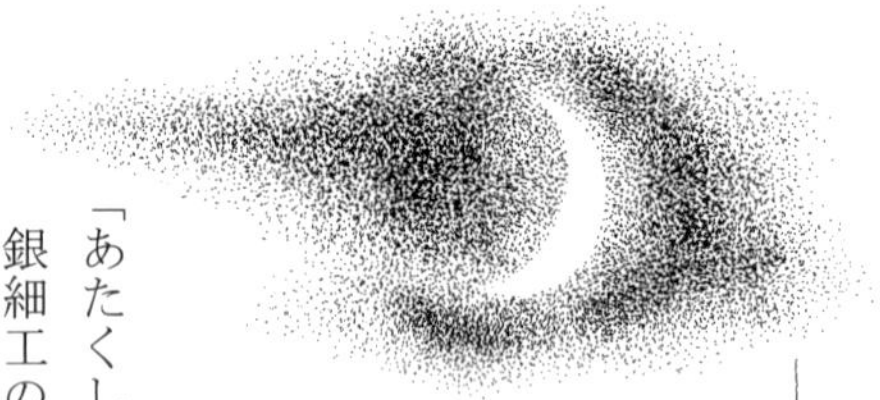

――ああ、おれは、特異体質なんだなあ。いいことなのか、悪いことなのか……。

溜め息は、来旺の鰓から洩《も》れた。

「あたくしのが、一番ね」

銀細工の盒子《ふたもの》の中を見くらべて、李瓶児《りへいじ》が誇らしげに言った。

庭に仮設された高い山棚《やぐら》の上である。

七夕の、星が出るまでの一刻を、西門家の女たちは、蜘蛛網占《くもあみうら》ですごしている。

前夜から、めいめい、盒子に小蜘蛛をとじこめておいた。その網のはりぐあいによって、吉凶を占うのである。密であるほど、よしとする、七夕につきものの占いである。

麦粉と糖蜜をこねてさまざまな形につくり、模様を型押しして揚げた七夕の〈果食《かしょく》〉が、牽牛星と織女星に供えられている。

もちろん、その他に、金華酒だの焼家鴨《やきあひる》だの豚足だの、酥《そ》を塗った果物餡《あん》の餅だの、豪勢な料理がならんでいる。

李瓶児の腹はかなり大きくなった。来月が産み月である。

高いところにのぼるのは嫌だと李瓶児は気が進まなかったのだが、他の女たちが、強引にのぼらせた。段を踏み外して流産したら、女たちにとってこれほどの快挙はない。

「どら」と、金蓮《きんれん》がのぞきこみ、

「すけすけじゃないの。あたしのが、一番だわよ」

すっかり贅肉がついた金蓮は、高いところにのぼるのは息が切れて苦しいから嫌だと言ったのだが、他の女たちが、強引にのぼらせた。心臓麻痺をおこしてくれたら、女たちにとってこれほどの快挙はない。

かわいそうなのは孫雪娥《そんせつが》で、料理をはこぶために、何度となく段を登ったり下りたり。それでも、腕を見せる機会だから、いっしょうけんめいつとめる。孫雪娥が腰を痛めても、別に快挙ではない。もともと西門慶《せいもんけい》の寵愛《ちょうあい》が薄いのだから、女たちは気にとめない。

「旦那様に審判していただきましょう」と、孟《もう》玉楼《ぎょくろう》。

宋恵蓮は山棚にのぼらせてもらえず、またも仲間はずれで、庭をぶらぶら歩いている。女たちは、犬猿の仲で角突きあっているのに、宋恵蓮をいびるときは、みごとに団結する。

自分では佳人逍遙《しょうよう》之図のつもりで、きどって歩きながら、旦那様が見てくださらないかしら、と、宋恵蓮はときどき山棚を見上げるのだが、女たちにかこまれた西門慶の目は、庭を見下ろしても宋恵蓮を素通りする。まるで関心がない。

あたしのに、蜘蛛の巣がはっちゃったわ、と、宋恵蓮はつぶやく。

やがて、陽が落ち、黒い天空に銀河が皓々《こうこう》と冴《さ》えると、山棚の上の女たちは、縫針を星明りにかざし、小さい孔に綵糸《いろいと》を通して、お針が上達することを織女に祈願する。『乞巧《きっこう》』と呼ばれる風習である。

もっとも、彼女たちは、自分で針を持つのは、暇つぶしに鞋《くつ》に刺繍するときくらいのもので、いまさらお針が上達する必要はない。

それでも、他のものに負けるのはくやしいから、早く上手に通そうと競う。

金蓮の後ろにつつましく控えた春梅《しゅんばい》は、星に目をあげて、心の中で祈った。

――早く、兄さんといっしょに暮らせますように。

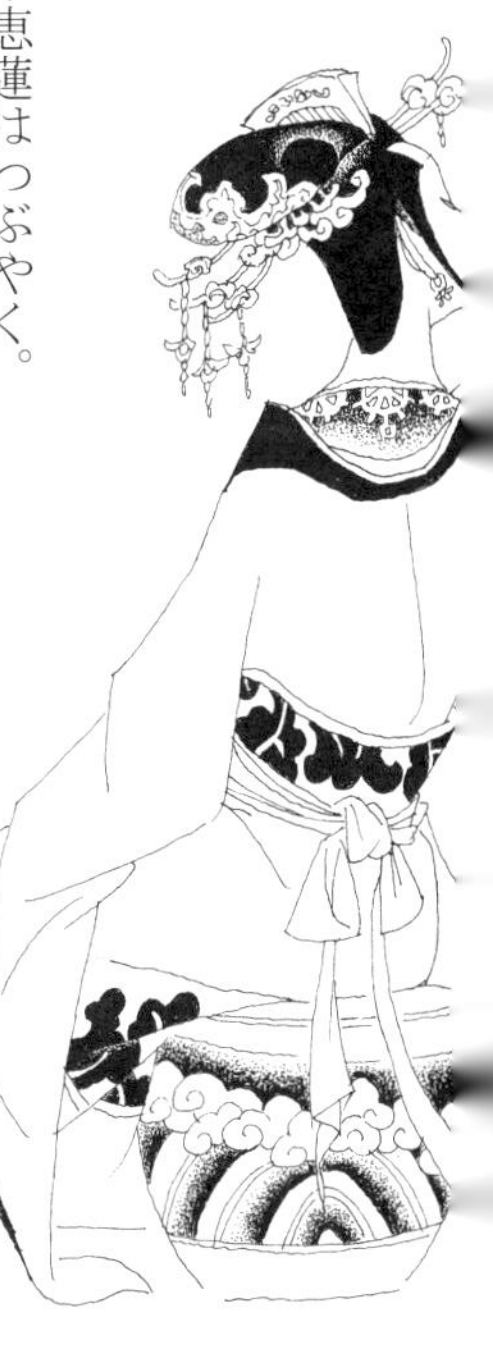

『乞巧』はしぐさにあらわして祈願するけれど、私願は、言葉には出さないものだ。

富を乞い、寿を乞い、子のないものは子を乞う。この三つを願うものがほとんどだ。

――わたしは富も寿も、もちろん子もいらない。ただ、兄さんといっしょに暮らしたい。このままだと、旦那様に汚《けが》されてしまいます。しつっこくて、困っています。どうにか今まで逃れてきたのは、応《おう》さんがそれとなくかばってくれているからです。わたしは兄さんといっしょに暮らせるのなら、地の底でもかまわないのだけれど、兄さんはわたしに、この屋敷に住んで、様子を知らせろと言います。兄さんは……。

あとの言葉を、春梅は、意識から追おうとつとめた。

そんなことは、考えたくもない。証拠もない。ただ、わたしが直感するだけで……。

しばしば兄との連絡にもちいる地下への通路の入口に、春梅は目を投げた。

蔵春塢《ぞうしゅんう》の奥に、それとわからぬように造られている。

春梅は、目をみはった。

蔵春塢の前を、ちょうど宋恵蓮が通り過ぎた。そのとき、奥から顔をのぞかせたものがいる。

兄ではない。星明りはとどかず、目鼻立ちはわからないのだけれど、春梅は見間違えはしない。

人影は、宋恵蓮を呼び止めた。

ふたりで何か話しあっている。声は春梅の耳にまではとどかない。

宋恵蓮は、はじめは居丈高で、けんもほろろというふうだったのが、途中から熱心に話に聞き入っているようすで、しまいにはしゃがみこみ、ふたりで顔をつきあわせ、地面に何か描いたりしている。

そうして、人影は蔵春塢の奥に消えた。

「春梅、糸の先をよじってよ。ほぐれちゃって、通りゃしない」

癇癪《かんしゃく》を起こした金蓮が、ひっ、と声をあげた。音もなくのぼってきた雪獅子《ゆきじし》が、金蓮の裳裾《もすそ》に食らいついたのだ。

紅い裙が、肉の皿の上にかぶさっていた。

「やめてよ。破れちゃったじゃないの。ちょっと、瓶児さん、あんたの猫よ。追っ払ってよ。意地汚い猫だわね」

「あなたが、お行儀が悪いんだわ」李瓶児は言い返した。「坐るとき、まわりをよくごらんなさいよ。裙が脂でべしょべしょじゃありませんか。猫が肉とまちがえても、しかたないわ」

「食べ物と着物の区別もつかないなんて」

金蓮は、雪獅子の首っ玉をつかみ、李瓶児に投げつけた。

李瓶児が手ではらいのけたので、肉片をくわえたまま雪獅子は山棚から落ちた。

段をのぼりかけた宋恵蓮の顔に、雪獅子はまともにぶつかった。

猫は身軽に宙返りして、何ごともなく地上に降り立ったが、宋恵蓮は段をふみはずし、悲鳴とともに、転げ落ちた。

「なんだ、恵蓮か」と、見下ろして西門慶は冷淡だ。

宋恵蓮は、しばらく地面にころがって呻《うめ》いていたが、だれも様子を見に降りてこないので、「痛《いた》ッ、痛たッ、あ痛ッ」一足ごとに騒ぎながら、段をよじのぼり、西門慶ににじり寄った。西門慶が身を引いたので、つんのめったが、このくらいではめげない。

「旦那様、あ痛、ちょっと、大事なお話が。お人払いを。痛ッ」

「冗談じゃないよ」金蓮が立ち上がり、「人払いだって。わたしたちに、下に降りろっていうのかよ。蹴落としてやろうか」

「旦那様、ちょっと、お耳を。痛ッ。あ痛ッ」

耳打ちされて、

「皆、下に降りろ」

西門慶は、命じた。

「いやですよ」と、女たちは騒然。

「こんな女の言いなりになるなんて、旦那様らしくもない」

「さっさと、降りろ」

西門慶の剣幕に、まず、正夫人呉月《ごげつ》娘《じょう》がすっと立ち、

「みなさん、旦那様のおっしゃるとおりにしましょう」

段を降りはじめたので、他の女たちも、渋々したがった。すれちがいざま、一人一人が宋恵蓮を小突いたり蹴ったりしたのは、言うまでもない。

春梅は気がもめた。蔵春塢の奥から出てきたのは、だれなんだろう。兄さんの仲間だろうか。そんなことはない。兄さんからの連絡なら、わたしに伝

えるはずだ。恵蓮さんの情人かしら。蔵春塢は、逢引きにもってこいの場所だから……。でも、それなら、旦那様と密談の必要はないわけだし……。

山棚の上に二人きりになると、宋恵蓮は、「旦那様」と、身をすり寄せ、鼻をならした。

「早く、続きを語れ」

「そんなに慌てなくたって大丈夫ですよォ。一晩かけて、ゆっくり、お話ししますから、その前に、ちょっと、いいじゃありませんか」西門慶の前をはだけにかかる。

溝さらいの季節ではないのに、開封《かいほう》のそこここで、下水の蓋《ふた》があけられた。

春に溝泥をきれいにさらった後なので、深い奥底まで、見通せる。その先は、折れ曲がって、地下の巨大な下水溝につながっている。

街路に油のにおいがただよう。

大樽を山と積みあげた車が、あちらこちらの下水口の縁に止まっている。樽の中は、どれも、油だ。

とほうもない人数の人足たちが、からだに綱を巻きつけて溝に降り、垂直にきりたった壁にとりつけられた足場に、つぎつぎに立つ。そうして、大樽を次々に、リレー式にはこび下ろし、下水溝に油を流し込む。

街の人々が総出で見物している。

「何がはじまるんだ」

「流れをよくするためだ」などと、知ったかぶりをするやつもいる。

「油を流すと、汚水の流れがよくなるのか」

「そうだ。人間だって、腹がつまると、蓖麻子油《ひましゆ》を服《の》むだろう」

「井戸水が油くさくならないかな」

「井戸と下水は水脈が違うから、大丈夫なのだ」

と、知ったかぶりは、断言した。

西門慶の庭の蔵春塢の前では、春梅が身をよじって泣いていた。

数日前から、蔵春塢の奥に土や石がはこびこまれ、春梅が気がついたときには、地下への入口が埋め立てられてしまっていたのである。もと花太監《かたいかん》の庭だった築山《つきやま》に造られた通路も、埋められた。

「地下の賊が通路をつくっていたのだというよ」と、応伯爵が春梅に教えた。「宋恵蓮さんのお手柄だ。恵蓮さんの亭主の来旺が、地下の賊の仲間に入っていて、恵蓮さんを呼び迎えにきた。恵蓮さんは、うまく言いくるめて、賊の巣窟《そうくつ》のありかや地下の道筋を、来旺の知るかぎり、聞き出したんだそうだ」

春梅の素性までは、ばれていなかったが、庭内の二つの出入口をふさがれては、春梅は兄に危険をつたえることができない。

宮殿の大砲が、鳴りひびいた。それを合図に、いっせいに、燃える炬火《たいまつ》が下水溝に投げ入れられた。そうして、あらゆる場所の蓋が閉じられた。運河への出口のあたりも、舟で逃げ出てくれば迎撃すべく、武装をととのえた軍団が、岩壁上で待ちかまえた。

# 其ノ十二

酒池熱燗《みんなかわいい》　裸女遊泳《さかなになって》
交差水中《よってくどけば》　酔中夢死《おぼれちゃう》

西門慶《せいもんけい》は、慶事が重なった。

一つは、政府高官の役職についたことである。提刑所《ていけいしょ》の長官という職務だが、これは、警視総監と最高裁判所長官を兼ねたような役だから、悪徳行為でもうけるのに、願ってもない仕事である。

地下の賊の情報を官に告げるという大功をたてた上、油を流し込み火攻めにして掃討する策を献じ、それに要する莫大な量の油の調達を引き受け、国家のためにおおいに尽くした。
その功をめでられ、さらに、蔡京《さいけい》をはじめ高官に莫大な賄賂《わいろ》を贈りもして、提刑所長官の地位を

手に入れたのである。

いくら悪事をやらかしても、それを捜査して裁判するのが自分なのだから、なんだってやり放題だ。油代も賄賂も、たちまちもとがとれる。

くわえて、商売の手を、武器の製造販売にまでひろげた。

北の強国・金《きん》と一触即発の臨戦状態にある宋《そう》としては、武器は大量に必要である。

賄賂として用いた金銭など目じゃないという大《おお》儲《もう》けとなって、西門慶のふところに還元される。

開封《かいほう》城外に製作所をつくった。

ここで、異才を発揮したのが、応伯爵《おうはくしゃく》である。武器の発明工夫に、応伯爵は生き甲斐を見出してしまった。

どのような武器であるかは、いずれ後の回でご紹介する。

西門慶の生き甲斐は、色と金もうけである。愛国心などかけらも持たないから、需要のあるところに供給する。

武器を欲しているのは、金も宋と同様である。必然的に、西門慶は敵国金へも武器を供給するようになった。すなわち、密輸出である。

応伯爵は、自分の発明が敵国にまで売られているとは知らない。

女たちも密輸のことは知らないが、旦那様が政府高官になったおかげで、高官夫人となり七香車《しちこうしゃ》にのれる身分になったので大喜び。

もう一つの慶事は、李瓶児《りへいじ》の出産である。

産み月に、しきたりにのっとって、銀の盆に盛った粟殻《あわがら》に錦繍《きんしゅう》の袱紗《ふくさ》をかぶせたものを捧げ、安産を祈願した甲斐があってか、西門慶が望んだように、男の子だった。

これは、李瓶児以外の女たちはいっこう喜ばないことであったが、祝宴は盛大につづいた。

官位についた祝いと出産の祝いの贈

り物が、方々からひきもきらない。賄賂を贈って官職についた西門慶は、今度は賄賂をとる側だ。

赤ん坊は、官哥《かんか》と命名された。

これが、まことにひ弱で、昼も夜もぴいぴいと泣きどおし。生まれたてはどの赤ん坊も皺《しわ》だらけだが、じきに丸々と愛らしくなるものなのに、何日たっても猿のように皺くちゃで、疳《かん》が強く、すぐにひきつけをおこし、乳母《うば》はてこずっている。

生後三日目に臍《へそ》の緒を落とし、頭のひよめきに灸《きゅう》をすえ、七日目は一臘《いちろう》といって、赤ん坊に贈り物をする。

一月目に、もっとも盛大な弥月《びげつ》の祝宴をはる。祝宴当日、贈り物をたずさえ、客たちが祝いに訪れた。

内相の劉公公《りゅうこうこう》、薛《せつ》公公、周守備《しゅうしゅび》、荊都監《けいとかん》、などなど、錚々《そうそう》たる顔ぶれの政府高官たちが、それぞれ轎《かご》にのり、先払いをたて、護衛兵どもをひき

いて、次々に到着する。

　今日はまことにたのしい趣向があると、前もって西門慶から聞いている。必ずや、ご満足なさいますという口上なので、みな、期待にみちてやってきたのだが、まず案内されたのは、赤ん坊が湯《ゆ》浴《あ》みしている広間である。

　これは決まりの行事だからいたしかたない。

　色とりどりの絹を巻きつけた盥《たらい》で、乳母が官哥を洗っている。赤ん坊は、耳ざわりな甲高い声でひわひわ泣きつづけるが、客たちは、うるさいと顔をしかめるわけにはいかず、「立派な跡継ぎができて、おめでたい」「西家もますます繁盛されるであろう」などと、おべっかを言う。

　貫禄がました西門慶は、悠然と祝辞を受ける。

　李瓶児はおめかしの最中なので、同席していない。

　盥の湯の底には、大蒜《にんにく》、葱《ねぎ》、棗《なつめ》、それに色塗りの銭が沈んでいる。湯に香料を溶かしてあるのだが、大蒜と葱のにおいもまじって、強烈な臭気だ。

　赤ん坊のために、来客は、湯に銭を投げ入れて祝福する。

　そのたびに、官哥は、おびえて泣く。

　湯気を立てながら泣きわめく赤ん坊を、乳母が布でくるんで抱き、別室に連れ去ると、

「さあ、こちらへ」

　一同を西門慶は庭にみちびいた。


　客はいっせいに、どよめいた。

　広大な池、奇岩の勝景、そびえる巨大な築山、そこに穿《うが》たれた岩窟、柱・欄干に精緻な彫刻をほどこした大小の亭、築山の前の牡丹《ぼたん》、芍薬《しゃくやく》、海《かい》棠《どう》棚、薔薇《ばら》棚、木香《もっこう》棚などのおびただしい花樹、といった贅をこらした園林は、皇帝の苑を知る富裕な宦官《かんがん》をまじえた客たちにとって、あえて驚嘆

するまでもなかったが、彼らが目を奪われたのは、果てが霞《かす》んでみえるほどの池に、水のかわりに酒がたたえられていたことである。

いや、それ以上に、歓声をあげたのは、池中に、一糸まとわぬ美女たちがたわむれていたことである。

日は真昼。太陽のもと、広大な池から酒の香りが陽炎《かげろう》となってゆらめく。隴《ろう》を得て蜀《しょく》を望む西門慶は、一度あやかりたくてならなかった殷《いん》の紂王《ちゅうおう》の酒池肉林を、やらかすことにした。

官哥誕生の前から計画を立て、庭師や人足を入れていた。

地底の賊を焼討ちにするとき、蔵春塢《ぞうしゅんう》の奥や花太監《かたいかん》の旧庭につくられていた出入口をつぶした。

景観がだいなしになったのでそれを修理するついでに、庭園を改築したのである。

もっとも、紂王の肉林は、干肉を樹々の枝にひっかけたものであった。殷の当時は、干肉が最高の御馳走だったからだが、いまや、宋の市民の食べ物の贅沢さは、殷の皇帝にまさる。

例によって、水晶鵞《こおりが》だの焼家鴨《あひる》だの鳩の雛《ひな》の丸煮だの白鳥の乾物だの、木犀《もくせい》をいれた白魚の漬物だの、肉を酒漬にして山椒《さんしょう》・生薑《しょうが》・大蒜・麹《こうじ》・片栗粉をまぶして揚げ殻に詰めなおした大蟹だの、竜眼だの羊の腸だの豚足だの、胡桃《くるみ》入り油炒めの肉だの茘枝《れいし》だの、それに寿桃《いわいもも》やら寿麺《いわいそば》やら烙餅《ラオピン》やらを盛った銀の皿が卓子からあふれんばかり。水盆には李《すもも》が沈み、瓜が浮かび、紅い菱《ひし》、白い蓮《はす》、楊梅《ようばい》、橄欖《かんらん》、浮草、白鶏頭《はくけいとう》がいけられている。

池中の裸女群は、金蓮《きんれん》をはじめとする西門慶の夫人たちと、春梅《しゅんばい》など侍女たち、そうして、日頃西門慶が贔屓《ひいき》にしている歌館の娼妓たちである。琴童《きんどう》までが裸に剝《む》かれ、池の中だ。客に美童の後庭も提供しようという西門慶のホスピタリティである。

もっとも、六人の夫人のうち、酒池で遊んでい

るのは三人だけだ。

呉月娘《ごげつじょう》は、こういうはしたない遊びにくわわるのは、正夫人の矜持《きょうじ》がゆるさないのである。

産後の李瓶児は、碧玉《へきぎょく》の欄干にもたれ、たおやかに微笑している。

孫雪娥《そんせつが》は、あいかわらず、料理係だ。

最近、武器の工夫に凝っている応伯爵も、こういうときはお相伴にあずかりにおしかける。

楽士の一団が、琵琶《びわ》を奏で、胡弓《こきゅう》をひき、箏《そう》を弾じ、興をそえる。

酒池のなかで、乳房の谷間に酒をそそぎ、

「いらっしゃい、呑ませてあげるわ」

客を招くのは、潘《はん》金蓮。

いささか肥りすぎだが、壮麗な乳房を寄せると、くびれは、玉杯となる。

「どうぞ、どうぞ」

西門慶が、客にすすめながら、まず範をしめすように、服をぬぎ、素裸になりかけたとき、けたたましい泣き声に、宴はさまたげられた。

乳母が、緋緞子《ひどんす》の上着を着せた官哥を、紅い綸子《りんず》の小蒲団にくるんで抱いてきたのである。赤ん坊は、上着の色より真赤になってわめいている。

この赤ん坊の泣き声は、じつに陰々としつっこく、西門慶はたちまち不機嫌をあらわにした。

跡継ぎのできたのは慶賀のいたりだが、官哥は、昼も夜も泣き続けだし、すぐに熱を出すしで、西門慶はすっかり嫌気がさしている。

それでも、今日の宴の主人公はこの赤ん坊なのだから、さっき湯浴みを見物させられてうんざりしたばかりの客たちは、もう一度お世辞をくりかえさなくてはならない。ことに、今度は美しい母親がいるのだから、乳母から手わたされた赤ん坊を抱いた李瓶児に、

「おめでたいことですな」

「男子を産まれたとは、お手柄でした」

「きっと、出世なさる」

「末は、大臣にもなられましょう」

競って褒《ほ》めたたえる。

李瓶児の膝の上で、官哥は、そっくりかえり泣きわめく。その上、おむつからあふれた水が、李瓶児の銀糸の入った白紗《はくさ》の裳裾《もすそ》を濡らした。

「この」

ののしりかけて、つづく言葉を李瓶児はのみこんだが、応伯爵だけは耳にとめた。くそがき、と言いかけたのである。

桃の枝に官哥の揺《ゆ》り籠《かご》を吊るしている乳母に、

「泣き声が聞こえないようにしろ」

西門慶はどなりつけた。

乳母はうろたえて、李瓶児の手から赤ん坊を抱きとり、揺り籠に入れて裏庭に連れ去る。

服を汚された腹立ちを儚《はかな》げな微笑にまぎらせ、李瓶児は、着替えのために部屋にもどって行った。

「早くいらっしゃいよ」

女たちの声に、西門慶は、

「さあ、皆さんもどうぞ」

と、先に立って池に走りこみ、金蓮の肉杯に口をつける。

酒は透明だから下半身の動きもよく見えて、客は我がちに主人にならい、服を脱ぎ捨て、そこここに酒しぶきがあがる。

地底の賊の情報をつたえたのだから討伐にもっとも功があったといえる宋恵蓮《そうけいれん》は、やはり仲間はずれで、岩かげから盗み見しながら、

「あら、旦那様ったら、金蓮さんとお酒の中で金《きん》竜探爪《りゅうたんそう》じゃないの。あら、春梅さん、なにも逃げることはないのに。うぶなんだわねえ、あの娘。じっとしていなさいよ。周守備が蜂頭花嘴《くちづけ》をしてくださるんだから。あら、ばかねえ、逃げちゃったわ。あら、劉公公は宦官なのねえ。だから、孟玉楼《もうぎょくろう》さんを逆立ちさせて、鶏舌内吐《けいぜつないと》しているんだわ。玉楼さん、いいかげんにしないと、息がつまって死んじゃいますよ。死んだっていい

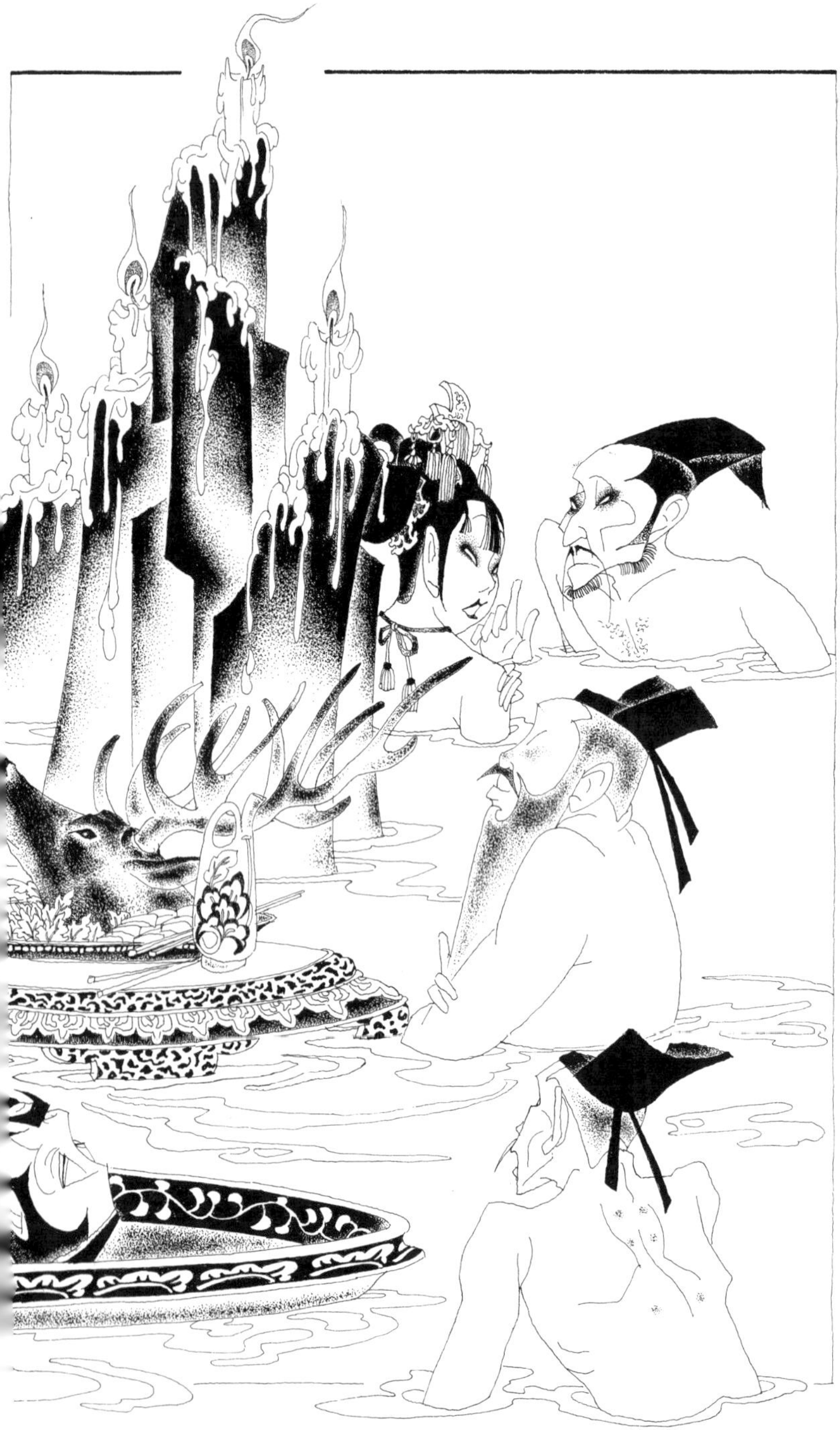

わねえ、あんないいことしてもらって。ちきしょう」

と、悶絶《もんぜつ》する。

やがて、みな池からあがり、男たちは女を膝に、飲食に専念しはじめたとき、門番が注進にきた。

「芸人どもが、当家の祝いごとを聞きつけたとみえ、寿《ことほ》ぎにまいりましたが、どういたしましょう」


雑劇だの人形操りだの影絵芝居だの曲芸だの、開封は、見世物が盛んだ。

繁華街には芝居小屋

が大小五十あまりもひしめいているほどだ。蓮華棚、牡丹棚、夜叉座、象座などは、数千人も入れる立派なものだ。貴人富豪の祝いに呼ばれる芸人も多い。かってに押しかけて、芸の押売もする。

「ちょうどよい。お客人方のためになにか趣向がほしかったところだ。通せ」

銅鑼《どら》・銅鼓《どうこ》を騒々しく打ち鳴らし、芸人の一団がなだれこんできた。

いずれも、仮面をつけ、色とりどりの衣裳で飾りたてている。数をかぞえれば五人。

すなわち、地底の五人男である。

魯智深《ろちしん》のほかはみんな西門慶の家のものに顔を知られているので、芝居の仮面で顔をかくさざるを得ない。

来旺《らいおう》などは、だぶだぶの衣裳で鱗をかくし、その上、長い裾にかくれた足には高下駄をはいて、身長までごまかしている。

火攻めにあった彼らが無事だったのは、次のような事情による。

来旺の思わぬ働きで敵をしりぞけた彼らは、故安忱《あんしん》の館にもどっていたのだが、この館のある場所というのが、皇帝の寵愛《ちょうあい》を受ける歌姫・李師師《りしし》の歌館の真下であった。故人の館は、李師師の歌館をそっくりまねた三

階建てである。
火攻め決行にさいし、宮城と李師師の歌館のあたりは、皇帝をはばかり、役人も手をつけなかったのである。
女たらしの浪子燕青《ろうしえんせい》は、抜道をたどって地上の李師師の歌館にしのび入り、李師師

をたらしこみ、親しくなってしまった。おしのびの徽宗《きそう》が李師師と睦言《むつごと》をかわすところを覗《のぞ》き見したりもしている。

　水賊焼殺が、西門慶の献策によると知った彼らは、復讐を誓った。

　武松《ぶしょう》はもともと、兄の仇である西門慶を討つ志を持っているのだし、燕青も、手を貸すつもりでいた。

　木蘭《もくらん》にとっては西門慶は大事に育てた獲物だ。危難を救ってやってもいる。

〃それなのに、恩知らずにも、卑怯にも、焼き討ちにしやがった。裏切り野郎め〃と、木蘭はかっかと腹を立て、復讐に一番熱心になった。

〃西門慶が聞いたら、一方的な言いがかりだと、驚くぜ〃と、燕青が、〃あいつは、おまえに助けられたことなど、知りゃあしない。おまえ、いやにむきになるな。さては、あいつに、情が移っていたのだな。惚れていたのか〃

からかわれて、木蘭は、〝馬鹿野郎〟蹴りを入れ、〝仲間割れするな〟魯智深にとめられたという一幕があった。

来旺は、内心、恐ろしくてならない。

女房に地下の秘密を告げたのが、今度の大掃討のきっかけになったのだということを、仲間はまだ気づいていないようだ。知られたら、こいつらは、おれを生かしてはおかないだろう。ああ、どうしよう。

そうして、来旺は、思う。

女房がおれを裏切るわけはない。女房は、おれを賊の手から救い出したくて、西門の旦那に訴えたのだ。そうにきまっている。あの女は、いつ

も、おれのためを考えていてくれる。

おれは、賊の仲間に入っているより、西門家の手代として働く方がいい。でも、このざまではなあ。お店で使ってもらうわけにはいかないだろうなあ。まして、水賊の仲間に入っていたことなど知れたら、おれは、絞首刑だ。ぶるる。

どうしたものだろうな。

いかめしい仮面の下で、来旺は吐息をつく。もっとも、今日は、殴り込みにきたのではない。役人やらその配下やら、大勢集まっているから、こんなときに騒ぎをおこすわけにはいかない。そのかわり、邸内に入り込むにはもってこいのチャンスだ。西門邸ではあちらこちら大改築をした模様だから、ちょいと偵察だ。

いくら仮面をつけていても、ずいぶん大胆なことではある。

女の仮面をつけた木蘭と若者の仮面の燕青が、踊りながら色模様を演じ、いかにも悪漢じみた仮面の魯智深が割って入り、木蘭をさらおうとすれば、颯爽《さっそう》たる武将の仮面の武松、ふたりを助けにあらわれ、魯智深と打々発止《ちょうちょうはっし》の武闘。

楽士たちが、こころえて、どんちゃんと適当な伴奏を入れる。

武松にやっつけられ、魯智深はひきさがる。若い恋人同士がひざまずいて武松に礼をのべていると、怪獣があらわれ、襲いかかる。これは来旺だ。仮面より素顔のほうが怪獣にふさわしいくらいだが、顔をさらすことはできない。武松は怪獣も退治して、めでたし、めでたし、という寸劇をみせれば、何も知らぬ西門慶たちは、やんやの大喝采。

それから、魯智深が、亀の芸にかかる。一見武骨な大坊主にしては、花和尚《かおしょう》魯智深はなかなか器用なのである。

下婢《はしため》にいいつけ、盥に水をはらせ、袖の中から大小七匹の亀をとりだし、水中に投じる。

小さい銅鑼を打ちたたき、「張七」と名を呼ぶと、一番小さいやつがひょこりと浮かび上がり首をのばし、くるくる舞う。「張六」と呼べば、二番目に小さいのが浮かんでくる。

「張五」「張四」「張三」と、順々に呼び上げ、最後に「張大」と呼べば、最大のやつがのっそり浮かぶ。

皆の目は、盥に吸いつけられた。

ついで、盥の縁に板をわたし、亀をのせ、魯智深は、太鼓を打ち鳴らす。

張大が板の中央にどっかと位置する。

もう一つ太鼓を打つと、張二がその上によじのぼる。さらに、張三、張四と、次々に、太鼓にあわせて、甲羅の上にのぼる。

客が亀の芸に見惚《みと》れているあいだに、木蘭たちは、こっそりその場を去って、庭の奥を検分にかかっている。

——兄さん、無事だったんだわ。

ほっとしているのは春梅である。

——わたし、兄さんに危険を知らせてあげられなかった。でも、無事だったんだわ。娘の仮面をつけているのは、兄さんだわ。いくら、お面でかくしても、わたしにはわかる。ちょっと合図をしてくれたっていいのに……。

欄干にもたれて眺めていた李瓶児は、ふいに後ろから臀《しり》をなでられて、びくりと振り向いた。失礼な、と咎《とが》めようとしたとき、相手はすでに

遠ざかっていた。仮面の芸人のひとりだ。みだらな手触りにおぼえがあるような……。

小さい張七がてっぺんによじのぼり、七重の塔ができあがった。

「おめでたい、烏亀畳塔《うきじょうとう》でございます」

魯智深の口上に、七匹の亀はいっせいに頭をぬうとのばし、喝采がわいた。

裏庭の方で、赤ん坊の泣き声がきこえたのは、そのときである。

いつものしっっこい長泣きではない。一声、悲鳴のように聞こえ、すぐにとだえた。

「あれは、官哥ちゃんでは」

客が腰を浮かすのを、

「なに、気にしないでください。あれは、よく泣くのです」

西門慶はとどめた。

「泣くお子さんは丈夫だと言いますよ」

「いや、からきし、弱虫で」

「いずれ、丈夫になられますよ。子供というのは、そういうものです。小さいとき虚弱なほど、成人して丈夫になります」

おべんちゃらのやりとりをしているところへ、若者の仮面の芸人が、走ってきた。

「赤ん坊が、地面にひっくりかえって」

「死んだの！」

と、李瓶児は卒倒する。

「ひきつけをおこしているんだよ」

「瓶児」と西門慶は、うんざりした口調で呼ぶ。

「官哥がまた、ひきつけだそうだ。行って、みてやれ」

「奥さん、のびちまってるよ」

他の使用人たちといっしょになって、亀の芸にみとれていた乳母は、泡を食ってすっとんでゆく。

「乳母は官哥をほったらかしていたのか。けしからん。馘首《くび》だ」

乳母の後を、応伯爵が追った。伯爵は、いつも父親に冷淡にあつかわれている赤ん坊が可哀相でならない。ひ弱で泣き虫に生まれついたのは赤ん坊のせいではない、と、内心憤慨しているのだけれど、非力な彼には、何もしてやれない。

「死んだかもしれないよ」

芸人は言い添えた。

「それは、大変だ」

と、客たちは、「そういうお取込みごとがあっては、我々は邪魔になる。お暇《いとま》しよう」

いっせいにひきあげる。

楽しくないことにつきあうのは嫌なのだ。

〃死んだかも〃と言われては、西門慶もさすがに放ってはおけず、裏庭に行く。女たちが後につづき、李瓶児も起き上がって、ついてゆく。

死ななかったのかしら、と、つぶやきながら。

「ここを出た方がいいぜ」

燕青は、魯智深に言った。

「おれたちに、変な疑いがかかると厄介だ」放浪芸人は、なにかあると、すぐ犯人にされる。

木蘭と武松ももどってきて、ごたごたに巻き込まれないうちに退散しようということになる。

「ひでえやつらだ。子供の祝いだというのに、子供はほったらかしで、てめえらばかり、飲み食いしていやがる」

女たちの中に、ひとり残ったものがいる。

家のものの目がなくなったので、春梅は兄に抱きついた。

「兄さん、よかった。焼け死んだかと思って、こっそり、羅斎《らさい》にたのんで位牌をつくってもらって、供養していたの」

「そう、あっさりとは死なねえよ」

「来旺がまだもどってこない」

燕青が言う。

なりはすさまじくても、来旺が、とても親分の貫禄などない、こけおどしだということは、もう、皆にもわかっている。

「愚図だからな、あいつ」

木蘭が舌打ちした。

そこへ、しょんぼりと来旺がやってきた。

宋恵蓮をみかけたので、走り寄ったら、女房はびっくりして、家に逃げ込んでしまったのである。仮面をはずせばわかってくれるのだろうが、仲間に無断でそんなことをしていいかしら、と、煮え切らない来旺なのであった。

# 其ノ十三

突風烈過《ながすなみだは》　冠花散落《おしばいなのよ》
官哥惨落《かみもほとけも》　灸禱神仏《にがわらい》

裏庭の白蓮《びゃくれん》の枝に、空の揺り籠《かご》がつりさがっていた。

「おねんねなさったので、安心して、つい、表庭の芝居を見に……」

乳母が、泣いてわびる。


「目が覚めて、泣いたはずみに、籠からころがり落ちたんだわ」

と、李瓶児《りへいじ》が、

「びっくりしてひきつけを起こしたのもむりはないわ。早く、わたしの部屋につれていってちょうだい」

「医者を呼べ」

西門慶《せいもんけい》は命じた。

医者は、ぐったりして息もかすかな赤ん坊の脈をとり、

「これは、たやすくは癒《なお》りません」

と、眉をひそめた。

そうして、眉間《みけん》と盆《ぼん》の窪《くぼ》と両の手首と鳩尾《みずおち》、五ヵ所に灸《きゅう》をすえたので、小さい赤ん坊は灸の煙につつまれた。

しかし、赤ん坊はますますぐにゃりとなるばかり。

「もし、旦那様が、お子様の命をどうしても助けたいとお思いなら」と医者は、「金箔丸《きんぱくがん》を金銀湯《きんぎんとう》に溶かしたものを用いれば、効験《こうけん》あらたかなのですが」

「効く薬があるのなら、最初からさっさとそれを使え」

「たいそう高価なのでございますよ」

「それを使えば、かならず、助かるのだろうな。高い薬を使って、結局助からないのでは、無駄な費《つい》えだ」

酒池肉林には大枚を投じるくせに、こんなところで吝嗇《りんしょく》ぶりを西門慶はみせた。

「もし、助からなかったら、薬代ははらわんぞ」

医者は、少し自信なさそうな顔になったが、

「灯心草《とうしんそう》と薄荷《はっか》を煮なさい」

と召使に命じ、もったいぶった手つきでとりだした小さい丸薬を、杯の中ですりつぶし、煮汁に溶かした。

飲まそうとしたが、赤ん坊が歯を食いしばっているので――歯はまだないので、歯ぐきを、と言うべきか――、

「奥様、釵《かんざし》をお貸しください」

「何に使うの」

「お子様の口をあけるのに」

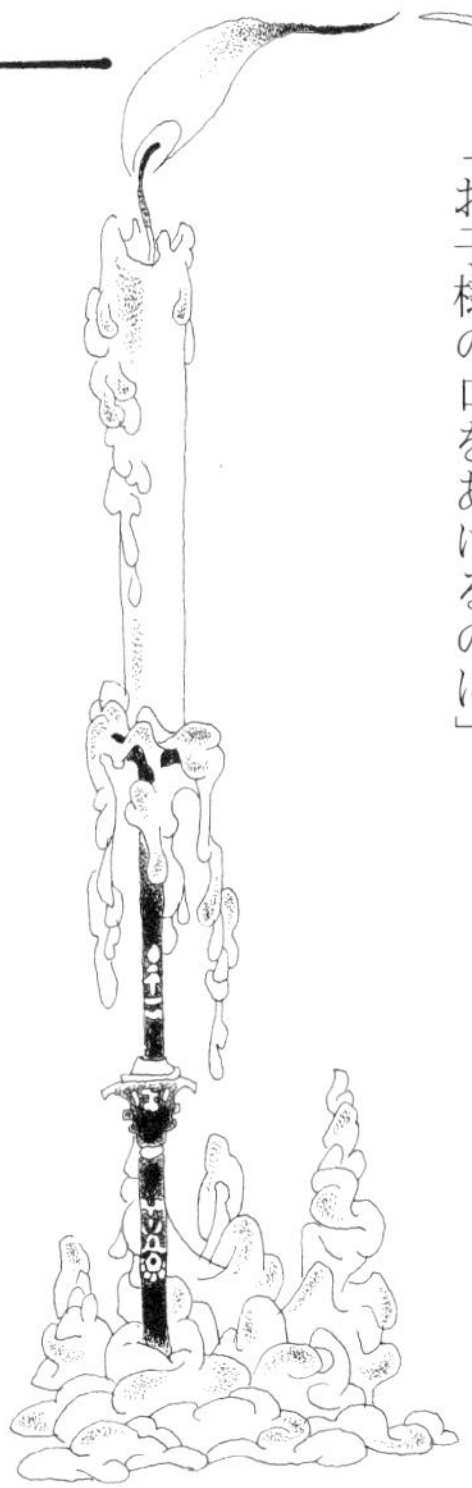

李瓶児は侍女の髪から釵をぬきとり、医者に渡した。

歯ぐきをこじあけ、薬湯を流し込んだが、口のはしからあふれるばかりだ。

「これで、明日になったら、きっと、お元気になられます」

医者は請け合ったが、西門慶は用心深く、代金は明日の様子をみてからだ、と帰らせた。

翌日、赤ん坊は、もう、どう見ても、死に瀕《ひん》していた。

西門慶は、道士を招いて呪禱《じゅとう》をおこなうことにした。

呪力の強さで定評のある道士が呼ばれた。

医者よりも、西門慶は道士を信頼している。

医者にはけちけちした銀子《ぎんす》も、道士の呪法に必要とあれば、惜しみなく払うのである。

五岳冠《ごがくかん》をいただき、黒布の短褐袍《たんかつほう》、腰に五色の紐《ひも》を巻き、背に横紋古銅剣、手に五明《ごみょう》の降鬼扇といういでたちであらわれた道士は、官哥《かんか》の病床に歩み寄った。

眼光鋭く一睨《ひとにら》みしたのち、香机をおかせ、香をたかせた。そのあいだ、剣をかざし、北斗の形を描いて歩んでいたが、やがて、香炉のなかで札を焼き、

「当直の神将、あらわれよ」

大喝し、法水を口にふくんで、噴き上げた。

強風さっと吹き込み、黄羅《きぎぬ》の抹額《はちまき》に紫の袍《うわぎ》、狼腰《こし》に獅蛮帯《しばんたい》、虎体《からだ》に豹皮《ひょうひ》裩《こん》を巻き、胸に赤銅《しゃくどう》牌《はい》をかけ、手に斧《おの》をかざした筋骨たくましい神将があらわれ、

「ご用をうけたまわります」

と、うやうやしく道士にたずねる。

「当家のご子息が、驚風《きょうふう》の病になやまされておられる。いかなる魔魅がとりついたのか、しらべてまいれ」

はっと答えて神将は消えた。

道士は端座瞑目《たんざめいもく》し、見えぬもの相手になにやら論議しているふうであったが、やがて、目をひらき、西門慶に告げた。

「ご子息は、前世の業《ごう》により、冥土に訴えられております。憑《つ》き物ではないので、祓《はら》うことはできません」

そう言ってから、まだ銭をひきだせるとみて、

「本命の星を祭り、寿命を占ってしんぜましょう」

と、申し出た。

「それはありがたい。ぜひお願いしよう」

道士の指図にしたがい、広間に灯明壇がもうけられた。

「おたくには、みめよい侍童はおられませんか」

道士は訊いた。

「美童は何人かいますが、何かお役にたちますか」

「本命灯を立てる灯台に、美しい童子をもちいると、天帝のお気に召し、正しい神託が得られます」

「そういうことなら、うってつけの子供が、当家にはおります」

灯台に使われると聞いて、琴童《きんどう》は、まっさおになり、逃げ出そうとした。

これまでも、なにかというと、いためつけられてきた。逃げれば親が大変なことになるから、辛抱していた。弱音なんかはくものかという意地も

あった。しかし、人間灯台は、拷問に等しい。

「おやめなさい」

いつもちゃらんぽらんな応伯爵《おうはくしゃく》が、真剣にとめた。

「死んでしまいます」

「おれの子供の命と、こいつと、どっちが大事なのだ」

西門慶はどなった。

「こいつの、これまでの盗み、かっぱらいを、おれは寛大に見逃してやっていたのだ。大拷問にかけるだけのことはしている。それを、神事に使ってやるのだから、こいつは、ありがたく思わなくちゃいかん」

なお制《と》めようとする応伯爵を、召使らに命じて殴らせ、気絶しかかったのを、小部屋にほうりこんで、外から錠をかけさせた。

祭壇がととのえられた。

五穀と棗《なつめ》の吸い物を供物にそなえた灯明壇は、十二宮をかたどって灯明がならび、その中央、華《か》蓋《さ》をつるした下の柱に、いやだとあばれる琴童を手取り足取り、猿ぐつわをはめ、くくりつけた。

両手は、真横にひろげて、鉄棒にくくりつけられている。

その鉄棒には、灯明皿がいくつも吊り下げられた。

頭上にとりつけられた燭台は七本の枝をつきだし、一つ一つに灯明皿がある。

中央の一番太い蠟燭《ろうそく》が、官哥の本命灯である。

西門慶と女たちは、黒衣をきて、壇の下にひれ伏した。

灯明にいっせいに火がともされる。

道士は、三たび香をたき、それから、髪を乱し、剣を抜きはなち、呪《しゅ》をとなえながら、星宿のかたちに歩をすすめた。

その間に、熱い蠟涙は、琴童の髪にしたたり、肌にしたたった。

道士は、大喝した。

と、たちまち、怪しい風が吹き起こり、空気が冷えびえとした。

灯明がゆらぐなかに、白衣の人影がぼうっとあらわれた。手にした書状を開いてみせる。冥府からの召喚状で、印が押してある。

琴童の頭上の本命灯が、大きくゆらいで、はたと消えた。

白衣の人は、消える炎にすいこまれるように、これも姿を消した。

「ご子息は」と、道士は沈鬱に告げた。「宿世《すくせ》の業のため、もはや、寿

命がつきておられます。本命灯まで消えたのでは、私の力をもってしても、お助けすることはできません」

道士の言葉はあやまたず、その夜、官哥は短い一生を終えた。

李瓶児は耳をつかみ、頬をかきむしり、床をたたいて号泣した。

西門慶は官哥の目に水をそそぎ、瞼《まぶた》を閉ざし、口の中に真珠をふくませ、それから、いっしょうけんめい泣いた。

他の女たちも、我劣らじと泣きわめいたが、死者が真珠を墓にもっていってしまうことを惜しんで泣いたのであった。

葬儀屋が四体の人形を用意した。

冥界で身のまわりのことに困らないための侍女である。
それぞれ、真珠の瓔珞《ようらく》や翡翠《ひすい》の耳環

でかざり、綸子《りんず》の衣裳を着せ、柩《ひつぎ》の中の遺体の脇に置く。柩は緋色に金模様である。

葬礼は、盛大に行われた。

焼香の客がひきもきらない。

それぞれ、死者に供える豚や羊や金銀や冥紙や香を収めた櫃《ひつ》を従者にかつがせ、竹馬踊りを先頭に、銅鑼《どら》、太鼓、管弦の音ににぎにぎしく、行列をつくっておとずれる。

祭壇にかけられた掛軸は、九醜天魔変相図である。朱髪藍面、四頭八臂《び》、瓔珞《ようらく》をかざり首に髑髏《どくろ》をかけ、腰に蛇をまきつけた天魔たちが、妖魅にまたがり、矛《ほこ》をかざす。

役者たちが、冥府の判官に扮し、祭壇の前で寸劇を見せる。芸人が乱舞する。人形劇もおこなわれる。

これらの群れの中に、五人組がひそんでいなかったとは言いきれない。

客も役者も芸人たちも、喪家から大盤振舞をうけるのである。

それから出棺となった。

黒衣に白帽の子供が八人、傘や旗指物をかついで行列し、先頭の真紅の旗には、〈西門家男之柩〉と金文字が縫いとられている。

その後に、僧侶、道士、鼓手、楽士、さらに周《しゅう》守《しゅ》備《び》が派遣した警備兵が数十人、柩の前後に行列し、銅鑼や太鼓に送られて進む。

曲芸師や曲馬師など芸人が、行列の脇を、鷹のように、猿のように、とんだりはねたり、とんぼをきったり、鮮やかな曲技をみせながらついてゆく。

女たちの轎《かご》がつづく。

李瓶児は、

「ああ、坊や、もう帰ってはこないのね。なんて親不孝な子なの。おまえを産んでから、わたしは苦労のしどおしだわ。こんなに手塩にかけて育てたのに、さっさと死んでしまうなんて。わたしはこの先どうしたらいいの。胸がはりさけるわ」

と泣きくずれ、はては気を失いそうになって、両側から侍女にささえられ、轎に乗ったのだった。


葬式の宴会に、応伯爵はめずらしく顔をださなかった。

西門慶は使いをよこし、是非とも来いと、なかば命令だ。

「こういうときに、なぐさめてくれてこそ、友人ではないか」

応伯爵が、道化と機知で来客をたのしませるのを期待しているのだ。

行くものか、と思ったが、きっぱり拒絶できないのは、弱みがあるからだ。

「じきにまいりますと旦那に伝えてくれ」

と使者を帰した。

応伯爵の粗末な寝台には、火脹《ひぶく》れだらけの琴童が横になっている。

灯台の役目が終わった後、西門慶は琴童をほっぽらかしているから、応伯爵は子供を自宅につれてきて、油薬をぬってやり、休ませている。

応伯爵は、猛烈に腹をたてている。

西門慶の残酷さにたいしてもだが、それ以上に、自分の無力、非力に、腹が煮える。

腕力があったらな、と、思う。

表の通りを行く葬列のドンジャンの音が、聞こえてくる。

琴童が、「くそ、いい気なもんだ」歯ぎしりした。そうして、「応さん、いいものを見せてやろう」紅い布を応伯爵にさしだした。

ずたずたにちぎれたぼろだが、布地は金襴だ。

「おれの戦利品だよ」

「かっぱらったのか。いくら上等の布でも、こう破れていては、値打ちがない」

「使いようによっちゃあ、相当な銀子にかえられる」

「これが?」

大きなしみがひろがり、その部分が黒ずんでいる。

しみは乾いていたが、鼻をおしつけると、かすかに肉の煮汁のにおいが残っていた。

さらに、彼は発見した。布に、白い長い毛がからみついている。人の毛ではない。猫の毛らしい。白い猫といえば、雪獅子《ゆきじし》だ。

「赤ん坊の顔に、引っ掻き傷があったのに、気がつかなかったかい」

「地面に落ちたときについた傷だろうと思ったが」

応伯爵は思い出した。

一つは、春梅《しゅんばい》から聞いた話だが、七夕のとき、金蓮《きんれん》の紅い裳裾《もすそ》が肉料理の上にひろがっていたので、雪獅子にかじられたということだ。

そうして、その後、彼は、何度か見かけているのだ。紅い布にくるんだ肉に雪獅子がとびかかっているところを。

それを与えている者は、時によってちがった。金蓮のこともあり、孟玉楼《もうぎょくろう》のこともあった。孫《そん》雪娥《せつが》が台所で与えていたり、李嬌児《りきょうじ》が投げ与えていたり、正夫人呉月娘《ごげつじょう》までが同じことをしているのも、目撃している。

「つまり……」と、応伯爵はひとりごちた。「李瓶児さんをのぞく五人の奥さんが、それぞれ、紅い布の下にはうまい肉があることを、雪獅子に教えこんでいた……」

「裏庭の籠に入れられた赤ん坊の顔の上に、この布はかぶせてあったのだよ」

琴童は断言した。

「見たのか、おまえ」

「かぶせてあったところは見ていないけれどね。赤ん坊のそばに落ちているのを、拾って袖にかくした女は、見た」

「そいつが、官哥ちゃんの顔に、肉汁をしみこませたこの布をかぶせた犯人だな。だれだ。金蓮さんか。孟玉楼さんか。李嬌児さんか」

「三人とも、赤ん坊が裏庭に連れていかれてから、ころがっているのを芸人が告げにくるまで、酒池で遊んでいたよ。布をかぶせることはできなかった」

「呉月娘奥さんと李瓶児さんは、池に入らなかった。しかし、呉月娘さんは、ずっと池の端にいた。李瓶児さんは服を着替えに座を外したけれど、わが子に猫をけしかけるはずもない。乳母は、飯の種の赤ん坊を殺す理由がないな。だれか西門慶をうらんでいる召使のしわざだろうか。そういえば、宋恵蓮《そうけいれん》さんも池に入ってはいなかったな」

紅い布と雪獅子の攻撃の結びつきに気がついているものは多いだろう。

「布を拾って袖に隠したのは、李瓶児だよ」

琴童は言った。

「おれは、李瓶児からこっそりかっぱらったのだ」

「李瓶児さんが、なんで、布をかくすんだ。まさか……」

「あの女が、子供を心からかわいがっていたと思うのかい」

「そういえば……芸人が〝赤ん坊が地面にひっくりかえって〟と告げたとたんに、李瓶児さんは、〝死んだの！〟と叫んだっけな」

「死ぬことを期待していたんだ」

邪魔になった鳥を、李瓶児が熱湯で殺したことを、応伯爵は思い出す。

たしかな証拠はないけれど、あれは、李瓶児のしわざとしか思えない。

「しかし、鳥と自分の子とは、大違いだ」

と、打ち消したが、赤ん坊の絶え間ない泣き声にうんざりしきっていた李瓶児の表情が、応伯爵の脳裏にあざやかに浮かぶ。

――西門慶も、赤ん坊がうるさいので李瓶児の房をおとずれなくなっていた……。

「おれは、生きているのが厭《いや》になるな」応伯爵はつぶやいた。「人間なんて、だれでも、同じようなものだ。清廉潔白なものなんていやしない。そう思って、だれがどんな悪事をはたらこうと、気にかけないでいたんだが、邪魔だからって、赤ん坊を死なせるのは、許せない」

「鳥を殺すのは許すのかい」琴童は皮肉な声を投げた。「おれは、最初から、あいつらを決して許しちゃいないぜ。復讐してやる。応さん、手を貸してくれるだろう」

「復讐って、何をやるつもりだ」

「殺すほかに、何がある」

応伯爵は即答できなかった。

西門慶は彼の飯の種なのである。

おべんちゃらを言っていれば、贅沢三昧のおこぼれにありつける。

こんな楽な暮らしはない。

西門慶が死んだら、彼は失業だ。いまでも、西門家では花子《こじき》と呼ばれているけれど、本物の花子になってしまう。

その上、彼は、目下、これ以上の生き甲斐はないという仕事にありついている。すなわち、武器の発明である。

孫雪娥のアイデンティティが美味《うま》い料理をつくることにあるなら、応伯爵のそれは、発明だ。それも、最近気づいたのである。西門慶の後楯があるからこそできることだ。

西門慶は、悪徳まみれの男だが、妙なところに鷹揚で、ことに応伯爵には寛大なのである。

彼が凝っているのは、火薬をもちいた火器の工夫だ。

古来、中国では、不老不死の仙薬の研究がさかんで、さまざまな実験がおこなわれ、その過程で、火薬の調合法も案出された。硝石と硫黄と木炭を混合した黒色火薬である。

不老不死の仙丹をつくるために、さまざまな金属・鉱石を、練丹術師は溶かしたりまぜたりした。硝石は、まず、鉱石を液化する力があるので珍重されたのだった。
硫黄と硝石、雲母《きらら》、赤鉄鉱、粘土を混合し熱した秘薬を、〈紫粉〉という。これを熔《と》けた鉛に投じると、鉛を金に変える。水銀に投じれば、銀に変じる。
道教教典の一『真元妙道要略』には、霊薬の処方を三十五種類あげているが、そのなかに、「練丹術師某は、硫黄、鶏冠石、硝石と蜂蜜をまぜたところ、煙と炎がでて、自分は大火傷、家も火災で失った」云々とある。

これが、すなわち、火薬である。同書は、火薬の製法を記した最古のものといえる。

その後、火薬は、祭りにはなくてはならない花火にもちいられるようになり、盛んに製造されている。

北の四川、山西、山東あたりは多量の硝石を産出し、硫黄のもとになる黄鉄鉱は、南で多く発掘される。木炭は、これはもう、全国どこでも生産される。火薬製造の資源はきわめて豊富なのだ。

硝石と硫黄の生産販売は、勅令によって、政府の独占事業になっている。民間でかってに取り扱うことはできない。

西門慶は、官途につくことによって、この火薬産業もあつかえるようになった。

応伯爵が火器の工夫をし、実験できるのも、西門慶のおかげだ。

これまでに火薬が武器として使われたのは、槍の柄の先端に近い部分に、火薬をつめた筒をとりつけた火槍だけだった。

柄の長さほぼ二メートル、穂先の長さ三十センチ、火炎筒を六十センチほどにする。梨花槍《りかそう》と呼ばれている。

敵は噴き上げる炎に顔を焼かれ、たじろぐところを穂先につらぬかれる。

応伯爵は、火炎筒が燃えるとき、強い噴出力を持つことに着眼した。

花火に、すでに、さまざまなヴァリエーションがある。

〈地老鼠《ちろうそ》〉と呼ばれる花火は、噴出する炎の勢いで、階段をのぼれるほどだし、車のように回転するものや流れ星のように空中を飛ぶのもある。

これを、矢にとりつけたら、どうだ、と、彼は思いついたのである。

実験してみると、実によく飛んだ。（いわば、ロケット箭《せん》である）

弓矢の比ではない。これまでの火箭《ひや》は、油をしみこませた布を矢にとりつけただけだった。

しかし、硝石、硫黄、木炭、三種配合の割合がむずかしい。

爆発力が強すぎれば、発火したとたんに矢までみじんになってしまうし、弱ければ、へろへろ矢になって、物の役に立たない。

混合比率を按配して、その処方を、彼は帳面に書きつけている。貴重な書である。

筒は鏃《やじり》に近い部分に取りつけるから、頭が重く、すぐ下降する欠点がある。

鉄の錘《おもり》を矢羽根の後ろに取りつけ、重心を移動させた。

この錘の目方や、取りつける位置や、火薬の強さなど、すべて、彼の秘法である。

また、火薬の真ん中に穴をあけると、火薬が燃えるとき、内部の空間に沿った面も燃焼し、効果的だという大発見をした。

ここにいたるまでに、彼は、指を右二本、左三本失っている。ときならぬ爆発のためだ。

摩擦で爆発しないよう、穴をあける道具は水で湿らせておかねばならない、ということを、指を代償として、彼は知った。これも、密書に記した。

この火箭は、火を点じただけで、飛び出すから、弓はいらないのだが、ただ飛ばしては弾道が不安定である。

発射台を考案した。

これなら、一度に多数の矢を発射できる。

固定した台のほかに、手押し一輪車の上に装備し、移動可能にした。

さらに、手持ちの筒に数十本の矢を仕込み、同時に発射させる装置も考えた。

円筒ではすべりやすいので、六角の筒とし、内部に矢を固定する板を入れる。〈一窩蜂箭《いっかほうせん》〉と命名した。一人の兵士で数十人分の働きをするだろう。

彼は芸術家的素質があるので、実用一点張りではなく、この発射台にデザインをこらすのも楽しみの一つなのだ。虎型、竜型など考えて喜んでいる。

彼はさらに、今日の鉄砲の原始的形態とも言える突火槍なるものを考案した。

節を抜いた太い竹筒を銃身とし、火薬と弾丸を混ぜたものを銃口から装塡する。火縄で点火する。射程距離はたいしたことはないが、凄まじい音がする。

竹筒は、一回だけの使い捨てだけれど、只みたいに安いものだし、軽くて持ち運びに便利だ。

指を犠牲にしてまで、こうやって火器を考案し工夫改良を重ねているのだから、おいそれとは、西門慶殺しに同意できない。

しかし、火脹れだらけで呻《うめ》いている琴童を見、無力な赤ん坊の偽善的な葬式を考えると、腹が煮えてならず、ジレンマのただなかにいる応伯爵であった。


小さい柩をのせた輿《こし》が墓所にかつぎこまれた。

副葬品を焼く煙と炎が空にたちこめ、火事場のようだ。

墓場でまたひとしきり、歌舞音曲、酒宴の騒ぎがあり、李瓶児はみなに慰められ、よよよと泣きぬれるのにいそがしかった。

一同そろって賑《にぎ》やかに帰宅し、道士の指図で厄除けの札を戸口に貼り、お祭りさわぎの葬礼はようやくおひらきになった。

位牌の前で、李瓶児はまたも泣きくずれた。

道士は、美しい李瓶児が泣き悩むのを見かね、もう一度、呪禱をおこなうことを申し出た。

「ご子息は、先に申したように、前世の業により、冥土に訴えられているのですが、どのような業であるのか、調べてみましょう」

そうして、またも祭壇がもうけられ、このたびは、本命灯はもちいず、わずか七本の小さい蠟燭がともされた。

ものものしい呪禱のあげく、道士は託宣した。

「死児は、貴女の真の子ではない。これは、前世において、貴女の仇敵だったものであります。生まれ変わって貴女を苦しめ、やがては殺すつもりであったのだが、貴女があまりに清らかであるため、悪心が逆に作用して、自ら死んだのである。仇敵の姿を見たければ、我が指の指し示すところをごらんなさい」

キエーッと叫び、一隅を指差し、

「それ、その夜叉《やしゃ》こそ、真の姿でありますのじゃ」

薄暗い部屋に蠟燭がつくる弱い影が、そういわれれば夜叉のような気がして、みな、ふるえあがり、

「ああ、夜叉！」

一声叫んで、李瓶児は倒れた。

いつも、つごうよく失神できる。

蠟燭の影にむかって道士は、

「この善神にまもられた信心深いご家庭に、仇をなすことは、ならぬ。充分にとむらってもらったのだから、おまえの恨みも晴れたことであろう。これから先も、香華《こうげ》はたやさぬから、この家の守護にはげめ」

と教えさとした。

みなに介抱されて起き直った李瓶児は、

「なんて恐ろしい。あやうく、わたしはとり殺されるところだったのねえ。わが子が仇敵の生まれ

変わりだったなんて」
「だから、あのお子さんは、泣いたりわめいたりして、奥様を困らせたんですね」
と、乳母も納得顔だ。
たっぷりお布施をもらって、道士は帰っていった。

夜になって琴童の見舞いに応伯爵の住まいを訪れた春梅は、そのいきさつを伯爵に語った。
「でも、わたし、夜叉の姿は見えませんでした。火影がゆれているだけだったわ」

## 其ノ十四

東西東西《えどのかぶきを》　京劇開幕《ちゅうごくじたて》
贋曾根崎《すみからすみまで》　歌館之段《ごひいきに》

部屋の隅におかれた布包みが、もぞもぞ動いた。春梅《しゅんばい》が持参した包みだ。

「あれは？」

応伯爵《おうはくしゃく》が訊くと、春梅は包みをといた。

籠《かご》から白い毛の玉が飛び出した。

雪獅子《ゆきじし》であった。

「六奥様が……」と、春梅は言った。六奥様とは、第六夫人李瓶児《りへいじ》のことである。

「この子を、こっそり殺そうとしていたの」

「この子って、雪獅子のことかい」

「ええ。餌に毒をまぜているのを、わたし、見てしまって……。なぜ、そんなことをなさるのですか、と聞いたら、奥様、すごい顔になって、よけいなことを訊くんじゃないって、いきなり、わたし、頬をひっぱたかれたわ。理由はわからないけれど、六奥様が雪獅子を殺したがっているのは確かよ。だから、わたし、こっそり連れ出してきたの。応さんに飼ってもらえないかと思って」

「飼うのはかまわないが、なぜ、李瓶児さんは雪獅子を殺そうとしたのか、わかるかい」

春梅が答える前に、

「わかりきったことさ」

琴童《きんどう》が口をはさんだ。

「証拠湮滅《いんめつ》のためだ。餓鬼は死んで

も、紅い布を見れば飛びかかって食いちぎるこいつの習性は残っている。餓鬼の死と結びつけるものがいたら困ると思って、始末することにしたんだ」

琴童は、応伯爵に語ったことを、もう一度春梅に繰り返した。

春梅は驚いた顔はしなかった。薄々察していたのだろう。

「ひどいこと……」と、つぶやき、「官哥《かんか》ちゃんがかわいそう」

「仇の生まれ変わりだなんて、道士のやつも、おべっかをつかって、いい加減なことを言いやがる」

応伯爵は春梅に笑顔をむけ、

「ずいぶん、猫をかわいがっているんだね、春梅さんは」と言った。

「ええ、大好き」

「いつだっけか、春梅さん、わたしに言ったね。猫は大嫌いって」

「あ、それは……」春梅はうろたえ、膝の上に坐りこんだ雪獅子の耳のうしろを掻いてやっていた手をとめた。

「猫、嫌いなの。だけど、殺されてはかわいそうだから……」

「それにしては、こいつは、ずいぶん、春梅さんになついているね」

「春梅さんは、いつだって、雪獅子をかわいがっているよ」琴童が言った。「ときたま、いやに邪険にあつかうこともあったけれど、このごろは、いつも、やさしい」

「私も、それに気がついていたよ」応伯爵は言った。「春梅さん、なにか秘密があるね。人はだませても、猫はだませない。同じあんたに対して、雪獅子が、たいそうなついているときと、寄りつかないときがあった。どういうことなのだい」

「わたしって、気まぐれなの」春梅は必死にごまかそうとする。「猫がかわいいときも、うっとうしいときもあるわ。気が向くと、猫可愛がりに可愛がるし、むしゃくしゃしているときは、あたりちらすわ」

「そうじゃないね」応伯爵は言った。「猫は、人を見分ける。かわいがってくれる人にはなつくし、猫嫌いには寄りつかない。敵意をみせさえする。どっちが、本物の春梅さんなのだね。猫好きでおとなしい方と、猫にさわれないくせに威勢のいい方と」

「わたしはわたしです。嘘も本物もないわ」

「春梅姉さん、おれも不思議に思っていたよ。顔かたちは同じでも、気性がまるで正反対。いくらごまかしたって、気がつくさ」

「あの……」春梅は口ごもり、「もしかしたら、わたし、離魂病なのかも……」

現代でいえば、ドッペルゲンガーである。

中国の説話には、離魂の例は多い。

人間には、魂と魄がある。

万物は陰陽でなりたっている。魂は陽、魄は陰である。

このバランスがくずれると、陽の魂が、からだを抜け出してしまうことがある。

鉅鹿《きょろく》に鳳阿《ほうあ》というそれは美しい男がいた。亭主が美男だと、女房は大変だ。しじゅう、やきもちをやいていた。ある日、阿が留守のあいだに、愛らしい娘が阿をたずねてきた。阿さまに思い焦がれていえます。一目あわせてくださいと、ほかならぬ阿の女房にたのみこんだ。女房は激昂し、娘を縛り上げ、その娘の家にひったてて行った。

娘の父親は驚いて、「娘は、からだの具合が悪く、このところ寝ついている。家から一歩も出てはいない。おかしなことだ」

と、妻に命じ、奥にいる娘を連れてこさせた。娘があらわれると、もう一人は、煙になって消えた。

両親に問いつめられ、娘は、あかした。

「以前、鳳阿さまをお見かけし、それからというもの、恋しくて恋しくて、思い続けておりました。すると、鳳阿さまをお訪ねする夢をみたのでございます。あいにく、阿さまはお留守で、奥様に縛られてしまいました。そうして、家まで連れ戻されたところで、夢はさめました」

というのが、離魂病の次第だが、この話にはつづきがあり、娘が父親に、「わたくしは、鳳阿さまのほかの方のところには、嫁《とつ》がない覚悟です。でも、あの方には怖い奥様がいます。ですから、わたくしは一生、独り身でいるほかはありません」と泣く泣く語った。父親は、娘の純情に感激し、鳳阿に伝えた。鳳阿もいたく感動した。その数ヵ月後、鳳阿の女房は急に重い病気になり、薬石効なく、みまかった。阿はめでたく、娘を後妻に迎えたという。

阿の女房の死因については、説話は言明せず、淡々と表面の事実を語っているが、もし、娘の父親の作為があったとすれば、この父親は、本朝は鶴屋南北による傑作『東海道四谷怪談』のお梅の祖父に比肩する親馬鹿である。

四谷怪談は、お岩様の怨念の恐ろしさばかりが取り上げられるが、お梅という世間知らずで無邪気なお嬢ちゃんの我儘《わがまま》勝手に、登場人物のすべてがきりきりまい、という話でもある。

お岩という女房がいる伊右衛門に一目惚れしたお梅が、添わせてくれなくちゃ死んじゃう、と嘆くので、顔が醜くなる薬を、祖父は工面し、策を弄してお岩にのませた。

お岩がお化けにならざるを得なかったのも、お梅の身勝手とその祖父の爺馬鹿のせいである。と、よけいなところに筆がすべった。


もう一つ、唐代伝奇がつたえる『離魂記』を挙げる。

王宙《おうちゅう》と倩娘《せんじょう》は、幼いころから許嫁《いいなずけ》の仲で、たがいに慕いあっていた。

物語の主人公だから、当然、どちらも世にまれな美男美女である。

ところが、科挙の六科《りくか》に合格したさる若者が、倩娘を嫁にもらいたいと申し出た。

科挙とは、すなわち、官吏登用試験。六科というのは、秀才・明経・進士・明法・明書・明算の六科目である。

これにパスしないと、出世の道が開かれないのだが、とんでもなくむずかしい試験で、毎年毎年落第しては受験しつづけ、老《お》い耄《ぼ》れて死んじゃったという例も少なくない。

その科挙に通ったとあれば、末は高位高官まちがいなしと、父親は、王宙との婚約を破棄して、そっちに鞍替《くらが》えした。

王宙は、恨みの涙、血の涙をのんで、辛い土地から離れようと、船で旅立った。

河を船はさかのぼり、その夜、河岸に停泊した。悔しさと哀しさに眠れないでいる王宙の耳に、ひたひたひたと、足音が聞こえる。

甲板に出てみると、月明かりの下、土手を歩いてくるのは、倩娘である。裸足だ。

親が何を言おうと、あなたと別れることはできません。

王宙、大いに喜び、二人で蜀《しょく》におもむき、そこで夫婦として暮らした。商売がそこそこ成功したころ、倩娘は故郷の親が恋しくなり、揃って船で里帰りした。

まず、王宙が顔を出し、父親に、娘を連れ出したことを詫びた。父親はけげんそうに、

「娘はこの数年、病気で寝ている」

という件《くだり》は先の話と同工異曲だが、歳月が長い分、規模が大きいいか。

部屋で寝ていた方の倩娘は、話を聞いて喜んで起き上がり、玄関先に立出《たちい》でた。

二人の倩娘は、ぴたりと重なり一人になった。

説話が告げるのはそれだけだが、二人の倩娘は、着ている衣装がことなるはずだ。

近代以降の合理主義に毒されている筆者は、二人が合体して一つになるためには、衣服を脱ぎ、裸体となったのではないかと想像する。

さらに、筆者が疑問に思うのは、二人倩娘の一は処女であり、もう一人は人妻であるという点である。からだの生理的構造に差異が生じている。一人となった倩娘のからだは、どちらなのか。王宙は、舅《しゅうと》の裏切りに傷つけられた代償に、破瓜《はか》の喜びを二度味わったのであろうか、と、これも、よけいな寄り道である。

右の二例は、女の離魂病で、男恋しさのあまり、魂が抜け出す話だが、男だって、この病にかからないわけではない。もっとも、女はいずれの話に

おいても、男を恋したという原因があるのだが、男の離魂病の症例は、いささか情けないのである。

さる夫婦が外出し、帰宅すると、睡房に夫が心地良さそうに熟睡している。

妻は、かたわらの夫と寝台の上の夫を、薄気味悪く見くらべる。

二人で、静かに、寝ている男を撫でてみた。すると、男は、寝台に吸い込まれるように消えてしまった。つまり、寝ていた男の方が魂だったわけだが、これでは、男は、ひとりでのんびり眠りたいと、意識の底でひたすら願っていたということになる。

後日談は、男はやがて病気になり、精神錯乱して死んでしまった、と、いともあっけない。

道草はこのくらいで、本文に戻る。

「いま、ここにいる春梅さんは、本体から抜け出した魂ということかい」と琴童。

「いやだ。わたしは本当の春梅よ。猫をいやがるのは、知らないうちに抜け出したわたしの魂のほうなのだわ、きっと」

木蘭《もくらん》の存在を悟られてはならないから、春梅はなんとか言いくるめようとする。

「せっかく琴童さんのお見舞いにきたんだけれど、あまり変なことを言うなら、帰るわ」

「ちょっと待った」

琴童は、手をのばして春梅の手首をつかんだ。

「姉さん、西門《せいもん》の野郎に何か企んでいるのだろう。一口のるぜ。いや、こっちの企みに、手を貸してくれ。おれァ、こんな目にあわされて、黙っている気はない。応さんにも言ったが、誓って、あいつに復讐してやる。手を組もうじゃないか」

「そんなことを言われても、困るわ。わたし、何も知らないもの。わたしが二人いるなんて、とん

でもないことを応さんが言い出すからよ」

「春梅さん、私を信頼してくれていいんだよ。それりゃあ、私は、ちゃらんぽらん。西門の旦那をはじめ、お金持ちにたかって暮らす花子《こじき》。他人のことなんかどうでもいいと思っているが、春梅さんが二人いるというのは、どうにも気になる。好奇心をおさえきれない。教えておくれ。どういうことなんだい」

「応さんの思い違いよ。おかしな邪推はしないでください。わたし、もう、帰ります。雪獅子だけは、お願いよ」

「春梅姉さん、おまえ、いつも、おれに親切だったじゃないか。おれがこんなひどいことになって、腹が立たないのかい。おれは、火傷《やけど》がまだ痛くて痛くて、口をきくのも辛いんだ。なおっても、きっと、二目とみられない姿になる。わかっているんだ。おれは、ずいぶん器量好しだったろう。それが……」

琴童は、歯を食い縛った。泣き声をもらすまいと意地をはったのだが、春梅が慰めるように手をふれると、大声をあげて泣き出した。いつもやさしくしてくれる春梅に甘えもあったのだろう、これまでこらえていた辛さが一度に爆発したように、泣いた。

「琴童」と、応伯爵が言った。「ほんとうに復讐をするつもりなら、今は、泣かない方がいい。泣くと気が晴れてしまう」

琴童は、うう、と泣き声をうめき声に変え、呑み込んだ。


湯をみたした盥《たらい》を侍女が運び入れた。白檀《びゃくだん》と明礬《みょうばん》を振り入れてあるので、よい香りがただよう。

裾洗いをする李師師《りしし》に、睡房の牀《ベッド》に寝そべったまま、燕青《えんせい》は、「そんな手間ひまかけずに、早くおいでよ」と誘う。「皇帝に教えられたのかい、床入りの前のその身だしなみは」

　微笑みながら李師師は、髪飾りをはずし、くちびるに紅をさし、口に香茶をふくんで、彼のとなりに横たわった。

　侍女が睡鞋《ねむりぐつ》に履きかえさせる。小さい足に、燕青は目を投げる。

　侍女を去らせ、李師師は薄絹の帳《とばり》をおろし、紅に裙子《クンツ》をぬぎ、白いまるい臀《しり》をさらした。

　燕青も長大強靭な武器をあらわにする。

紫巍々《しぎぎ》、沈甸々《ちんでんでん》とした陽物を李師師は惚れ惚れと眺め、

「あなたなら、托子《たくし》も緬鈴《ミエンリン》も懸玉環《けんぎょくかん》もいらないわねえ」

「皇帝とは、ちがうさ」

「あのお方は、精が弱くてわたしを満足させられないものだから、顫声嬌《せんせいきょう》をわたしの中にいれるのよ。わたしが悦ぶと思っているのだけれど、あれを入れられるとむず痒《がゆ》くて、困るの。ああ、あなた、吹いてあげたいけれど、わたしの口は小さくて、あなた、一杯になってしまうわ。舌を動かす余地もない」

　しばらく無言がつづく。口にほおばっているから、李師師は声が出ない。燕青の方が、あ、とか、ふ、とか、しまらない声をだす。

　いささか姥桜《うばざくら》とはいえ、李師師はまだ充分に艶《なま》めかしく、皇帝徽宗《きそう》の愛人にふさわしい威厳もそなえている。

　と書いて、筆者《みながわ》は、念のために其ノ二を読み直した。たしか、李師師の容貌について言及したはずだと思ったのである。書いてあった。曰く、

〈李桂姐《りけいそ》は、李師師よりはるかに若く、かつ美貌の点においても、まさっている〉。訂正する。李師師が李桂姐より年をくっているのは事実だが、美の優劣は、観賞するものの主観によってさだめ

られる。西門慶は、〈皇帝の不興を買っても悔いないというほどの美形ではない〉と感想をのべているけれど、彼の審美眼に問題があるかもしれないのであった。李師師の容貌は、読者がもし映画ファンであれば、アルレッティの年増美を連想していただきたい。〈なまじ皇帝に愛されたため、李師師を色の相手にしようという客は少ない〉というのは、これはやはり事実である。そのおかげで、李師師は、多分に欲求不満である。皇帝の愛人という肩書は、彼女の虚栄心を満たさせるが、春情を飢えさせる。皇帝のお成りは、連日というわけにはいかない。

　女たらし燕青は、有頂天である。

　李瓶児に裏切られ、女装の木蘭におちょくられ、かなり男を下げていた。

　皇帝の女を奪ったのだ。色男の面目、ここに立った。

　色商いの女郎といっても、そんじょそこらの商売女とは格がちがう、と燕青は内心自慢なのだが、木蘭は、「けッ、馬鹿野郎」と吐き捨てる。

　こむずかしい言葉を木蘭は知らないので、馬鹿野郎としか言えないが、もう少し語彙《ごい》が豊富なら、「おまえは、偉いやつのお手付きだからという理由で、お古をありがたがっているのだ。つまり、おまえは、皇帝をあがめているのだ。反骨精神の欠如だ」と、罵倒《ばとう》したただろう。

　もっとも、燕青にしても、顔や身分は、抱くまでのプロセスにおいて重要なのであって、抱いちまえば、顔より身分より、何より器が第一という感想をもっている。そうして、李師師は唯一の絶品とまではいえないが、彼が味わったなかで、ベスト20くらいには入る名器であった。

　月並みな睦言《むつごと》をかわし、この後、嗚呼、囲囲和、易易和、だの、宇ッ吻だのといった李師師の浪声（注・そのときのお決まりの声）が、数行つづく。

突然、遣手《やりて》が駆けこんできて、

「ちょいと、大変だよ。陛下のおしのびだよ」

「帰ってもらってよ。今日は、もう、ほかのお客はとらないわよ」

李師師は、うるさそうに追い払う。

「何言ってんだよ。皇帝様だよ」

「いやだ。お約束の日じゃないのに」

「じきに入っておいでになるよ。いま、ほかのが引き止めているけれど、そういつまでもはもたないよ。色男、早く消えておくれ」

「いやだわねえ、こんなときに。あたしのいい人、しかたないわ。かくれてちょうだい」

李師師は、裙子を穿《は》きながら、牀の下を示した。

扉の外に足音が近づく。

「くそ」と、燕青もぶーたれながら、もぐりこむ。

皇帝を間近に見るというのは、めったにできることではないから、燕青は、ちょっとわくわくもした。木蘭は反骨の塊だが、燕青はそれにくらべればいささか軟骨で、有名人にミーハー的興味を持ったりもするのである。皇帝となれば、開封《かいほう》一の超有名人である。もちろん、燕青は、武松《ぶしょう》のような忠誠心などは、かけらも持たないが。

入ってきたのは、衣裳こそ美々しいが、貧相な小男だった。なんだ、こんな奴か、と燕青はひそかに優越感を抱いた。
牀の上に、徽宗皇帝と李師師は並んで腰掛け、燕青の鼻先に李師師の足がぶらぶらする。
これは、歌舞伎の『曽根崎心中』に見立てた場面である。御絵師《おかだ》さんも筆者も歌舞伎好きであるために（而《しか》してともに脱線好きであるために）中国小説の金瓶梅が、ときどき歌舞伎になる。
曽根崎心中は、近松門左衛門の傑作浄瑠璃の一つである。徳兵衛という醤油屋の手代が、北の新地の女郎お初と恋仲になる。お初に横恋慕の油屋九平次に、金をだまし取られ、恩ある伯父から縁談をすすめられ、切羽つまった徳兵衛が、こっそりお初と逢っているところに人の気配。徳兵衛は縁の下にかくれ、お初は縁に腰を下ろす。やってきたのは九平次で、徳兵衛がいるとは知らず、悪口雑言。さんざん辱《はずかし》める。

お初は、独り言になぞらえて、心中の決意を縁の下の徳兵衛に足の先で問う。

その足首を徳兵衛はにぎりしめ、自分の喉にあて、かき切る仕草で、自害すると知らせる。そうして、

〽足をとっておしいただき、膝に抱きつきこがれ泣き、女も色に包みかね、互いに物は言わねども、肚と肚とにこたえつつ、しめり泣きにぞ泣きいたる。

という名場面になるのだが、もとより、みだれ絵双紙の李師師、燕青、纏綿《てんめん》たる情緒は縁がない。目の前の小さい纏足を、燕青はつねったり撫でたりして、もてあそぶ。

呀《あ》と、李師師はやるせない浪声をもらす。

皇帝は、我が伎倆《ぎりょう》がもたらした悦楽の声と、当然誤解し、頰がゆるみ、せっせと乳を揉む手に力がこもる。

李師師の足先を、燕青は、皇帝の足にかちかちとぶつけてみる。

操り師がいるとは知らない皇帝は、李師師が足で誘っていると思い、いとしさがます。

さらに燕青は、李師師の睡鞋を脱がせにかかった。足を引き抜こうとして、李師師は身をよじる。快さに悶《もだ》えていると誤解し、朕《ちん》は腕を上げたものじゃ、と、皇帝は、いっそう自信を持ち、李師師にのしかかる。

牀の下では燕青が、強引に睡鞋を脱がせた。そうして、足を緊縛した布をほどきにかかる。だめ、だめ、と李師師は暴れるのだが、口を皇帝にふさがれているから、言葉にならない。

ひたすら男に可愛がられるために、美しいと褒

め称えられるために、良縁を得るために、小さく小さく歪《ゆが》められた足は、むき出しにされたら、見るに耐えないぶざまなものである。羊の蹄《ひづめ》のようになった足は、肉親の目にさえ見せたくない。

からだのどの部分より、人目にふれたら恥ずかしいのが、むき出しの足なのだった。男との床遊びで、全裸になっても、鞋《くつ》だけは脱がない。

暗い中なら、そうして、よほど男の歓心を買いたいときなら、裸足になって、足の裏にできた深い溝を愛戯に用いもするけれど、他人の目にふれさせることだけは、避けるのである。

しかし、秘められたものは、見たくなる。閨房《けいぼう》における男たちは、何とか裸足を見ようとする。

皇帝に押さえ込まれ李師師が身動きならないのをいいことに、燕青は、布を解いた。

衣服をはがすより、男にとってはたのしい。

李師師は、死物狂いで暴れる。

気弱で小心な皇帝は、女を手込めにしたことはなかった。彼の身の回りの女たちは、唯々諾々と勅旨にしたがうばかりで、まるでおもしろみがない。彼の玉茎がうなだれがちなのは、そのためかもしれない。

李師師の抵抗は、皇帝に、まことに新鮮な感動をもたらした。足元でなにが起きているか知らないまま、皇帝はますます興奮する。

それにしても、これまでの逢瀬で、一度もあがったことのなかった李師師が、なぜ、今日にかぎって……と、さすがに不審をもった皇帝の目の前に、女の足がはねあがった。

長い布が、ひらひらとたなびく。その端を、牀の下からのびた手が、つかんだ。

ぐいとひっぱる。李師師の足が下がる。

「おおッ」と皇帝はのぞきこむ。

禁断の布をほどく手がある。

皇帝は、ふたたび「おおッ」と感動した。

寵愛《ちょうあい》の美女の裸足を、これまで、彼は見たことがなかった。してはいけないことだと、思い込み、願望をおさえつけていたのである。

歌館のものが気をきかせ、朕のために、李師師を裸足にしようとしている、ああ、忠義な輩《やから》だ、と皇帝はいたく喜んだ。間夫《まぶ》だとは思いもつかない。

「朕は満足であるぞ」
牀の下の手の主に宣《のたま》った。
「へ?」燕青は首をのばした。皇
帝と目があった。
ゆったりと皇帝はうなずき、
「朕が面前であるとはいえ、そのように恐
れ入ることはない。続行せよ」
「いやだって言うのにさ」おさ

えられていない方の足を、李師師はふりまわし、皇帝の顎《あご》にぶちあたった。

反射的に、皇帝はその足首をつかんだ。

文の道にはすぐれているが武はからきしだめ、運動神経の欠如している皇帝としては、偶然、うまいぐあいになった。この時皇帝が発した言葉を下世話に邦訳すれば、「なんて、まがいいんでしょ」である。

両足をつかまれたかわり、李師師は両手が自由になった。

燕青を見ならい鞋を脱がせようとする徽宗を、李師師は突き飛ばした。

あと少しで布を解き終わるというところまできている燕青は、「静かにしろって」李師師をなぐりつけて戦意を喪失させ、仕事を続ける。

「いやだ、いやだ。いやだったら。おぼえていやがれ、畜生」

高級歌館の名妓として、ふだんは格調高く気品すらただよわせる李師師だが、女郎に売られてきたくらいだから、生まれは貧しい。とっさの場合に、おさとがでる。

床に転げ落ちた皇帝は、起き直り、李師師にとびかかった。

こんな荒っぽいのは初めての徽宗は、すっかり上機嫌で、何度なぐられ突きとばされても、めげずに、のしかかり、ついに鞋を脱がすのに成功、つづいて足の布をほどきはじめる。

幅十センチ、長さは四メートルもある布がのたうち、組んずほぐれつ暴れる三人のからだに巻きつく。

ようやく李師師の両足がむきだしになったときは、纏足の布が三人のからだに絡まりもつれ、いっしょくたに、複雑に縛られてしまっていた。

「ハハ」と皇帝がたのしげに笑い、「フフ」と燕青が苦笑し、「ホホ」李師師は、しかたなく声だけ笑った。

しじゅう布でしめつけられている足は、むきだしになると、むれた嫌なにおいがする。李師師はいつも香蓮散《こうれんさん》を鞋にしのばせ、臭い消しにしているのだけれど、それでも、消しきれない。

「ほう、爛《ただ》れきっているものなのだな」

と、皇帝は珍しがる。

「うむ、臭い。これほど臭い足とは、朕は思わなかったぞ」

皇帝は無邪気に正直に感想をのべ、李師師は笑い顔をつくりながら、内心、屈辱と怒りにふるえている。

まず乱暴をはたらいたのは燕青であるのに、李師師の怒りは、もっぱら皇帝にむけられた。

いとしい男に醜い素足を見られてしまった、それも、皇帝野郎のせいだ、と李師師は、思う。

——いつか、こっ恥《ぱじ》をかかせてやるから。

しかし、彼女の怒りを鎮めることが起きた。

「むむ、深い溝だな」と、足の裏の裂け目のような溝をなぞっていた皇帝が、「この溝に銀貨を挟んだら、何枚挟めるかな」

「五枚は挟めると、私は思いますよ」燕青が応じた。

「李師師の足は小さい。三枚がせいぜいだろう」

と、皇帝。

「いいえ、一枚です」憤然と、李師師は抗議した。

「賭けましょう」燕青は言った。「もし、一枚しか挟めなかったら、残りの四枚は私がいただきます」

「三枚だったら」皇帝が訊く。

「二枚を私がいただきます。そうして、五枚挟めたら、私の勝ちですから、全部、私がいただきます」

財政は常に高官にまかせている皇帝は、燕青の言う賭が、どうもよくのみこめない。

でたらめな賭を即座にみぬいたのは李師師で、

「そんな勘定って、ないわ。私の取り分はどうなるの」

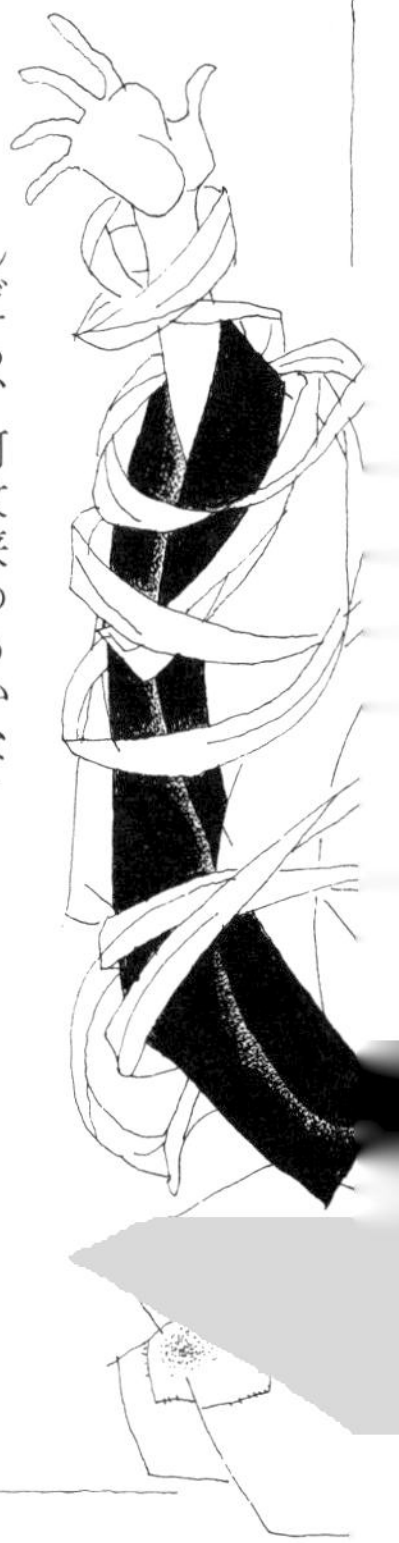

「せこいことを言うな。陛下の御前だぞ」

燕青はたしなめ、

「だって」不服顔の李師師に、

「一枚しか挟めなかったら、その一枚はおまえのものになるんだから、いいだろう」

「三枚だったら?」

「その三枚を、皇帝陛下がおとりになる」

それで、なぜ、燕青が残りの二枚をとるのか、李師師にはよくわからない（筆者にも納得できない）が、皇帝が、

わけもわからないくせにおもしろがってしまい、

「よし。早速に、銀貨を用意いたせ」

「銀貨は陛下がととのえてくださらなくてはいけません。私どもには、銀貨のもちあわせなど、ございません」

「朕も所持してはおらぬ」

しばし沈思し、

「されば、宮殿にまいろう」皇帝は綸命《りんめい》を下した。

## 其ノ十五

金蓮豊満《むかしこいしい》　乳房膨満《あのやなぎごし》
自棄暴食《あたしゃいまでは》　肉襞慕情《ホルスタイン》

何人もの従者にかつがせた鳳輦《ほうれん》が、地下道を行く。

輿《こし》の中には、皇帝と燕青《えんせい》が並んで腰かけ、その四本の腿をクッションに、李師師《りしし》がなかば寝そべって、二人でからみあいながら、ゆられてゆく。

皇帝がおしのび用につくらせた地下道は、さすがにひろびろと豪勢なもので、燕青は圧倒され、感嘆する。

はるかに高い天井も両側の壁も、壁画や彫刻でかざられているのだが、その壁画は、男女のさまざまな姿態を象牙と玉石で象嵌《ぞうがん》した春宮画《しゅんきゅうが》である。

裸体はすべて象牙をもちいている。なめらかな光沢と色合いが、まことに艶《なま》めかしい。継ぎ目がないのだから、よほど巨大な象牙なのだろう。

衣桁《いこう》には玳瑁《たいまい》を象嵌し、その端にとまった鸚鵡《おうむ》は白玉。足元に脱ぎ散らされた衣服は青磁色の彩玉。

精緻《せいち》をきわめた交合図が、蜒々《えんえん》とつづくのである。女たちの秘所は、漆《うるし》の紅《べに》をさしてある。皇帝が用いるだけの秘密の通路だから、だれはばかるところなく、象牙の男女は秘戯のかぎりをつくしている。

　さらに、背景や小道具には、

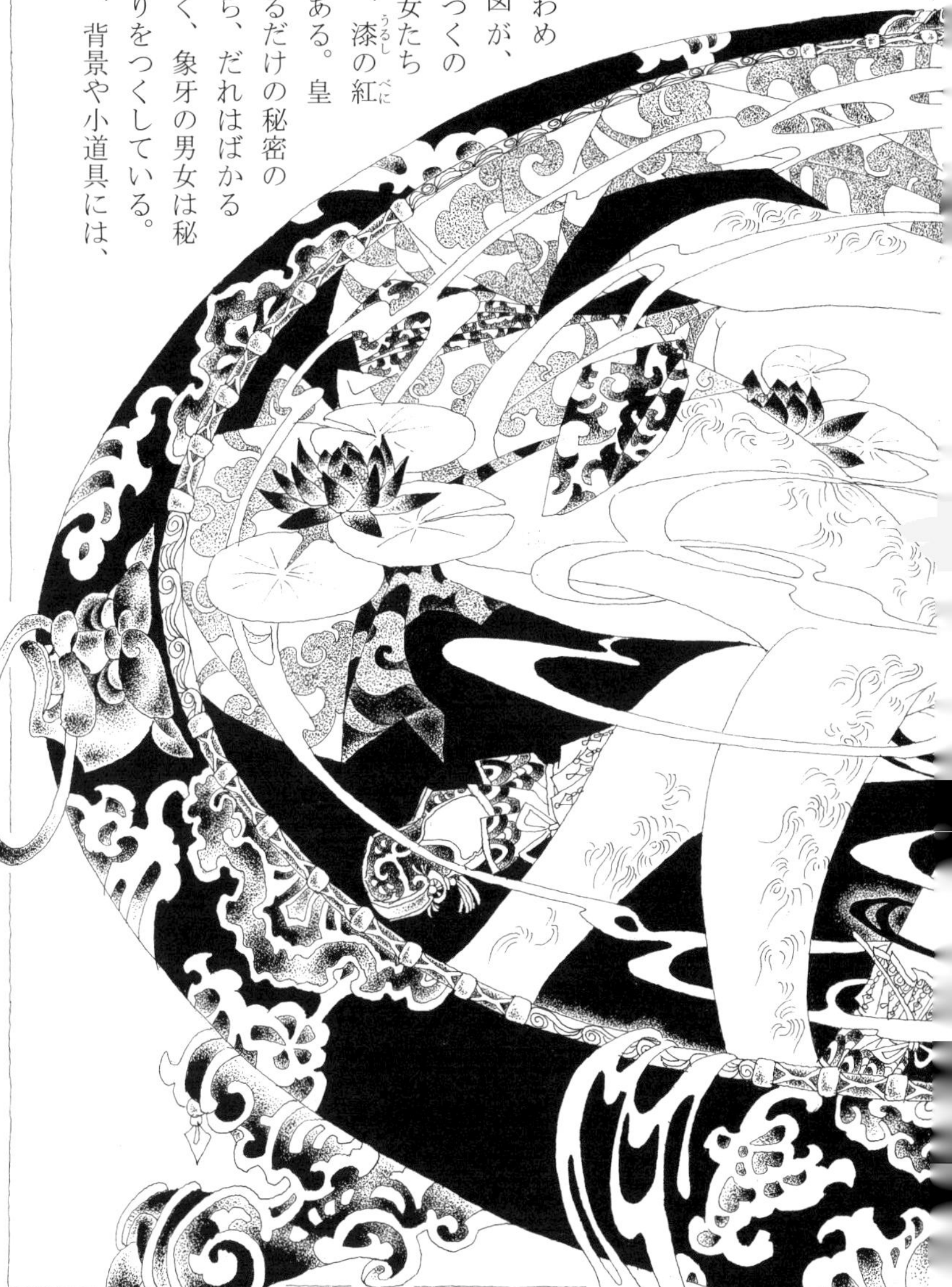

琥珀《こはく》やら瑪瑙《めのう》やら花《か》乳石《にゅうせき》、灯明石《とうみょうせき》、犀《さい》角《かく》、雲母《きらら》、七宝、真珠を嵌《は》め込み、金や漆で彩色し、肉筆で描き、両側につらなる灯明と、吊り下げられた華麗な灯籠《とうろう》が、象牙の肌にうっすらと紅《あか》い翳《かげ》を落とし、男も女も、ほのかに汗ばんでいるような錯覚を、燕青は持った。

　壁から突き出た竜の口から湧き出す水が、人工のせせらぎに流れ入り、灯籠の灯を映す。

　領巾《ひれ》をなびかせて踊る女たちの図もある。

　ながめている燕青に、李師師が流し目をくれて、

「胡旋《こせん》の舞姫《まいひめ》、心は弦のまま、手は鼓《つづみ》のまま、袖ひるがえし、雪が風に舞うように、蓬《よもぎ》が風になびくように、爪立《つまだ》って、旋回する」

と、詩をくちずさんだ。

　燕青がきょとんとしているので、

「この絵は、胡旋舞を描いたものなのよ」と、野暮《やぼ》な説明をくわえなくてはならなかった。

　胡旋舞は、はるか中央アジア、サマルカンド地方の民族舞踊で、大唐帝国が全盛をきわめたころ、砂漠を越え、伝えられたものである。李師師がくちずさんだのは、唐代の詩人白居易《はくきょい》がこの胡旋舞をほめたたえて詠じたもので、彼女はおおいに教養のあるところをみせたのだが、燕青にはいっこう通じず、

「おれは、あっちの方がいいな」

と、指さす。

　舞姫は、衣服をまとっているが、その先に、また、裸体の合歓図がつづい

ていた。

「しかし、多いな。こうもつづくと、少しあきますね。陛下は、女郎屋に通うのに、こんな絵を眺めながら行くから、たどりついたときは、へとへとになって、せっかくのお宝が役にたたなくなっちまうのだと、おれは、思いますよ」

燕青は皇帝に忠告した。

「朕《ちん》はとうに、飽き飽きしている」

いかにもうんざりしたように、皇帝は言い捨て、

「そうか。この壁画はよくないか」

納得したようにうなずいて、

「ただちに、打ち壊させよう」

と言うから、燕青はあわてた。

「そんな、もったいない。壊しちゃいけません」

木蘭《もくらん》なら、民の膏血《こうけつ》をしぼってこんな贅沢を、と眦《まなじり》を決するところだ。壮麗豪華な美術品は、概して、ヒューマニズムや社会正義からは生まれない。

「では、もう一つ、地下道をつくらせよう。そちらには、壁画を描かせないようにする」

皇帝は、きわめて単純に答えをだし、そのころ、おしのびの鳳輦は宮廷に到着した。


さて、瑠璃《るり》色の瓦に金鋲《きんびょう》を打った朱塗りの柱、竜や鳳凰《ほうおう》、飛雲《ひうん》の彫刻をほどこした欄間《らんま》と、けっこうな造りの宮殿の、これまた贅をきわめた寝室で、ふたたび絡みあいをはじめた三人は、かってにやっていろと放《ほ》ったらかし、ここは、弄虫路《ろうちゅうろ》と呼ばれる貧民窟。開封《かいほう》城内をつらぬく運河の川べりに、あばら屋がならぶ。

売り物の野菜や果物、ごみとまちがえられそうだがこれも売り物の雑貨などが、路上にはみだしている。

家の後ろ半分は、川の上にまで迫《せ》り出している。杭を打ち板をはって補強してはいるけれど、洪水になればひとたまりもなく押し流されるだろう。

だいたい、家をたてる余地はない川っぷちなのである。街路と川の上、ともに公共の場所をかってに私用につかっているわけで、こういうのを侵《しん》街《がい》という。

道路の土を掻《か》き取って、壁土の落ちたところを補修するのにもちいるから、道は穴だらけだ。

この凸凹道を行くのは、琴童《きんどう》と応伯爵《おうはくしゃく》である。

ふたりがここにやってきたのは、次のような次第による。

応伯爵の家で休んでいた琴童は、ようやく火傷《やけど》の痛みは癒《い》え、熱もひいたが、どう癒《いや》しようもないひきつれが、顔にもからだにも残った。

醜くなった琴童を、西門慶は手元に置く気はなく、暇をだした。普通なら、雑役夫《ざつえきふ》にでも売り飛ばすところを、自由にしてやるのだ、ありがたく思うがよい、という餞《はなむけ》の言葉つきだった。

自由にされたところで、琴童には行き場がない。親のもとに帰っても、この顔では人目について、得意の稼ぎもできないから、荷厄介になるばかりだ。

応伯爵のところに居候《いそうろう》をつづけるほかはないのだった。

この日、琴童は、応伯爵の前に釵《かんざし》やら腕輪やら金目のものを並べ、「応さん、これを銭にかえてくれないか」

「こんなもの、どうして手に入れた」

「西門の野郎のところに暇乞《いとまご》いの挨拶《あいさつ》に行ったとき、女どもの部屋からかっぱらってきた」

「暇乞いとは殊勝なことだと思ったが、これが狙いだったのか。食扶持《くいぶち》なら、心配しなくてもいいよ」

「呪《まじな》い師に、火傷の痕をなおしてもらいに行く。

呪い師にはらう礼金にするんだ」

「火傷の痕を消せるような呪い師がいるのかな」

「弄虫路に、たいそう呪力の強いのがいると、隣の薛《せつ》婆さんが言っていた」

「あの婆は金棒引《かなぼうひ》きだ。あてになりゃあしない」

呪い師のいんちきはさんざん見ているし自分もいんちきをやるから超能力にたいしてはきわめて懐疑的な応伯爵は、そう言ってとめたが、琴童はきかない。

どうせ銭を巻き上げられるだけだろうが、一度だまされればあきらめもつくだろうと、

「それなら、ちょうど、弄虫路におれの知り合いの質屋がある。主の李三《りさん》というのは、あまり評判のいい男じゃないが、通り道だ。そこに寄ろう」

李三は表向きは質屋だが、かなりおおっぴらに窩主買《けいずかい》もやっている。盗品の売買である。琴童が銭にかえたいという品々は、まともな店では具合が悪い。


「ここだ」

と、軒《のき》のかたむいたあばら屋の前で足をとめ、店の中をのぞきこんで、応伯爵は首をかしげた。

李三はおらず、女が店番をしていた。

白粉《おしろい》を塗りたくり、真赤な頰紅、男が化粧したかと見まがうほどのたくましい大女、といえば、読者には、かの母夜叉孫二娘《ぼやしやそんじじよう》とただちにわかるが、応伯爵は、何だか見たことのある女だな……

と思ったが、思い出せなかった。

「ご主人は留守かい」

「わたしが店の主だよ」

「あれ、代がわりしたのか」

「そうだよ」

「李さんは、品物は、質に入れにきた人の物だという考えを持っていた。その前にだれが持っていたかなんて詮索はしなかったが、あんたはどうなんだろう」

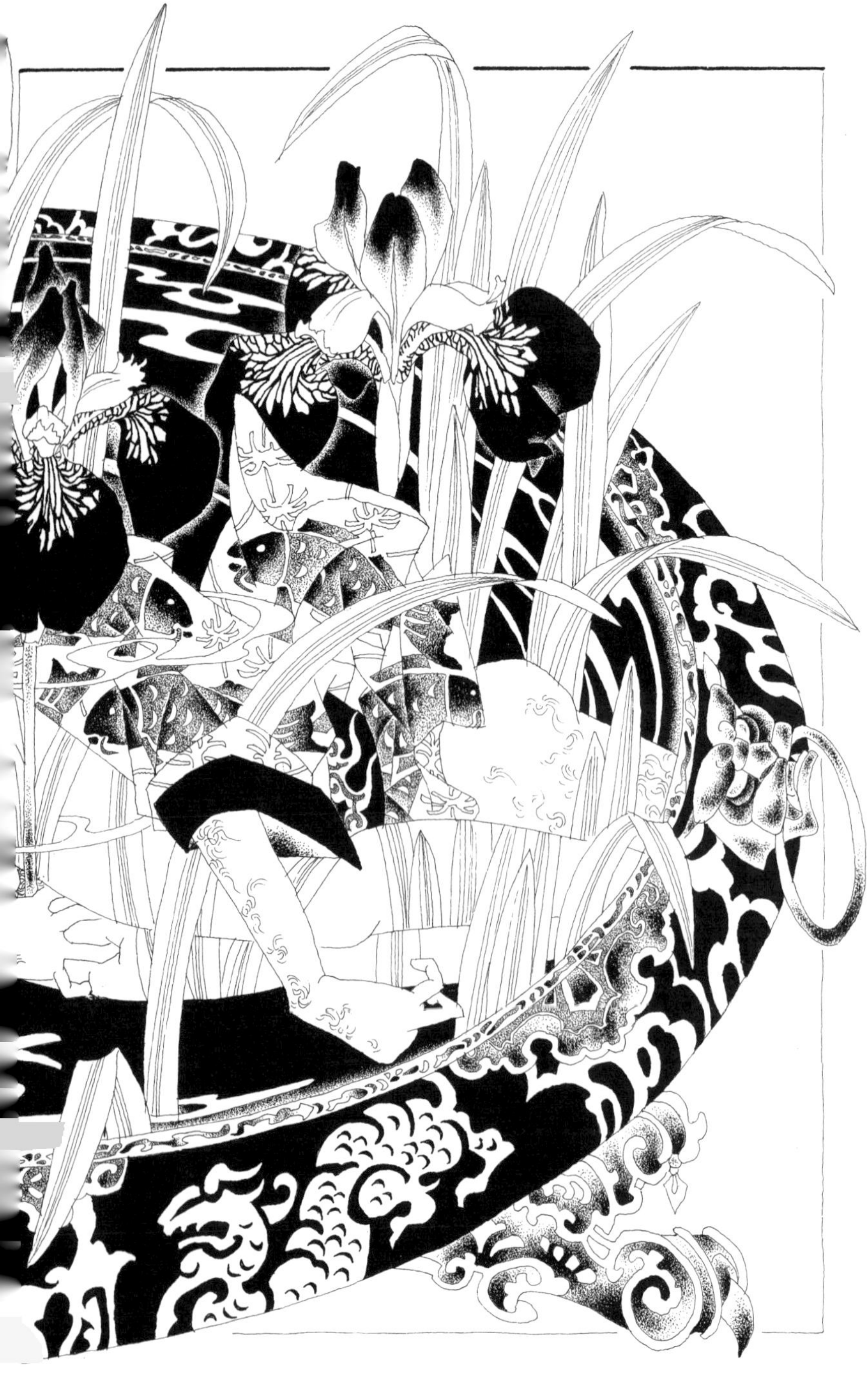

「ご同様さ」

琴童からあずかった品々を、応伯爵はカウンターの上においた。

「なるほどね。なりにあわない立派なものだね」

「立派だろう。これくらいにはなるだろう」

応伯爵は右手をひろげ、それに左

の指を二本そえた。

「そっちの手は
よけいだよ」

女――母夜叉――は、
応伯爵の右手をぴしゃりと叩いてひっこめさせた。

「それはひどい。李さんだって、こんなけちなことは言わなかった。おれは李さんとは馴染《なじ》みだったんだよ」

「おや、そうかい。あいつなら、これっぱかりでひきとっただろうよ」

母夜叉は、指を一本だけ立て、しかもそれを折り曲げた。値段を示すと同時に、かっぱらった品だろう、そっちも強いことは言えまい、と仕草で示している。

琴童が、つんつんと、彼の袖をひっぱり、「あれ」と、カウンターのはしに置かれた燭台を指さした。

高さは五十センチぐらい。こんなぼろ店には似合わない銀製の立派な品だ。

「おや」と、彼も目をひかれた。

台座に童子が彫刻されている。そのあどけない顔が、官哥《かんか》に似ている。

「ちょっと、それを見せてくれないか」

手に取って近々と見ると、実にそっくりだ。これを李瓶児《りへいじ》にみせつけたら、あの女も、少しは悔恨の情に胸を痛めるのではないか。

「買うのかい」

「いくらだ」

欲しがっているこっちの気持ちを見抜いたように、女主人は、べらぼうな値段をふっかけた。

「とんでもない。どうせ、質流れだろうに」

そのとき、数人の男が、どやどやと店に踏み込んできた。

ひとりが、手にした包みをひらき、取り出したものを、どんと売台の上においた。

「生物《なまもの》は、うちは、あつかわないよ」

女主は平然と言う。

生首であった。

「よく見ろ。見おぼえがあるだろう」

男の首である。

「李三だ！」

応伯爵の声はふるえた。男たちにじろりと睨《にら》まれ、黙る。

「そうだ。やい、てめえが殺した李三の首だ」

「いえ、わたしは人殺しなど」

応伯爵はあわてて否定したが、男どもが相手にしているのは、女主であった。

「おかしな言いがかりをつけるじゃないか。おまえたち、何なのさ。女だと思って、甘く見るんじゃないよ、ごろつき野郎」

「てめえ、李三を殺して、この店をのっとりやがったな」

「なにを言ってるんだよ。李三は、なにか後ろ暗いことをしたらしくて、わたしに店をゆずって、行方をくらましたんだよ。おまえたちこそ、その首、どこで手に入れた」

ここで筆者はまた、歌舞伎でいう悪婆《あくば》、婀娜《あだ》で鉄火な毒婦をひきあいに、道草をしたい誘惑にかられるのだが、この場はぶすの母夜叉の啖呵《たんか》にまかせよう。——悪婆というのは、年増ではあっても美女で、玉三郎の土手のお六だのうんざりお松だの、ぞくぞくしましたなあ——、とやはり寄り道。

「おあいにくだね。その首は、李三の弟、李四《りし》じゃないか。わっちゃ、李三も李四も、よく知っているわな。兄貴のほうはこすっからい小悪党だ

が、弟は堅気な
青菜売りだった
じゃあないか。
どうして殺したえ」
「殺したんじゃねえ。
急な病で」
と、ひとりが口をすべらせ、
他のやつらに小突かれた。
「急な病かい。ああ、そうかい。

てめえらの手口がのみこめたよ。病で死んだ李四の首をお身替わり。わっちをゆするつもりだの」

「李三は、てめえが殺したと、噂がたっているんだ。白状しやがれ」

母夜叉は、鼻の先でわらい、

「ちょいと、おまえさん、変なのがきたよ」

「おう」奥の一間から、のっそりあらわれた花和尚《かおしょう》魯智深《ろちしん》。見るからに手強そうだから、男たちは、たじろいだ。

「だれがだれを殺したって？　てめえらが、これからおれに殺されてえってか」

魯智深、ずかずかと近寄り、ひとりの胸倉をつかんで、引き寄せ、突き放した。

その間に後ろにまわった奴が、背後からなぐりかかるのを、後手にひっつかみ、ふりまわして、前にいるやつに投げつける。

どさくさの間に、母夜叉と李三の因縁を申すなら、消えた質屋、李三は、母夜叉孫二娘＆張青《ちょうせい》の人肉饅頭夫婦の商売相手であった。奪った品々を持ちこんで買い取らせていたのだが、あまり阿漕《あこぎ》に買いたたくので、夫婦は相談し、質屋を饅頭の中身にしてしまった。そうして、張青は茶屋をつづけ、母夜叉が質屋と窩主買をひきついだ。故人の売買ルートを利用できるので、中間搾取がなく、好都合なのである。

だから、男たちは、あながちでたらめを言っているわけではなく、図星なのだが、彼らも確実な証拠はもっていなかった。偽首でおどせば、銭をむしりとれそうだと踏んだのだが、相手が悪すぎた。

騒動にまきこまれる前に、応伯爵と琴童はぬけだした。

琴童は、戦利品を応伯爵に見せた。

取り戻した釵や腕輪。因縁をつけにきた男たちからすり取った銭。

そうして、目をつけていた銀の燭台。

「はしっこいやつだな」

「まったく、官哥によく似ているね、これ」


金蓮《きんれん》の房をひさしぶりにおとずれた西門慶は、驚いて逃げ出そうとした。薄桃色の巨大な豚が、睡房《すいぼう》の牀《ベッド》にねそべっている、と、錯覚したのである。

牀におさまらずあふれた肉が床に垂れさがっていた。

肉の襞《ひだ》のあいだがきらきら光るのは、うずもれた金銀宝石の装身具であろう。

「旦那様」

豚は、あわれなきいきい声で呼んだ。

「おまえ、金蓮か？」

「金蓮じゃなかったら、だれだとおっしゃるの」

よっこらしょと身を起こすと、たぷたぷと肉がゆれた。

「ずいぶん、肥えたものだ」

「そうかしら」褒《ほ》められたと思って金蓮はにっこりした。傾国《けいこく》の美女楊貴妃《ようきひ》は、豊麗な肉置《ししお》きを皇帝に愛《め》でられた。

西門慶のおとずれが減ったので、当然運動の量も減り、それでなくても肥満体質の金蓮は、空閨《くうけい》の時間が脂肪になって蓄積されてきた。しかし、鏡の中に、女は見たいものを見るから、金蓮は、楊貴妃よりわたしのほうが、と、思い込んでいる。

こういう肉襞とたわむれるのは西門慶の陽物としては初めての経験なので、たいそう新鮮な味わいがあった。

ことに、両腿のあいだの肉は三重にも四重にもプリーツをつくり、どこが真正の場所か、すぐにはわからなくなっている。

通いなれたる土手八丁、なのに、川と土手との区別がつかない。さっさ、押せ押せとこころみると、これが行き止まり。

からだのいたるところに深いくびれがあるから、全身を楽しめる。

手首のくびれた肉をのばすと手の甲にかぶさったりする。

こう肥満すると、小さい足では、歩くことはもちろん立つことさえむずかしい。

西門慶はすっかり気に入ってしまい、金蓮の房にいつづけて、孫雪娥《そんせつが》に連日料理を運び入れさせた。

何日、そうやって過ごしたか、料理の盆を運んできた孫雪娥が、「お嬢ちゃんがおいでになりました」と告げた。「若旦那様もごいっしょです。なんだか、大変なことがあったみたいですよ」と、嬉しそうにつけくわえた。

金蓮の肉蒲団にいささか飽きてきていた西門慶は、未練げもなく房を出た。

奥の広間に行くと、衣裳箱やら箪笥《たんす》やら長持ちやら、家具家財が山のようだ。みな、彼がととのえてやったお嬢ちゃんの嫁入り道具だ。

亭主の陳経済《ちんけいざい》とお嬢ちゃんが、待っていた。濃紺の薄絹の帽子に、紫綸子《りんず》の深衣《しんい》と、かっこうはお洒落だが、いっこうにみばはよくない婿は、

「ああ、お舅《とう》さん。困ったことになりました」

と、青ざめている。

お嬢ちゃんは抱いた人形と遊んでいて、亭主の不安などどこ吹く風。

「楊《よう》さんが汚職が発覚して、南牢に入れられてしまいました。楊さんの縁につながるものは、みな捕縛されるというので、あわてて逃げてきたんです。お舅さんのお力で、なんとかしてくださいお願いします」

其ノ六で申したごとく、陳経済は、高官楊戩《せん》と縁続きである。楊戩は皇帝の第一の寵臣《ちょうしん》蔡京《さいけい》と昵懇《じっこん》だから、西門慶は、この政略結婚をおおいに利用したのだが、その楊戩が失脚したとあっては、西門慶の身も危うくなる、蔡京は目下、金《きん》軍の南下をくいとめる策に必死で、楊戩を助けることにまで手がまわらなかったのだろう。

西門慶は、急遽《きゅうきょ》、政府高官たちに賄賂《わいろ》を贈り、自分と婿の身の安全を確保した。


その運動に一月あまりいそがしく走り回り、ようやく家におちついた西門慶に、宋恵蓮《そうけいれん》がしなだれかかり、

「旦那様、ああ、お気の毒な旦那様」

「うるさい」

「お嬢ちゃんだって、お可哀そうですよ。ほら、ほっぽりだされて、ひとりでお人形遊びじゃありませんか」

「いそがしかったのだ。しかたあるまい」

「ええ、旦那様がおいそがしかったのは、よくわかっています。それも、陳さんとお嬢ちゃんのためでしょう。なのに、陳さんときたら、あの、あたしを口説くんですよ。あの、こんなふうにして、それから、こんなふうにするんですもの。こんなふうにされると、女って、困るんですわ。でも、あたしは、旦那様の貞淑な妻ですから、もちろん、はねつけましたけれど、はねつけない方だっていないわけじゃありませんし」

「おまえの話は、いつも、まわりくどい。手短かに言え」

「あの、こんなふうにしてくださいましよ、旦那様。このごろ、こんなふうにしてくださらないから、あたしは、もう、せつなくって」

「婿のやつは、だれにこんなふうにしたのだ」

「だれって、あたしの口からは言えませんわ。そんなの、言いつけ口ですもの」

「早く言え」

「あ、そう。そんなふうにしてくだされぱいいの」

「こうか」

「ええ、そう。それから、こう。あら、どうしましょう」

「婿はいま、どこにいる」

「あら、もっと」

「どこだ、あいつは」

「あなたア、そこよゥ」

すがりつく宋恵蓮を突き放し、西門慶は、まず手近な厨房《ちゅうぼう》をのぞいた。

孫雪娥は、大鍋をかきまわし、味見をしているところだ。

「婿はどうした」

あら、と孫雪娥は顔を赤らめ、もじもじした。そうして、「知りません」と首を振る。

「嘘をつくと、指責めだぞ」

「あの、ほんとに、知りません」

「あいつ、おまえに手を出したな」

孫雪娥は、手をうしろにかくし、べしょべしょ泣きはじめた。

西門慶は孫雪娥を座らせた。頭の上に石臼《いしうす》をのせ、「おれがゆるすまで、そうしていろ」と命じてから、第二夫人李嬌児《りきょうじ》の房に行った。

李嬌児の房には、第三夫人の孟玉楼《もうぎょくろう》もいた。ふたりとも襟もとをはだけ、顔をつきあわせ、何か話しあっていたが、西門慶が入っていくと、あわてて身づくろいし、鞋《くつ》に刺繍《ししゅう》をしている最中のようなふりをする。

「おい、何を見せあっていた」

「何でもありませんわ」

「婿と、遊んだな」

西門慶はかまをかけた。二人はてきめんにうろたえたが、李嬌児の方がすばやく立ち直り、

「なんのことですの」

と、しらばくれる。

西門慶は、夫人のなかでも、この女をいささか苦手にしている。可愛げがないのだ。

「わたしたち、いっしょに、鞋に刺繍をしていたんですもの。陳さんのことなんか、知りませんわ。ねえ、玉楼さん」

「え、え、ええ」

孟玉楼の耳が真赤になったのを、西門慶は見逃さない。李嬌児も、しらじらしいことを言いながら、目の玉が落ち着かなくきょときょとしている。

「あいつに、乳を吸わせたとでもいうのか」

西門慶は、李嬌児の襟もとをぐいとわけ開いた。

李嬌児は胸当てをつけておらず、みぞおち、へその上、へその下、と灸《きゅう》の痕が三つ並んでいる。

「なんだ、これは」

李嬌児はなにくわぬ顔で、

「疲れがとれるんですよ」

「そうなんです」と、孟玉楼がいそいで相槌をうつ。「とても、いいお灸なので、陳さんが」

「馬鹿ね」

陳経済の名をだした孟玉楼の口を、李嬌児はふさごうとしたが、まにあわなかった。

「おまえも、婿に灸をすえさせたのか」

西門慶は、孟玉楼の服を、すっかり剥《は》がした。

孟玉楼も下着は着ていないので、胸から腹までむきだしになる。三点の灸の痕からさらに下のほうは、〈主《ぬし》さんの手つけの口印《こうじるし》〉の痕が牡丹《ぼたん》色にひろがっていた。

身をひるがえして逃げようとする李嬌児をつかまえ、服をひきはがし、口印《きすまあく》をたしかめ指責めのお仕置にかかる。

「だって、すごく、いいお灸なんですもの。もう、わけがわからなくなるくらい、いい気持ちになるんですもの。しかたありませんよ」

泣き騒ぎながら、李嬌児は抗議した。

まさか、と思いながら、西門慶は正妻呉月娘《ごげつじょう》の房に行き、服をぬげと命じた。

呉月娘は、誇りを傷つけられたという顔で憤然と拒否したが、むりやり脱がすと、灸の痕と口印が、婿殿の訪問を証明していた。

正妻には一目おいている西門慶は、頬に一撃をあたえただけで指責めは遠慮し、金蓮の房に行く。

いっそう肉が垂れ下がった金蓮は、牀に横になっていたが、その襞が、彎《わん》曲《きょく》したり痙攣《けいれん》したり、波うっている。襞の間にかくれた婿を、西門慶はひきずりだした。

「この恩知らずめ」と、胸倉をとってしめあげる。

「お許しください。灸の効能をのべましたら、奥様方が、ぜひ試してほしいと」

「灸だけではないだろう、おまえが試してやったのは」

「しょうがないわよゥ」と、金蓮がはなをならした。

「こんなにされちゃったら、とことん、いくところまでいかなくちゃ、おさまらないのよゥ。それなのに、旦那様はいないんだから」

「その灸をおれにも、よこせ」

「もう、ございませんのです。あ痛ッ。ほんとうです。指が折れる。かんべんしてください。あれば一山でもさしあげますが、ほんとに、ないんですから。痛いッ。折れる、折れる。やめてくれ、人殺しッ」

李瓶児《りへいじ》も、この野郎の灸でめろめろにされたのだろうか、と案じながら、西門慶は、第六夫人の房に足をはこんだ。

扉を開けて、ぎょっとした。

壁一面、まっ黒いものがざわざわと波うっている。

「なんだ、これは。甲虫の焼け縮れたのを止めつけたのか。よくも、これだけ集めたものだ」

「旦那様は、あちらのほうが弱くなったと思ったら、目まで悪くおなりですの」

李瓶児は、儚《はかな》い微笑をみせた。

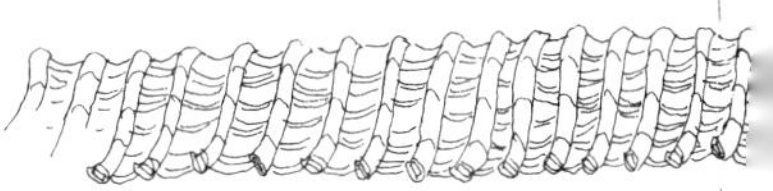

「あなたの目には、花が虫に見えますの？」

よく見れば、隙間なく、造花で埋められているのであった。

「うむ、花らしいが、何の花だ」

「牡丹ですわ」

「これが牡丹か。黒い牡丹など、あるものか」

「あなたが来てくださらない夜の数だけ、黒い牡丹が壁に咲くんですわ。毎夜、わたし、黒い紙を切って、重ねて、牡丹をつくります。あなたのきてくださらない長い夜を、夜の色の牡丹をつくってすごします。ほんとに、長いあいだ、あなた、きてくださらなかったわ。壁を埋めるほど、牡丹は増えました。でも、今夜は、金の牡丹をつくってかざります」

なんて、かわいいことを言うんだ、と、西門慶は李瓶児を抱きしめたくなったが、その前にたしかめなくてはならぬ。

服をぬがしてみると、灸どころか、蚤《のみ》にくわれた痕もない。

「貞淑なのは、おまえだけだ。おまえは、女の鑑《かがみ》だ」

朝までかわいがってやるぞ、と意気込んだが、愕然とした。どうしたことか、陽物がうなだれたままだ。李瓶児が笛を奏でても、蛇頭がのびあがることはないのだった。

「どこで使い果たしておいでになったの。わたしがあなたを待ち焦がれているあいだに、あなたは、ほかの花に水を注いでいたのね。ああ、かわいそうなあたし。あたしの部屋は床から天井まで、まっ黒い牡丹の花園になるのでしょうねえ」

西門慶は悄然《しょうぜん》と房を出、涙にくれたのだが、その翌日、彼は、二つの贈り物を受け取った。

一つは、陳経済からの、詫びのしるしである。

「灸は、女が心地好くなるだけで、男にはききません。しかし、この練丹は、男の精をものすごく強めるそうです。清河《せいが》県にいたとき、錬金術の道士からたった一粒だけ手にいれました。私が年をとって物がいうことをきかなくなったときのためにとっておいたのですが、さしあげます。お舅さんも、いまはお元気ですが、やがて、必要になられるかもしれません。たった一粒しかないのですから、これをさしあげてしまったら、私は、年をとったら娯《たの》しみを持てなくなるのですが、お舅さんのためだと思って、あきらめます。これで、昨夜の不都合は水に流してくださいませんか」

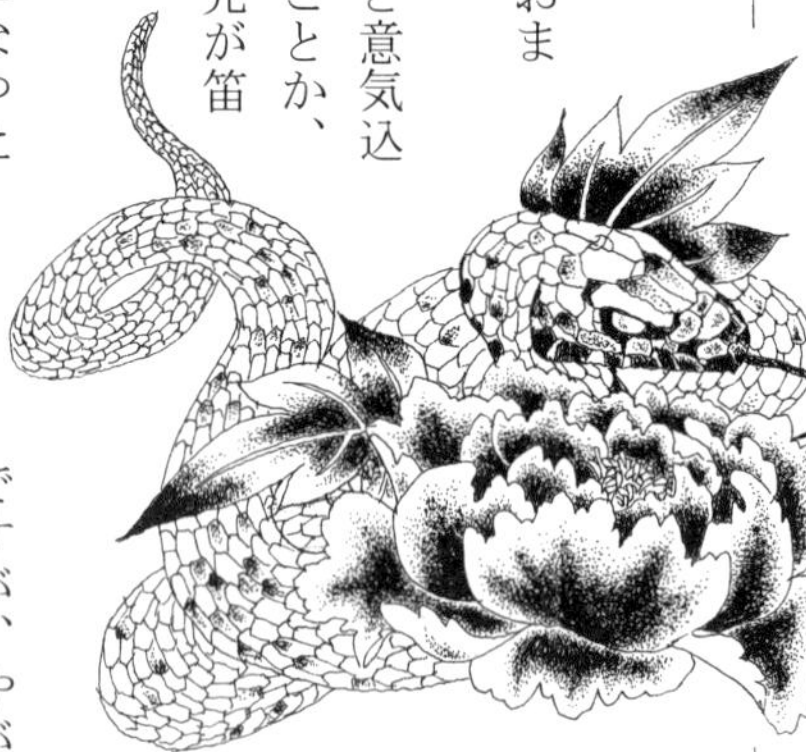

もう一つの贈り物は、ひさしぶりに顔をだした応伯爵からであった。
骨董屋《こっとう》で手に入れた、先代皇帝の秘蔵の品という触れ込みの、燭台であった。

# 其ノ十六

九十九折《いきはよいよい》　稲妻回廊《かえりはこわい》
血漆螺鈿《ちぞめぼたんの》　百花繚乱《はながさく》

ただ一粒の、せっかくの丹薬《たんやく》である。

もっとも効果的につかわなくてはならない。

あの後、西門慶《せいもんけい》は他の女たちとこころみたが、
陽物は猛《たけ》らないのである。

まさか、これきりということはない。丹薬の使用をきっかけに、陽物も忘れた歌を思い出すだろう、と期待した。

相手はだれにするか。

当然、目下だれより寵愛《ちょうあい》深い李瓶児《りへいじ》である。

日取りを、道士に慎重にえらばせた。

冬至の日を、道士はすすめた。

〈このとき、陰陽争い、諸々の生あるもの蕩《うご》く〉とも、〈冬至、陽気始めて起こる〉とも言う。

昼がもっとも短くなる冬至は、昼が長くなりはじめる最初の日ともいえる。すなわち、衰死した太陽が復活する日である。

陽物の復活にこれ以上ふさわしい日はないと、西門慶も思ったが、冬至は、まだ二ヵ月も先だ。

「もっと早いのはないのか」

「あいにくですが、ございません」

「二ヵ月も、宦官《かんがん》のような暮らしをしろというのか」

「そのかわり、一陽来復、かならず、よい結果になります」

道士が保証したので、西門慶は、楽しい交歓のときのために、高い築山《つきやま》の上に亭を新築することにした。

こうなると、二ヵ月では短かすぎるくらいだ。

冬至にまにあうようにしろと、西門慶は職人をせきたてた。

さて、亭が完成するまでの二ヵ月のあいだに、応伯爵《おうはくしゃく》と琴童《きんどう》が地下の五人組と誼《よしみ》を結ぶにいたった事情を物語らねばなるまい。

弄虫路《ろうちゅうろ》の母夜叉《ぼやしゃ》の質屋に、若い娘が訪ねてきた。

「あれ、木蘭《もくらん》じゃないか」

母夜叉が言うと、

「いいえ、わたし、妹の春梅《しゅんばい》です。はじめまして」

互いに名は知っているが、初対面だ。

「おまえさんが、木蘭の妹かい。まったくそっくりだ。もっとも、よく見れば、おまえさんのほうがやさしいね。で、何の用だい。西門慶の家からなにか盗んできて売ろうというのかい」

「兄さんに話したいことがあるんですけれど、ここを連絡の場所にすればよいと言われているから」

「急ぎのことかい。呼んできてやってもいいが。あ、あの野郎」

母夜叉は、いきなり表にとびだした。

ものかげにかくれて様子をうかがっていた琴童と応伯爵をひきずりだす。

「待ってください、小母さん。その二人はわたしの連れです」

「とんでもないかっぱらい野郎どもだ。やい、こないだ、おれのところから、燭台を盗んでいっただろう」

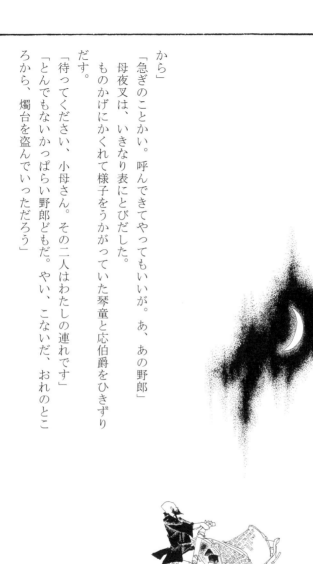

と、二人をそれぞれ脇の下にかかえこみ、ヘッドロックで首をしめあげる。

「小母さん、話をきいてください」春梅はおろおろする。

「かんべん、かんべん」と応伯爵はあやまろうとするが、締めつけられているから情けない声になる。

「木蘭の妹ともあろうものが、こんな野郎どもとグルなのか。あの燭台は、たいへんな値打物なんだぞ。どこへやった」

「小母さん、そんなに締めつけたら、二人とも、息がつまって死んじゃいます」

「小母さん、小母さんとなれなれしく呼ぶな。木蘭の妹だと思うから、愛想よくしてやったが、こんな野郎どもと」

「待ってください。あの燭台、とても不思議な因縁があるんです。それで、琴童さんも、つい」

「どんな因縁か知らないが、おれは、人の物をかっぱらいこそすれ、他人にかっぱらわれたのは、はじめてだ。このままじゃあ面子《メンツ》がたたねえわ」

「それ以上、力まないでください。二人が死んじゃいます」

春梅は泣き声になった。

ようやく腕をほどき、店の中に三人をつれこんでから、

「たいした御面相だな、この子は」

母夜叉がずけずけ言うと、

「おれは、火傷《やけど》でこうなったんで、もとは玉のような美童だった。小母さんは、もともと壊れた顔じゃないか」

琴童もずけずけ言い返した。

母夜叉は豪快に笑った。

「西門の旦那様が」と、春梅はいきさつを話し、応伯爵も横から口を添え、官哥《かんか》の死の真相を明かした。

「燭台の子供が、官哥ちゃんに、あまりにそっくりだったので、つい、どさくさまぎれに」と、応伯爵。

「兄さんたちのことは、わたしは、決して人には明かさないつもりだったんですけれど」

「西門慶と李瓶児の野郎、許せないと思うだろ」

と言う琴童に、

「ああ、許せねえわ」母夜叉は腕まくりした。

「それで、兄さんたちに助太刀を頼もうと……」

と、春梅。

そのとき、奥の一間から、

「話はみな、聞いた」

と、立ちあらわれた花和尚《かおしょう》魯智深《ろちしん》。

ことのついでに、申す。この〈奥の一間〉というのは、歌舞伎の舞台では、まことに重宝である。芝居の進行に邪魔な人間は奥の一間にひっこみ、必要となると、奥からあらわれる。現代のリアリズムからいうと、かなり奇妙な出入りで、舞台で大チャンバラがおこなわれていても、奥の一間にひっこんだ人物は気がつかず、敵が目的をとげて立ち去ってから、あたふたとあらわれ、「やや、このありさまは」などと言うことになっている。

魯智深も、前回においてそうであったように、物語の進行上つごうのよいときに、奥の一間から立ちあらわれるのである。

「おれが、鬼磐楼《きばんろう》に案内してやろう」

「お願いします」

と頭をさげる三人を、裏の川につながれている小舟にのせ、魯智深は、漕《こ》ぎ出した。

母夜叉は岸で見送る。

小舟は、やがて、下水の流出口から、地下に入り込んだ。

「焼き討ちにあってから、地下の模様もすっかり変わってね」

と、魯智深は、漕ぎながらガイドをつとめる。

347　みだれ絵双紙　金瓶梅

春梅は、地下をおとずれるのは初めてだ。いつも、兄の方から地上に会いに来ていた。

「ずいぶん、においが……」

春梅は少し悲しくなる。

「兄さんは、こんな汚いところに……」

「西門慶と李瓶児の腹の中の方がよほど汚えよ」

と、琴童。

壁は火のあとが走ったり、くずれたり、焼き討ちの痕がそこここに残っている。

「焼き討ちのおかげで、水路が広くなった」と、魯智深は言った。


冬至は、元日とならぶ祝日である。

どんなに貧しいものも、この日のために、新しい衣服をととのえる。

太陽の更新とともに、生活も更新するという意味を持っているのだが、西門家の女たちは、もちろん、更新衣の意義などどうでもよく、衣服の新調に夢中になる。

正妻の呉月娘《ごげつじょう》が白綸子《りんず》の対襟《トイチン》の上着、沈香《じんこう》色の金襴の袖無し、玉虫色の裙子《クンツ》を新調すれば、第二夫人の李嬌児《りきょうじ》は、緑色の金襴の袖口のついた杭州絹の上着に、縫い取りをほどこした黄色の袖無し、翠藍《すいらん》の裙子。第三夫人の孟玉楼《もうぎょくろう》は緋色の模様入りの長袖の上着に緞子《どんす》の裙子。と、それぞれ、贅《ぜい》をこらし、衣裳が新しくなれば、髪飾りも鞋《くつ》も、すべて、コーディネイトして新たに揃えなくてはならない。

これらの費用は西門慶の懐から出るのだが、金の出入りを管理するのは李嬌児だから、己に厚く、他にしぶい。

孫雪娥《そんせつが》は、李嬌児は金を出してくれないし、西門慶も冷たいから、台所の食糧を応伯爵にたのんで売ってもらい、費用を調達して、蓮根色の上着

や桃色の裙子をととのえた。

金蓮の衣裳代は、他の女の数倍かかった。膨大な布地を必要としたためである。

なかでも艶やかなのは李瓶児で、五色の鳳凰《ほうおう》を縫い取り、金襴の袖口のついた緋色の長上着に、金の縁のついた碧玉《へきぎょく》の帯、藍色《あいいろ》の錦の裙子というでたちである。

冬至の祭りにぎりぎり間に合った、青い甍《いらか》、朱塗りの勾欄《こうらん》の新築の亭を、〈冠雲亭《かんうんてい》〉と西門慶は名づけた。

新しい装いの女たちは、冠雲亭において西門慶をかこみ、宴をはった。お嬢ちゃんも招かれたが、陳経済《ちんけいざい》は出入り禁止だ。

お気に入りの女を着飾らせるのは、西門慶の趣味だから、おおいに満足だ。

しかし、冠雲亭は女たちには不評で、その理由は、築山の麓から頂上まで、稲妻型に折れ曲がった九十九《つづら》折の回廊を、蜿々《えんえん》とのぼらなくてはならないためであった。いくら朱漆に螺鈿《らでん》をちりばめた豪奢な回廊でも、のぼる身には、飾りなどなんの役にも立たない。

　金蓮は、回廊の幅一杯にからだがはまりこみ、侍女たちが後ろから押し上げ、前からひっぱり上げ、華奢《きゃしゃ》な李瓶児が霞の上を行く天女のように軽々と歩をすすめる後ろから、声にならない悪態を浴びせながら、どうにかたどりついたときは息絶え絶え。

　それでも、亭の卓子にならんだ豪勢な料理に、生気を取り戻した。

　李瓶児と二人の歓楽を目的に造った亭だから、さほど広大ではないが、彫刻をほどこし黄金や朱に彩色した梁《はり》や棟は栴檀《せんだん》の香りをはなち、階《きざはし》は醒《せい》酒石《しゅせき》、鶴や孔雀を描いた玉《ぎょく》の屏風《びょうぶ》、と、豪奢をきわめている。

　楽隊だの、仮面の芸人たちだの、宴会にはつきものの連中も呼ばれ、どんどんじゃんじゃんと賑やかなのは、慣例どおりだが、いつもとちがったのは、日が沈むころ、西門慶の一声で、早々とお開きになったことだ。

「こんなに早く？」李嬌児が口をとがらせ、

「まだ、山芋と鶏の旨煮《うまに》も」と金蓮が、「団子も、羊の頭の煮物も、焼豚も、牛の胃袋も、豚の腎臓の油炒めも、鵞鳥《がちょう》肉入りの蒸し餅も、乾し棗《なつめ》も、牛乳菓子も、蜜林檎《みつりんご》も残っているのに」口の端に唾をため、「どうしても、お開きというの

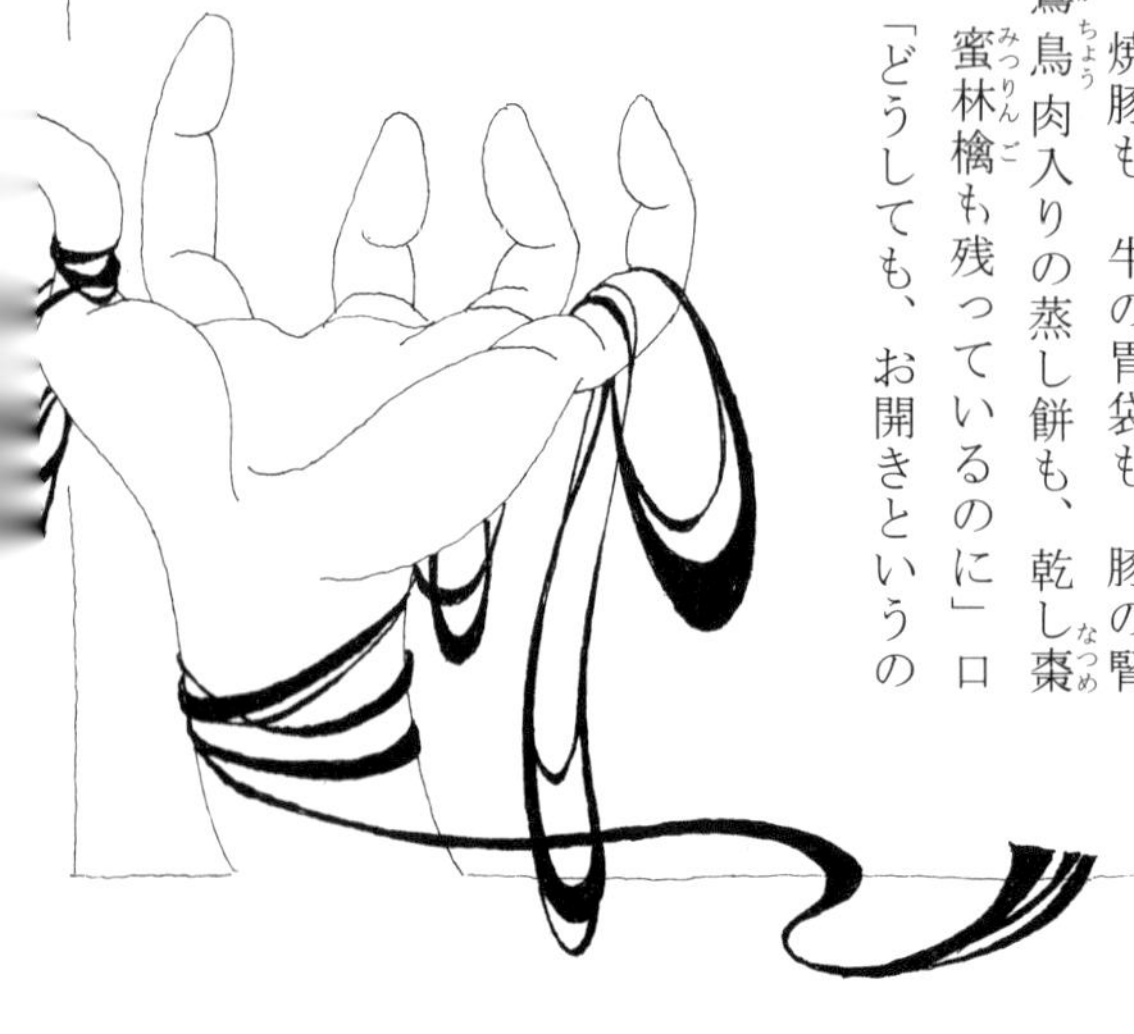

なら、わたし、衣梅だけは、全部、部屋にもって帰るわ」

楊梅《やまもも》の上に蜜で練った特別の薬をまぶし、薄荷《はっか》漬《づけ》の蜜柑《みかん》の葉でつつんだ衣梅は、西門家でもはじめて供されたものであった。

「金華酒らって、まらあるらいの」

とろんとした声で、孟玉楼。

「なんでも、持っていけ」

西門慶に追い出され、不平を言いながら女たちは、食べ物飲物しこたま抱え、稲妻回廊を下りて行く。

李瓶児だけが、西門慶とともに残った。

西門慶はいそいそと、燭台に灯をともした。

数多い燭台の、台の部分には、それぞれ、男女のむつみあう姿態が刻まれている。

薄闇に仄灯《ほのあか》りは、李瓶児をますます楚々と美しく見せ、これなら、大丈夫であろうと、西門慶はほくそ笑み、かの一粒をふくみ、酒といっしょに飲み込んだ。

とたんに、からだが熱くなり、うむ、効験あらたか。

しかし、李瓶児が、ちょっと眉をひそめた。

「この燭台……」

「これが、どうした」

「なんだか、これ一つ、灯が陰気なようで……」

「燭台の灯に、陰気も陽気もない。どれも、みな、同じだ」

西門慶は笑い捨て、李瓶児の服を脱がせにかかった。

丹薬は功を奏し、西門慶の逸物は、雄渾に猛り立ち、艶を帯び、血脈は怒張してうねり、全身の血液が先端に凝集していくような心地だ。

それを見るにつけ、触れるにつけ、李瓶児もまた滴《したた》る蜜にうるおい、二人は一つの肉塊となった。

燭台の男女の姿態を、次々にまねてみる。

「これをやってみよう」

と、密着したまま、西門慶は李瓶児の脚を首の回りにまわさせた。

李瓶児は逆吊《さかづ》り、西門慶は反り返り、きわめて不自然な恰好にならざるをえない。

吊り下がった李瓶児の目に、燭台の一つが映った。

「あなた、それをごらんになって。その彫刻」

「気を散らすな。いいところだ」

「子供が……こちらをにらんでいるわ」

「子供など、いない」

「燭台よ」

その燭台の蠟燭《ろうそく》が、燃え尽きた。

蠟燭をたてる鋭い釘があらわになる。

「あの陰気な燭台だわ。子供が……」

「それ、いくぞ」と、西門慶が力をこめて一撃したとき、わあと、突撃の喊声《かんせい》が、外から聞こえた。

風はないのに、燭台の火がいっせいにゆらめいて、刻まれた男女が揺れ動く。

一つだけ蠟燭が燃え尽きた燭台の、子供の顔も、火影に笑う。

そのとき、窓からのぞいた、異様な顔、顔。

「化け物！」

冷静に見れば、芝居の仮面とわかるのだが、西門慶はそれどころではない。

李瓶児をふりもぎり、身軽になって逃げようとしたのだが、李瓶児の脚は彼の首をしめつけ、はなれない。

脚ばかりではない、彼の陽物もまた、李瓶児にくわえこまれ、離れないのであった。

全身窘迫《きんぱく》したまま失神した李瓶児は、乾坤弁説《けんこんべんせつ》に言う「温気《うんき》寒気に窘迫せられて固密重々にして雹《ひょう》と成りて降るものなり」のごとく、固まってしまったのである。

西門慶としては、この上なく迷惑な李瓶児の窘迫失神状態であった。

仮面の男たちは、窓を乗り越えようとしている。

切羽詰まった西門慶は、力まかせに李瓶児の脚をへし折った。

脚はだらりと下がったが、交錯した一点は、膠《こう》着《ちゃく》したままである。

根元を締めつけられているから、西門慶の分身は狭い房の内部においてますますふくれあがる。

李瓶児の体重がその一点にかかるので、はなはだ苦しく痛い。

刃物があれば、抉《えぐ》り取るのだが、と見まわす西門慶の血走った目に映ったのは、鋭い先端をもつ燭台であった。

逆手に握り、突き刺した。もちろん、我が肉は傷めないように、配慮おこたりない。

仮面の賊たちが、踊り込んできた。

李瓶児を吊り下げ、燭台を突き刺したまま出口にむかって、西門慶は走る。

転んで、つんのめった。

そのまま、回廊を転げ落ちてゆく。

稲妻型に屈曲した回廊である。

西門慶と李瓶児もまた、ぶちあたって角度を変え、稲妻型に転げてゆくのであった。


そのあいだも、西門慶は、収縮した貝の肉を、燭台の先端で抉りつづけていた。

「賊は……五十人……いや、百人……」

窓という窓に、賊の異様な顔が並んでいたよう

な気がする。

動転しきった西門慶は、役人に正確なことは答えられなかった。

彼が落ちつかないのは、恐怖の記憶のためばかりではない。

「どうなされた」

役人のけげんそうな問いに、

「いや、別に」

と、答え、身震いする。

「まことに、身を挺して、賊をひきつけ、一気に拿捕《だほ》と、名案をたててくださったのに、力たりず、賊を取り逃がし、もうしわけありません」

「は？」と、西門慶は、腑に落ちないが、彼が賊逮捕に協力したと相手は思っているのだから否定はしなかった。

「しかし、そのために、奥様をなくされたとか。お気の毒なことをいたしました」

「あまりの驚きと恐ろしさに、心臓が止まってしまったのです」

「一応、検屍を」

「いや、それには及びません。もはや柩《ひつぎ》におさめましたし。うっ」

最後の一声は、痛みに顔をしかめたのである。

抉りとった李瓶児の肉は、本体を離れてなお、彼の根元に食い込み、窘迫したままなのであった。

「どうなされた。怪我でも」

「いやいや、大丈夫です。それより、一刻も早く、賊を退治していただきたい」

多大の賄賂《わいろ》をもらった役人たちは、西門慶の言うがままに、李瓶児の惨憺《さんたん》たる死骸をあらためることはなく辞去した。

襲撃の計画は、役人に知られていたのである。

役人は、ひそかに手勢をしのばせており、賊の襲撃を知ると、取り押さえにかかったが、逃げられてしまった。なぜ、役人が前もって知っていたかというと、来旺《らいおう》が、事前に、女房にばらしてしまっていたのである。密告を手柄に地上にもどり、女房と平穏な暮らしをしようと来旺は思ったのだが、宋恵蓮《そうけいれん》の思惑はちがった。

「旦那様には、少し怖い思いをさせた方がいいのよ。その方が、助かったとき、ありがたいと思う気持ちも強くなるでしょう」

「それはそうだ」

「私ね、お役人に話して、待ち伏せしてもらうようにするわ。そうして、賊が攻め込んだら、一網打尽よ」

「うん、いい考えだ」

「あんたも、大手柄よ」

「賊の仲間にはいっていた罪はゆるされるかな」

「あんたは、賊の様子をさぐるため、わざと入り込んでいたんですもの。ほめられこそすれ、罰をうけることはないわ。敵をあざむくには、味方からって言うでしょう。旦那様や奥様たちは知らない方がいいのよ。知っていると、平気で宴会ができないでしょう。何も知らないで宴会を開いていると思えば、賊も、安心して押し寄せる。そこが、つけめなのよ」

宋恵蓮の本音は、李瓶児に死ぬほど怖い思いをさせたい、ということであった。でも、本当に死んじゃうとは思っていなかった。

予想以上の嬉しい結果になった。

西門慶の残虐な行為が人に知られないですんだのは、陳経済のおかげであった。あのとき、陳経済は、回廊の下にいた。上で舅《しゅうと》がいいことをしているのだなあと思うと羨《うらや》ましくて、立ち去りがたくうろうろしていたのである。そこへ、舅と李瓶児が一塊《ひとかたまり》になって転げ落ちてきた。舅は、ようやく抉りおわり、からだが離れたところであった。「や、六奥様はもう、こと切れておられる」

「だれにも言うな」とうろたえきった舅に、陳経済は、はじめて優位にたつことができた。骸《むくろ》をかかえて、ともあれ、西門慶の居室にはこぶ。そのころは、役人の手勢が賊を追い立て、庭は大活劇になっていた。とろい役人たちは、結局、賊を取り逃がしてしまったのだが。

そうして、来旺は、「おれは味方だ。おれが手柄をたてたのだ」とわめいても、チャンバラの最中の人々の耳にはとどかず、とりあえず、逃げるほかなかったのであった。

生肉は、腐敗というまぬがれがたい経過をたどる。

李瓶児の骸は柩の中で静かに腐乱しつつあるが、西門慶の陽物をくわえこんだ李瓶児の肉もまた、腐敗する。腐肉に密着され根元を緊迫されて鬱血した陽物も、同じ経過をたどらざるを得ない。

肉が化膿するときの痛みは耐えがたい。しかし、西門慶は、これをだれにも打ち明けられない。話せば、李瓶児殺害が明らかになる。これまでに、悪事を重ねてきてはいるけれど、直接手をくだしたのは、李瓶児だけだ。

いくら鼻薬をきかせている役人たちでも、殺人の証拠が歴然としてしまったら、見逃すのはむずかしいだろう。

証拠は、彼の身について離れないのである。

懊悩《おうのう》と苦痛の日々がつづいた。

李瓶児の肉と西門慶の肉は、次第に溶けあい、一つの腐肉の塊となってゆくのであった。

やがて、すっかり腐りきってしまい、痛みはうすらいだ。

李瓶児の葬式をすませた数日後、

「お舅さん、賊のひとりをつかまえました」

陳経済がきて、告げた。

広い庭の繁みの陰にころがっていたので、だれも気がつかなかったのだ。犬が吠えたてるので見にいったら、足を挫《くじ》いて動けないやつがいた。捻挫《ねんざ》のどじは、いうまでもない、燕青《えんせい》である。足首は、一度挫くとくせになり、ちょっとしたはずみで、同じ場所を傷める。

かっこいいときは、やたら、かっこいい、花をかざした浪子《ろうし》燕青であるが、どじも人一倍だ。

思いがけない役人の迎撃に、逃げ走っていたとき、ちょいと足をこねたら、また、痛みが脳天までつらぬいた。其ノ九におけるどじの古傷のおかげだ。「大丈夫か」と振り向く仲間に、ええかっこしいの燕青、「なんでもない、皆、早く逃げろ」と、かっこよく促した。皆走り去った後、どうにも逃げきれそうにないので、繁みにかくれ、春梅が通りかかってくれないものかと願っていたのだが、犬にかぎつけられてしまった。

片足がきかない上に、何日も飲まず食わずだから、憔悴《しょうすい》している。さらに、犬をけしかけられ、さしもの燕青も、陳経済ふぜいに、縛り上げられるというていたらくになってしまった。

憎悪で漆色になった目で、西門慶は賊を見下ろした。おや、なかなかいい男ではないか。当然ながら、西門慶は美形の後庭をも愛好している。

憎しみと獣欲が綯《な》いまざった。

悪逆なことはしても、わりあいおおらかで、天衣無縫なのが、西門慶の唯一の美点であったのだが、陽物が陰物になってから、性格も陰湿に変質してしまった。

「蔵春塢《ぞうしゅんう》にぶちこんでおけ」

冷酷に言い放った。

そのとき、腐肉がぽとりと溶け落ちすっきりするのを彼は感じた。

蔵春塢は、地下焼き討ちのとき一度破壊したのだが、その後再築した。

陳経済に担がせ、穴蔵につれこんだ。後につづく西門慶は、鉄槌を持っていた。

その後の西門慶の行為は、筆者はあまり詳細に書きたくないのである。だいたい、ホラーもスプラッターも、苦手なのである。嘘つけ、と御絵師さんに——読者にも？——言われそうだが、

『死霊のはらわた』も『ミザリー』も、怖くて、とても見られないのである。ここでばらしてしまうと、李瓶児の××を抉るというのは、御絵師《おかだ》さんのアイディアである。

愕然《ええっ》！

（燭台の尖った先端を使おうと、嬉々として言ったのは、筆者《みながわ》さんでしょ。——絵師——）

で、あっさり、燕青の両手両脚の骨を丹念に打ち砕いた、とのみ記すことにする。じわじわと炎で焙《あぶ》ったとか、犬にどうとかさせて笑いながら見ていたとか、(これらは、ぼく、まったく関係ありません。——絵師——)そういうことは、たとえ、西門慶が実際にやったにしても、文字にはしたくないのである。

筆者のキャッチフレーズは、〈怖い、妖しい、美しい〉であるから、美しい場面に移ろう。

腐肉が離れ落ちると、西門慶は、痛みだけはなくなった。

居室に落ちつき、汚れた衣服を着替えてから、あたりが薄暗くなっているのに気づき、燭台に灯をともした。

——陰気な明かりだ。

明かりをともしたために、かえって、あたりが昏《くら》くなったような気がする。

「返してくださいな、あなた」

と、声がした。

かぼそい声は李瓶児だ。

長上着の裾も裙子も、裾濃《すそご》にぼかし染めたように黒ずんでいる。

黒ではない、紅だった。血染めなのであった。

「返してくださいませな、あなた」

「迷ったな」西門慶は憤慨し、「あれほど盛大な葬式をしてやったのに、まだ、なにを返せと言うのだ」

「あなたが奪《と》ったわたしのものですわ」

「おれは、そんな盗人のようなことはしないぞ」

「お奪りになったじゃありませんか」

さめざめと、李瓶児は泣いた。

あ、あれか、と思い当たり、

「腐ったから、捨てた」

(こんな場面のどこが美しいのだ)

「あんまりですわ。腐らせるなんて」

「おれのも、腐ったのだ。泣きたいのは、こっちの方だ。どうにかしてくれ」

怒りつけたが、幽霊になっても、李瓶児はあいかわらず美女である。

「おまえ、ちょっと、こっちへこい」

と手をのばし、抱き寄せたが、双方とも結合部分を欠いている。西門慶は血が一点に寄り集まったものの、そこは、腐肉が落ちた痕である。血が噴き出し、強烈な痛みがよみがえり、悶えわめいた。

「あなた、返してくださいませな」

と、李瓶児はすりよる。

痛みがます。

「失せろ」

「つれない方。消えてあげますわ」

李瓶児は、燭台の火を吹き消した。

あたりは、薄闇。

「また、うかがいます」

と、声のみ残った。


「二度とくるな」

どなりつけてから、西門慶は、陳経済を部屋に呼んだ。

「この燭台を、おまえ、捨てなかったのか。処分しろと、言っておいたではないか」

子供の彫刻のついたものであることに、西門慶は気がついたのだった。

「捨てたんですが……」

「もう一度、捨ててこい。二度と目につかないところに」

「はい、おっしゃるとおりにいたします。それにしても……。わたしは捨てたんだが……。値打物らしいから、だれかがもったいないと思って拾ったのでしょう」

「おまえじゃないのか」

証拠品だから、おれにおどしをかけるつもりで、と、西門慶が思ったのを見抜いたように、

「とんでもございません。おや、まだ、くぼみに

血がこびりついている」

「さっさと処分しろ」

と言いながら、弱みがあるから、西門慶は懐中から銀をだして、陳経済にわたした。

これはいい金づるだと、ほくほくして、陳経済は裏門の方へ行った。古金屋に売りに行こうと思ったのである。

裏門の近くで、春梅が、厚化粧のたくましい女と話しているのを見かけた。

## 其ノ十七

男装怪人《おんなだてらに》　鉄拳乱舞《フックだジャブだ》
肉饅巨女《うちのにょうぼにゃ》　是母夜叉《ひげがある》

「燕青《えんせい》の野郎が、もどってこないのだよ」

母夜叉《ぼやしゃ》は春梅《しゅんばい》に告げた。

「みな、無事に逃げ帰ったのに。まさか、つかまってはいまいね」

「つかまった人はいないようだけれど」


「屋敷の中をさがしてみておくれ。だいたい、どうして、こっちの襲撃が敵にもれていたのか、不思議なんだよ。おれは襲撃にはくわわらなかったのだが、もどってきた仲間の言うことには、役人どもが待ちかまえていたって」

「そうなんです」

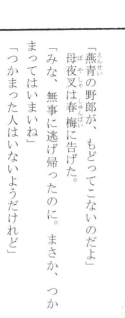

「おまえ、屋敷内にいて、気がつかなかったのかい。捕り手がはりこんでいることに」

春梅はうなだれた。

「知らなかったんです。知っていたら、どんなことをしても、兄さんたちに告げたわ」

「西門慶《せいもんけい》の屋敷の内に、おれたちのようすを内通しているやつがいるにちげえねえ。でなければ、役人が網をはってまちかまえているわけはねえんだ」

「小母《おば》さん、まさか、わたしを疑って……」

母夜叉は、春梅の顎に手をかけ、ちょっともちあげて、恐ろしい顔をわずかばかり和《なご》ませた。

「おまえが木蘭《もくらん》を裏切るわけはねえな」

「わたしは、決して。そんな疑いをもたれるだけでも、くやしい。悲しい。兄さんは、わたしを疑っているんですか」

「いいや。おれたちのだれ一人、おまえにそんな汚名を着せるものはいやしない。おまえを疑っていたら、燕青をさがしてくれなどと、頼むわけもないだろう」

「でも、くやしい」

春梅は身をよじる。

「屋敷の中で、兄さんたちの襲撃を知っていたのは、わたし一人ですもの。わたし、だれにも、これっぽっちも悟らせるようなことは言わなかったはずだわ。だれかに、もらしたかしら。いいえ、いいえ、決して。だけど……なにか、態度でさと

られたのかしら。もし、そうだとしたら、どうしよう。わたしが、兄さんたちを……」

「さしあたっては、燕青のことだよ。おれがもぐりこんで探したいのだが、屋敷のものに顔をおぼえられると、後々やりにくくなる」

陳経済《ちんけいざい》が、みかけたのは、そんな話をかわしている二人であった。陳経済に気づき、母夜叉は、とっさに顔をそむけ、「そんなわけでねえ、ホッホッホ」などと、ごまかす。

「そうですねえ、ホホホ」と、春梅も話をあわせる。

門を出て遠ざかる陳経済の背に、母夜叉は目を投げた。

「あいつが持っていたのは、おれのところから小僧がもちだした燭台じゃないか」


広大な屋敷である。庭も、果てがかすむほど広い。

どこから探したものか。

春梅は、まず、台所に行った。

冬のさなかなのに、孫雪娥《そんせつが》が汗まみれになって、下女を指図しながら、豚の腎臓とハマナスの実を鵞鳥《がちょう》の油でいためている最中だった。

「大変ですね、四奥様」

台所仕事にこきつかわれているけれど、とにもかくにも、孫雪娥は、西門慶の第四夫人なのである。それにもかかわらず、四奥様と敬称で呼ぶものはほとんどいない。

春梅が礼儀正しく呼びかけたので、孫雪娥は気

をよくした。

「ほんとに、大変なのよ、だれも、そう言ってくれないけれど。みなさん、好みがちがうでしょう。どの奥さんの口にもあうようにするのは、容易じゃないわ。下女は気のきかないのばかりだから、ほとんど、わたしが一人でやらなくちゃならないのよ。この女たちにまかせておいてごらんなさい。豚は毛がついたまま料理しちゃうし、揚物《あげもの》もそそくさとやるから、骨が固いままだし。ほんとは、じっくり時間をかけて揚げれば、骨だってこうばしくて、そりゃおいしく食べられるのよ。揚物をするとき、この女たちは、おしゃべりばかりして、手もとを見ていないのよ。それだから、このあいだなんか、猫に追いかけられた鼠が油のなかにとびこんだのに、気がつかないで、お皿に盛りつけちゃったのよ。わたしの自慢の家鴨《あひる》の銀花揚といっしょによ。こんなひどい話って、ないわ。それを、一番おいしいって召し上がった二奥さんも二奥さんだけど。食べちゃった後で、あれは、家鴨ではなくて鼠でしたなんて、言えないじゃない。牛の腎臓を煮させたら、煮つめすぎてぐちゃぐちゃよ。だれにも、だせやしないわ。こんなの、だれが食べるのって、わたしが叱ったら、はい、わたくしどもが食べますって、どうでしょう、けろっとして、この下女どもが、みんなで、食べちゃったのよ」

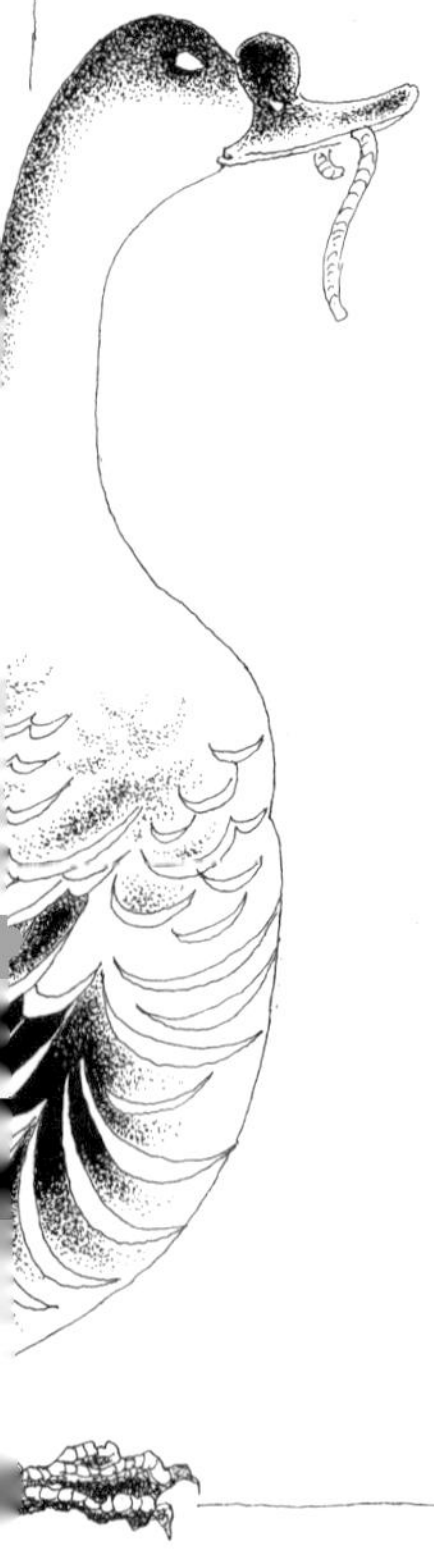

話し相手のいない孫雪娥は、ここぞとばかり、とめどなくしゃべりまくる。
下女、下女、とさげすむことで、孫雪娥は、ふだんの鬱憤《うつぷん》をはらしている。
「わたしの教えることをよく聞いていたら、みんな、一流の料理人になれるのに、だれ一人として、まじめにやらないんですからね。ちょっと、おまえたちのことだよ。他人事《ひとごと》みたいな顔をしていないで、よく、お聞き。ああ、小玉《しょうぎょく》、何度教えたらわかるの、縦に切るんじゃないの。横に切るの。蘭香《らんこう》、あんたの皮剝《む》きは、なに。それじゃ、残るのは芯ばかりじゃないの。秋菊《しゅうぎく》、豚の肉を切りなさいって言ったのよ。だれも、あんたの指を切りなさいとは言っていないでしょう」

「奥様がた、みなさん、雪娥さんのお料理がお気に入りよね」

春梅はようやく口をはさんだ。

謙譲の美徳をよくこころえている雪娥は、「あら、そうかしら」

と、肩をくねらせ、

「そう言っていただけると、嬉しいんだけど、ほんとにみなさん、気に入ってくださってるのかしら。わたくしなんて、まだまだ修業がたりないんだわ。そりゃ、ほめてくださる方は多いわよ。でも、わたし、自惚《うぬぼ》れないことにしているの。お世辞とほんとうの褒め言葉をみわけ……」

「このごろ、特に食欲のました奥様って、ある？」

この質問をしたくて、春梅は、台所にきたのである。

魯智深《ろちしん》に案内されて、地下の巣窟にいったとき、春梅は燕青にも会っている。

女に手が早いと、紹介された。その言葉を証明するように、燕青は早速春梅にコナをかけ、春梅も悪い気はしなかったのだ。なにしろ、男前だ。皇帝の愛妾・李師師《りしし》をものにした話やら、皇帝の王宮にまで行った話やら、色事の成果をいろいろ聞かされもした。木蘭は、その話のあいだ、ずいぶん機嫌が悪かったが。

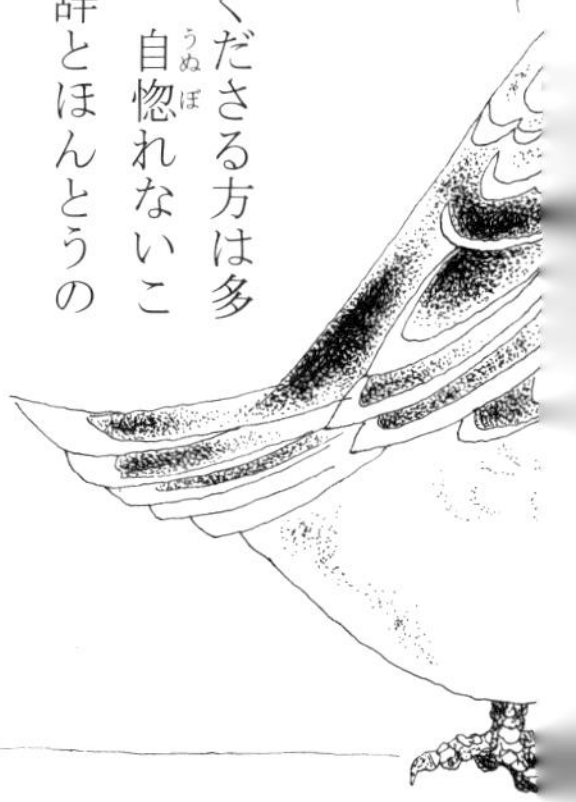

女たらしのひそむ場所といえば、まず考えられるのは、夫人たちの房である。

夫人たちはみな、色好みだし、いい男には目がないし、その上、ちかごろ、なぜか、西門慶はあまり夫人たちをかまわないようだから、燕青が逃げ込んで、助けを乞うたら、聞き入れないものでもない。

牀《ベット》の下か、戸棚の中か。

いずれにしても、食べ物は必要だ。

「そうねえ、みなさん、よく召し上がるから……。でも、特別増えた方は……。ちょっと、これ、食べてみて。新しく工夫したのよ。亀の首に、棗《なつめ》を詰めて、焼いたの」

「奥様にもっていくわ」

「金蓮《きんれん》さんは、なんだって食べるんだから、あのひとにほめられたって嬉しくないわ。あんたに試食してほしいのよ。感想をきかせて」

「わたし、亀はちょっと……」

「苦手？　あんた、男を知らないんだものね」

と、雪娥は、きわめて微妙な表情をみせた。

「精がつくのにねえ」

と言ってから、

「金蓮さんだったら」

と、孫雪娥はつけくわえた。

「運ぶお皿が、少しぐらい、増えても減っても、わからないわねえ」

たしかに、金蓮は膨大な食糧を消費しているから、多少の増減は、目につかない。春梅の知るかぎりでは、急に増えたということはないし、金蓮が燕青をかくまっていることは、まず、あり得ない、と春梅は思った。春梅は金蓮づきの侍女なのである。金蓮にかくまわれるくらいなら、燕青は、春梅に助けをもとめるだろう。

それでも、念のために、金蓮の房にもどり、金蓮が昼寝をしてるのをいいことに、牀の下をのぞいていると、

「どこへ行っていたんだよ」

金蓮が目を覚まし、荒い声でどなりつけた。

「早く、食事をはこんでおいで。もう、できているんだろう」

「はい、あの、さっき、鰻麺《うなぎそば》と鳩の雛の揚物と鵞鳥の胃の甘味《あまみ》噌漬《そづけ》と水餃子《すいギョーザ》と胡桃《くるみ》の糖蜜和《あ》えと蒸し餅を点心にめしあがって、それからお昼寝をなさっていたので、しばらく、御用はないと思いまして……」

「あたしが寝ていたって、おまえは召使なんだから、牀のわきに控えていなくてはいけないいんだよ。主人が寝ているのをいいことに、男と遊んでいたんだろう。指責めだよ」

「もうしわけありません。すぐ、台所にいって、夕食のお料理ができているかどうか、みてまいります」

「まだできていないなんて言ったら、旦那様にもうしあげて、雪娥をお仕置にするんだよ。石責めでも、指責めでも」

「はい、そういたします」

と答えたが、もちろん、また台所に行くつもりはない。

女たちがかくまっていないとなれば、捕まって、どこかに幽閉されているとしか考えられない。

役人は逮捕できなかったのだから、西門慶がかってに閉じ込めているということになる。

屋敷の中の幽閉できそうな場所をさがしまわり、裏口の方にきたとき、裏門から顔をのぞかせた男がいる。

たくましい大男だ。

「春梅ちゃん」

と、ひそひそ声でなれなれしく手招く。

手に燭台を持っている。

「どなた」

「あたし」

「まさか……」

「似合うだろう」

男装の母夜叉は、どすのきいた声で言い、ちょっときどってみせた。

出入りの庭師といった恰好だ。

白塗りの濃い化粧は落とし、赤っ面にぬたくっている。

「これなら、顔を見られても平気だ」

「びっくりしたわ、小母さん」

「みつからないのかい」

「家の中じゃないみたいです」

「外に牢屋のかわりになる場所があるかい」

「なにしろ、広いから……。亭も幾つもあるし」

「みんな、心配している。だけど、みんなでおしかけて探すわけにもいかないし。西門慶の野郎をおびきだして、拷問にかけて白状させるという手もあるんだが」

「まず、庭をさがしてみましょう」

と、母夜叉の後ろから声がした。

でかい背中にかくれて見えなかったのだが、応伯爵《おうはくしゃく》だ。

途中で出会ったのだという。

「ちょうど、母夜叉さんが、陳経済さんをぶんなぐって気絶させたところに行き会った」

「若旦那をぶんなぐったんですか」

「おれの燭台をもっていたから、とり上げた」

と、母夜叉は、官哥《かんか》に似た燭台を示した。

「そんな、乱暴な」

「後ろからぶんなぐったから、顔はみられていない」

「手分けして、探そう」

応伯爵は言った。

「わたしは、庭をうろついていてもあやしまれることはない」

「冠雲亭《かんうんてい》は、どうかしら。あの事件以来、使っていないから、閉じ込めておいてもだれも気がつかないかも知れない」春梅が言うと、

「わたしは、蔵春塢《ぞうしゅんう》をのぞいてみよう」と、応伯爵は言った。稲妻回廊をのぼるのは閉口だから、楽な場所をえらんだのだ。

日の落ちかかった稲妻回廊を、春梅と母夜叉はのぼった。

だれもいはしない。

母夜叉の手にした燭台の先端に夕日があたって、紅くきらめいた。

「ここじゃあ、人を閉じ込めるのは無理だな」

「そうですね」

「蔵春塢というのに、行ってみるか」

金蓮が夕食を待ちかねているだろうが、春梅はそれどころではない。

蔵春塢の入口まで来ると、中から、応伯爵がよろめき出てくるところだ。

顔面蒼白、嘔吐《おうと》した。

「なんだ、悪いものでも食べたか」

と、母夜叉。

「悪いものを、見た」

「ほう、面白そうだな。何を見た」

母夜叉は身を乗り出す。

言葉が出ず、応伯爵は、暗い奥を指差した。

「あの、燕青さんがいるんですか」

「あれが、燕青と言えるかどうか」

母夜叉は踏み込んだ。

後に続こうとする春梅を、応伯爵はとめた。

「やめな。女の子の見るものじゃない」

そうして、歩み入っていく母夜叉に、

「まだ、あいつがいるから、気をつけろ」

声を投げた。


うずくまっている人影が、まず、母夜叉の目に入った。

背中を見せているのは、西門慶だ。

小さい手燭が、あたりを照らしている。

その弱い灯が、地上に横たわるものをもうつしだす。

目を閉じているが、まぎれもない燕青である。

あれが燕青と言えるかどうか、なんて、応伯爵のやつ、何をぬかすんだか。

これが燕青でなくて、だれだと言うんだ。

忍び寄ったが、西門慶は気がつかない。

母夜叉は、手にした燭台をふりあげ、西門慶の頭をぶんなぐった。素手でも陳経済を気絶させた母夜叉の力だ。西門慶はあっけなく倒れた。

燕青を助け起こそうとして、かがみこむと、顔が、象牙細工みたいだ。

死んでいる……。

よくも、殺しやがったな。

次の瞬間、母夜叉は悲鳴をあげた。

燕青の腹から、犬の首が生えていた。

人肉饅頭《まんじゅう》はつくりなれているが、これは生活に必要な生産活動の一端であって、腹を裂いてなかみをえぐり、後の空洞に犬の首を埋めるなんて、無意味な殺戮《さつりく》はしたことがない。

じきに、母夜叉は冷静になった。

燕青と言えるかどうか、と応伯爵が言ったのも、無理はないな。

だが、からだは奇妙なざまにさせられたが、この首は、燕青だぜ。

持ちかえって、供養をしてやらなくては。

西門慶が使ったらしい刃物が、かたわらにころがっていた。

母夜叉は燕青の首を断ち切り、自分の服の袖をちぎって、包んだ。

吝嗇《けち》な母夜叉が衣服をだいなしにして悔いないのは、燕青への、ずいぶんな好意からであった。

出口で、春梅と応伯爵が待っていた。

「燕青さん、死んだんですって」

母夜叉が中に入っているあいだに、応伯爵は、それだけは春梅に告げたのだった。

うなずいて、母夜叉は、包みを示した。

「西門慶は？」

「おれがぶんなぐって気絶させた。いっそぶち殺してやるんだった」

引き返そうとしたが、人が来る気配に、とりあえず裏門の方にいそぐ。

「わたしも」と、春梅は後を追った。

「もう、いやです、こんなお屋敷にいるのは。いっしょに連れていってください」

さすがに動転していたのだろう、蔵春塢に忘れものをしたのに母夜叉が気がついたのは、弄虫《ろうちゅう》路《ろ》の店に帰りついてからであった。

悪運強い西門慶は、

「ああ、頭がくらくらする」とつぶやきながら起き上がった。

あたりをさぐる。

手燭の火が消えて、真暗だ。

「ここは、どこだ……」

蔵春塢の奥で、悪い遊びをしていたのだったが……。

女と遊べなくなってしまった西門慶は、嗜虐《しぎゃく》

嗜好《しこう》ばかり強烈になって
いたところ、この上ない玩
具が手に入ったのだった。

人前では、さすがに、ここまでひどいざまはさらさない。
闇の中の悦楽は、とめどがなかった。
その悦びのさなか、突然、頭に何かぶつかって……。
「天井から何か落ちてきたか」
頭にさわると、こぶができている。
何も見えない。
手燭はどこだ、と、手探りしていると、燭台らしいものが手に触れた。
しかし、蠟燭がないのでは、役に立たない。
と思ったとき、ぐあいよく、燭台の先端がぼうっと明るんだ。
黄ばんだ光の中で、
「返してくださいませな、あなた」
李瓶児《りへいじ》が、にっこり微笑《ほほえ》んで、手をさしのべた。

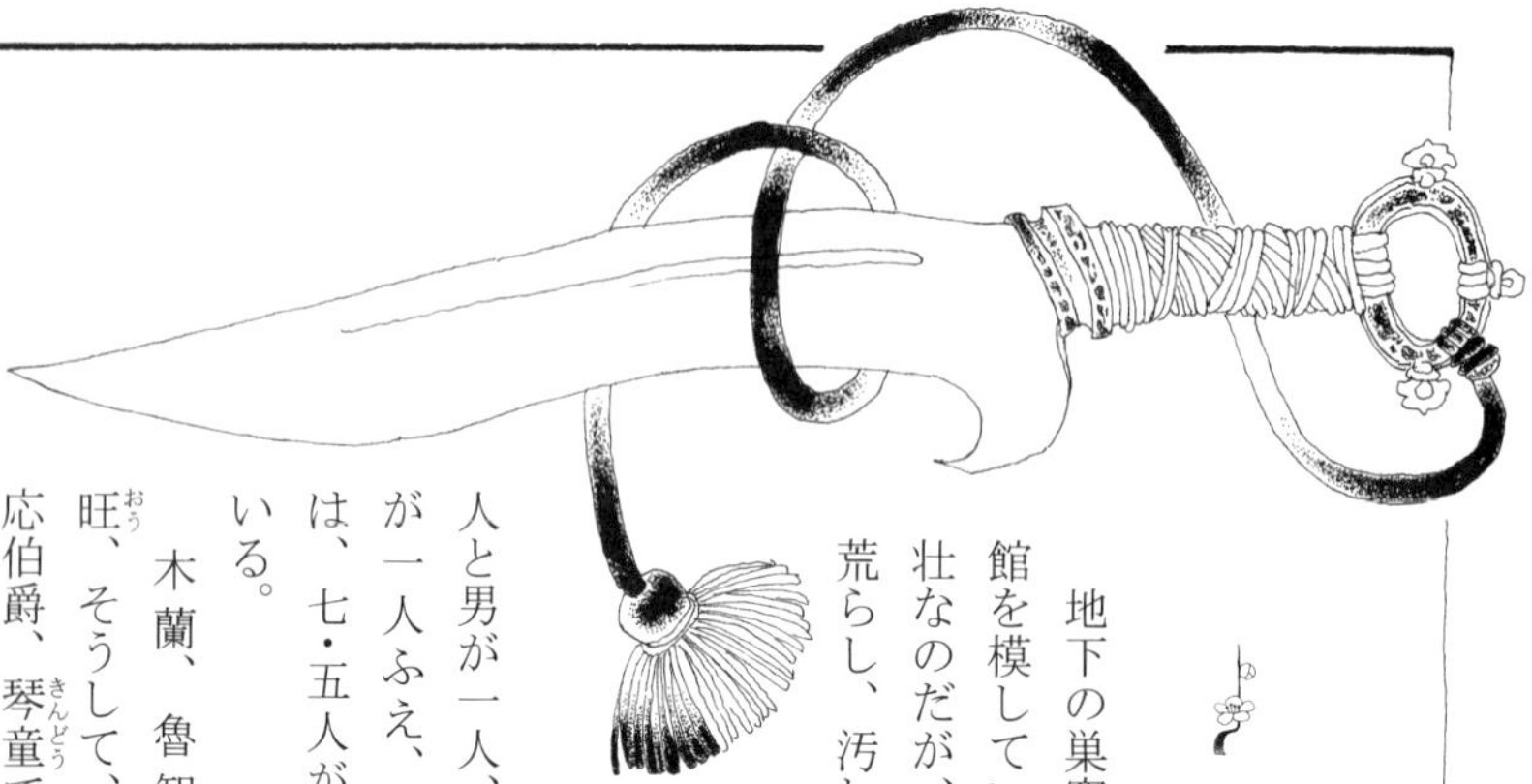

地下の巣窟は、李師師の歌館を模しているから、一応豪壮なのだが、男ばかりで住み荒らし、汚れほうだい、散らかしほうだい。

地下の五人男が、一人欠けたかわり、女が二人と男が一人、そうして、子供が一人ふえ、八人――あるいは、七・五人が、車座になっている。

木蘭、魯智深、武松《ぶしょう》、来《らい》旺《おう》、そうして、春梅と母夜叉、応伯爵、琴童《きんどう》である。

いや、燕青もいる。首ばかりだが。

一段高い台の上に、きちんと置かれている。死んだら、いっそう色男になった。

「許せねえッ」

木蘭が歯《は》噛《が》みすれば、

「西門慶のやつ、たたきのめして生きながら腹を抉《えぐ》って、豚の首を植えてやる」

母夜叉がわめく。

「すぐにも、おしかけて」

武松は武装をととのえはじめる。

「待ちな」

魯智深がとめた。

「この前の襲撃を、官にかぎつけられていた。どうもおかしい。内通したものがいるとしか考えられないのだ。スパイをつきとめてからでなくては、迂闊に襲撃はできない。二の舞いになる」

言い終わらないうちに、春梅が、木蘭の腰から刃物を引き抜いて、自分の胸を刺そうとした。

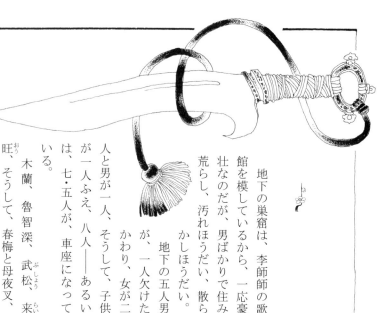

あわてて抱き止め、刃物を奪いとった木蘭が、

「何をするんだ」

「和尚《おしょう》さんもわたしを疑っている……」

春梅は泣き伏した。

「屋敷の中にいて、兄さんたちの行動を知っているのは、わたしだけですもの。わたしのほかには、内通できるものはいないわ」

「そうだ、そうだ」

と、騒ぎ立てたのは、内通した張本人、来旺である。

「この小娘が裏切ったのだ。そうでなければ、あんなに都合よく役人が待ちかまえているはずはない。こいつのほかにには、だれも、内通できるものはいない」

「ばかやろう」

木蘭は来旺を張り倒し、

「だれが、おまえを疑うものか」

「わたしは、潔白だけれど、疑いの晴らしようがない。死ぬほかないわ。死んだら、みなさん、わかってくれる……」

「待て、待て」

みなが、口々にいさめる。

「春梅の潔白なことは、みな、わかっている。早まるんじゃない」

「じゃあ、だれが……」

来旺は、びくびくしながら、みなの顔色をうかがう。

「春梅ちゃん、おまえ、もう一度、屋敷にもどって、だれか怪しいものがいないか、さぐってはくれないか」

魯智深が言うと、

「わたし、いやです」

春梅は、首をふった。

ふだんはおとなしいけれど、いったん、嫌といいだしたら、強情である。

「なにか、あったら、また、わたしが疑われます」

「だれも、疑っちゃあいねえって」

「わたしのほかに、いませんもの、内通できるものは。でも、絶対、わたしじゃないんです。だから、もう、屋敷にもどるのは、いや」

理路不整然と、しどろもどろながら、「いや」という趣旨ははっきりしている。

「おれが、下男に住み込みましょう」

来旺が、申し出た。

「そうして、内通者をさぐるというのはどうでしょう」

早く仲間から抜け出したいのだが、折りがなかった。

裏切りが知れたら、殺される。

こいつら、全滅してくれなくては、身が危ない。

「そういうおまえが、裏切り者だったりして」

木蘭が言ったので、来旺は、ひっと悲鳴を上げ、

「まさか、まさか。ひどい冗談を言う。おれが、なんで、内通などできますか。いつだって、おまえさんたちといっしょにいるじゃないか。裏切り者だったら、襲撃したあと、ここに逃げ帰ったりしない」

「内通者をさぐるのは、わたしがやりますよ。わたしなら、出入りしてもあやしまれないから」

応伯爵が申し出たので、来旺はがっかりした。

「おまえさんじゃないのかな、内通したのは」

と、じろじろ応伯爵を見る。

「わたしは、これまで、おまえさんたちのことは知らなかったもの。襲撃の計画だって、知らなかった」

応伯爵は言い、

「だが、内通者をさがして、処分して、それからでは、復讐に時間がかかるねえ。もっと手っ取り早い方法を思いついたんだが」

「どうする」と、みながのりだす。

「皇帝に処刑してもらう」

「どうやって」

「直訴《じきそ》するんです。西門慶は、高官を賄賂《わいろ》でたらしこんでいるし、自分が裁判所の親玉なんだから、ふつうに告訴しても、手がつけられない。皇帝に、あいつの悪事をばらせば」

「おれは、反対だ」

反骨精神のかたまりの木蘭が、きっぱり言った。

「おれたちは、義賊だ。皇帝野郎のやり方が気にくわねえから、叛旗《はんき》をひるがえしているんだ。あいつに頭をさげて、仲間の仇討ちをたのむなんて、とんでもない情ない話だ。仇は、おれたちの手でうつ。なア、みんな。そうだろう」

「皇帝陛下のお裁きを受けるというのは、理にかなっている」

と、忠誠心を忘れない武松。

で、侃々諤々《かんかんがくがく》がはじまる。

「皇帝の裁判を受けたら、おれたち、みんな、吊るし首だぜ。おれたちが、官から見れば賊だっての、忘れたの？」と、木蘭。

「燕青にたのんで、李師師から皇帝に告げてもらったらいい。この館は、李師師の歌館に通じているから、燕青のやつ、しじゅう、李師師のところに行っている」と武松は言いかけ、

「ばか、その燕青の仇討ちの話をしているんじゃないか」木蘭に言われ、

「ああ、燕青は、死んだのであった」がっくりうなだれる。

「歌館への道を教えてくれ」琴童が言った。

「早いところ、あいつが吊るし首になるところを見たいや」

「だめだ。皇帝の力を借りたりしたら、おれたちのレーゾンデートルにかかわる」

春梅は地下に残り、応伯爵は、西門慶の屋敷で内通者をさがすということになり琴童とともに地上にもどった。応伯爵にこっそり命じられて、琴童は、燕青の首の包みをかっぱらってきている。もともと、応伯爵が持ってきたものだが。

「どこへ行くんだい。道がちがうよ」
たずねる琴童に、
「李師師の歌館に行く」
応伯爵は言った。彼も、思いつめると頑固なのであった。

「おまえなんぞの来るところじゃない。帰れ」

歌館の若い衆にどなられたが、応伯爵はひるまず、

「李師師さんにつたえてください。燕青の一大事だって」

このせりふは功を奏し、応伯爵と琴童は、李師師の部屋に案内された。

「一大事って、どうしたの」

応伯爵は、包みを卓子の上におき、ひらいてみせた。

李師師に訴える効果があると思ったのだが、相手は悲鳴を上げてひっくりかえってしまった。

ようやく正気づいたので、応伯爵は、事の次第を説明した。

「燕青、ひどいめにあったのねえ。色男がだいなしだわ。首ばかりではねえ」

李師師は嘆き、

「皇帝のところにいきましょう。わたしが案内します」

と、輿《こし》の用意を下男に命じた。

おしのび用地下道を行くあいだ、応伯爵は、壁画に目をとられ、李師師は、かつて、この道を燕青とともにゆられたことを思い出し、包みを抱いて、涙にくれた。

「ほう、死んだのか」

皇帝の反応は、それだけであった。

このちっぽけな男ひとりのために、なんと豪勢な部屋、贅沢《ぜいたく》な調度。

木蘭《もくらん》が見たら、怒り狂うだろう。

## 其ノ十八

熱烈歓迎《どうせおいらは》　沈没泥池《うらぎりものよ》
被虐嗜好《どうせおいらは》　相応伯爵《マゾなのよ》

応伯爵《おうはくしゃく》は木蘭のように反権力意識にこりかたまっているわけではないが、

――なんだか、虚《むな》しいねえ。

とは、思ってしまう。

王宮は、内外、華麗な装飾が過剰だ。

金鋲《きんびょう》をうった朱塗りの柱、磚《かわら》と石をまじえて築

いた壁、竜や鳳凰《ほうおう》、飛雲の彫刻、模様のある甍《いらか》、瑠璃色の瓦《かわら》で葺《ふ》いた屋根と、彩色した棟木。

隙間なくちりばめられた宝玉だの、欄間や窓にくまなくほどこされた彫刻だの、壁にかけられたおびただしい絵だのは、空虚をかくすための必死の擬態であるように、応伯爵には感じられた。

西門慶《せいもんけい》の豪奢《ごうしゃ》も空虚だが、王宮は、規模が大きいだけに、そのかくす空虚もいっそう巨大だ。何の飾りもない小部屋の方が、皇帝は気が休まるのではないか。

などという感想はさておき、

〃ほう、死んだのか〃

で、おしまいは、ないでしょう、と、応伯爵は思う。

〃そのような残酷なことをしたのか、なんという残忍な奴だ。即刻、ひっとらえて処刑せよ〃

と、激怒して命令をくだしてくれなくては困るのだ。

皇帝は、前かがみになって、李師師《りしし》の鞋《くつ》をぬがせはじめた。

燕青《えんせい》の名からの条件反射だろう。

「いやですよ」

李師師はじたばたする。

「あのときのように、やる」

「いやですったら」

「あのときは、燕青がおまえをおさえつけ、朕《ちん》に手を貸したのであったなあ」

皇帝は追憶にふける風情なので、

「その、燕青ですッ」

応伯爵は声をはげました。

「皇帝陛下におかれましても、よくご存じの燕青が、西門慶に殺されたのですッ」

「わかった」

「ですから、厳罰を」

「それは、提刑所《ていけいしょ》の職掌だ」

提刑所というのは、裁判所と警察を兼ねた役所である。

「西門慶は、提刑所の長官なのですよ」

「なるほど。では、西門慶に裁かせたらよかろう」

本気で言っているのだったら、あまりに大莫迦《おおばか》だから、皇帝としてはうけをとるつもりなのだろう、くだらねえ、と思ったが、がまんして、笑ってさしあげた。それとも、実際、大莫迦のすっとんちきなのかしら。どうも、後者らしいので、

「無罪にするにきまっています。それどころか、私が処刑されてしまいます」

応伯爵は、教えてやった。

「李師師姐《ねえ》さん、口添えをお願いします」

応伯爵は頼んだが、李師師はおしのび用地下道で泣いたら、それで哀悼はすんでしまったようで、鞋にのびる皇帝の手をふりはらうのに専念している。

「西門慶を処刑できるのは、皇帝陛下だけでございます」

「朕は、刑を与えるのは、好きではない」

「並みの殺人ではないのでございますよ」

応伯爵は、もう一度、念入りに、殺戮《さつりく》の状況を語った。

皇帝は、同じ話を二度聞かされても、まるで初めて聞くみたいに、面白そうに耳をかたむけていたが、三度目になる李師師は、うんざりしている。

「このような悪逆無道な男は、八つ裂きにしても飽き足りないと存じます」

「そうだな」

「でございますから、是非、西門慶に極刑を科すとの勅命を」

「朕には、死刑執行書を発する権限はない」

「皇帝陛下の勅命は、絶対でございます」

「この世に、絶対ということがあるだろうか」

皇帝は、文学青年のようなことを言った。

「ございますとも。皇帝陛下こそ、〈絶対〉でございます」

「朕は、懐疑しておる」

と、ますます青くさくなりながら、皇帝の手

は、老熟した色男のように、女の鞋を脱がせ終わり、纏足《てんそく》の布をほどきにかかる。李師師の抵抗をものともせずほどくのは、燕青の仕込みの成果である。

糠《ぬか》に釘、暖簾《のれん》に腕押しは、日本の諺《ことわざ》であって、中国における同義の箴言《しんげん》は、筆者浅学にして知らないが、まあ、そういう状態で、応伯爵は、ふだんはわりあい冷静で醒めているのだが、皇帝がつーかーでこっちの話にのってくれるとてんから思い込んでいたから、珍しく、かっかとしてしまった。

ここまできたら、黙ってひきさがれるものか。

ぶんなぐってでも、皇帝野郎に勅令をださせたいのだが、しかし、実力行使に出たら、西門慶より先にこっちが処刑される。

応伯爵は、腹の虫をおさえ、手段を考えた。

個人的な犯罪は、国家を統率する皇帝には、猟奇趣味を満足させる物語のようなものなのかもしれない。だが、国家的、国際的規模の犯罪であれば、無視はできまい。

応伯爵は、そう思いつつついて、背筋がぞっとした。

彼が発明した武器の数々を、西門慶が金《きん》にも西《せい》遼《りょう》にも密輸していることを、応伯爵は最近知ったのである。

西遼は、金にほろぼされた遼の一族が、西方に逃亡して新たに建てた国である。

こんなことを、思いつかなければよかった……。

西門慶を告発すれば、即ち、彼自身も、反逆罪に問われるであろう。西門慶が極刑なら、彼もまた、極刑にあたいすると、皇帝は思うのではないか。

ふだん飄々《ひょうひょう》としているが、実はかなり内省的である応伯爵は、個人的犯罪と国家的犯罪について、考えてしまった。

彼にとっては、敵国への武器密輸出という国家への裏切り行為より、直接目にした燕青の虐殺の方が、はるかに重い。

発明がたのしくて、それがどういうふうに西門慶によって利用されているかは、気にしないことにしていた。

金にだけ武器を売るのなら、不公平だが、皇帝の軍隊にも、同じ武器はおさめているのである。同じ武器で戦うのだから、勝敗は軍人の責任だ。

そういう西門慶の自己弁護に、かくべつ反対もしなかった。

兵器を売りつければ、敵の金銭がわが国に入る。敵国を相手にわが国が儲《もう》けているのだ。愛国的な行為だという西門慶の詭弁《きべん》に、反論する煩わしさもさけた。

戦は開封《かいほう》から遠いところで行われているせいもある。実感がわかないのであった。

いま、確実に西門慶を極刑にするには、この売国行為を皇帝にばらすしかない。

だが、それは、自分の首を絞めることだ。

自殺にひとしい行為だ。

西門慶の処刑とひきかえに自分の命も捨てるには、厭世《えんせい》係数が、不足していた。

西門慶だけ処刑させ、自分は助かるすべがないわけではない。

わたくしは、わが国のために、新兵器の考案にはげんだのです。それを、こともあろうに、敵国にも売り渡していたとは、知りませんでした。つ

い、最近になって、知ったのです。知ったからには、だまっていられません。わたくしにもお咎《とが》めがくだることは覚悟の上で、告訴いたします。で、あとは、西門慶が何を言おうと、しらをきりとおす。証拠は何もないのだから。

もっと安全なのは、西門慶が口をきけないようにしてしまうことだ。

喉を焼くとか舌を切るとか、と頭に浮かんだ考えを、応伯爵は、おっぱらった。そんな残酷なことをしたら、おれは、西門慶と同じ外道《げどう》になってしまうではないか。

己の身の安全のための必要やむをえざる残虐と、趣味のための残虐と、どちらが唾棄《だき》すべき行為であろうか。

などと、考え込んでいる応伯爵はそっちのけで、皇帝と李師師は遊びをはじめている。

かたわらの首の包みに、応伯爵は目をやった。

李師師に見せたら一目でひっくりかえってしまったから、皇帝にひっくりかえられては困ると、話だけにして、実物は見せなかったのである。

くすくすこそこそとやっている二人の前の卓子に、応伯爵は、包みから出した首をおいた。

そうして、口をひらかず、「皇帝陛下ァ」と、うらめしそうな声だけ出してみた。腹話術である。

二人とも悲鳴をあげたが、さいわい、気絶はしなかったので、もう一度、

「皇帝陛下ァ。燕青でございますゥ」と、やってみた。

燕青が聞いたら、おれは、そんな情けない声はださないぞ、と、怒るだろうな。

「西門慶のやつのせいでェ、このような、情けない姿にィ」

と、幽霊声をだしているうちに、応伯爵は、しらけてしまった。

「わかった、わかった。仇はとってやる」

と、皇帝はふるえているが、なんだか、皇帝

も、からくりを見抜いた上で、わざと怖がって芝居をたのしんでいるような気が、応伯爵は、した。のりやすいたちなのかもしれない。

「お願いいたしまするゥ」

と、首をがくがくおじぎさせると、

「おまえをこのような目にあわせたとは、許しがたい。どのような刑にでもしてつかわすぞ」

「このさい、鬼目粽《きもくそう》をつくってみたらいかがかしら」

と、李師師までのってきた。

五世紀における少年皇帝 劉子業《りゅうしぎょう》の故事をもちだしたのである。

劉子業は十五歳で帝位についた。彼を廃し、太《たい》宰江夏王《さいこうかおう》を立てようという動きを知った少年皇帝は、権臣らを誅殺《ちゅうさつ》し、江夏王を文字通り八つ裂きにした。四股《こ》を断ち、内臓を裂き、眼睛《ひとみ》を抉《えぐ》って蜜に漬け、これを鬼目粽と呼んだ。と、『宋《そう》書《しょ》』巻六十一宋書南史、宋宗室及諸王上、江夏文献王義恭伝の項にある。もちろん、筆者は宋書なるものを見たこともなく、孫引きである。ちなみに、この宋は、大昔、六朝《りくちょう》時代、日本では倭《わ》の五王の時代の国名であって、この『金瓶梅』の宋王朝とは別である。

後世、二十世紀になって、『SEXUAL LIFE IN ANCIENT CHINA』をあらわしたオランダ駐華大使館員R・H・ファン・フーリックは、同書の中で、この少年皇帝劉子業を、ヘリオガバルスになぞらえている。神経症のサディストと、フーリックは評しているが、筆者は、権力をほとんど無自覚に行使した無邪気で残酷な少年皇帝という点で、類似しているのだと思う。

応伯爵はこのとき、口走っていた。

「西門慶は、大逆をおかしているのでございます」

黙っていてもすむことを、なぜ、口にせずにはいられなかったのか、という応伯爵の心理は、露《ロ》西亜《シア》の文豪が『罪と罰』において描出したところと通底するであろう。

そうして、彼の良心はあまりに繊細に過ぎたのかもしれない。


皇帝は、憂鬱になった。

だいたい、処刑は嫌いなのである。

快楽は好きだが、自分の苦痛はもちろん、他人の苦痛も、それを快楽と感じる倒錯感覚は、皇帝にはなかった。

しかし、西門慶に関しては、金に武器を密輸するという大規模な利敵行為を知ったからには、聞き流すわけにいかない。

宋は、金にたいし、信義に欠けるやり方をしている。

金の軍事力によって燕雲《えんうん》十六州のうち、燕京《えんけい》とその近くの六州を遼から奪還してもらったかわりに、毎年、銀や絹や食糧を金に支払う約束になっていたのだが、金の太祖《たいそ》が没して弟の太宗《たいそう》が即位すると、約束を無視して支払いをやめてしまった。其ノ十においてのべたように、残る十州をも回復したいと、敗走してかくれていた遼の皇帝と同盟を結び金を討とうとして失敗している。

激怒した金の太宗は、大軍を南下させ、燕京を落とした。

守備軍の将、童貫《どうかん》は、金軍が接近するとたちまち開封に逃げ帰り、太原府《たいげんふ》知事張孝純《ちょうこうじゅん》の必死の防戦により、開封に迫るのをくいとめているというのが、目下の状況である。

張知事が、金軍を撃滅するだろう、と、皇帝も高官たちも、希望にすがっている。

そうして、開封市民は、張知事の勝利を、信じている。

敵の姿がみえないから、みな、のんびりしている。戦場は遠い。

童貫も、敵の勢いにおびえて逃げたなどとは言えないから、戦況を報告するために帰ってきたのである、金軍恐れるに足りずなどと豪語している。

しかし、このさい、西門慶の武器密輸は、万死にあたいする。

「証拠はあるのか」

「金とかわした書類がございます」

「そこに持参したのか」

「いいえ。西門慶の金庫に入っています。押収なさってください」

高官を招集しての会議で、西門慶の逮捕がきまったが、常々多額の賄賂《わいろ》を西門慶からうけとっている蔡京《さいけい》は、捕吏がむかうまえに、腹心のものを送って、西門慶にこのことを知らせた。

「私は無実です」

西門慶は使者に抗弁した。

「金に密輸したことはないというのですか」

「そんなことをしたら、売国奴じゃありませんか。とんでもない」

「金とかわした証拠の書類が、皇帝に提出されているのですよ」

西門慶はあわてて金庫をあけ、書類が実在したことを、みずから暴露する結果になった。


書類を盗み出したのは、春梅《しゅんばい》と琴童《きんどう》である。

その次第をのべる。

西門慶の逮捕がきまるまで、高官たちがすったもんだ会議をしているあいだのことであった。

応伯爵がもどってこないので、春梅と琴童が李師師の歌館に行き、どうなっているのかたしかめた。

「たぶん、西門慶はひどい罰を受けるわよ」

李師師は、そう言った。

「応さんは？」

「あの人だって、まったく罰を受けないですむというわけにはいかないわよね」

「牢屋《ろうや》に入れられているのですか」

「わたしが、適当な罰を皇帝に提案してあげたから、それほどひどいことにはなっていないわ」

李師師に宮廷の裏庭の地形を教わり、ふたりは、応伯爵が罰を受けている場所に忍び入った。

泥濘《でいねい》は、応伯爵の鼻のすぐ下まできていた。

足の下は、椀《わん》の底のように彎曲《わんきょく》しているので、安定が悪い。

滑って転ぶと、起き上がるのがむずかしい。

起き上がれないでいると、泥水に溺《おぼ》れる。

巨大な椀のような坑穽《あな》は、王宮の裏庭に掘られ、中にたたえられたのは、泥汁である。

皇帝が彼に下した刑罰が、これであった。

皇帝というより、李師師が、積極的にこれをやりたがったのである。

鬼目粽を持ち出したくらいだから、李師師は、少年皇帝劉子業の故事につうじている。劉は、自分にそむいて帝位を簒奪《さんだつ》するおそれのある三人の叔父を、裸にむいて、泥水をはった池に追い込み、残飯をいれた木の桶《おけ》をあてがい、手をつかわず、口だけで食べることを強要し、豚あつかいして楽しんだ、と、史書に残っている。

　この叔父は三人とも、きわめて肥大しており、泥池に入っていないときは、「竹籠《たけかご》に盛り込まれ」と史料に書いてある。超人的に太った男を三人盛り込んだ籠は、ずいぶん巨大であったろう。一番肥えていた叔父を、少年皇帝は、「猪王《ぶたおう》」、あとの二人は「殺王」「賊王」と罵倒《ばとう》した。

　この刑の故事を、李師師は鬼目粽から連想したらしい。

　泥池の周囲は柵《さく》をめぐらし、警邏《けいら》が巡視している。

　身軽な琴童は、立木にのぼり、警邏のいないすきをみて、

「応さん」

　呼びかけた。

「ひどい目にあっているね」

「なに、これぐらいは、仕方ないのだ」

　応伯爵は、あおむいて、答えた。とたんに、泥水が口に入り、むせた。

「私は、やがて釈放されるから、いいのだ。それより」

　と、応伯爵は、西門慶が書類をかくしている金庫を教えた。

　それを聞いて、春梅がいったん屋敷に帰り、金庫の鍵を手に入れ、書類を盗み出し、琴童にわたし、琴童から武松《ぶしょう》へ、武松から李師師を介して皇帝へという手順で、ことは行われたのであった。

　西門慶が大切に秘匿していたであろう金庫の鍵を、春梅がどうやって手に入れたか、このあたりを詳述していると紙数が足りなくなるから、割愛

する。たぶん、わりあい、簡単に盗むことができたのだろうと推察する。西門慶は、猜疑心《さいぎしん》があまり強くないたちだと思うからである。

右のような次第で、西門慶の罪状は明らかになった。

年明けて、正月。

王宮には、各国からの使節がそれぞれの国の正装をして、朝賀に参集した。

紺色の袍《ほう》の西夏《せいか》の大使。ターバンを巻いた回紇《ウイグル》の使節。フェルトの笠に金の陣羽織の于闐《うてん》、さらに、高麗《こうらい》、三仏斉《さんぶつせい》、真臘《しんろう》、大理《たいり》、大石《たいせき》などなど。

街には五彩の棚が飾られ、装身具や造花や骨董《こっとう》の店がならぶ間を花轎《はなかご》や徒歩の人々がいきかう。

正月のあいだは、賭博《とばく》が公にゆるされる。

賭博許可は、正月のほかは、清明節《せいめいせつ》と冬至の祭のときだけである。

貴族たちは宝石、骨董、反物、茶器など高価なものを賭け、庶民は食べ物だの果物だの薪炭だのを、つつましく賭ける。

西門慶が逮捕されたことは、開封の町中に知れ渡っていたから、その処刑は当然、賭の対象になった。

西門慶のことだから、うまく刑はまぬがれるだろうというもの、いや、大変な反逆罪だから、極刑になるだろうと予想するもの。

王宮前の広場に処刑場がしつらえられたので、どうやら、公開処刑が行われるらしいとみて、人々は昂奮した。

公開処刑は、開封の市民にとって、最大の見世物である。お祭りより楽しい。

金色に塗った二本の竿《さお》が屹立《きつりつ》した。

背後に旗や幟《のぼり》が烈風になびき、軍楽隊と甲冑《かっちゅう》に身を固めた騎馬軍団、歩兵団が立ち並んだ。

町中の人々が、見物に押し寄せた。

地下の仲間も地上に出て、群衆に混じる。

不機嫌な顔をしているのは、木蘭である。

「復讐は、おれたちの手でするべきだ」と主張したのに、ついに、皇帝の権力に西門慶処刑をゆだねてしまった。

武松は、

——入牢していたとき、燕青といっしょに、絞首刑を眺めたっけなあ。

と、感慨にふけった。

——こんな派手な処刑ではなかった。金持ちは、処刑も、大掛かりにやってもらえるのだろうか。

「もう一人の罪人はどんなやつなのだろうな」

母夜叉《ぼやしゃ》が、魯智深《ろちしん》に話しかけた。

「竹柱が二本だ。ずいぶん、背の高い竹だ。竿頭百尺だな。いっしょに処刑されるのが、女であれば、あいつも、少しは嬉しいかな」

「お宝がないのだから、あいつの来世は雌の騾馬《らば》だ。自業自得とはいえ、哀れだな」

「燕青のやつがいっしょに見物していないのが、なんだか物足りないねえ」

母夜叉は、顔ににあわぬ愛らしい吐息をついた。

来旺《らいおう》は、群衆の中に宋恵蓮《そうけいれん》の顔をさがし求めた。

主人が大罪人になったから、西門家は離散した。宏壮な館は官に没収され、召使はみな暇を出された。

——これじゃあ、おれは、どうしたらいいのかしら。

と、来旺は案じる。

いつまでも、こんな悪党どもの仲間になっていたくはないけれど、ご主人様の家がなくなってしまったのでは、おれの身の置き場がない。女房がいれば、一番いいやり方を考えてくれるのに。

西門慶の夫人たちは、それぞれ、親類のもとに身をよせたり、妓楼《ぎろう》に身売りしたり、散り散りに

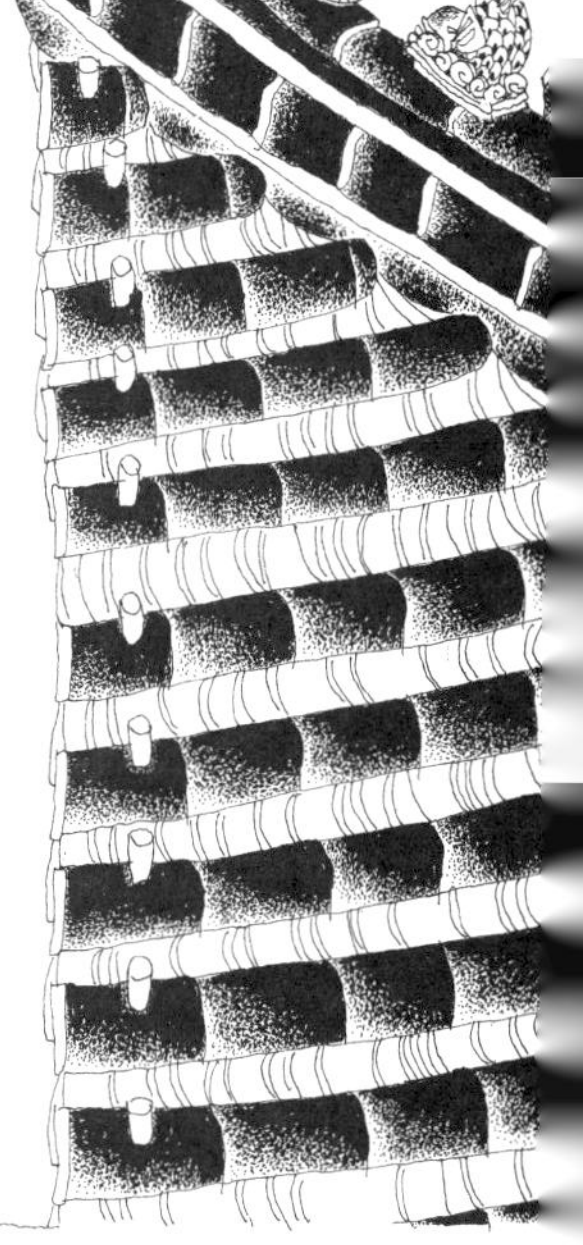

なった。孫雪娥《そんせつが》は、大料亭の料理人に雇われた。
行き場のない金蓮《きんれん》は、人気《ひとけ》のなくなった館に
まだ取り残されている。
象のように重いから、だれも部屋からはこび
だせないのだ。
館の管理を命じられた番人が、食事を与えて
いるが、金蓮の食欲をみたすことなどできはし

ない。食事の量が減れば、体重も少しは減るかもしれない。番人は、肉襞《にくひだ》のあいだで遊ぶのを役得にしている。

見物の足元を、ひたひたと、水が洗う。

開封には四つの運河がひきこまれている。開封の大動脈である汴河《べんが》、王城の中に入り込む金水河《きんすいが》、東北部を流れる五丈河《ごじょうが》、南の蔡河《さいが》。それらが、このごろ、水量をましているのである。

軍楽隊の演奏が高まった。

檻《おり》をのせた車が、広場に進んできた。

西門慶が檻から出されると、二本の竹柱の先端が、ゆっくり弧を描いて下がりはじめた。

見物の輪の前の方から、どよめきが起こった。

「何をやっているんだろう。見えないよ」

母夜叉が爪先立って首をのばす。

魯智深が、肩にのせてやった。

「おれも」

と、木蘭が、魯智深の肩によじのぼり、さらに、母夜叉の肩の上に両足をおいて立った。特等席である。

「春梅くん、きみも、見えないだろう」

と、武松。

「わたし、いいです。見えなくても」

辞退する春梅の言葉を聞き流し、親切な武松は、軽々と抱き上げて肩車してやった。

竿頭から綱が垂れ下がり、その先端は、轆轤《ろくろ》につながっているのであった。

役人が轆轤を巻くにつれ、竿頭は撓《しな》って地面に近づく。

綱は、それぞれ、反対側の轆轤につながっているので、やがて、竿頭は、交差した。

春梅が見たのは、手のとどくところまで撓い下がった二本の竹の先端に、役人たちが、西門慶の両の足首をそれぞれ結びつけているところであった。

竹の弾力にさからい轆轤の把手《とって》をまわす役人た

ちの肩に腕に、力瘤《ちからこぶ》がもりあがる。

　竿頭と轆轤をむすぶ綱は、ぎりぎり張り切っている。

　次に起こる事態が想像でき、春梅は、両手で目をふさいだ。

　しかし、指の間を少し開けずにはいられなかった。

　前の方にいる者は、後ろの見物人に、様子を教えてやっている。

「もうじき、綱を斬《き》るよ。見えない？　なに、裂けてぶっ飛ぶときは、空高くあがるから、だれにでも見えるさ。人肉花火だ」

「罪人にしては、ずいぶん、豪華な服を着ているな」

「宝石だの、金だの、飾りたてている」

「そのほうが、飛び散ったとき、きれいに見えるという、

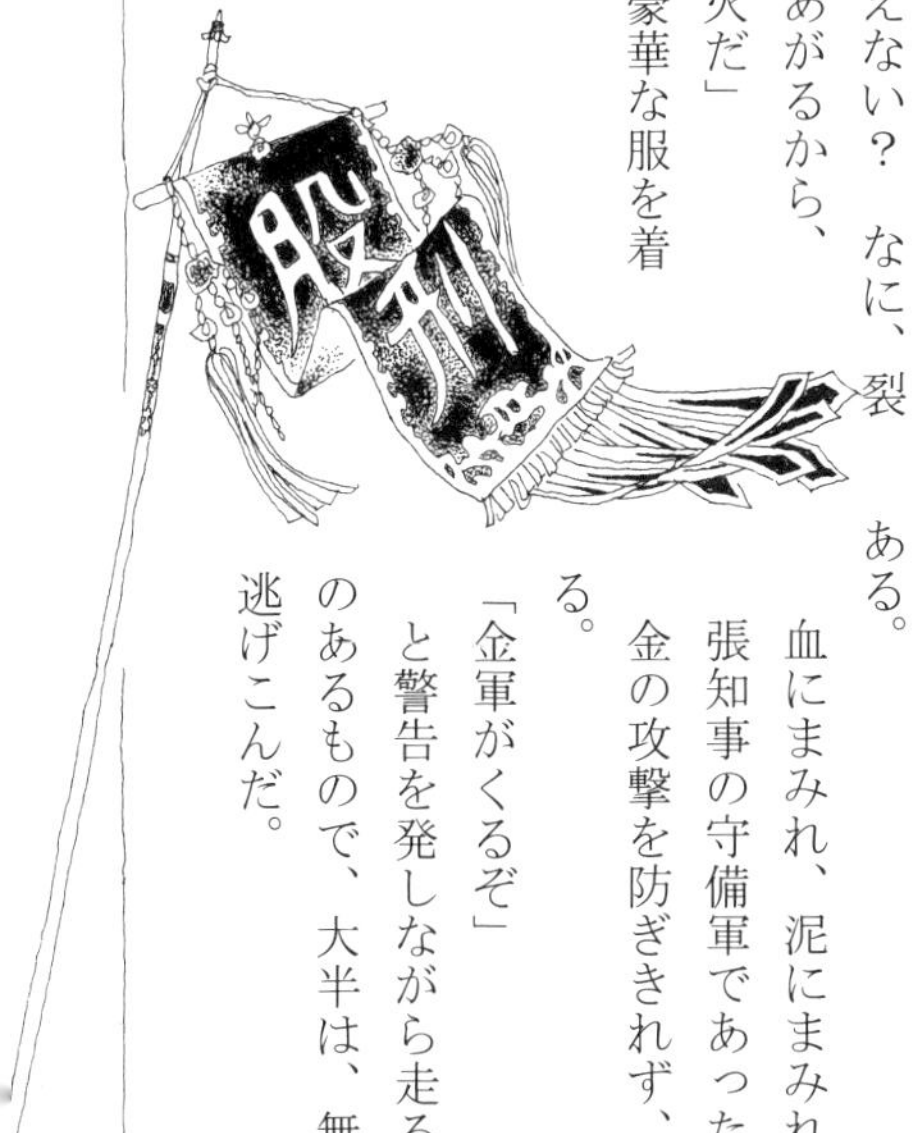

皇帝陛下のご仁慈だそうだ」

　と、政府高官に知り合いのいる事情通が、得々と教える。

　期待が高まり、ふくれあがり、見物は、「早くやれ」と、どなりはじめる。

「斧《おの》をふりあげたぞ」

「綱を切るぞ。見逃すな」

　突然、人の波がくずれた。

　朱雀門《すざくもん》から、騎馬の群れが走り込んできたのである。

　血にまみれ、泥にまみれ、敗残の姿である。

　張知事の守備軍であった。

　金の攻撃を防ぎきれず、逃走してきたのである。

「金軍がくるぞ」

　と警告を発しながら走るのは、まだしも余裕のあるもので、大半は、無我夢中で王城の中に逃げこんだ。

処刑を楽しむどころではない。

どこへ逃げたらよいのか、人々はただうろうろ走り回り、大混乱になった。

「逃げろ」

「城門をかためろ」

「火砲を用意しろ」

轆轤の把手を回していた役人も、手をはなして逃げたから、二人の竹は、はじけかえった。

城外から、巨大な鴉《からす》がとびきたったのが、同時であった。

泥池の中で、応伯爵は、その鴉を見た。

「神火飛鴉《しんかひあ》！」

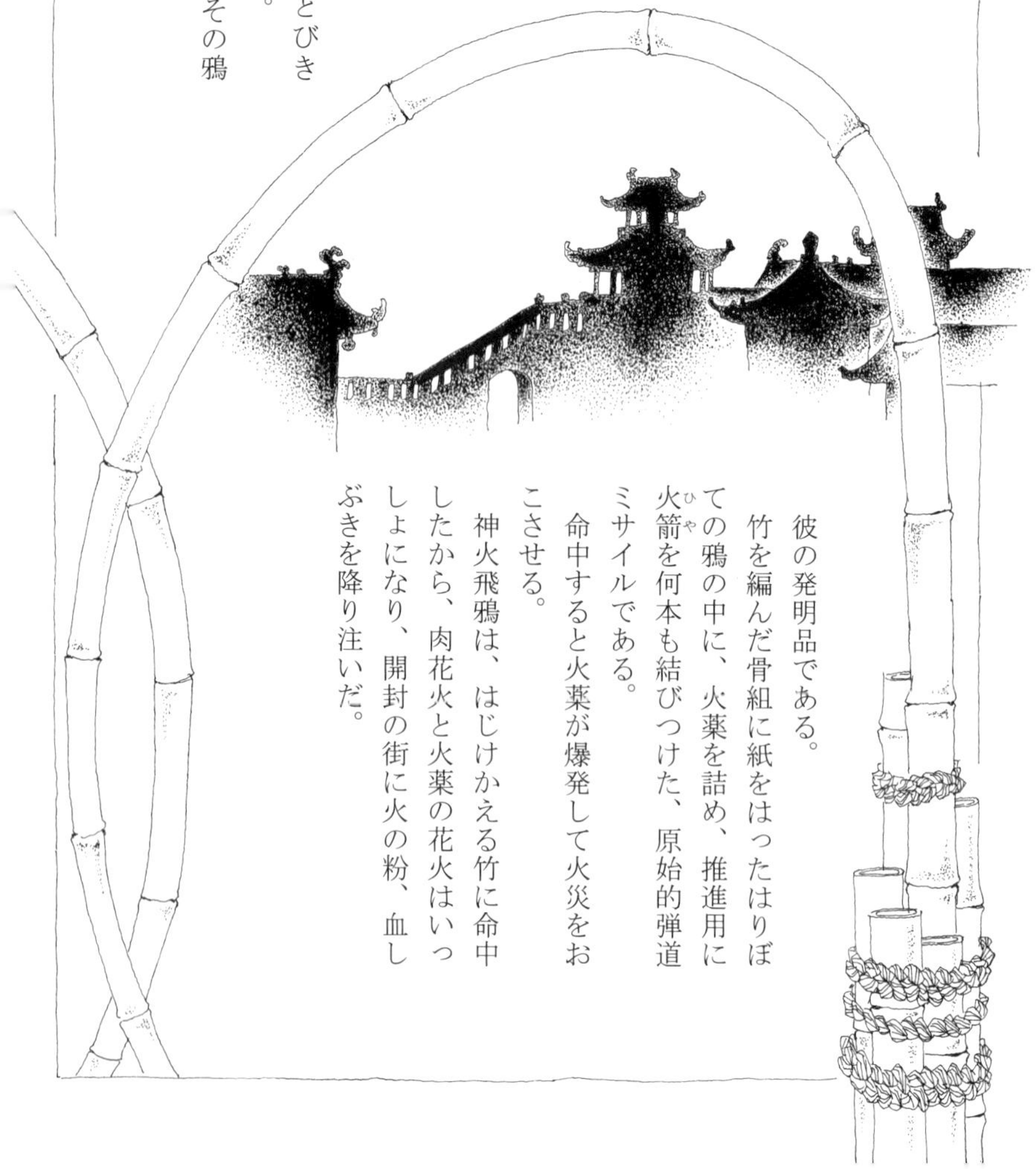

彼の発明品である。
竹を編んだ骨組に紙をはったはりぼての鴉の中に、火薬を詰め、推進用に火箭《ひや》を何本も結びつけた、原始的弾道ミサイルである。
命中すると火薬が爆発して火災をおこさせる。
神火飛鴉は、はじけかえる竹に命中したから、肉花火と火薬の花火はいっしょになり、開封の街に火の粉、血しぶきを降り注いだ。

# 其ノ十九

神火炎々《ちょうどじかんと》　濁流滔々《あいなりました》
森羅万象《それではみなさま》　終劇閉幕《ごきげんよう》

つづいて宙を飛び来ったのは、竜である。

嗚呼《ああ》ッ。応伯爵《おうはくしゃく》は叫んだ。

彼が発明した〈神火飛竜《しんかひりゅう》〉ではないか。

飛鴉《ひあ》と同様の構造をもったものだが、火薬を詰めた太い長い竹筒に、はりぼての竜の頭をつけてある。

迫力満点だと、応伯爵は我が作品に惚《ほ》れ惚《ぼ》れした。

開封《かいほう》市内のあちらこちらで、鴉《からす》や竜の群れは爆発を起こし、火柱があがる。

見惚れている場合ではない。同じ兵器は、宋《そう》軍も持っているのだ。西門慶《せいもんけい》は公平に、両国に売り

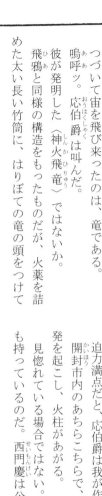

つけたのだから。

早く敵軍に撃ち込めばいいのに、こちらから攻撃しているようすはみえない。

応伯爵があせっていると、宋軍の将校が、兵士を連れて泥池の中の応伯爵の方に走ってきた。

兵士が、応伯爵をひきずりあげた。

「お許しがでたんですか」

「皇帝陛下のご慈悲だ。おまえは、これから、軍にくわわり、新兵器の使用法を兵に教えろ」

「は？　訓練してなかったんですか」

「まさか、開封の城中でもちいることになるとは、予測していなかったから、使い方がわからんのだ。早くこい」

泥水でぐしょぐしょのまま、応伯爵は、開封市の外郭をなす城壁の上に連れていかれた。

城壁の鉄の門扉をかたく閉ざしたのはもちろん敵の乱入を防ぐためだが、人夫たちがその上に大慌てで泥を塗りつけているのは、火を防ぐためである。しかし、城内は、すでに空爆から生じた火災がひろがっている。不意の襲撃に命令系統が混乱して、めちゃくちゃなのだ。

鉄扉を打ち破られたときの防御用に、塞門刀車が据えられている。

門扉と同じ幅を持った木製の二輪車で、前面に刃をずらりと植えつけたものだ。

城壁の上から開封市内をみわたせば、そこここで発生した火災のあいだを、逃げまどう人々が、入り乱れている。

敵が城門、城壁を突破して攻め込んだときに防衛するための虎車、象車が街路をふさぎ、逃げる人々の邪魔になっている。

虎や象のはりぼての前面に多数の槍を植えた車である。虎は一輪、象は四輪、道幅によって使い分ける。

鴉と竜は、なお、さかんに飛来して、建物にあたっては、火を発する。

金の大軍は、ひたひたと押し寄せつつあった。

地下の仲間はどうしているかと、応伯爵は目をこらしたが、右往左往する群衆の中に彼らを見出すことはできなかった。

「どこに点火すればいいのか」

将校が問う。

応伯爵の指導で、城壁の上に勢揃いした、張りぼての鴉や竜が、いっせいに飛び立った。

神火飛鴉、神火飛竜の飛来をものともせず、金軍は、城壁に肉薄した。

先端に鉤《かぎ》のついた長い梯子《はしご》をはこぶ雲梯車《うんていしゃ》や革張の装甲車が、ぞくぞく進んでくる。

八個の車輪で動かす、五階建ての攻城塔もある。最下層は床がなく、人夫が車に連動した軸を押して動かす。上の四層に、武器をたずさえた兵士が乗り込んでいる。

望楼車のゴンドラが上がった。八輪の車の上に柱を二本たて、天辺の横木に革張のゴンドラを縄で吊るし、轆轤《ろくろ》で巻き上げ巻き下ろす。中に物見の兵がひそんでいる。

高く吊り上げると、ゴンドラの窓は城壁の上端より高くなる。

窓めがけて、城壁から宋軍の火箭《ひや》が飛んだ。ゴンドラは燃えながら下降していった。

火箭は、はげしく飛び交う。

城壁の上から、さまざまな火器が、群がる敵に撃ち込まれる。

発射機を使った火槍が飛ぶ。震天雷が飛ぶ。毒薬煙毬《えんきゅう》が飛ぶ。

震天雷は、鉄の椀を二つあわせた容器のなかに火薬をつめたものであり、毒薬煙毬は、火薬のほかに狼毒《ろうどく》や瀝青《れきせい》や砒霜《ひそう》などの毒薬をつめこんである。

次三弓弩《きゅうど》は、弓を三つあわせた強力な弩《いしゆみ》で、轆轤で弦を引きしぼる。矢を数十本おさめた筒をこれで射放つ。鉄製の羽根をつけた槍を発射することもできる。

宋が用意した武器は、金も持っているのだが、高みから投げつけ射放つほうが、有利だ。

応伯爵は、恍惚としてきた。

彼の発明した武器が、実戦にもちいられ、予想以上の効果を発揮しているのである。

火器ばかりではない。原始的な投石器も、守城戦には大いに有効である。

応伯爵の工夫した投石器に、旋風砲がある。

従来の砲は、一定の方向にしか動かなかったのだが、これを、四方に旋回できるようにしたのである。

血の殺戮《さつりく》の中で、応伯爵の、常日頃の良識や内省はすっとんでしまった。

いまや、西門慶より嗜虐《しぎゃく》的になって、やれ、ぶち殺せ、撃て、と声をからす。

西門慶の嗜虐は個人にむけられていたが、応伯爵は、愛国という大義名分による大虐殺に酔い痴れている。

金軍は、人海戦術である。倒れても倒れても、後続の兵にはこと欠かない。

木幔《もくまん》の楯で矢や石の力をそぎながら、城壁の真下にまで群がり攻め寄せてきた。

雲梯をのばし、先端の鉤を城壁にひっかけ、よじ登ってくる。

他の一団は、強力な次三弓弩をもちいて、城壁に踏蹶箭《とうけつせん》を撃ち込んだ。頑丈な槍である。これを足掛かりにして、城壁をよじ登る。

迎え撃つ宋軍は、ぬかりなく狼牙拍《ろうがはく》や夜叉檑《やしゃらい》を用意している。

前者は、楡《にれ》の大板に長さ十五センチほどの狼牙状の鉄釘二千二百個をびっしり植えつけたもの、後者は、板のかわりに丸太をもちい、その全面に同じような釘を植えてある。

綱と轆轤で落として、大勢の敵を一度につぶしては巻き上げるから、数度の使用に耐え、経済的である。

乾いた草に火薬をまぶしたのに火をつけ、投げ落とす鉄嘴《てっし》火鶏《かけい》というのもある。

麻縄を厚く編んだ大きい布幡《ふはん》は、巨大な楯の役をするものなのだが、火をつけ、投げ落とすと、敵の上におおいかぶさり、大勢を一度に焼き殺すことができる。火の布をはねのけようともがく上から、多節棍棒《こんぼう》でなぐりつけたりもする。

城壁上で命令する応伯爵は、飛び跳ね、踊り狂っている。

「開封は、落ちるな」

魯智深《ろちしん》はつぶやいた。

王城の前の広場に、人々が集まっている。

重大なお触れがでるというので、木蘭《もくらん》たちも、何を言うのかときてみたのだが、楼上に立った高官が伝えた勅宣は、

「皇帝陛下におかせられては、かしこくも、皇太子殿下に譲位なされる」

というものであった。

「皇帝のままでいると、金にとっつかまったとき危ないから、責任回避するつもりだな。ひでえ野郎だ」

木蘭が吐き捨てた。

「船をな」

と、魯智深は足元を指した。

「出した方がいいと思うぜ」

運河からあふれた水が、ひたひたと地面を濡らしている。

「少しずつ、水嵩《みずかさ》がふえている。洪水の前兆だ」

「黄河が氾濫しはじめたのだろうか」

「たぶんな。金軍が攻め入るのと、洪水

と、どちらが早いか」

「どっちにしても、早く開封を離れたほうがいい」

母夜叉《ぼやしゃ》が言う。

「船出か」

木蘭は大きく息を吸い、そうしてふうっと吐いて、春梅《しゅんばい》の肩を抱いた。

「この大事のときに、敵と戦わず逃げるのか」

武松《ぶしょう》が憤然としたが、

「へ、おまえ、まだ皇帝に忠節を、とかなんとか言っているのか。敵が攻めてくるというときに、退位しちまうへろへろ皇帝だぜ」

と、木蘭に言われ、うなだれた。

「牛を用意しよう」

と、魯智深。

「牛？」

母夜叉がけげんそうな顔をする。

「おまえ、まだ、知らなかったな」

木蘭が笑う。

「牛をどうするの？」

春梅が訊く。

「どうすると思う」

「食糧だな」

琴童《きんどう》が言う。

「そうだろ。船旅のあいだ、少しずつ肉を削って食うんだろ」

「それなら、おれにまかせな。包丁使いはうまいものだ」

そう言ったのは、もちろん母夜叉。

「牛まで積み込めるような大きい船が、地下にあったかしら」

ふしぎがる春梅。

「焼討にあったとき、大きい船は皆、燃えてしまったはずだ」

と、武松。

「話は後だ。まず、牛を盗む」

魯智深がせきたてた。

「かっぱらうのは、おれだ」

胸をはる琴童に、

「首飾りや燭台をかっぱらうのとは、わけがちがうぜ」と、母夜叉が、「牛だってよ。牛」

「二十四頭、必要だ」

木蘭は言った。

「このどさくさだ。二十頭だろうが、五十頭だろうが、盗むのは簡単だ。琴童の餓鬼ひとりでは手にあまるだろうが」と、母夜叉。

きょときょと落ち着かなかった来旺《らいおう》が、ふいに叫び声をあげ、人垣をわけて走り出した。

「おおい、女房、女房。おれだ。おまえの亭主だよゥ。待ってくれ。おおい、おれの大事な女房」

小さい姿は、群衆にまぎれ見えなくなった。

「放っておけ」

魯智深は言った。

「洪水になってからでは、船をだせない。今のうちだ」


勅宣をつたえた役人がひっこむと、木蘭は、魯智深の肩にのった。そうして、

「おれたちといっしょに、開封を出るやつは、船にのせてやる。こい」

群衆に呼びかけた。

耳を貸すものはほとんどいなかった。

わずかに聞きとがめた者が、

「あの若いのは、脅えて頭がおかしくなったようだ」

「いま、城外に出たら、金の餌食だ」

などとぶつぶつ言っただけだ。

宮殿の中では、譲位の儀式がものものしく行われているが、外は、爆裂の音、城門をぶち破ろうとする音、喊声《かんせい》、悲鳴が耳を聾《ろう》する。


地下への通路は、李師師《りしし》の歌館からの道が、一

番広い。

李師師をはじめ女たちは、宮殿に逃げ込んだから、歌館はからっぽだ。

木蘭たちは、悠々と、二十四頭の牛を地下の鬼《き》礬楼《ばんろう》にはこびいれた。

三階建ての建物は、さらに地下室がある。そこに、牛を追い込んだ。

両側に、支柱が三本ずつたち、それぞれ、縦横にかみあった巨大な歯車に連動している。

支柱には、横木が十字に突き出している。

その一つずつに、牛を一頭ずつつないだ。

前の牛の尻尾に、餌を吊り下げ、尻をひっぱたくと、牛はのろのろ進みはじめた。

歯車が、ぎりぎりと回転する。

床がかしいだ。


運河の水が、異様に増しているのに、応伯爵は気がついた。

城外を望見すると、金の一隊が、運河の下流を堰《せ》き止《と》める工作をしている。

一時的に洪水を起こさせて、城壁を破壊する助けにするつもりらしい。

「将校」

応伯爵は、毅然と命じた。

「水底竜王砲と混江竜を、ここにはこびたまえ」

彼のほかに新兵器の使用法を熟知するものがいないのだから、高級将校も、諾々としたがう。応伯爵は、たいそういい気分である。これまでの生涯で最高といえる。

「しかし」と、将校はためらいがちに、「あれは、海戦のときにもちいるのではありませんか」

「じきに、必要になる。ぐずぐず言わず、持ってこい」

「はっ」

将校は、応伯爵の命令を下士官につたえ、下士官は兵卒に命じた。

応伯爵は城壁の上を走りまわる。

兵士らは、狼牙拍を巻き上げ、よじのぼってくる敵の上に落とし、また巻き上げる。

無数の牙をのがれのぼってくる兵は、猛火油櫃《ゆき》の火炎を浴びた。

ナフサをみたしたタンクに、ポンプをつけた火炎放射器である。

守城用のものは別として、攻撃兵器は、同じようなものを金軍もそなえているのだから、宋軍の死者負傷者も莫大だ。

攻城塔のてっぺんにそなえた猛火油櫃が、宋兵に火炎のいっせい射撃をあたえる。

装甲車が、後退しては前進し、鉄扉にぶちあたって、衝撃をあたえる。

応伯爵は、運河の水が山のようにもりあがり、迫ってくるのを見た。

水雷を使うチャンスだと、応伯爵は、わくわくしている。

もし、もっと上流まで見とおせる目を彼が待っていたら、暴れ河黄河が、うねり、溢れ、堤防を破壊し、水門をぶちこわし、滔々《とうとう》と押し寄せつつあるのを知っただろう。

金軍が運河を堰き止め、人為的に洪水を起こすまでもなかった。

自然の猛威は、流域を一呑みにしつつ、迫っていたのである。

金軍の築いた堰は、むしろ、木蘭たちに幸いした。


開封市内、どこへ逃げても、安全な場所はない。

火薬をつめた鴉と竜は、豪華な邸宅も貧民街も、無差別に、襲う。

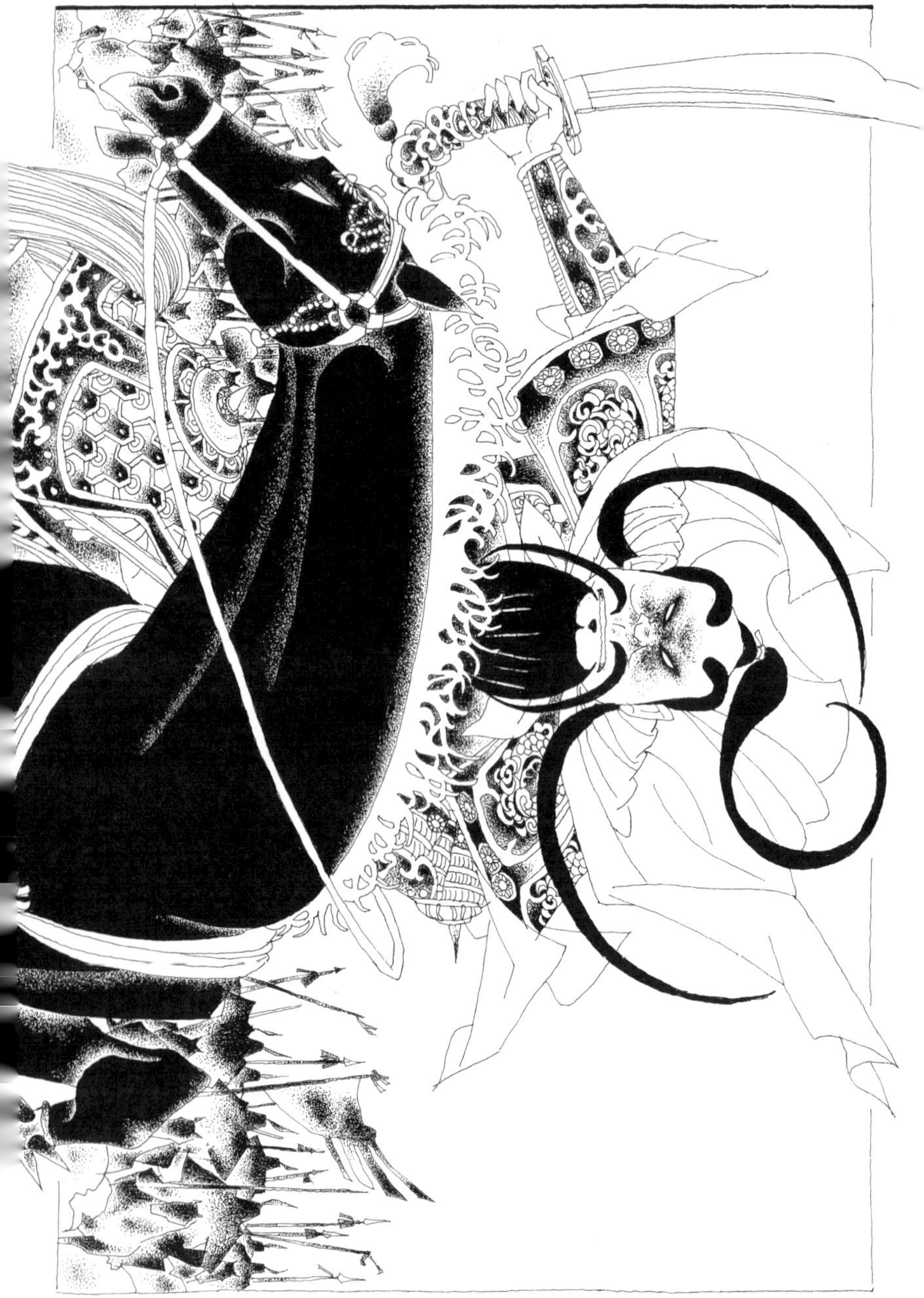

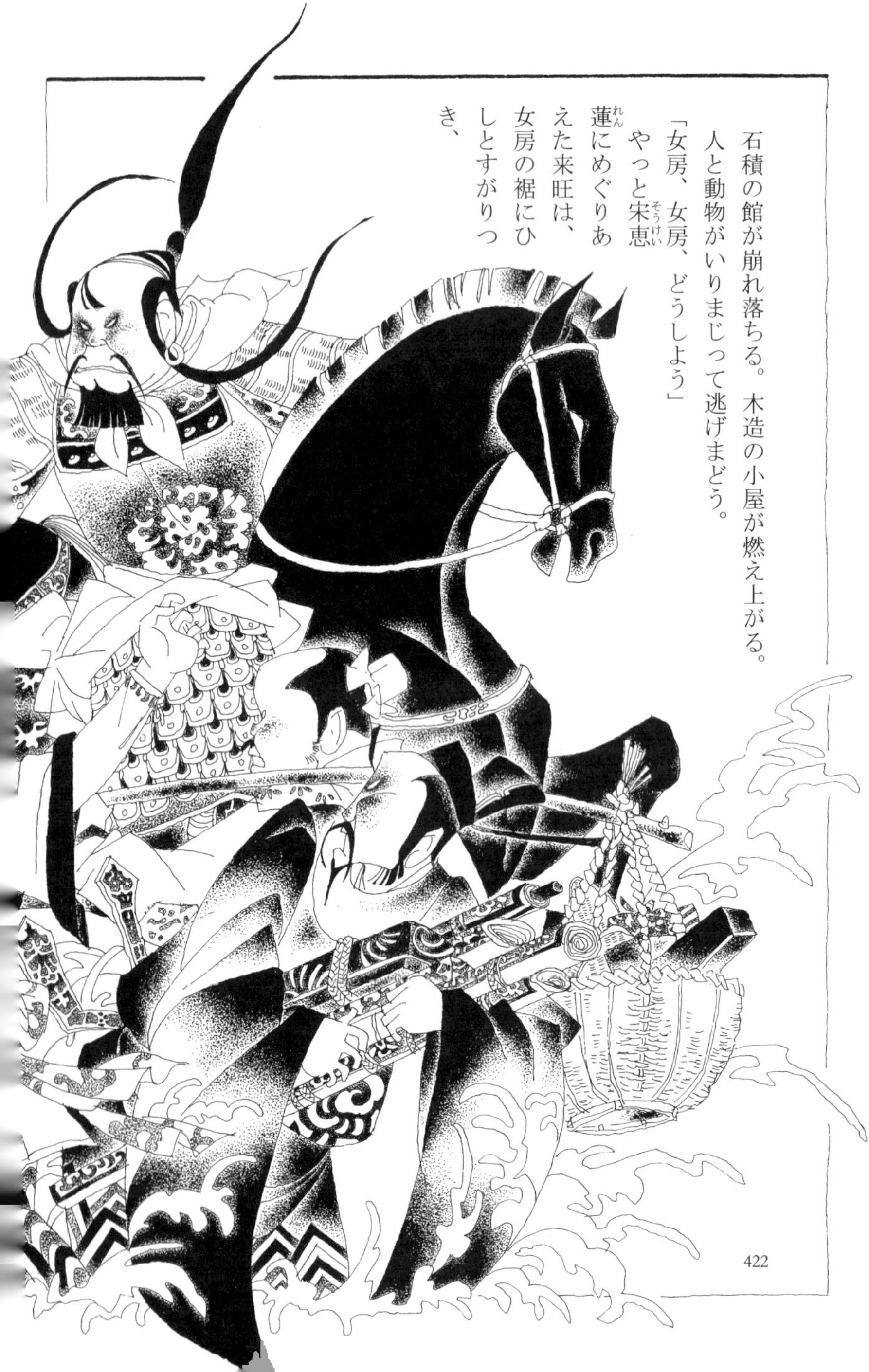

石積の館が崩れ落ちる。木造の小屋が燃え上がる。
人と動物がいりまじって逃げまどう。
「女房、女房、どうしよう」
やっと宋恵《そうけい》蓮《れん》にめぐりあえた来旺は、女房の裾にひしとすがりつき、

「おまえなら、いい手段を考えてくれるな。どこへ逃げよう」

「地下なら、安全なんじゃない。あんたの仲間のところ」

「いやだ、いやだ。やっと、あいつらから逃げることができたのだ。あんな悪党どものところに、二度ともどるものか。おれたちは、まっとうに生きよう。前向きにな。じきに、皇帝の軍隊が、敵を追い払ってくれる。それまでの辛抱だ。地下にもどってみろ、せっかく敵を追い払って平和になっても、賊として追われなくちゃならないのだぞ。処刑はおそろしい」

西門慶の最期を思い出して、わああ、と来旺はわめいた。

「どこが一番安全かしらねえ。わたしが思うには、皇帝陛下のそばじゃないかしら。警護だって厳重でしょうし」

「いや、敵は皇帝をねらっているだろう。一番危ないんじゃないか」

「あんたね、あたしの言うことに一々反対するんだったら、あたしの意見なんか訊かないことよ」

「おまえの言うとおりにするよ。決して反対はしません。だから、命の助かる方法を考えておくれ」

「あたしたち、助かるわよ。助かると、信じるのよ。こうなったら、頼るのは、信念しかないわ。唱えなさい。わたしたちは、助かる。わたしたちは、助かる」

「そんなことで、本当に助かるのかい」

「また、反対する」

「反対しません」

「断固、信じるのよ。わたしたちは助かる」

「わたしたちは、助かる。こんなことで、助かるのかなあ」

「何も悪いことはしていないんですもの。悪はほろび、善は救われるのよ。わたしたち、爪の先ほども悪いことはしていないでしょう」

「していない。していない」

「不動の信念を持つのよ。わたしたちは助かる」

主のいなくなった西門慶の館では、番人が、金《きん》蓮《れん》の肉襞《にくひだ》のあいだにかくれ、ふるえている。このやわらかい豊かな肉が、防弾チョッキのかわりになるだろうと、はかない期待を持っているのである。

部屋いっぱいにふくれた金蓮は、頭の中はからっぽになっているから、あまり恐怖はおぼえないですんでいる。

西門慶がこっぱみじんになったため、化けて出るところのなくなってしまった李瓶児《りへいじ》は、退屈そうに、館の屋根のうえであくびをしている。

死んでしまった身には、爆撃も敵襲も、なんの刺激にもならない。


地上の爆音轟音が、地下にもひびく。

鬼磐楼の外壁、両側に三個ずつとりつけられた巨大な外輪は、中につながれた牛どもがまわす歯車に連動して、ゆるやかにまわる。

かつて安枕《あんしん》の棲家《すみか》であり、木蘭たちが占領した三階建ての鬼磐楼は、外輪によって動く壮大な船なのである。

外輪の外側を保護板で覆っているので、一見、それとはわからないのだ。

外輪船は、中国においては、西暦四一八年ごろから実戦に用いられた。

四九四年に造られた外輪船は、〈千里船〉と呼ばれるほど、速く進んだ。

五五二年の侯景《こうけい》の叛乱にさいし水軍の将・王僧弁が指揮した艦隊は、〈両舷に二頭の竜をつけて非常に速く進む船〉を持っていたといわれる。これは、文献が混乱しているので、実際は、双竜ではなく、双輪だったらしいということだ。

時代が下って唐の戦艦は、〈両舷に二つの車輪をとりつけ、踏み車で回転させるようにした。船は波をたて、突進する馬より速く進んだ〉とある。外輪船は、海洋戦には不適当で、もっぱら、河や湖で使用された。

この物語より少し後の南宋の時代には、二十から三十もの外輪を持つ十層の巨船も建造されている。

三階建て六輪の鬼磬楼は、それにくらべれば、かわいいものだ。

自分の棲処が船だとは知らなかった武松は、驚き喜び感嘆し、「梁山泊《りょうざんぱく》をめざそう」と、意気込んでいる。

食糧と水、酒も、ふだん蓄積してあるほかに、どさくさにまぎれ李師師の歌館からふんだんに運び入れた。

開封の城壁を水圧で破壊しようと金軍が築いた堰のおかげで、濁水はこちらまで押し寄せず、鬼磬楼は、無事に運河に出た。

次の瞬間、水面がぐっと盛り上がった。

金の即製の堰は、激流に押し流され、もりあがった海のような濁流が、大地をのみこんだのである。

開封城壁にうがたれた水門も、怒濤《どとう》は、あっけなく砕いた。

洪水は、開封市内になだれこんだ。

砕かれた水門のきわから、城壁がくずれ落ちはじめた。

水流にまきこまれ、金軍が開封市内に流れこんだ。

水位はみるみるあがり、低地の貧民街から水中に没していく。

「水底竜王砲、発射！　混江竜、発射！」

と叫んでいるのは、完全にマッドサイエンティストと化した応伯爵である。

両方とも、魚雷、機雷のような水中火器で、鉄を薄くのばしてつくったがらんどうの球に炸薬《さくやく》をつめたものを、筏《いかだ》状の浮袋にいれ、敵の目をごまかすために、水鳥の玩具を結びつけてある。

人知れず水に浮かべるのなら、偽装も効果があるが、敵の面前で水に放り投げているのだ。水鳥は無意味なのだが。

縄がついていて、これを引っ張ると、炸裂弾に点火する。

「発射」と、応伯爵が叫ぶたびに、兵士が縄をひき、水面のあちらこちらで水柱があがる。

このときは、もう、城壁はほとんど崩れ、水に没し、敵も味方もいっしょくたに溺れかけている。そこに水底竜王砲や混江竜が爆裂するから、わやくちゃなのである。

城壁に蟻のようにとりついていた金軍は、いまや、水に溺れる蟻である。

宋軍もいっしょに溺れている。

鴉と竜の空爆だけはとまった。

発射していた金軍が、みな、濁流にもまれているので、残った鴉と竜も水の中だ。

水流は、巨大な山津波のように、すべてを押し流す。


甲板の上に出た木蘭は、啞然《あぜん》とした。

周囲が黄濁した大洋になっている。

木蘭はみなを甲板に呼び集めた。

巨船・鬼礬楼は、僅差《きんさ》で助かったのである。

金軍のもうけた堰が洪水をくいとめているあいだに運河に出たから、無事だった。一足おくれたら、濁水に巻き込まれ沈没するところだった。

だれも、そんな事情はわからないから、茫然と、水面を眺める。

「天変地異だ」

「いったい、おれたちは、どこにいるのだ」

「洪水だな」

と、魯智深がようやく気がついた。

「大洪水だ。奇蹟的に、おれたちは助かったらしい」

「溺れている」

琴童が指差した。

高い塔や豪邸の屋根が、辛うじて水面に頭を出し、その上に、人々がかじりついている。

水に浮かんで助けをもとめているものもいる。

人ばかりではない、豚もいる。牛もいる。犬や猫もいる。

豚と人が、屋根の上で場所をとろうと争っている。

猫が人の頭にかじりついている。

金の兵士も宋の兵士も、いっしょくたに、溺れかけている。

「船の向きを変えよう」

木蘭が言った。

「どっちへ」

「あっちへ」

助けを求める人々の方を、木蘭は指差した。

「そうだ、助けねばならぬ」

と、武松。

片方の舷側の車だけをまわすことによって、船は方向を変えられる。

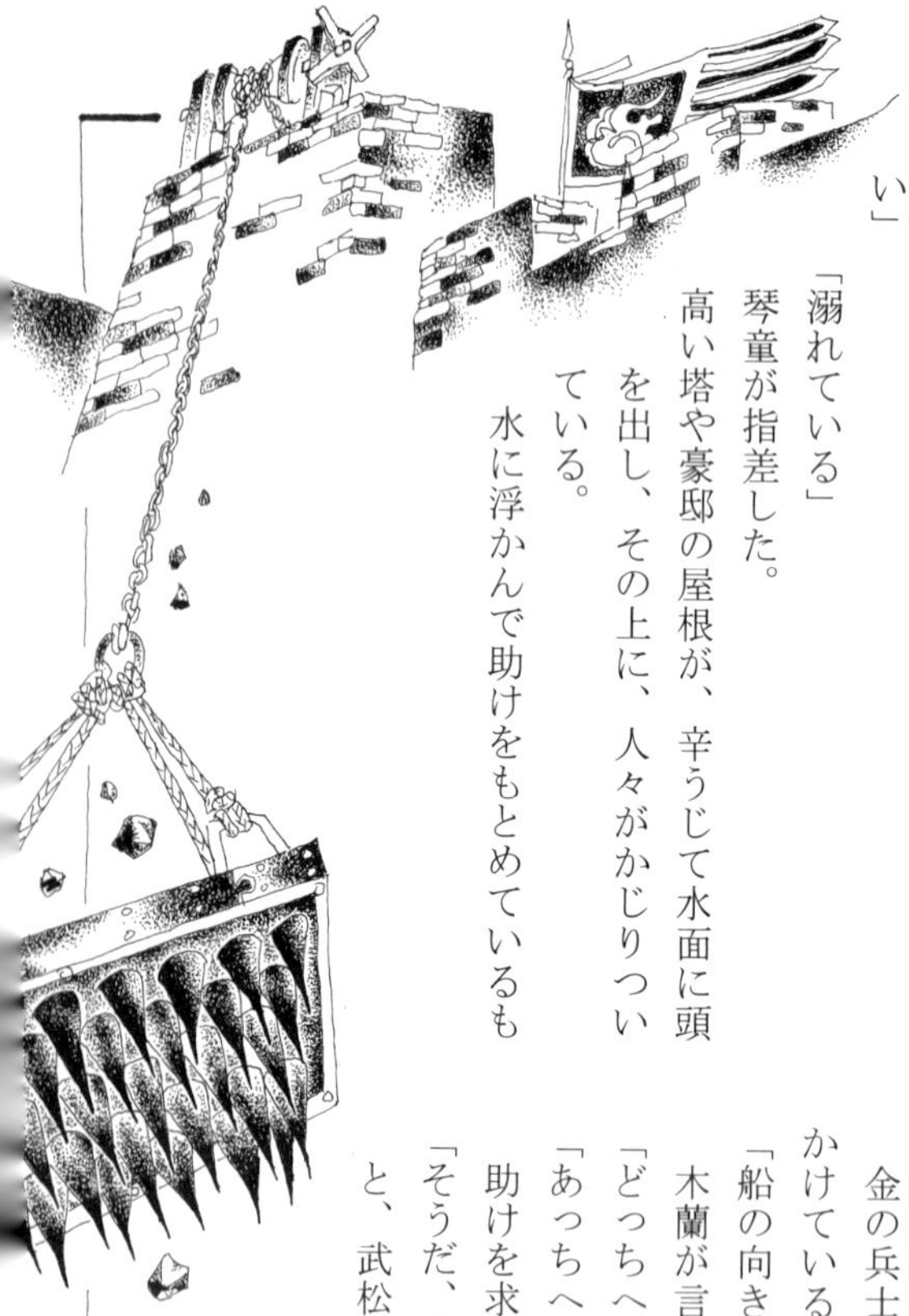

ゆっくり、舳先を、開封市内にむけた。

城壁はほとんど水面下だが、人がごちゃごちゃいるところが、市内だ。

「来旺だけは、困らないね」

琴童の言葉に、

「鰓《えら》も鱗《うろこ》も生え地獄が、このさい、幸いしたな」

みな、笑う。

舷側に縄梯子をおろそうとする武松を、魯智深がとめた。

「一度に我がちに乗り込もうとするだろう。混乱して大変だ」

「こいつを使おう」

魯智深は、大きな投網を持ち出した。

船縁《ふなべり》から投げかける。

船の上で、地引網がはじまった。

正邪善悪の別なく、たまたま運のよかったものだけが網にひっかかった。

ひきずりあげながら、

「応伯爵はいるかな、この中に」

「脂肪は水より軽いから、金蓮のやつも助かってしまったかもしれないな」

「燕青《えんせい》いないのが、淋しいな」

えい、と網をひいて、母夜叉がつぶやく。

「梁山泊に行くぞ」

どなる武松に、

「梁山泊も水の下だろう」

魯智深が言う。

鬼簪楼の屋根のてっぺんで、退屈そうにあくびしているのは、李瓶児である。

その左隣には、西門慶が、浮かない顔だ。

「こっぱみじんになったのに、幽霊は、五体が揃っているのね」

「つまらん。肝心なものがない」

「それじゃ、あなた、こんど生まれるときは、雌の騾馬《らば》ね」

「なるべく、生まれないでいよう」

「あら」と、李瓶児は、甲板を見下ろして、
「あの人、おせっかいいね。おとなしく死んでいればいいのに」
燕青が、地引網の仲間にはいっている。
「洪水はいずれ、引くさ」

木蘭が言う。

「水の上にいるつもりが、突如、水がひいて、船が地面の上にいたりするかもしれないわね」

めずらしく春梅が冗談を言った。

網の中でもがきながら人々が甲板にひきあげられ、さしもの巨船も、人とけものがみちあふれた。

果てのない海のような河を船は悠々と進み、物語はいつのまにか、めでたく大団円となっているのであった。


（終劇）

# 破調『金瓶梅』

「そのうち『金瓶梅』やらない」と、お絵師の岡田嘉夫さんが誘ってくださったのは、コンビを組んで連載した『絵双紙・花魍妖』が終わったころだった。

「うん、そのうちね」と言ったのだが、そのとき、私は、実は『金瓶梅』のなかみはろくに知らなかった。以前、山田風太郎氏の『妖異金瓶梅』を夢中になって読んだことはあるが、原作の方は目を通してなくて、たいそう好色な男女の話、というくらいの知識しか持っていなかったのである。

その後しばらく、両人それぞれの連載がいそがしく、コンビの仕事はしていなかったのだが、こちらの週刊誌連載が終わるころ、お絵師さんから手紙がきて、

「ぼくの連載終わりました。さあ、なんでも、皆川さんと仕事するよ」という文面。

以前のお誘いを思い出して「いずれ、『金瓶梅』でも」と返事を書いたら、行動力抜群のお絵師さんから、たちまち返信。

『小説現代』の編集長が、それ、やりましょうって」

まだ遠い先の話と思っていた私は、あわくって、膨大な原作の読破——といっても、もちろん、翻訳で——にとりかかった。

原作のダイジェストでは、面白くならないとわかった。宋の時代の話だが、明の風俗を活写している。その点に興味はあるけれど、主人公西門慶

がとっかえひっかえ、女と寝る話と、宴会のご馳走と女たちの衣服の描写の繰り返しだ。

この原作から『妖異金瓶梅』を創作された風太郎氏は、いまさらながら、凄い、と、再嘆。しかし『みだれ絵双紙 金瓶梅』の連載開始は迫っている。再嘆ばかりしてはいられない。資料を集め、宋という時代、および、宋の首都開封のことなどを調べ始めると、興味津々とわいてきた。

宋の皇帝というのは、文にはきわめてすぐれているが、武はからきしだめで、新興国金に攻め入られると、即座に皇位を息子にゆずって責任逃れしてしまうという とんでもない人物であり、首都開封というのが、また、とんでもない街だ。

「地下に、大きい下水道があって、そこに、賊どもが棲みついていたんだって」

嬉しがって、お絵師さんに報告したら、

「地下に大窃盗団がいることにしよう」と、大乗り気。

ハチャメチャでいきましょう、と、意気投合。

お絵師さんは、中国まで取材にでかけるという熱のいれようだったが、身体虚弱な筆者は、苛酷な中国旅行は断念した。

原本『金瓶梅』の発端は、かの『水滸伝』から派生している。虎退治の武松が、兄を殺した淫婦金蓮と間男西門慶をぶち殺して復讐する挿話が『水滸伝』にあるのだが、『金瓶梅』では、金蓮は、ぬくぬくと、西門慶の妾におさまってしまう。

岡田・皆川版『金瓶梅』では、武松は、地下の水賊の仲間に入り、地上の姦夫姦婦に復讐を企む、と、話は活劇めいてきた。

「ぼく、虎チャンバラが描きたい」と、お絵師さん。それで、地下の賊の頭目(若き美形)は、虎を飼っていることになる。この頭目は、どっちの原作にもない、筆者のかってな創作だが、名前を花木蘭としたのは、昔、歌劇『木蘭従軍』をたのしんだ思い出による。

西門慶の店の手代、来旺《らいおう》は、船荷をはこぶ途中、木蘭たち水賊におそわれ、地下の洞窟をさまようちに、半魚人になってしまう。

筆者は、それだけで来旺の出場《でば》は終わらせるつもりでいたら、お絵師さんが、なんとも凄まじい半魚人を描いてくださった。歌舞伎の石川五右衛門か松王かというコスチュームである。これでは、すぐに退場はもったいない。地底の白浪五人男勢揃いとなり、話はますます混沌とひろがってゆくのであった。

単行本化にさいし、目次を全部、漢字と都々逸《どどいつ》で凝ることになった。一例をあげれば、左記のごとし。

其ノ十五　金蓮豊満《むかしこいしい》　乳房膨満《あのやなぎごし》
　　　　　自棄暴食《あたしゃいまでは》　肉饅慕情《ホルスタイン》

ふだん、わりあい生真面目《きまじめ》なものを書いている筆者としては、まことに楽しい仕事でありました。

『小説現代』担当編集者Mさんは、楚々とした美少女なのだが、この淫乱緞子《どんす》の帯解く絵双紙に、敢然とつきあってくださったのだった。親御様にもうしわけない。

# 桜川 他4篇

## PART 2

# 暁けの綺羅

## 1

十月三日。

素肌に白衣一枚まとった胸に、斜め十字にかけたロープを、節の高い皺ばんだ指がぐいとひきしめ、固い結びめを作る。ロープは前にかさねた腕ごと胴を巻き、細腰を二巻きし、腿にのびる。

橋桁から川の面まで六、七メートルはあろう。

橋上に据えた大太鼓のへりが初秋の陽を照りかえす。橋の両側は幣《ぬさ》を垂らした注連縄《しめなわ》が俗人の通行をはばみ、白衣に水色のたすきをかけた祭事にたずさわる男たちのほかは、TVカメラが一台とそれを操作する数人だけが、橋上の人々に混じることを許されている。

もう一台のTVカメラは、川岸を埋めた見物の群れのなかにある。

足首までがんじがらめに縛られた若い男を、大太鼓がとどろくのを合図に、数人がかつぎあげた。他の者は、長くのびたロープにとりつき、身がまえる。

若い男の躰は、欄干を越え、ささえた男たちの手がはなれると、宙に逆さ吊りになった。

見物のあいだからどよめきが起こり、TVカメラを操作する男たちの動きにも、熱がこもる。

どろどろと擦るような太鼓の音にあわせて、欄干にかけたロープは少しずつ繰り出され、宙に倒立した白衣の若者の躰は水面に近づく。顔がみるみる充血し、下瞼が押しあげられたようにふくれ、上唇が少しつりあがって歯ぐきがのぞく。垂直に垂れた躰が、たわんだバネのようにゆがんだ。苦しさに、何とか頭を上向けようとする努力が、背骨をまるめさせるのだが、すぐ、死魚《しぎょ》のように垂れる。

嘔吐に似た呻きがのどから洩れた。

その声を消すように太鼓の音が荒々しさを増し、それと同調して、ロープは一気に欄干をすべり、若者の頭は水中に没した。

両岸から悲鳴があがったときは、ロープはふたたびたぐり上げられ、濡れた頭が雫をしたたらせた。

太鼓のリズムにあわせ、綱はゆるめられ、ひかれ、そのたびに若者の頭は水にひたされた。

「こんな残酷なお祭り、はじめて見たわ」

よその土地から見物に来た女客が、顔をしかめる。

昔、といっても、何百年前のことか、伝承の常であいまいにぼかされているが、この川に橋が架けられたとき、幾度架けても工事半ばで流されるので、若い娘が人柱にされた。娘の命とひきかえに、橋は完成した。娘には契りをかわした男がいた。娘が死ぬと、男は庄屋の入り婿となった。死んだ娘の怒りは豪雨を呼び、川の水を溢れさせ、田畑を泥海とした。

怒りを鎮め祟りをおこさせぬよう、娘を神と祀り、年に一度、若い男を女神に捧げるようになった、というのが、この祭りの起原といわれる。

事の起こりが伝承のとおりなのか、他に今は忘れられた事情があったのか。はじめのころは犠牲者の息が絶えるまで行なったのかもしれないし、罪人などがあてられたのかもしれないが、いまはもちろん、適当なところで切りあげる。橋の袂《たもと》に医者が待機する配慮もなされている。

それにしても、逆さ吊りは拷問にひとしい。若い男はほとんど村をはなれ都会に出て行く。犠牲に供する男の年齢をひきあげざるを得なくなり、このごろでは、四十、五十、ときには六十代の老人までかりだされ、昔ながらのしきたりを、細々とつづけてきた。

逆さ吊りも形ばかりで、老人の場合は逆さにはせず、そろそろと吊り下ろして、直ちにひきあげる。

こんないきの悪い供物では、おまん様が満足なさるまい、欲求不満でそのうちひどい祟りがおきるかもしれぬなどと、冗談口がたたかれるほどであった。

それが、今年の供物は二十一歳の青年、しかも、美貌とあって、祭りは華やいだ。

綱をあやつる男たちの表情が次第に酔ってくる。綱は男たちの制御をはなれ、敏捷な蛇のように欄干を越えて走り、見物の肝を冷やす。あわやという一瞬、男たちの手が綱をつかみ、おーれ、と掛け声にあわせてひきあげる。指の先端を落とした軍手をはめているものの、手のひらに血がにじみはじめた者もいる。

これまで、女神の慰めをなおざりにしてきた埋めあわせとでもいうように、汗にまみれた男たちは、荒々しく恍惚として綱を繰る。太鼓の音と掛け声は、彼らの喪神を誘い出す。

水からひきあげられた若者の顔の半分が、赤い布を一枚かぶったようにみえた。破れめだらけの布に似て、肌の色がところどころにのぞいていたが、その穴は急速に赤く塗りつぶされた。顔面の鬱血が、もっとも弱い鼻孔の毛細血管を破って噴き出したのだ。

ゆるやかな川の流れは、またも若者を包みこむ。その直前、火に焼かれる蜉蝣《かげろう》のように、若者の躰が痙攣した。太鼓の音にのって水からひきあげられた躰は、鉛の塊のように動かなかった。

人の群れをかきわけ、女が走り寄った。注連縄をひきちぎり、橋上に横たえられ綱を解かれている男に抱きつこうとして、とめられた。

「高森《たかもり》さん、待ってください。いま、医者が来ますから」

かけつけた医師は、男の上にまたがり、口に口をつけ、息をふきこんだ。それにあわせ、他の者が男の両腕を握って屈伸し、停止した心臓をよみがえらそうとつとめる。

医者は、かがみこんでいた上体を起こし、吐息をついた。

「先生、わたしがかわります。疲れたのなら、わたしがかわります」

女は叫んだ。

「いや、もうだめでしょう」医師は額の汗をしごき落とした。「あとは、警察にまかせるほかはありません」

「なぜ、もっと早く中止を……。危険だと、お医者さんなら、わかるはずじゃありませんか」くってかかる女に、

「中毒死の疑いがあります」医師は言い、かたわらに立った警備の警官に、「苦扁桃《くへんとう》臭《しゅう》があるようだ。剖検《ぼうけん》の手つづきをとった方がいい」と告げた。

「お名前は？」

「高森和枝《かずえ》。死んだ冬実《ふゆみ》の叔母です」

神社の社務所で、とりあえず事情聴取が行なわれ、女は答えた。

警官は地元の人間なので、東京に住む高森和枝とその甥の高森冬実が郷里の祭儀に参加したいきさつは承知していたが、型どおり、事情をたずねる。

和枝が出した名刺には、R・M・Cモデルクラブ・マネージャーの肩書きがあった。

「冬実は二十一歳。学生ですが、アルバイトに、モデルもやっています。冬実は東京生まれの東京育ちですが、その父親――わたしには兄にあたりますが――もわたしも、この村の出身です。お年

寄りのなかにはもうなくなりましたわたしたちの両親や、わたしたち兄妹をおぼえている方もあると思います。四人兄妹で、長兄は去年死にました。この祭りを、わたしたちも子供のころ幾度か見たおぼえがあります。

生贄《いけにえ》の役をつとめる若い人がいなくて困っているという話を耳にして、自分がやると、冬実が言いだしたのです。モデルという仕事をしていますから、週刊誌のグラビアなどにとりあげられたら、冬実を売り出すいい宣伝になるとわたしも思い、早速、こちらの役場に申し入れたのです」

「高森さんのなくなられた御長兄は、この村の、いわば出世頭というところだそうですね。自分も、父や母からきかされたことがあります。旧制中学を首席で出て、東京の大学、……ちょっと話がそれましたが、そんなことから、役場の方でも、異例のことだが喜んで申し出を受けたと……」係官の口調には、好意がこもった。

「冬実が服毒死だというのは、本当でしょうか。信じられません。だって、冬実は、がんじがらめに縛り上げられていたのです。どうして……」

「薬物中毒かどうか、剖検の結果が出なくては断定できんのですが、医者が、口をつけて人工呼吸をしたとき、アーモンド臭を嗅いだと言っているので、ほぼまちがいないでしょう。カプセルで服《の》めば、即効性の毒でも時間がたってから効力があらわれるということは、このごろテレビドラマなどでもよくやりますから、御存じじゃないですか」

「ああ、そうですわね」

「冬実さんは、何かカプセル剤を服用しませんでしたか」

「行事がはじまる前に、精神安定剤を服みましたが……」

「一応、毒物中毒死という前提で、うかがいますが、自殺か他殺か、ということなんですが、何か心あたりはありませんか」

「あの子は……」高森和枝は口をつぐみ、考えこむ表情になった。わからない、というように重く首を振った。

## 2

「葬式がつづくね、和枝伯母ちゃん」

康雄《やすお》があとから追いついて、門をでる和枝に傘をさしかけた。

黒白の幕も花輪もすでにとりかたづけられ、何かのはずみでちぎれ落ちたらしい紙の花が雨に打たれていた。

「悠子《ゆうこ》伯母さんの葬式も、雨だったね」

一年前に物故した長兄の未亡人、悠子の葬儀を行なって一月《ひとつき》あまり。四十九日が近い。悠子は自動車事故にあい、意識不明となり、入院中に容態が悪化し、死亡した。急性心不全と医師は告げた。

「お父さんたちは？」

「親父もおふくろも、まだ、雄《ゆう》伯父さんと節子《せつこ》伯母さんを慰めて、手をとりあって泣いているよ。おれは、ああいうの、いやだから、先に出てきちゃった。車だろ？　便乗させてよ。おれが運転してもいいよ。免許は持っている。車が買えないから、まだペーパードライヴァーだ。バイクなら持っているんだけど、まさか葬式にメットかぶってこられないしね」

道路のはしに駐めてある藍色のフェアレディの屋根に、散りこぼれた木犀《もくせい》がオレンジ色の濃淡の点描となってはりつき、わァ、きれいだな、と康雄は声をあげた。

死んだ冬実は、和枝の次兄の子、康雄は末弟の子だから、冬実と康雄はいとこ同士、年も康雄が七箇月おそいだけの同年だが、康雄は、ごく平凡な印象を与える。白衣をまとった躰を縛りあげられた冬実は、細身の刀身が砕け散る寸前の危うい美しさがあった。

ペーパードライヴァーではハンドルをまかせる気にならず、和枝は運転席についた。

助手席に並んだ康雄は、

「雨のドライヴしない？」

と誘った。

「オーヴァー・フォーティーのおばんとドライヴしても、しかたないでしょう。それに、わたし、喪服だよ、今日は」

「オーヴァー・フォーティーというより、ニアリー・フィフティーでしょ。でもさ、生活年齢は戸籍年齢とちがう」

「よいしょ、だね」和枝は苦笑した。「精神年齢なんて、鳥肌だつことを言わないところがいいね」

「和枝伯母ちゃん、今日はご苦労さんでした。みんなから、白い眼をむけられていただろ。ことに、節子伯母さんから」

「しかたないよ。大事な一人息子を、あんな危ないところに連れ出したんだから」

「警察も、伯母ちゃんに、かなり疑惑の目をむけているみたいね。今日の葬式にも、刑事が来ていたね。遠路はるばる、弔問客って顔で」

「青酸化合物による中毒死、他殺か自殺かわからないっていうんだから」

「カプセル入りだって？」

「そう。ゼラチン質も胃から検出されたって」

「はでな死にかたしやがったな。あいつらしいな」

「いったい、だれが、どうして。ねえ？」

「おれ、自殺じゃないかと思うよ。百パーセント確信はもてないけれど」

「何か、そんな気配あったの？」

「あいつね、生きるのにあまり熱意がないってところはあったけれど、それだけじゃなく……」

祭りに出発する四、五日前だったな、おれ、冬実の部屋に遊びに行って、そのときは、まだ、祭りのことは知らなかった、と、康雄はつづけた。

### 3

『おまえ、ほんとに起《た》たないのか、これを見ても』

『おまえ、起っているのか』ばか、と冬実は冷笑した。『おまえ、すし種見ると起つのか。貝の剝き身のドアップだ、これ』

『ウッ、嘘つけ』

『おれが撮って、おれが伸ばした』

　サーモンピンクのはなびらの重なりは、濡れた艶をもっている。

『これが、貝ねえ』

　康雄は、四つ切りのカラー写真をしげしげと見なおした。ジーンズの粗い布目の下で、痛いほどに怒張した力が萎えた。

『本当のことを教えようか』

　康雄はためらった。何を言いだされるかと、かすかな怯えがあった。

『悠子伯母ンの下の傷口だ』

『傷口？　伯母ン、腹に傷があったか？』

　交通事故で、腹も裂けたのか。まさか、縫う前の傷を写真に撮らせるなど。

『女はみんな、下に傷口を持っている』

『これが、伯母ンのそれ？』

『ああ』

『またまた』と、康雄は苦笑してみせた。『ちょっと、いまのは、ダボラがすぎたな』

『べつに信じろとはいわないさ』

『伯母ン、五十……四か五だったぜ。あの年でもまだ男に言い寄られるってのが自慢らしかったけれど、こんなきれいなピンク色をしているわけがない。それに、悠子伯母ンが撮らせますかって』

『死んでから、病院の霊安室においてあっただろ。あのとき、撮った』

『これが、死人の色かよ』

『だから、信じろとは言っていない』

っぱなされると、かえって、ひょっとすると……という気にもなる。死者の股間にカメラをむける悪徳も、冬実なら平然とやりかねないし、冬実の行動は、康雄にはすべて、光彩をおびてうつる。

たぶん、また、てひどくからかわれているのだ。本当のところは、貝の剝き身か、あるいは冬実の女のだろう。実際に女の性器を直視した経験のない康雄には、反駁《はんばく》のしようがなかった。

『おれの親父な、悠子伯母ンに惚れていたと思うな』

康雄は、せいぜい悪ぶった。

『伯母ンが死んで、親父のとり乱しようってなかったもんな。四十六の男が、泣きっ放し。伯母ンには、ひどいめにあわされているっていうのに。英《えい》伯父が死んで、悠子伯母ンがあのだだっ広い家に一人になってから、こまめに顔出して世話をして。おふくろにいやみを言われていた』

『あの家な、おれが相続することになるな』

冬実は言った。

『どうして？　おまえの親父さんと、和枝伯母さんと、おれの親父と、三等分だろ』

『そうはいかない。三人とも、悠子伯母ンと血のつながりはないから、権利ないよ』

『それなら、おれだっておまえだって、同じことだろ』

『おれは、悠子伯母ンのかくし子だよ』

『うっ、うっ』と、康雄は大げさにどもってみせた。『またァ』

『おまえが信じなくたって、事実は事実だ』

『証拠があるのか』

『まわりの大人は、みんな知っているさ』

『おまえ、いつからそれを知っていた』

『昔から』

『悠子伯母ンの不倫の子か』

『そうじゃないだろ。嫡出の子だ。おれは、ごく小さいころ、たしかに悠子伯母ンの家に住んでいた。そうして、英伯父をパパ、悠子伯母ンをママと呼んでいた記憶がある。みんな、おれがおぼえていないと思っているけれど、おれは天才だから、二つ三つのことも記憶しているんだ』

『それが、どうして、雄次郎《ゆうじろう》伯父と節子伯母ちゃんの子供になったんだ』

『知らねえよ。悠子伯母ンに、もう一人男の子ができた』

『秀樹《ひでき》?』

『そう。それで、子供のいない雄次郎と節子夫婦に、おれをくれてやった、っての、どう?』

『だって、それなら弟の方をやるのがふつうだぜ。長男をくれてやることないだろ。それに、秀樹は七つで死んだ。そうしたら、よそにやった子をとり戻したくなるだろ』

『そうなんだ。秀樹が死んだあと、悠子伯母ンがうちのおふくろに、冬ちゃんをかえしてくれと言っているのを、おれは耳にしたことがある。それで、おれは本当は悠子伯母ンの子なんだなと思った。おふくろにそれとなく遠まわしに訊いたら、血相かえてヒステリーおこしてぶんなぐりやがったから、何も訊かないことにした』

4

「そのあとで、あいつ、言ったんだよ」康雄はつづけた。

「〝来週な、おれ、死ぬぜ〟って。〝高森一家の郷里で。十月三日。おれの命日になる〟何が嘘で何が本当かわからない話ばかりするから、そのときは、また、かっこうつけやがって、と聞き流した」

「そう、そんなこと言っていたの。でも、どうして、自殺……」

「それについては、ちょっと考えていることがあるんだけれど、今は言わない」

康雄は思わせぶりに、

「冬実ってとにかく、生きるのどうでもいいみたいな……死ぬったって、死ぬのもエネルギーがいってむずかしいから、とりあえず生きてるみたいなところがあったから。あの祭りで劇的に死ぬというアイディアにとりつかれて……」

「とりあえず生きてる、なんて、死から遠いところにいる若い人の、かっこうづけよ。ニヒルぶってるだけよ」

「わ、ニヒルだって、恥ずかしいこと、よく言うな」

「とりあえず生きてる、なんてのも、同じように恥ずかしいわよ」

「赤信号だよ」

和枝はいそいでブレーキを踏みこんだ。

「スリップするよ。おれは、〝とりあえず〟じゃなく、しっかり前ムキに積極的に生きてるんだから、まだ殺さないでよね。はい、青ですよ」


康雄、うちに寄っていく？　と、和枝は誘った。

「いいですね。和枝伯母ちゃんのところは、レミ・マルタンがある」

井ノ頭通りを富ヶ谷に抜け、代々木八幡の駅に近いマンションの七階が和枝がひとり住む部屋で、壁には、冬実をはじめ、彼女がてがけたモデルたちのパネルがかかっている。

「伯母ちゃんとうちの親父が姉弟だなんて、ちょっと信じられないね。うちの、しょったれててね」

「そっちが思うほど派手なことをしているわけじゃないのよ。くたびれたしね、そろそろ引退しようかと思っている」

ソファに和枝は腰を落とした。

「レミでもシーヴァスでも、セルフサービスでやって」

「ゴージャスだな」

二つのブランデーグラスにレミ・マルタンを注

ぎ、康雄は一つを和枝に手わたした。

「うちの会長に、わたし、叱られちゃったわ。冬実にかってにあんなことをさせたって」

「無断だったの？」

「一応、話を通したんだけれど、クラブの仕事ではなく、プライヴェイトにやったことだったから」

「伯母ちゃん、オーヴァー・フォーティーまで、どうして結婚しなかったの」

「結婚している女に、どうして結婚したの、って訊いてごらん」

「きっと、和枝伯母ちゃんは、悠子伯母ンみたいに、しじゅう自分を女、女って意識してこなかったんだね」

「女に見えない、わたし？」

「見えるよ」

「悠子さんはね、あれは、世界は自分に奉仕するためにあると思っている人だったわよ。いつも、まわりからちやほやされていないと気がすまなかった。中年すぎても華奢《きゃしゃ》で、男は、かばってやりたくなるのね」

和枝はグラスに二杯めを注いだ。

「今日は、伯母ちゃん、よく喋るね。それも、かなりはしたなく、悠子伯母さんをこき下ろしてね」

「こき下ろす材料なら、一晩喋っても尽きないくらいあるわよ。康雄、悠子さんを嫌いだといいながら、魅力は感じていたんでしょ」

「そりゃね」

「偶像にのみとトンカチあてて、こっぱみじんにしてあげるからね。あの人、兄さんが生きていたときは、虎の威を借る狐よ。わたしたちきょうだい、雄次郎兄さんも、わたしも、あんたの父さん栄三《えいぞう》も、みんな英太郎《えいたろう》兄さんに世話になっているの。わたしたちのお父さん、つまり、冬実やあんたのお祖父さんは、今でいえば、一点豪華主義だね、なけなしのおかねを、長男の英兄さんにだけ注ぎこんだの。――わたし、どうして、こんな話をはじめちゃったんだろう。まあ、いいわ。今夜は洗いざらい喋っちゃうから——。英兄さんに最高の学歴をつけて、医者か弁護士か、おかねの入る職業につかせる、そのかわり、あとの弟妹のめんどうは、英兄さんがみなさい、ってわけ。合理的だったのかもね。

英兄さんは、その期待に、みごとにこたえたのよ。田舎の中学から——旧制だよ——一高、東京帝大の法科と進んで、中学なんか、あのころ五年制なのを、優秀だからって飛び級というやつで四年で卒業しちゃったくらい——それで、検事や判事よりおかねになる弁護士の道をえらんで、約束どおり、雄兄さんとわたしと栄三と、三人、大学まで進ませてくれたの」

「昔の人って、信じられないことをやるね」

「わたしが大学に進んだとき、英兄さんはもう悠子さんと結婚していたのよ。学資とか、必要なおかねは、兄さんから直接ではなく、悠子さんの手からお恵みいただいたのよ。あの人の前で、畳に手をついて頭をさげてね。くそっと思ったよ。

卒業したら、いっさい兄さんや悠子さんの世話にはなるまいと思って、なるべく給料のいい外資系の会社に就職してね、男に養われるなんて金輪《こんりん》際《ざい》嫌だと思っていたから……そのうち、今の仕事に誘われて、ああ、酔っぱらったな」

「うちなんか、親父が勤め先がつぶれて、だいぶ英伯父さんの世話になったらしいから、おふくろ、悠子伯母さんには頭があがらなかったみたいだ」

「英兄さんが死んだら、バックの力がなくなったでしょう。そうすると今度は、弱々しく哀れっぽい路線よ。狂言自殺。睡眠剤が二度よ。致死量は服んでいないのよ。一度めは、深夜、服んだといってわたしに電話をかけてきたわ。泪声《なみだごえ》で。わたしが、すぐ行くからと言うのをきいてから、服んだのかもしれない。二度めは、雄兄さんのところにかけたのよ。電話口に出たのが、冬実。あのひと、冬実にもたれかかったわけよ。淋しくてたまらないから死ぬとか何とか」

「伯母ちゃん、あのね」

「何？」

「冬実はあのとき、おれにね、もう一つ言ったことがあるんだ」

「何を言ったの」

「悠子伯母ンが死んだ夜、あの病院の看護婦が自殺したって。本当かい？」

和枝は立って、レコードを選んだ。カルミナ・ブラーナをターンテーブルにのせ、スイッチをONにして針を溝にあわせ、椅子にもどった。

「だれも、おれには言わなかった。おれはあの夜、病院に行かなかった」

「康雄、おなかすかない？　おすしでもとろうか」

「話をそらさないでよ。急性心不全でなくなったと病院から知らせがあり、雄次郎伯父さんと節子伯母さん、和枝伯母さん、うちの親父とおふくろ、それから冬実。その六人が、かけつけた。つまり、悠子伯母ンが死んだとき、身内はだれも付き添っていなかった」

「完全看護だから付き添いは不要だったのよ。あんなに急に容態が悪くなるとは思っていなかったしね」

「霊安室は、雨の日の地下鉄のホームのようなにおいがしたと、冬実は言った。看護婦のことは、本当？　冬実の例のでまかせ？」

婦長がわたしたちを地下の霊安室に案内した――と、その夜の情景が和枝の心によみがえる。

天井に黄色い豆電球がともる薄暗い廊下を進み、鉄の扉を婦長は押し開けた。
十五、六畳はある、空《から》の倉庫のような殺風景な部屋で、三分の一ほどが土間、残りの部分が一段高く、畳を敷きこんであるが、その畳はかびくさく弾力がなかった。水のなかのように冷え冷えとした部屋であった。

　坐りこんで前かがみになった女の背が目に入った。女の向こう側に蒲団がのべられ、少し盛りあがっていた。女は看護婦の白衣を着ていた。

『赤石《あかいし》さん』婦長が強い声で叱責するように呼んだ。

　ふりむいた看護婦は、悠子の病棟に勤務し、体温測定や食事の配膳、点滴、尿道カテーテルの世話などを交替で行なっている一人なので、和枝たちも顔見知りになっていた。

『ああ、お化粧をしてあげていたのね。さあ、もういいから戻りなさい』婦長は命じた。

　二十そこそこの、子供っぽい丸顔の赤石看護婦は、紅やパウダーケーキのケースらしいものを胸に抱くように持ち、深々と頭をさげ出ていった。瞼も小鼻も泣きはらして赤くふくれていた。

『朝になったら葬儀社の車を手配して、御遺骸をお宅の方にはこぶようにしますから、それまで付き添っていてあげてください。ああ、お線香、お線香』

　婦長は騒々しく塗りの剝げた棚から線香の箱や蠟燭、燭台、線香立てと次々に下ろし、焼香の用意をととのえた。

『どうも、みじめだな、義姉さんがこんなところで……』

　栄三がつぶやいた。

『死顔って、年が出ますね』節子が言った。

『朝までここにいるのでは、かなわんな』雄次郎は欠伸《あくび》をこらえ、『こういうことは、よくあるんですかね』と、婦長に訊いた。

『こういうこと、といいますと?』

『急に心臓がとまるというような』

『それは……ありますね。非常にまれというわけではありませんわ』

『何が悪かったんですかね』

『何といわれても』

『原因不明ですか』

『患者さんの体力が保《も》たなかったんですわね。わたしどもとしても、たいそう残念ですけれど』

　婦長は、立ちそびれ、しばらく雑談の相手をした。

　和枝は悠子の顔に白布をかけなおした。節子の言うように、年齢が無惨に、化粧の下からあらわれていると思った。鼻孔につめた綿のせいか、小鼻がひろがり、ほっそりと形のいい鼻が、妙に分厚く偏平にみえた。

　ノックの音がして鉄扉がひらき、看護婦がうろたえた顔をのぞかせた。

『婦長さん、婦長さん、赤石さんが……赤石さんが自殺……』

『え？』

『赤石さんが、縊死《いし》を……』身ぶりと言葉で、同時にしめした。

『すぐ行くから』

　婦長は、目顔で、看護婦の言葉をとめ、部屋を走り出て行った。

「看護婦さんが入ってきて、婦長さんにそう言ったのは、本当よ」和枝が肯定すると、

「まるで言質《げんち》をとられまいとしているみたいな答弁だね。赤石看護婦が自殺したのは本当、とは言わないの？」

「だって、わたし、確認していないもの。看護婦さんが婦長さんにそう言っているのをきいた。それだけのことよ」

「だれも、気にしなかったの？　聞き流したの？　それとも、その問題は無視しようと、皆で相談して決めたのかい」

「どういう意味？　看護婦さんが縊死した。それが、わたしたちとどういう関係があるの」

「おれは、冬実のように頭よくないんだよ。だか

ら、すぐにはぴんとこなかった。でも、和枝伯母ちゃんは頭のきれる人だろ。その場で、あ、と思わなかった？」

「何を、あ、と思うの？」

「医療ミスさ。よくあるらしいじゃない。注射薬をまちがえたとか。悠子伯母さんは、急性心不全なんかじゃない。看護婦の医療ミスで死んだ。病院側は、それをごまかした。看護婦は、自責の念に耐えきれなくなって、縊死した。そういうふうに、だれも考えなかった？　疑いもしなかった？」

たたみかけるように、康雄は言った。

「考えなかったわ」

「いや、和枝伯母ちゃんは考えたと思うよ。冬実も考えた。だから、おれに、わざわざ言ったんだ。雄次郎伯父さんと節子伯母さんは、どうだろうな。雄伯父さんなんか、頭悪くないから、考えついたと思うよ。うちの親父とおふくろは、ぼうっとしている方だから、そこまで気をまわさなかったかもしれないけれど」

それで、と和枝は目でうながした。

「英伯父さんが生きていたら、まっさきに疑ってかかっただろうな」

「わたしが、看護婦が何かミスで悠子さんを死なせたと思いながら黙っていた。そう言って責めているのね」

「責めているわけじゃないよ」

何杯めかのグラスを、康雄はあけた。

「悠子さんが死んだ夜に、看護婦さんが自殺した。それだけで医療ミスときめつけるの、ずいぶん短絡していない？　自殺の動機は、いろいろあるでしょう。男に捨てられた、というのが、一番ポピュラーじゃない」

「よりによって、受持ちの患者が死んだときに？」

「受持ちの患者が死んだことが、自殺への引き金となった、ということもあるわよ」

「これから、裏をとってみるよ」

「裏をとって、どうするの。医療ミスとなったら、病院を訴えるの」

「さあ、どうするかな。伯母ちゃん、おれ、泊まっていってもいい？」

「だめ」

「冬実は泊まったんだろ」

「やいてるの？」

「かもね」

康雄の目に憎悪を見たように、和枝は思った。

5

冬実の初七日が過ぎてから、和枝はモデルクラブに辞表を出した。

当分は、無収入でも食べていけるだけの貯えはある。

壁のパネルを、冬実のものだけを残して、ほかのものは、はずした。

窓のカーテンを閉ざして昼の光をさえぎり、人工のあかりのなかで、冬実のパネルをながめながら、ブランデーをあおった。

この年になって、アル中になるのかなと苦笑した。

康雄がたずねてきたときも、和枝は、淡い酔いのなかにいた。

「報告に来たよ」康雄は、戸棚からグラスを出した。

「何の報告」

「赤石看護婦の自殺の真相」

「ご苦労さん」

「冷たい言いかた。苦労したんだよ。刑事とちがうからね。病院で訊いたって、もちろん教えてくれない。看護婦の実家の住所を彼女の同僚からききだして、たずねてみた」

「意外と行動力あるのね」

「おれは、やることが地道なんですよ。東武東上線の、西大家というところだった。駅を下りてから、地図をたよりに歩くうちに二股道に出て、どっちへ行ったらいいのか迷った」

「結論だけ言いなさい」

「素人探偵の苦心談を少しきいてよ。二つの道にはさまれた三角地に製粉工場があって、ちょうど、パートの小母さんらしいのが出てきたから、赤石という家を知らないかと訊いてみた……」

『赤石さん？』

手ごたえがあった。

『娘さんが東京の病院で看護婦をしていて、最近なくなった……』

『あんた、セールスの人？　車のセールスなら、だめよ。あそこのうち、こないだ、買ったばかりだから』

『ぼく、セールスマンにみえますか』

『だって、銀行や証券会社の人にはみえないもの』

『セールスマンだの、銀行や証券会社の人だの、赤石さんのところによく行くの？　景気がいいんだな。娘さんが死んだばかりだというのに』

『よく知っているのね。ヨッちゃんが死んだことまで』

『ぼく、ヨッちゃんの友達なんですよ』

『ああ、そう』女はうなずいた。『それじゃ、あんたにきいたらわかる？　ヨッちゃん、どうして自殺したの？　院長さんとヨッちゃんと何かあったって、本当？』

『え？』

『急に金廻りがよくなったんだものね。慰藉料がそうとう入ったんだわね』

『ヨッちゃんの家族は、お父さんもお母さんも元気なの？　兄弟は？』

『姉さんと弟が一人ずつよ』

『姉さんも看護婦さん？』

『ちがう、ちがう、坂戸の洋品店にバイトでつとめているわ。休みの日は、田んぼや畑を手伝わされている。姉さんのアキちゃんの方がヨッちゃんよりずっと頭がよくて、高校を出たら東京の美容学校か看護婦学校に入って手に職をつけて独立したいっていっていたんだけど、親が許さなかったのよ。長女だからね、家を手伝えといわれて。でも、もうじきとび出るかもよ。親とこれだから』

女は人さし指を刃《やいば》をかわす形に重ねてみせた。

『くわしいんだね』

『そりゃね、わりあい近所だから』

『アキちゃんとヨッちゃん、仲好かった？』

『いいわけないよ。アキちゃんは家に縛られているのに、ヨッちゃんは東京に出してもらったんだから』

『アキちゃんの働いている店の場所、わかる？』

メモを出し、地図を書いてもらった。

安物の野暮ったいセーターやスカートが吊り下がる店先で、赤石ヨシ子の姉に会った。

『わかっているわ』赤石アキ子は、彼が切り出した話を、断ち切るように言い、彼を店の外に連れ出した。

『わたしは、もううちとは縁を切るつもりでいるから、何でも話すわ。親のあいう……、わたし、がまんできないの。妹の過失なんです。それを、病院から口止め料をもらって……。もう、ほんとうに汚いんだから。病院も、うちの親も』

『具体的に、どういうことだったの』

『知らないわ、くわしいことは。だれもわたしには話してくれないんだから。でも、だいたいわかるわ。ここそ話しているのが、いやでも耳に入ってくる。何か薬をまちがえたらしいのよ。点滴ってあるでしょ。静脈に針をさして栄養剤なんか補給するの。薬をいれたびんを逆さにして吊るしておくでしょ。その、びんに入れる薬をまちがえたらしいのね。逆性石鹸と』

『逆性石鹸を点滴してしまったの？』

『そうらしいの。父親と母親が話しあっているのを、きいたの』

『まちがえやすいのかな、逆性石鹸と点滴薬と』

『さあ、知らないわ。でも、わたしからきいたって言わないでね』


「弟は車を買ってもらったのに、自分は何の利益配分もなかったというのが、彼女の正義感発露の原動力らしいよ」と、康雄は報告をしめくくった。

「立証はむずかしいわね」和枝は言った。「今となっては、病院側は認めないでしょうね」

「悠子伯母さんは、いまや、骨ばかりだものね。でもね、はたして看護婦の過失だったんだろうか」

「過失でなければ、わざとやったとでもいうの」

「おれ、病院に行って、薬品がどんなふうに管理されているか、みて来たよ。逆性石鹸の容器と点滴薬の容器は、よく似ていた。ラヴェルがはがれていたら、そうして、点滴薬のおかれている場所に逆性石鹸がおいてあったら、まちがえることはあると思う。そういうミスで患者を死なせた実例がいくつか実際にあるって。これは、医学部に進んだ高校時代の友人にきいた」

「それで？」

「しかしね、棚においてある逆性石鹸を、点滴薬とまちがえたのなら、それは、どの病室で使われるか、わからない。犯人は、もっと的確な方法をとったと思う」

「何を言いだすの。犯人？」

「看護婦にミスはなかった。看護婦が点滴の針をさして部屋を出ていったあとで、犯人が入ってきて、吊るしてあるびんを逆性石鹸入りのものととりかえた。病院では、白衣を着ていれば、怪しまれない」

「素人には、針を血管にさし入れることなどできないわ」

「ゴム管とびんの接続口をはずしてつけかえれ

ば、針はいじらなくてすむよ。部屋は個室だし、悠子伯母さんは意識不明だ」

「だれがそんなことをやったというの」

「節子伯母さん」

「ずばりと言うわね。節子さんがきいたら、名誉毀損で訴えるわよ」

「容疑者としては、一応、雄伯父さん、節子伯母さん、和枝伯母さん、うちの親父（栄三）、おふくろ（尚子《なおこ》）と、ずらりと並ぶわけ。このうち、男性二人、雄伯父と親父は、悠子伯母さんの崇拝者であること、及び、当日会社に出ていてアリバイがあることから、除外する。和枝伯母さんも、仕事で出ていただろ。アリバイあり。節子伯母さんとおふくろは、それぞれ一人で自宅にいたから、アリバイなし。二人のうち、なぜ、おふくろを除き、節子伯母さんを犯人としたか。

　消極的理由としては、おふくろは、そんな知能犯にはなれないってこと。あのひとは、気が弱くて、ぐずで、とろいんですよ。だから悠子伯母ンにいばられっぱなしで、動機は十分にあると思うけれど、看護婦に化けて薬品をすりかえるなんて、とても」

「不可能とはいえないわよ」

「積極的理由としては、冬実が死んだこと」

「十月三日が命日になるって、冬実は言ったんだったわね、康雄に」

「冬実を殺したのも節子伯母さんだ」

「母親が息子を？」

「冬実は、悠子伯母さんの息子だろ」

「そんなでたらめを本気にしたの」

「だって、冬実は、悠子伯母さんが節子伯母さんに、冬実をかえしてくれと言ったのをきいている。二つ三つのころのことまでおぼえているというのは、あいつのでまかせにしてもさ」

「冬実が悠子さんの実子だとして、どうして、節子さんが悠子さんを殺したことになるの？」

「金さ、動機は。悠子伯母さんが握っていた動産、不動産は、冬実のところにいく。ということは、雄伯父さん、節子伯母さんがうるおうということだ。雄伯父さんはやまっけがあって、また株ですったりしているからね。悠子伯母さんが、意識不明で入院し、点滴を受けている。またとないチャンスだ。ところが、おれでさえ察しがついたくらいだから、冬実は、悠子伯母さんの急死と看護婦の縊死を結びつけ、医療ミスという考えをひきだした。それから、医療ミスをよそおった殺人、と考えが進む。冬実は、節子伯母さんのやったことに気づいて責めた」

「だから、殺した？　単純だね、康雄は。あんたの考えは、穴だらけよ。冬実が悠子さんの実子だったとしても、戸籍上は違うんだからね、相続の権利はないよ」

「大人は皆、知ってるんだろ、本当のところを。証言すれば」

「大人は、皆、知ってるわよ、冬実は雄兄さんと節子さんの子供だと」

「それじゃ、どうして、悠子伯母さんは冬実をかえしてくれなんて言ったの。英伯父さんと悠子伯母ンをパパ、ママと呼んでいた記憶があるというのも、あいつのでまかせ？」

「生まれてから四つぐらいまで、冬実が英兄さんと悠子さんの子供だったというのは、本当のこと。秀樹という名でね」

「ちょっと待ってよ。和枝伯母ちゃん、完全に酔っぱらっちゃった？」

「順序だてて話すとね、こういうこと。悠子さんには子供がなかったの。ところが、雄兄さんと節子さんのところには、冬実、秀樹と二人年子で男の子が生まれたのね。悠子さんは、どうしても子供がほしくて、本家にあとつぎの子供がいなくては不都合だからと、節子さんが二番目の子をみごもったとき、生まれたらすぐ、自分の方にもらうと、約束させたの。二番目の子、秀樹は、悠子さんが出産したということにして、戸籍にも実子としてのせたの。ところが、この秀樹くんが躰が弱くてね、しじゅう、おなかはこわす、風邪はひく、泣いてばかりいる、悠子さん、手をやいちゃったのね。一方、一つちがいの冬実くんの方は、すくすく育っている。悠子さんは、強引に、冬実くんと秀樹くんを、とりかえさせたの」

「ややこしくなってきた」

「戸籍をいじるのはいやだからと、名前はそのまま、子供だけを交換したのよ。気にいらないおもちゃをかえるみたいに。だから、次男の秀樹くんが、雄兄さんと節子さんの手もとに戻って冬実くんになり、長男の冬実くんが、秀樹として、悠子さんのもとでその後育てられることになった。ところが、結果、どう、そんなややこしいことをした悠子さんの子供〝秀樹〟くんは、小学二年のとき、疫痢で夭逝《ようせい》。節子さんの〝冬実〟くんは、輝かしい美少年に育った。皮肉なものね」

「ひどい話。犬の仔みたいに扱われたんだな。だけど、雄伯父さんと節子伯母さんも、そんな無茶を、どうして承知したの。悠子伯母ンは他人の産んだ子供だから、あれこれ、とっかえひっかえする気にもなるだろうけれど、節子伯母さん、いやだと言えなかったの。何か弱みでもあったの」

「一つには、わたしたち兄妹、英兄さんには絶対服従というのが習い性になっていたのね。もう一つは、雄兄さんが株に手を出してひどい火傷をして、会社のお金に手をつけて背任横領に問われそうになったのを、英兄さんが上手に始末した。お金もたてかえてね」

「人身売買じゃん」

「とにかく、悠子さんて人の正体、わかったでしょう」

「冬実は、悠子伯母ンのことは全然悪く思っていないみたいだったな」

「相手によって、見せる顔がちがうのよ。一度は手ばなした冬実だけれど、あの子、小学校に入るころから丈夫になったし、あの美貌でしょう。悠子さん、かわいくてたまらなくなったのね。最高に甘い顔しか見せなかったんだわ、冬実には。かえしてくれなんて厚かましいことを節子さんに言ったのを、冬実にきかれてしまったのね」

康雄は黙りこんだが、

「それでもさ」と、つづけた。

「節子伯母さんには、やはり、動機があるよ。子供のことで、それだけ煮え湯をのまされたら。表だって反抗できないから、憎しみが鬱積していた。憎い相手が、殺虫剤をかけられた虫みたいに弱りきっている。叩きつぶすのにこの上ないチャンスだ。冬実は、母親を問いつめ、薬品のすりかえを告白させた。それを公にするかわりに、あいつは、自分を抹殺した」

「母親が殺人者だからという理由で自殺するほど、冬実は純情?」

「冬実は——言ったでしょ、とりあえず生きてるみたいなところがある、って。死にジャンプするには、ほんの一押し、ほんのちょっとしたきっかけで、足りたんだ。羨ましいよ、簡単に死ねるなんて」

「生存本能って、どうしようもないほど強いはずよ」

「でも、死に惹かれる力も、同じように強いものなんだって。生にむかう力をプラス、死にむかう力をマイナスと仮に名づけるね。両方の力が、ふだんはバランスをとっているけれど、そうして、マイナスの力は意識からかくされているけれど、プラスの力が弱まると、それだけ、マイナスの方にひっぱられる。危なっかしいもんなんだよ、このバランスは」

「だれの説？　冬実がそんなことを言ったの？」

「……たぶん、あいつからきいたんだったろうな」

「冬実に影響されてはだめよ」

「和枝伯母ちゃんの部屋は、あいつの写真ばかりだね」

「やいてるの？」

「かもね」挑むような目を、康雄はむけた。

「康雄、わたしにはアリバイがあるっていったわね」

「ああ」

「ちゃんと調べてみた？」

「いいや。だって……」

「だって、何？」

「伯母ちゃんは、節子伯母さんやうちのおふくろみたいに、悠子伯母さんから積極的な被害を受けていないし、コンプレックスてもいない。悠子伯母さんを嫌っていただろうけれど、殺したいと思うほど強烈じゃないはずだよ。悠子伯母さんと節子伯母さんとおふくろは、いわば、同じ土俵にいた。和枝伯母ちゃんは、ひとりで、男と同じように自分の生活を持っている。生きかたがちがう」

「わたし、あのひとを――悠子さんを、憎んでいたわよ。おそらく、節子さんや尚子さんより、もっと強く」

「そんな必要はなかったのに……」

「コンプレックスからじゃないわよ。悠子さんはね、わたしたちきょうだいのお母さん――康雄のお祖母ちゃんね――に、ひどい仕打ちをした。わたしは、それが許せなかったのよ。お祖母ちゃんて、康雄はよく知らないだろうけれど、それはおとなしい、やさしい人だった。悠子さんたちといっしょに住んでいたけれど、しじゅう邪慳《じゃけん》にされて、わたしは辛くてたまらなかった」

「伯母ちゃんにも、動機があるって言いたいの？」

「許せないのは、お祖母ちゃんが脳軟化症で倒れたとき。悠子さんは、看病するのがわずらわしいから、お祖母ちゃんをわたしのところに移したの。〝嫁のわたしより、実の娘の和枝さんに世話されるほうがいいって、おばあちゃんが言われるから〟と、悠子さんは言ったわ。〝わたしのお世話では気にいらないらしくて〃って。

　わたしは、母さんの世話をするのは、いやではなかった。ほんとにやさしい母さんだったから。仕事をやすんで、母さんについていたわ。でも、悠子さんの、厄介払いをしたという顔は、一生忘れまいと思った。

　わたし、母さんの躰を車に抱き入れたわ。そのときの感触も、忘れない。悠子さんが死んだ日のわたしの行動、しらべてごらん。午後、空白の数時間があるわよ」

「それじゃ、伯母ちゃんが……和枝伯母ちゃんが……」

「冬実は、わたしがしたことに気づいたわ。だから、わたしは、冬実を」

「言わないで！」康雄はさえぎった。

「わたしは、祭りのはじまる少し前に、精神安定剤だといって、冬実にカプセルを服ませたのよ」

「嘘だ！」康雄は立ちあがって叫んだ。

「それを、わたしに告白させたかったんじゃないの。だから、節子さんを犯人にしたてあげて、遠まわしにわたしを責めたんじゃないの。

　わたしが黙っていれば、康雄は節子さんにあらぬ疑いをかけたままになる。

　尚子さんのことを、気が弱くて、とろくて、看護婦に化けて薬をすりかえるような大胆なことはできないといったわね。

　性格論でいえば、節子さんは、ごく常識的な現実的な人よ。よくよく切羽つまるか、莫大な利害関係がともなうか、そんなことでもなければ、殺人に手をそめたりはしませんよ。康雄だって、そのくらいわかっているでしょう」

「お祖母ちゃんが死んだのは、もう十年も前だよね。和枝伯母ちゃんは、そのときの怨みや憎しみをずっと抱きかかえ、いまになって復讐するほど、執念深い人だっていうの。おれには、そんなこと……」

「事実だから、しかたないでしょう」

「嘘だ」

「なぜ、わたしが康雄に嘘をつくの」

「冬実は、自殺を予告している」

「十月三日に死ぬ、って言ったことでしょう。冬実の冗談だってわからないの。祭りで川に逆さ吊りされることは承知していた。それを、ふざけて言ったのよ」

「伯母ちゃん、いいかい、おれが警察に話しても」

「とめはしないけれど、わたし、警察でしらべられたら、否定するわよ。でも、いいこと、冬実は、わたしが殺した。おぼえておおき」

パネルに目をあげ、馬洗わば……と、和枝はつぶやいた。

## 6

相手は、衆をたのむ暴走グループである。それに一人で喧嘩をしかけたのだから、無茶な話であった。袋叩きにされ、意識を失なって路上にころがっていた。

深夜であった。たまたま通りかかって暴行を目撃した車のドライヴァーが一一〇番に急報した。もっとも、ドライヴァーは、かかりあいになるのを避けて、急報しただけで走り去っている。康雄は、病院にはこびこまれた。


康雄の枕頭《ちんとう》に、母の尚子と和枝が付き添っていた。

「喧嘩なんかする子じゃなかったのに」

尚子は青ざめていた。

眠っているようにみえた康雄が、薄く目をあけた。視線をさまよわせ、和枝と目があった。

「冬実を殺したの……おれだよ、伯母ちゃん」

尚子の唇から色が失せた。

「冬実は、おれが殺したよ」

叫び出しそうになる尚子を、和枝は制した。目顔で誘って、病室を出た。見えない綱でひきずられるように、尚子はつきしたがった。

早暁の病院の廊下に、二人の足音がひびいた。人の耳のないところを探し、和枝は階段をのぼり、屋上に出た。

風が衿元《えりもと》に吹きいった。濃い藍色から、空は朝の赤みを帯びた淡い色にうつろうとしていた。

尚子はコンクリートの床にべったり坐りこんだ。

「あの子、知っていたんですわ、わたしがやったこと。だから、あんな……。あれじゃ、まるで自殺です。死ぬつもりだったんです。母親がしたことに耐えられなくて。そして、わたしの罪を被《き》て……」

躰をよじって、尚子は泣きだした。

「大きな声を出してはだめよ。あたりにひびきわたるわよ」

低い声で、力をこめてたしなめると、尚子はけおされたように声を殺した。

「悠子さんは、いつも、わたしを馬鹿にして……使用人扱いして……」

栄三の勤務先の会社がつぶれ失職してから、尚子は、英太郎の弁護士事務所の事務員にやとわれた。

ほとんどお茶汲み用員であった尚子がどんな待遇を受けていたか、和枝も、いやでも気づかざるを得なかった。

昼食のとき、尚子は弁当持参で、それでも母屋の食堂で、英太郎、悠子が食事をとるのを給仕しながら、自分もすませる。食事どきに、用があって和枝がたずねたことがある。悠子は、三人分のすしをとった。自分たち夫婦と和枝の分。尚子は、その場にいるのに勘定に入っていなかった。

そのときのことを、尚子は泣きながら、いかに冷遇されたかの一例として持ち出した。

「……わたしも、和枝さんと同じ、弟の嫁なのに。おすしが食べたかったわけじゃありません」

「わかっているわよ」

「盆暮れに、義兄さんのところは、もらい物が腐るほどきて……。珍しく悠子さんがカステラをお裾分けしてくれたんですけれど……それが、かびが生えていたんですよ。去年のを……」

「一事が万事、そういうふうだったの、わかっていてよ。今さら数えたてないでも」

「義兄さんがなくなったら、急に、雄次郎さんやうちのに寄りかかってきて……。男の人は……。

悠子さんといっしょに歩いていたとき、わたし、決して、そんなつもりじゃなかったんです。手が、かってに動いていたんです。車が走ってくるのを見たとき……。ほかの車も人通りもなかった。車は、わたしのしたことには気づかなかったらしくて、走り去ってしまって……。

わたし、怕《こわ》くて……。悠子さんが意識を恢復したら、わたしに突きとばされたと明かすでしょう。殺人未遂。裁判。もう、怕くて怕くて」

「それで、点滴薬と逆性石鹼をすりかえたのね」

「和枝さん、知ってたんですか」

「康雄ちゃんがしらべてきたのよ。康雄ちゃんは、あなたに、そんな度胸はないと思っていたようだけれど、ぎりぎり切羽つまれば、ね」

尚子は泣きくずれた。

「冬実は、尚子さんを脅迫したの？」

「はっきり責めたわけじゃないんです。でも、何をしたか知っているよというふうに言われて……。冬実さんは悠子さんにかわいがられていたから……」

「精神安定剤のカプセルを冬実のために用意したのはわたしだけれど、毒物入りのものに、いつ、すりかえたの」

「宙吊りにされるまえに、精神安定剤をのんでおくということは、康雄が冬実さんからきいていました。出発の前日、掃除の手伝いに来いと節子さんによばれて、そのときに……」

「あんなぶっそうな毒物をよく手にいれられたわね」

「栄三の会社がつぶれて、どうにも暮らしがたちゆかなくなったとき、義兄さんから援助してもらいましたけれど、それがあまりにみじめで、一家心中をしようかと栄三がどこかで手にいれてきたんです。そのときは、結局使いませんでした」

わたし、十分に罰せられました。康雄が……。

「冬実を殺したのは、わたしよ」

和枝は言った。

「え?」

「そう言わなくては、わたし、救われないじゃないの」苛立たしく、和枝は言った。

「他人に、冬実を殺されるなんて」

馬洗わば馬の魂冱《さ》ゆるまで　人恋わば人殺《あや》むる心
一読したときから心に灼きついている塚本邦雄の歌だ。


逆さ吊りになった冬実に、死ねよ、とわたしは願わなかったか。若さの盛りのうちに死ねと。自ら毒を盛ることを、なぜ思わなかったのか。尚子のいじけた手にゆだねてしまった。

殺されてから、言葉で殺めて、とり戻した。

康雄は、わたしから奪おうとしたのだろう。言葉だけではない。若さゆえの無謀。思いこみのはげしさ。命まで添えようとした。

母の罪を被ようなどと、殊勝な心根であるものか。

冬実は、わたしが殺した。

そのわたしの言葉を康雄は信じ、わたしから奪いかえそうとしたのだ。

やいてるの?

かもね。

空は明け、あたりの陰翳《いんえい》がきわだちはじめた。

夜は更けわたり、彼は三方《さんぼう》にのせた戦利品を、誇らしげに、しかし、いくぶん信じがたい目で、眺めていた。

これだけのものを、よく一太刀で断ち落とせたものだ。まるで、芯まで鋼《はがね》ではないか。鋼の上を磨きこんだ銅《あかがね》でくるんだようだ。毛穴から生えでた毛の一本一本が、これまた、征箭《そや》の先端を思わせる鋭さだ。

口惜しげに握りしめた指……。これが、まことに指か。爪ときたら、鷹の爪とて、これにくらべたら赤子のそれのようなものだ。

その指は、彼の着衣の衿のきれはしを、まだ摑んでいる。衿の破れたあの小袖を、これからは、鬼殺しと呼んで、自慢に着用しようか。

我が太刀も、逸品ではあった。しかし、いかに業物《わざもの》であろうと、使い手の腕あらずんば、これほどみごとに断ち落とすことはかなわぬ。

陽の落ちた羅城門のあたりであった。出会うであろうことを、覚悟はしていた。これまでに、あまたの勇者が仕留めてみせると広言しながら、一太刀もかわすどころか、姿を垣間見ただけで総毛立ち、命からがら逃げ帰ったのである。もちろん、首ねじ切られ命散らした者は数知れぬ。

明日からは、我が名は都に知れわたろう。御《おん》主《あるじ》よりの褒章も、莫大なものであろう。遊び女《め》浮かれ女《め》どもも、我れをもてはやし……と、彼は、これまで名はきき及びながら、高嶺《たかね》の花と思いあきらめていた遊び女たちを思い浮かべた。主水、阿古、宮木、白女、観音、孔雀……。

　摂政が新造二条京極第にて饗宴有りしときは、御主も伺候した。群れ集《つど》うた遊女らに、絹三十匹、米六十石が下賜されたと御主からきき、王侯宰相の剪紅摘緑の遊びのさまを、我が身には縁なきことと思いながら、憧れ羨みもしたのであった。かねはいらぬが女は欲しいや。

　しかし、明日からは、我が名をきいて、女の方から……。意馬心猿やみがたし、嗚呼。

　いかようにして討ちとられしやと訊かれたら、告げてやろう。我れが馬にて羅城門のあたりを通りかかると、被衣《かづき》をかぶった女が、乗せてたまわれと、呼びとめた。灯もないのに被衣の紋様まで見てとれるは面妖と心づいたのは、女を我がうしろに乗せてからであった。振り向かんとしたとき、相手は、我れが不審を持ちしを悟り、被衣を振り捨て、鬼の本体あらわし挑みかかった。我が衿首を、がっきと摑みしその腕を、我れは引き抜きし太刀もて薙ぎ払い、ばっさり……。

　ほと、ほと、と蔀《しとみ》を叩く音がした。

　誰ぞ？　入り候らえ。

　彼は、声をのみ、目をみはった。

　入ってきたのは、何と、美しい女であった。

　さては、我が名は早くもとどろきわたりしか。

「先生、ごめんなさいましよ」

　何という見なれぬ髪かたち、装束であろうか。梅に蝶、銀四段の飾りを髪に挿し、赤地に金銀の縫いとりの裲襠《うちかけ》を裾長くひき、彼のかたわらに、寄り添うように坐った。

　そのとき、女はぶざまに両脚を投げ出したのである。裲襠の裾が、脚をかくしはしたが。

「ごめんなさいましよ。行儀が悪くて。先生に作っていただきました継ぎ足は、たいそうけっこうなんざんすけれど、やはり、長くつけていますと、切り口が痛くなりましてねえ」

　女が袖口から手の先を出さないのに、彼は気づいた。

「おかげさまで、命はとりとめましたけれど、このざまじゃあ、紀伊国屋もかたなしでござんすねえ」

女の笑顔は、彼がぞっとするほど凄艶で淋しかった。

「何用でまいった」

「お願いがござんしてね。先生が切りなすったわっちの腕を、ひと目、見せてやっちゃあいただけませんか」

三方の上にうやうやしくのせられた片腕に、女は目をとめた。

「まあ、これでござんすかえ。にくにくしい色だねえ。先生、おそろしい病気でござんすねえ。白魚のようだ、女にもみまほしいといわれたわっちの指が、このような……」

「これがおまえの腕とは……。女、正体をあらわせ」

彼は身がまえた。

女はやさしく笑い、

「この姿、お気に召しませんでしたか。紀伊国屋一代の当たり役、兜軍記の阿古屋《あこや》の姿を、先生の御目のたのしみにと思い、化粧、衣裳をととのえて、まかりこしたのでござんすが。おいやでしたら、鬘《かつら》をはずしてやっておくんなさいまし。何しろ、わっちは、両手両脚、先生にすっぱり切ってもらって、だるまのような軀でござんすから、自分ではは ずせねえ」

「かつら?」

「この重い赤姫の鬘でござんすよ」

女はじれったそうに腕をあげた。袖口から、肘から先のない二の腕がのぞいた。

女の身ぶりから察し、彼が女の髪に手をかけて持ち上げると、すっぽりはずれた。頭は布でくるんであった。

「や、や、や、や、や。髪が、髪が……」

「何を驚いていなさいます」

「この鬼め」

「鬼とはあんまりな。そりゃあ、この田之助、泣かせた女は数知れませんわさ。それでも、嬉しいじゃござんせんか、わっちの最後のお名残狂言には、芸者衆が押し寄せて、ほめ言葉をつらねて景気をつけてくれたんでござんすよ。小今姐さんがまっ先に、〝狂言半ばお邪魔ながら、古きを慕い新しく、まねて三筋《みすじ》の私らが、調子もあわぬ片言で、田之助さんを〟ほかの芸者衆が声を揃えて、〝ほめやんしょう〟。ようござんしたねえ。〝……富士になぞらう立女形《たておやま》〟〝三国一と三囲《みめぐ》りの、堤の花も及びなき、姿の花の八重一重〟〝色気も深く緑なす、柳畑のたおやかに、所作ごと、やつし、娘がた……〟。泣かせはしても、女たちはわっちを、憎みはしませんのさ」

「待て、待て、待て」

彼は、すっかりめんくらっていた。

「我れを、渡辺の綱と心得て、訪《おとな》いまいりたるか」

「おや、綱さん？　そういえば、都々逸《どどいつ》にあったっけねえ。〽渡辺の綱にやりたや　この片腕を主《ぬし》と添寝《そいね》の邪魔になる、ってね」

「汝は酒をくらい酔うておるな」

「酔っぱらいもしましょうさ。わっちゃあ、もう、生きながら死んだようなものなんだ。両手両足失のうて、何が、名女形《おやま》だ。そりゃあ、わっちがお頼み申しましたのさ。命にはかえられねえ。この脱疽《だっそ》で腐った両腕両脚。最後の一本の腕も、ばっさりやっておくんなさいってねえ。でも先生、せつないもんでござんすよ。ひと目、みれんだねえ、見てやりたいと……」

沢村田之助は、身をかがめると、三方の上の腕に顔を寄せ、横ぐわえにした。切れ長の目から泪《なみだ》が溢れ、腕は床に落ちた。

二十世紀の今日にはＳＦの常識になっている〝時空のねじれ〟など、渡辺綱も、幕末の名女形・

三世沢村田之助も、知るよしはなかった。

ましして、渡辺綱は、沢村田之助が脱疽にかかり、来日していた亜米利加《アメリカ》の医師平文《ヘボン》の執刀で両腕両脚を切断し、義足をつけてもらった事情など、わかるわけもない。

武骨な彼に理解できたのは、目の前にいるのが、べろべろに酔った哀れな男――なぜか女姿ではあるけれど、男だ――、この上なく哀れな状態にある若い美しい男であるということだけであった。

覚性法親王に千手という御寵童ありたり。一乗寺僧正は小院なる童を愛せられけり。長李は宇治殿が若衆なり。されば、神楽歌《かぐらうた》にも、「玉ならば昼は手にとりや、夜はさ寝てむ、手にやは、夜さ寝てむ、手にや」とある。

我れもまたと心逸《はや》り、いざ、来候らえ、と抱きあげれば、おや、綱さん、添寝の邪魔の片腕は、とっくに鬼にやっちまったんだよう、と、酔いどれ田之助は、綱の胸に泣きくずれた。

# 桜川

夜のあいだ疼《うず》いた奥歯の痛みは、目覚し時計が起床時刻を告げて鳴るころは、薄らいでいた。

大丈夫だろうと油断して出勤したのだが、職場につくころから痛みがぶりかえし、昼近くなると、耐えがたいほどに疼きだした。

デパートの事務用品売場がわたしの職場で、学期のかわりめなどをのぞいては、ふだんはそれほど忙しくはない。

「なにが気に入らないの、仏頂面して」

売場の主任に、とがった声を投げられた。

歯が痛いといういいわけを、わたしは口にしなかった。出勤した以上は、からだが不調でも人前では顔色に出すな、と常々主任に言い渡されている。正論なのだろう。

デパートの中にある薬品売場で鎮痛剤を求め、一時しのぎにのんだ。

前夜、痛みのためにほとんど眠っていない。薬は、眠気をさそいはしたけれど、痛みにはいっこう効いてこなかった。

昼の休み時間を利用して、近くの歯科医院に行く許可を、主任にたのんだ。

健康管理は本人の責任であり、病欠するのは日ごろの心掛けが悪いからだというのも主任の持論で、ことに、歯は、手入れさえ怠らなければむしばまれることはない、と、これも、主任は断言し、昼食のあと職員用の洗面所で歯を磨くよう督励している。わたしはそんな私的な姿を人目にさらすのは嫌いなので、主任の言葉を無視してきた。

昼休みは、交替でとる。十二時から一時ぐらいは歯医者も昼休みだろうから、わたしは遅番にしてもらい、一時になるのを待ちかね、昼食抜きで、デパートの近くの歯科医院に行った。

これまで掛りつけではない初めてのクリニックだ。

受付で、予約制であることを知らされた。混んでいるから、一週間前に予約しなくてはならないのだそうだ。わたしは霊感などないから、先週のうちに、今日の歯痛を予感し予約をとることなど、思いつきもしなかった。

「いま、痛いんですか」

受付係りが言う。

痛くなければ、こない。

「少し、待っていてください」

予約の患者は次々に診療室に呼び込まれる。

痛みをまぎらすために、備えつけの週刊誌のページをめくった。疼く奥歯を忘れさせてくれるような記事は見あたらず、後ろのグラビアに目をむけた。なにげなく次のページをめくりかけ、ふと何かがこころにひっかかった。

前のグラビアを、もう一度あらためて眺めた。

美術展の模様をつたえるもので、カメラを部屋の対角線上に据えて写し、そのため、展示された絵は少しゆがんでいる。図柄がはっきりわかるのは、右側手前の一双の屏風絵で、反対側は、展示ケースのガラスが光を反射し、中の絵はよく見えない。

いったい、このグラビアの、何がわたしの目をひいたのだろう。見直したけれど、わからない。

グラビアに添えられた記事が、まず語るのは、大正から昭和初期にかけての挿絵画家、加賀千織《かがちおり》の回顧展が開かれた、ということだ。わたしが知らなくて当然の、昔の画家だ。

記事を読み進むと、加賀千織が活躍したのは戦前で、戦後は消息を絶った、とある。行方知れずなのだそうだ。生きていれば百歳を越えるから、おそらく死亡しているのだろうが、実は、家族も千織の生死を知らない、ということが、スペースがないからだろう、ごく簡単に書かれてあった。

　大きい記事になっていないのは、加賀千織という画家が、それほど現代の世人の関心をひかない存在だからだろうか。

　それにしても、わたしは、このグラビアのどこが気にかかったのか。

　空を見ているときに、一瞬視野をかすめた鳥影のように、こころをよぎったのだ。

　ほんの瞬時のことだ、長い文章を読みとる暇はなかった。記事の中の何か一語が、きわだって目に残ったのだろうか。

　文字を目でたどりなおしても、思い当たる言葉はない。

　グラビアをもう一度子細に眺める。

　そうして、気がついた。

　屏風絵のすみにしるされた画家の落款《らっかん》。

　変体仮名の草書体で、〈ちおり〉。

　わたしは、この落款を、知っている……。

　目にしたのは、幼い子供のころだ。草書の変体仮名など、読めはしなかったし、落款という言葉さえ知らなかった。ただ、文字の形が、記憶に残っていたのだ。

　一枚の絵のせいだ、幼いわたしが落款の形までおぼえていたのは。

　記事の最後に小さく、展覧会の期間が記されてあり、今日が、最終日だということを、わたしは知った。

　五時閉館。

　わたしは時計を見た。

　売薬の鎮痛剤がようやく効いてきたのか、痛みが薄れている。

「大丈夫みたいなので」

受付に言い、クリニックを出た。

週刊誌の記事には、美術館の名前しかのっていなくて、場所の明示は、もちろん、ない。

公衆電話で、番号案内に電話し、美術館の電話番号をまずしらべてもらった。

応対は係の声だが、金属的な声に切り替わり、「おたずねの番号は……」と、告げた。

美術館の受付で、そう言われた。

「閉館まで、あと十分しかありませんが」

電話で道順をたしかめてから職場に戻らず直行したにもかかわらず遅くなったのは、方向感覚と地理感覚の欠如しているわたしが、乗物をまちがえ、数回乗り直し、さらに、道をまちがえ、その上、当の美術館の前を、それと気づかず、何度も往復してしまったからだ。

一見、美術館とはわからない、ふつうの住宅のような建物だったせいもある。

戦前からのお屋敷町というたたずまいの、古い住宅街のなかに、その美術館は、あった。二階建ての西洋館で、左手に鉤の手に突き出した棟がティールームになっているのだった。

軒下に、ちょうど英国のパブなどのように吊された看板も、ティールームの名前らしいものをしるしたものだった。

探しあぐねて、コーヒーでも飲んで一休みして帰ろうかと、喫茶店の入口を探した。くたびれたけれど、幸い、歯の痛みだけは消えていた。

奥正面の玄関を探しあて、それが美術館の入口だと、ようやくわかったのである。ティールームは美術館の観客のためのもので、外から直接入ることはできない構造なのだった。

「今日で、最終ですから」

と、受付の窓口の館員は、親切に言ってくれた。

「ごらんになるのなら、閉館、少しのばしてもいいですよ。表の鍵はかけちゃいますけれど、裏から出られますから」

「もっと早く着くつもりだったんですけど、道に迷っちゃって」

「ああ、電話で聞いてこられたの、あなたですか」

わたしより七つ八つ年下――二十二か三――だろうか、小柄な物静かな女性だ。

「スリッパに履きかえてください」

入口のささやかなロビーの奥の扉が開け放たれ、その向こうが展示室になっていた。

館員は、事務室から出てきて、手にしたパンフレットをくれた。

売り物だろうと値段を聞くと、

「もう、終わりで、あまっちゃった分ですからいいですよ」笑顔で言う。「今日、週刊誌のグラビアで見たって言われたでしょ、さっきの電話で。あの週刊誌は、唯一、発禁のことを書き立てなかったので、だから、あなたは、それ目当てじゃないんだなって、わたし、思って」

その興味で見に来たのではないことが、嬉しいというふうに言う。

「発禁？」

「あ、やはり、ご存じじゃなかった？　いまなら発禁になるような絵じゃないんですけれどね、昭和の初期って、戦争になろうってときだし、うるさかったんですね。千織の発禁の絵が世にあらわれたって、そればっかりが話題になって、マスコミでもとりあげられて、そっちに興味を持って見にくる人が多くて」

初対面であるにもかかわらず、そうして、わたしは極度に人見知りが強く、めったに他人にこころをひらかないのに、この人には一目で親しみをおぼえた。相手もそうなのではないか、と感じた。

自分のまわりに垣をつくり、同類以外のものには扉を閉ざしている。そうして、この人とわたしは、数少ない同類なのだ。向こうも、そう悟ったのにちがいない。

展示室に、わたしは入った。

閉館が近いからだろう、観客はだれもいなかった。

無人の展示室は、ごく狭い長方形で、入口の側をのぞいた三方の壁面はガラスを張った陳列ケース。中央にこれもガラス張りの、丈の低い陳列台。

視野の半分が、華麗な色彩で占められた。

右側の壁面に飾られた屏風絵、額装、いずれも金泥、濃藍、朱、黒、碧、と極彩色であったのだ。

美人画が多い。

グラビアにのっていたのと同じ美人画を、わたしは見出し、かがみこんで、落款に目をむけた。

変体仮名の草書による、〈ちおり〉の落款。

幼いわたしが記憶したのと同じ形。

図柄はまったくことなる。色調も、ちがっていた。

落款の相似をのぞいては、わたしにはあまり興味を持てない美人画であった。

絵の専門的な鑑識眼をわたしは持ちはしないが、迫ってくる力の有無ぐらいはわかる。わざわざ回顧展をひらくほどの絵でもないように思えた。色は華やかで奇麗だけれど、ごく凡庸で、画家の内面も特性も感じられない。一応、プロの画家であれば、この程度はだれでも描けてあたりまえなのではないだろうか。松園、深水、雪岱などの美人画とはくらべものにならない。

しかし、左側のケースに近づいて、わたしは、目を奪われた。

モノクロと淡彩の挿絵の原画、あるいは印刷された挿絵の切り抜き、版画など。判が小さいだけに、壁面を埋めた数はおびただしい。

画題は、江戸の草双紙やら浄瑠璃やら、説経節、説話、軍記物、幸若、能楽、などがほとんどである。

鼓を手にした吉野山の静御前と佐藤忠信。金毛九尾の狐の化身・玉藻前。海に乗り入れようとする駒の馬首をかえしてふりむく甲冑の若武者は平敦盛であろう。なかば蛇身と化して日高川をわたる清姫。菜の花のあいだに蝶を追う保名。笹の小枝を手に物狂いの照手姫。片肌ぬいで刺青をあらわにした弁天小僧菊之助。鷹を拳にすえた孤島の百合若。富士の裾野の巻狩の夜、雷雨のなかを松明をかざし仇を求める夜討曽我。琴責めの阿古屋。

子供のころ、祖母が語ってくれた物語の数々が、絵になってわたしの目の前にあった。

これらの絵には、不思議な淋しさ、妖しさ、艶めかしさがただよっていた。彩色の美人画は凡庸だが、これらの絵の人物は、奇妙に細長く、流れるようにデフォルメされ、独特の雰囲気をかもしだしている。加賀千織がつかんだ、彼だけの世界。

どれにも、わたしのおぼえている〈ちおり〉の落款があった。

わたしの育った家には、テレビがなかった。そのかわり、祖母が、物語の宝庫であった。そうして、祖母の持物である古い絵草子が、わたしにとっては、テレビやまんがの本のかわりであった。それらの絵草子は、〝わたしのお兄さんの本〟と、祖母は言い、大切にしていた。〝わたし〟というのは、祖母自身のことだ。

祖母とわたし、ふたりきりの暮らしの、生活費をどのようにして賄っていたのか、わたしは知らない。わたしの父と母は、わたしが生まれてまもなく離婚し、わたしは母方の祖母にひきとられた、という事情だった。

つつましい暮らしだった。テレビも、おそらく、買う余裕がなかったのだろう。

「表ももう閉めましたし、他の事務員も帰りましたから、ゆっくり見てください」

受付の館員が、背後から声をかけた。

「これが、発禁の絵なんですよ」

館員が示したのは、『伏姫』と題したモノクロの版画で、人獣交接を、それとなく暗示するように描いてあった。馬琴の『八犬伝』では、伏姫と八房は、山中にともに棲んでも、からだを交わしはしなかったはずだから、画家が想像を発展させた図柄だろう。しかし、卑しいみだらさは感じられない、むしろ、世に入れられぬものの哀しみが、わたしにはつたわってくる。周囲は漆黒の闇で、ほのかな明るみの中に、姫と八房は、哀しみを共有しているのであった。

「この絵を出品するの、遺族の方が嫌がったんです。千織の奥さんはとっくに故人で、遺族というのは、千織の一人娘さんと、そのご主人なんですけど。ご主人は、銀行におつとめなの」

「いい絵だわ。哀しくて、淋しくて」

「そうよね」相手の口調に親しみがこもった。

「千織の発禁の絵って、その当時、評判になって、いまでも、幻の絵っていわれて、一部の人のあいだに話だけはつたわっていたんです。でも、遺族の方は、千織のファンがいまもいるなんて思わないで、作品はしまいこまれたままだったの。たまたま、うちの館長の知人が、その幻の絵が遺族のもとにあると知って、連絡してきたの。それで、是非公開をということになったんだけど、こっちに比重をかけるのは、ご遺族としてはとても抵抗があるようで」

「いい絵なのに……」

「その時その時の常識でしか物事をとらえられない世間への、抗議とか、挑発とか……っていうほど強くはない……」

「だれか、わかってくれる人への秘かな発信。そんな感じね」

わたしは応じた。

「明日、全部、かたづけて、遺族の方にお返しします。そうすると、人目につかなくなっちゃう」

「惜しいのね。これ、全部、画集にするとか、できないのかしら」

壁面から千織の絵は、わたしを包み込む。

「うちでは、とても出せないし、どこか出版社から話があっても、ご遺族が、あっちは」と、美人画のほうを館員は指し、「いいんだけど」こっち、と伏姫の方にむきなおり、「発禁とか、頽廃的とか、そういう目で千織の仕事を見られたり、変な興味で取上げられたりするのは嫌だというお気持ちが強いから」

「加賀千織って、消息不明のままなんですって?」

わたしが言うと、館員は、目を大きくした。

「どうして、ご存じなの、それ」

「週刊誌のグラビアのネームに書いてあったわ」

「そんなはず、ないわ。わたしも読んだもの。あの記事」

「別の週刊誌じゃないんですか。わたしが見たのは」と、名をあげると、

「ええ、それよ。ちょっと待っててください。とってくるわ」

事務室から、週刊誌をもってきた。

わたしが歯医者で見たのと同じ表紙だ。

「これでしょ」

グラビアのページをひらく。

同じ写真であった。

「入口にカメラをおいて、この角度から撮ったのよね。でも、晩年のことなんて、書いてない」

「そうね……」

読み返して、わたしは、うなずいた。

不安がこみあげる。わたしの認識は、どこか狂ったのか。

グラビアにうつった屏風絵の隅には、変体仮名の草書で落款。歯医者で見たものと、写真はかわっていない。

行方知れず、消息不明などとは、一言も書かれていない。

「あなた、どうして、それを知っていらっしゃるの」

「わたしが見たグラビアには、そう書いてあったのよ。生きていれば百歳を越えるから、おそらく死亡しているのだろうが、家族も生死を知らない……って」

「遺族からクレームがついて、記事をさしかえたのかしら。でも、週刊誌、そんな手間のかかること、しないだろうな。皇室記事とかならともかく」

「行方不明は、本当なの」

わたしの問いに、

「本当らしいんだけど、家出とか、蒸発とかっていわれるの、恥になることだから、って、公にはしておられないの。家を出たとき、すでに、奥さんと娘さんがいたのね、千織には。その娘さんが、現在、千織の絵を所有している遺族」

途中で言葉を切り、あなた……と、館員は、ちょっと困惑したような目をわたしに向けた。

「マスコミの人か何かで、千織の晩年のことを探りにきた……とか……そんなんじゃないですよね。もし、そうだったら、わたし、ますます人間不信になっちゃう」

「わたしが子供の頃、うちに、この落款をした絵が、一枚だけあったの。大きい和紙——このくらいの。折りたたんで、祖母の手文庫にしまってあった。わたし、その絵を見ると、怖くて、哀しくて、でも、好きで好きで、ときどき、ひろげて見ていたの。この、千織の落款があったわ。一面にね、桜の花びら。女の子が、こうやって……」片手をのばし、うつ伏して顔だけ少し持ち上げているかっこうを、わたしはまねた。「〈桜川〉。祖母が教えてくれたわ」

「謡曲の桜川？　千織は、謡曲からもずいぶん画題をとっているから……」

人買いに身を売った娘をたずね歩いていた女が、桜川のほとりで、花びらを掬《すく》っては狂っているとき、寺の稚児になっていた娘にめぐりあう。というのが、能楽の桜川のあらすじと知ったのは、後になってからで、祖母が語ってくれたのは、親に別れた女の子が、川のほとりで、桜の花びらをすくっているうちに、溺れて死んだという物語だった。それ以来、わたしは、水と桜の結びついたシーンには怖さをおぼえる。

「〝わたしのお兄さん〟が描いた、と、祖母は言っていたわ」

――そうしてね、わたし、見たはずはないのに、祖母とその〝お兄さん〟がむつみあっている場面を知っているの……。

「千織には、母親のちがう妹がいたのよ」

館員は、幽《かす》かな声で言った。

「それも、おおやけにはなっていないことで、千織の研究家がしらべたことなんだけど」

「祖母は、一度だけ、わたしに口をすべらせたわ。桜川を描いたのは、おまえのお祖父さんだよ、って」

わたしは言った。ほとんど、声にはならなかった。

頰にわたしはちょっと手をあてた。奥歯の痛みはすっかり消えていた。

祖母がそっと教えてくれた……そんな気がした。おまえのお祖父さん、わたしのお兄さん、わたしの……。絵を見においで。

グラビアの記事も、祖母が、わたしにだけ見せたもの。そう思えば、納得がいく。

伏姫と八房のように、ひっそりと、暮らしたのであろう、兄は、日常のすべてを棄てて。

「隅田川より、華やかね。桜川は」

わたしは、言った。

「子供と再会できるのだし」

千織に置き去られた一人娘が、父の影の顔をあらわす一群の絵を拒否するのも無理はない、と、わたしは思い、凡庸な美人画のほうに目を向ける。こちらの無難な世界に生きているかぎり、人は安泰なのだ。

そうして、目を閉じ、瞼の裏いっぱいに花びらを浮かべて流れる桜川に、わたしは身を投じた。

清らかに照りわたる九月十三夜の月を、雁の影が、よぎる。

「一つ、二つ」

と、箱王はかぞえ、

「あれ、五つ」

無邪気に声をあげたが、兄の一萬が涙ぐんでいるのに気がついた。

「何が悲しゅうて、お泣きやる、兄者」

七歳の箱王は、二つ年上の兄の涙に、わけはわからぬながら、悲しくなる。

「義父様《ととさま》に、叱られてか」

「何の。義父様は、やさしいお人。何もって我を咎めらりょう。雲居の雁が、うらやましゅうて、つい、女々しい涙を流した」

「何がそれほど、うらやましいのであろ」

不審顔の弟に、兄は、語る。

「五つある雁の、一つは父、一つは母、残る三つは、子供であろうよ。我らは、雁よりさびしい。こなたは弟、我は兄、母はまことの母なれども、曽我殿は、まことの父にあらず」

我らが父を失ったは、四年前……神無月の十日、と、兄は口にする。

幾度も、弟は、その話を兄からきかされている。しかし、聞くたびに、新たな怒りが心を燃やす。

兄とて、幼い。その場にいあわせたわけではなかった。祖父をはじめ、大人たちが語るさまが、こころのなかに、みずから経験したもののように鮮やかで、語るたびに、絵はいっそう鮮烈になる。

巻狩が催されたときであったという。

世は平家の全盛。源家の総領頼朝が、伊豆に流され、北条の庇護をうけていた。その徒然をなぐさめるための狩倉であった。

千段籐《せんだんどう》の弓をたずさえ、白覆輪《しろぶくりん》の鞍をおいた四肢たくましい月毛の馬にうちまたがり、赤澤山の山麓を過ぎるとき、椎の大樹のかげより、飛びきたった一閃の矢、父の急所を射とおした。

思いもよらぬ襲撃である。

「正面きって名乗りをあげての戦いであれば、父君が不覚をとることは、八幡、ありはせぬものを」

兄が言えば、さこそあらめと、弟もうなずく。

「卑怯きわまる伏勢の不意討ち」

それでも、父は、弓取りなおし矢をつがえ、馬の鼻をひっかえし、四方をみまわした。

深手を負った身は、それで精つきはて、馬よりどうと落ちた。

後陣にあったのは、河津三郎が実父、伊東二郎祐親。村時雨《むらしぐれ》降りみ降らずみさだめなく、濡れじと駒を速めてくると、倒れ伏した嫡子が目に入り、手綱をひきしぼる。そこに、矢を射かけられた。矢はあやういところではずれ、鞍の前輪に突き立った。

祖父は、右手《めて》の鐙《あぶみ》に下りさがり、馬を小楯にとり、「賊ぞ。先陣はかえせ。後陣は進め」とよばわった。

襲撃者は、姿をみせず、逃げ失せた。

祖父は、父を膝にかきいだき、「こは、何事ぞ。同じ当たる矢ならば、など、老いたる我に立たざりけるぞ」

敵は、誰ぞ、と声をはげませば、

「父君を見まいらせんと思えども、いま、それもかなわず」と、父は、はや、もの見る力も失せたまい、

「工藤祐経こそ、我らに遺恨をもつもの。矢を射

かけたは、その郎党どもとこそ見え候らいつれ」

声は薄れ、「お名残惜しくこそ候らえ。幼いものを」頼みたてまつる、と、言いもあえず、奥野の露と消えたもうた。

「母者はな、我とこなたを左右の膝にすえおきて、髪かきなで、汝ら、十五、十三にならば、親の仇を討ち、わらわに見せよと、泣きたもうた。こなたは年幼くて、母の言葉をききわけず、手ずさみして遊びいたるばかりであったれど、我は、父君が亡骸《なきがら》をつくづくみつめ、成人の後は、かならず仇を討とうず、と、誓った」

後に、頼朝は北条の後楯を得て兵を挙げ、平氏をほろぼし、鎌倉に幕府をたて、天下を掌握した。

兄弟の祖父、伊東祐親は、頼朝にしたがわず、斬首された。

母は曽我太郎祐信にとつぎ、仇討ちのことは、口の端にものぼらせないようになった。しかし、幼いこころに刻まれた母の言葉は、消えようもない。

「いかに幼かりしとはいえ、父君の大事に、手ずさみして遊びいたるとは、我れながら情けなし。兄者、我も、いま、誓おうず。かならず、敵の首とってみしょう」

意気込む弟の手を、兄は、月にむかって合掌させた。

「兄弟力をあわせ、かならずや」

そうして、

「手慣れずしては、いかが候べき。見よ」

と、兄は、竹の小弓に、笹矧《ささはぎ》の矢をつがえ、明かり障子を的に、かなたこなた射とおして、

「いつかは、父の敵にゆきあい、かように心のままに射てとらん」

と言えば、弟は、

「我は、かように敵の首を斬らん」

障子の紙を、木太刀もて、ひききり、打ち破り、その眼、きりりと光った。

二人の狼藉を目にとめたのは、乳母である。うろたえて、母に告げた。

母は二人を呼びつけ、きびしく叱責した。

「鎌倉殿は、平家の公達を、胎の内の子まで、皆殺しにされたほどの無慈悲な御方。和殿ばらの祖父伊東殿は、鎌倉殿への謀叛に加担して、首斬られている。和殿らが敵と狙う工藤祐経は、いまや、鎌倉殿の寵愛の臣。和殿らは謀叛人の孫。和殿らが、この館に暮らしておることが、上様の耳に入りなば、即刻めしとられ、禁獄、死罪にもなろうず。かまえて、かまえて、事起こすな」

*

兄が嘆けば弟がなぐさめ、弟が淋しがれば兄がはげまし、三年は、無事にすぎた。

工藤祐経が兄弟の父を討ったについては、伊東の家と工藤家との、積年の所領地の争いが原因となっている。伊東のやりように対して、工藤の側にも言い分はあった。

しかし、兄弟は、土地争いのことなど、かかわりない。父を闇討ちにされた、その怨みのみが、年とともに熾烈になる。

二人の兄弟の生存を、工藤祐経は、知った。

鎌倉幕府の基盤もかたまり、勢威あたりをはらう頼朝が、

「おごりし平家をことごとくほろぼし、世は安泰」

と満足げに口にしたとき、

「将軍家が御膝下に、末の敵となるべきものこそ、候らえ」

と、祐経は訴人した。

「先年、謀叛の咎により斬首せられし伊東入道が孫二人、父に死に別れ、継父曽我太郎がもとにて養われあり。成人の後は、君が御敵とやなり候べき」

源家頭領旗揚げに逆らった伊東入道への頼朝の怒りは深い。梶原源太景季を召し、

「逆賊伊東の孫ども、即刻、具してまいれ、異議におよばば、その場で首はねよ」

と、厳命した。


「あら心憂《こころう》や」

母は二人を抱きしめ、嘆き伏した。

しかし、頼朝の命にはさからえぬ。

ふたりにとっておきの装束を着せてやるのがせめてもの介錯（世話）であった。

兄の一萬には精好《せいごう》の大口、顕紋紗《けんもんしゃ》の直垂《ひたたれ》、弟の箱王には紅葉に鹿を描いた紅梅の色目の小袖。

それが死装束と思えば、母は、人目もはばからず、梶原景季にともなわれ門をでる二人の袖をひき、

「しばし待てや、一萬、とどまれや、箱王。わが身は何となるべき」と、声をかぎりに泣きいる。


景季も、「よしなき使いをうけたまわり、かかる哀れをみる」と、しばし涙にくれた。

兄弟の斬首の太刀は、養父曽我祐信がとるよう、命じられた。

潮風におう由比が浜に、敷皮敷いたその上に、二人は正座した。

「母に言い残すことやある」

養父の言葉に、

「何に心を残すべき。父に会いたてまつらん頼みこそ、嬉しく候らえ」

と、西にむかい、おのおの、小さい手をあわせる。

折から朝日がさし、一萬の白い細い首に、祐信が振りかざした太刀の影がうつった。

そのとき、「待たれよ、しばし、待たれよ」と声があり、馳せつけたのは、頼朝の股肱《ここう》、畠山重忠。

梶原景季の父景時やら、和田左衛門義盛やら、

千葉介常胤やら、次々に、幼い兄弟の命乞いをしたが、頑なに聞き入れなかった頼朝が、畠山重忠が情理をつくしての言葉に、ついに、折れたのであった。

＊

光陰過ぎて、一萬は十三歳。元服して継父の姓をとり、曽我十郎祐成と名乗った。

箱王にむかっては、母は告げた。

「こなたは、箱根権現の別当がもとへ行き、修行を積み、ゆくゆくは剃髪して僧となり、親の後生をとむらえかし」

箱王の荒い気性を思っての、母の思慮であった。

「うけたまわり候」

箱王は答えたが、心に期するものは別にあった。

由比が浜で、いったんは、死んだ身だ。

義父が太刀をかざしたとき、この身は、死んだのだ。

後の生は、父の仇を討つ他に、何に費やせよう。

いまは、まだ幼くて、敵を討つ力はない。やがて、時至りなば。

箱根に送られた箱王は、昼夜の勤行に、

「南無《なむ》帰命《きみょう》頂礼《ちょうらい》、ねがわくば、父の敵を討たしめたまえ」

そればかりを、祈願した。

箱王十四となった正月十五日、頼朝が供揃えして箱根権現に参詣した。

これぞ、神仏の加護、と喜んだ箱王は、かいぞえの僧一人を具して御座所のうしろに隠れ、将軍の供の武将を、「あれは誰ぞ、これは如何に」と、一々たずねた。

「かれこそ、秩父の重忠、これぞ三浦義盛」

と、僧は得々と教える。

「あれが、工藤祐経」

聞くや、箱王は、血がのぼった。

守刀を脇にかくし、祐経の背後に忍び寄る。

祐経は、めざとく、箱王を見つけた。なれなれしく呼び寄せて、

「亡き父御によう似ておわす。引出物をとらしょう」と、赤木の柄に銅金入れた一振りを与えた。

衆目の中であり、祐経の片手は、油断なく腰の物の上にある。

箱王は、歯噛みして、耐えた。

*

「こなたも、十七。落飾せよ」

別当から言い渡され、箱王は、寺を出奔した。

頼るのは、兄十郎である。

乳母の家に立入り、兄を呼出した。

「出家のこころ、さらさら、なし。思うは父の仇討ちのみ」

十郎は、弟を、執権北条時政のもとにともない、烏帽子親となることを頼んだ。仇討ちの志までは明かさない。ただ、出家するのが嫌さに、とのみ、言った。

時政はこころよく応じ、箱王の垂髪《うない》を切り、烏帽子を着せて、曽我五郎時致と名乗らせた上、白覆輪の鞍おいた鹿毛に黒糸威しの鎧一領をあたえた。

それを知って、母は怒り、五郎を勘当した。

*

久々に、十郎は、母のもとをおとずれた。

「鎌倉殿が富士野御狩に、御供をせんと思い立ちて候。新しき御小袖を一つ賜りたし」

思い止まるようにと、母は言った。

「父河津三郎殿が討たれたのも狩場。狩場ほど憂きところはなし。されど、小袖を惜しむにはあら

ず」

練貫《ねりぬき》の小袖を、母は与えた。

障子の陰には、勘当されながら、なお母を恋い、ひそかに別れを惜しむ五郎がいた。

つい、たまりかね、

「時致にも、めしかえの御小袖一つ賜れ。狩場の晴れに着候らわん」

五郎は声をかけた。

「小袖を与える子は、十郎の他に、持たぬ。箱王という息子はいたが、勘当して行方知れず」

つれない母の言葉に声もでぬ弟にかわり、十郎が、

「その、箱王が、まいりて候。なにとぞ」

と、頼みいった。

五郎のための小袖は、すでに、ととのえられてあった。母は、十郎に新しい小袖を与えるたびに、行方知れぬ五郎の小袖もととのえていたのであった。

＊

富士の裾野の大巻狩の深夜、畠山重忠の手引により、兄弟は、松明をかざし、工藤祐経の寝所を探りあて、眠っている相手を呼び起こし、太刀あびせ、とどめをさした。

夜討ちと知って、武者どもが駆けつける。

十郎は仁田四郎忠常に討たれ、五郎は捕縛された。兄の首級と対面させられた五郎は、

「死出の山にて待ちたまえ。やがて追いつき、三途の川を手を取り渡りて、閻魔王宮へはもろともに」

莞爾《かんじ》と笑った。

松崎の浜で、五郎は首討たれた。

## 宿かせと刀投出《なげだ》す雪吹《ふぶき》哉《かな》——蕪村《ぶそん》——

疱瘡《もがさ》か瘡掻《かさかき》か、人ならばそう呼ばれようが、抜きかざしたる九寸五分、ふつふつと湧き出た吹き出物が鱗《うろこ》さながら、打ち粉をかければほろほろとこぼれ、その下から新たに吹き出て、

「際限もない」

いったん抜いたら、白鞘に収めもならず、本来は一節切《ひとよぎり》を包むべき綴織《つづれおり》の袋にくるんであった。ゆえに、竹の一節切は剝き出し。

大小も長脇差も帯びぬ虚無僧《こむそう》の、身の護《まも》りとする鍔《つば》無しの短刀。せめて赤鰯《あかいわし》なら研ぎようもあろうが、

「こりゃあ、梵論字《ぼろんじ》さん、研師《とぎし》では手に負えません。剝師《はぎし》にもっていかっせい」

本阿弥《ほんあみ》家とは糸ほどのゆかりもない町研ぎ、菜切り包丁でも研いでいる方がふさわしかろう面体《めんてい》の親爺、拳でぐいと鼻を押し上げる。

「そのような商いがあったかの」

「あったの段じゃあねえわ。当節、研師は流行《はや》りやせん。とんと閑《ひま》での。お前さん、お江戸の事情に疎《うと》いと見受けたが」

手甲脚絆《てっこうきゃはん》に草鞋《わらじ》がけの旅姿をみれば、問わずもがな。浅葱鼠《あさぎねず》の無紋の着流し、背にかけた袈裟《けさ》は風雨にさらされ、もとの文色《あいろ》も見え分かたぬ。偈《げ》箱《ばこ》に記されたるは忝《かたじけ》なくも禁裏《きんり》様の裏紋五三の桐。とはいえ、誰も敬いはしない。勅許《ちょっきょ》を得たと、普化僧《ふけそう》が勝手に言い習わしているだけだ。

「剝師とやらは、何処《いずこ》に」

「つい、この目と鼻の先。あちらは栄え、こちら

は枯れる。いやな世の中だ」

目と鼻の先で栄えるという店に入れば、一段高い板敷きに、実直そうな男が鎌の刃に剃刀《かみそり》の薄刃をあて、周囲《まわり》は目に入らぬ様子。

声をかけたが、見向きもしない。代わって応じたのが、土間を掃いていた弟子らしい若いので、

「梵論字さん、お布施《ふせ》はあげないよ。一節切もいらぬこと。よそをお回んなさい」出額《でびたい》の奥眼が突《つ》っ慳貪《けんどん》。

虚無僧といえば、名目は普化宗の、剃髪せぬ半俗の僧であるが、実のところは物乞いにひとしい。慶長十九年東照宮様が定め給うた掟書により、全国往来自由を認められ、罪を犯した武士も普化僧となれば刑を免れる。それをよいことに、市井《しせい》無頼《ぶらい》の輩《やから》までが虚無僧の姿形を隠れ蓑に、往還を横行するようになった。

「いや、剃ぎとやらを頼みたい」

弟子と客のやりとりに気づいた剃師が、折よく一区切りついた手を休め、綴織から取り出し板敷きに置いた抜き身に目をやり、

「やれ、刀まで、患《わずら》うようになりましたか」

呆れたのか、嘆じたのか。

「当節、持ち込まれる金物が多く、本業に手が回りかね、困惑しておりますが、刀剣もか」

「此方《こなた》の本業とは」

「人の皮剝でござります」

「畜類の皮を剝ぐ生業《なりわい》はあるが、人の肌を剝ぐとは。江戸には希代《きたい》な職人がおる。人の皮など、使い道があるのか」

「皮は捨てますんで」素っ気なく言った。

「軽い痘痕面《みっちゃづら》なら、一皮二皮剝げば、きれえになります」と、弟子が、「娘さんが上得意さね。娘にもてたい旦那衆も、お運びになる」口重《くちおも》な親方に代わり、油紙に火。「此許《ここもと》、お江戸八百八町を疱瘡《ほうそう》神が荒れ狂い、あたら花の娘御若衆、無惨な面貌《めんぼう》になり果てました。うちの親方秘伝の皮剝が

大評判」香具師《やし》の口上よろしくまくし立てる。

「ところが流行病《はやりやまい》が人にとどまらず、鍋釜包丁から鋤鍬《すきくわ》と、金物にまで及ぶようになりました。奇妙なことに、木だの紙だのは病みません」

「何で、いま些《ち》っと早く持ってきなさらなかった」と剃師の親方は吐息混じり。「こうまでひどくなっては、一皮二皮剥いだところで、役に立たない」板敷きの上をすべらせ、刀身を押し戻した。

二月《ふたつき》ほど遡《さかのぼ》る。行方定めぬ旅の如月《きさらぎ》。吹雪に難渋し、とある庄屋らしき豪壮な構えの、柴の折り戸の前に佇み、取り出したる一節切、歌口《うたぐち》湿し、奏したる曲は想夫恋《そうふれん》、指凍え、唇ふるえ、吐く息は竹の筒の中で凍った。

さらに心を凍らせたのは、籬《まがき》に刺し連ねられた生首である。人ではない。狼の首が五つ六つ。

枝折り戸が開き、「梵論字さん、お布施」と、慌ただしく一椀の粥を差し出した娘。縞木綿の袷《あわせ》、襟も袖口も擦り切れたさまは下女とおぼしく、「それを持って早う、去《い》んでください」と急《せ》きたてた。

「この家には、疫病神が居座っています」頬の赤い下女は、斯《か》く告げたのであった。「旦那さんもおかみさんも、疱瘡で伏せっていなさいます」

疱瘡に取り憑かれ悶え死ぬか、吹雪に巻き込まれ凍死するか。

数千の矢羽根襲いくる烈風の中を、去《い》ねとは酷《むご》いと思ったか、下女は言葉を翻《ひるがえ》し、厨《くりや》に招じ入れた。

竃《かまど》の火に近く寄って立ち、先ほど恵まれた粥を啜り、腹の底まで温《ぬく》もって、人心地がよみがえった。

「この里は、疱瘡を病む者はめったになかったのに、飛疱瘡《とびほうそう》で」と下女は心細げ。「半月も前になりますか、旅のお人を泊めました。親切が仇になり、そのお人が疫病神を運んできたんでございます」

　空になった椀に、竈にかけた大鍋から熱いのを掬《すく》って、充たしてくれる。舌が灼《や》けた。

「旅のお人が去った後、旦那さんもおかみさんも躰が燃えそうな熱がでて、そして、あの恐ろしい……」

　人恋しかったのであろう、話し続ける。

「飛疱瘡で病んだ者は、遠い山中に追いやって養生させるのがならわしです。疱瘡は人から人にうつります。追い払えばひろがらぬ道理。でも、旦那さんやおかみさんを追ん出すわけにはいきませんから、かわりに奉公人がみんな、おいとまをとりました。お世話する者が一人は要ります」

　それで、この娘が、病魔に怯えながらも居残ったのか。

「籬に狼の首がさらしてあったが、魔除けか」

「疱瘡には、狼の生き肝がいっち効きます。出入りの猟師が獲ってきてくれました。他の狼どもが悪さをしないよう、脅しに首をさらしてくれなさいました」

　はたと気づいたように、「梵論字さん、わたしに近寄ってはいけません」身を遠ざけた。「触れてはいけません。わたしにはもう、疱瘡神が取り憑いています」

　旦那さんとおかみさんに夕餉《ゆうげ》を出してきますと言いおいて、下女は粥を盛った椀を箱膳にのせ、掲げて板戸の奥に入っていった。と、ほどなく戻ってきて、「お二人とも、果てて……」茫然と言いさし、框《かまち》に腰を落とした。

　そのまま横になったのは、高熱に耐えがたいためとわかり、汲み置きの水に手拭いを浸し、きつく絞って額にあててやった。

「お触れなさんすな。お前様も取り憑かれます」

「身が取り憑かるれば、此方の病は軽くなる。身が引き受けよう」

　そのような……。

## 後記

二人で『金瓶梅』をやらない？　とお絵師の岡田嘉夫さんからお声がかかりました。山田風太郎大人《うし》の『妖異金瓶梅』という大傑作が世にはあります。とても私には、としりごみしましたが、応伯爵が探偵として活躍する『妖異……』はミステリ、こちらは推理風味無しの絵物語だからと思いあらため、着手したのでした。

各章のタイトル、漢字四文字ずつは岡田さん作成、意訳して、都々《どど》逸《いつ》ふうのルビをふったのが、ミナガワです。

原作は中国明代に書かれたもので、邦訳で全文読めますが、美食と好色のエピソードが大半で、私、あまり興味がない。縦横無尽に書き換えることにしました。岡田さんの絵は、熱気溢れる力作揃いでした。僕、虎が描きたいの、というお絵師のご希望で、突如、あり得べからざる場所に猛虎を出現させる。登場人物の一人が地下をさまよううちに半魚人と化したと書いたら、凄まじい絵をくださった。互いに煽《あお》り煽られて、楽しい仕事でした。歌舞伎の名場面を取り入れ、ラストの方では大坪砂男の「天狗」も紛れ込んでいます。
　絵双紙ふうに各ページ絵と文章を組み合わせる、その切り貼りは岡田さんの手仕事でした。単行本化の際は雑誌にあわせた大判なので、そのまま使えましたが、復刊の本書は四六判です。原版を縮小したのでは、文字が小さくなりすぎる。担当編集者の池田真依子さんが、字組を変え、原画を全部活かすという想像を絶する難行をこなしてくださいました。ことに、白浪五人男をもじった場面など、この絵と文章の組み合わせは変えられない、という部分もあります。ぴったり嵌めるのに、どれほど苦労なさったことかと思います。

　コレクション全十巻が完結しました。旧作を発掘し甦らせてくださった日下三蔵さん、各巻ごとに内容にふさわしい装画を描き下ろしてくださった木原未沙紀さん、豪奢なデザインをしてくださった柳川貴代さん、担当の前記池田真依子さん、ありがとうございました。
　そうして、身に余るお言葉を帯に賜りました方々に、心よりお礼申し上げます。

**皆川博子**

# 編者解説

日下三蔵

第九巻から一年以上も間が空いてしまったことをお詫びするとともに、この大部の選集に最後までお付き合いくださった読者の皆さまに、厚く御礼申し上げます。全五巻でスタートしたコレクションが、二期十巻のシリーズへと育ったのは、買い続けてくださった皆さまのおかげです。ありがとうございました。

二〇一六年から今年にかけての皆川作品の展開について記しておくと、まず講談社の月刊小説誌「小説現代」に連載された大河歴史ロマン『クロコダイル路地』（全2巻／講談社）が刊行された。次いで同じく講談社の月刊誌「IN☆POCKET」に連載された読書エッセイ『辺境図書館』（講談社）が小B6判ハードカバーの素敵な単行本にまとまった。これが皆川博子の百冊目のオリジナル著書ということになる。ちなみに縦横無尽の筆致で耽読した本を紹介するこのエッセイ、連載は継続中なのでいずれ第二集も出ることだろう。

河出文庫からは時代長篇が立て続けに再刊された。ラインナップは順に『花闇』『みだら英泉』『妖櫻記』上・下で、解説者はそれぞれ千街晶之、門賀美央子、東雅夫の各氏。三者三様に力のこもった解説であり、旧版をお読みの向きも手にとった方がいい。

中公文庫からは初期短篇集『水底の祭り』を増補・再編集したサスペンス小説集『鎖と罠』が出た。他にも何社かで復刊の企画が控えている。この〈皆川博子コレクション〉を企画したのは、文庫にすらならずに入手困難となっている作品の多さを、なんとかしたいと思ってのことだったが、今となっては隔世の感がある。

　初刊時には届かなかった読者の元にも作品が行き渡るようになったのは、皆川小説の持つ熱量、気品、質の高さのおかげに他ならない。まさに、ようやく、時代が皆川博子に追いついたと言ってもいいだろう。

　第十巻の本書には、中国古典を題材にした伝奇絵巻『みだれ絵双紙　金瓶梅』（95年3月／講談社）に加えて、文庫未収録短篇一篇と単行本未収録短篇四篇を収めた。『みだれ絵双紙　金瓶梅』が再刊されるのは、これが初めてである。

「小説現代」九三年五月号から九四年十一月号まで「擬絵双紙《なぞらえぞうし》金瓶梅」として十九回にわたって連載され、単行本化の際に『みだれ絵双紙　金瓶梅』と改題されたもの。九〇年から翌年にかけて角川書店の月刊誌「野性時代」に連載された幻想時代小説「絵双紙花魍妖《はなもよう》」でコンビを組んだイラストレーター・岡田嘉夫と再びタッグを組んだ力作だ。

「絵双紙花魍妖」は単行本化に際して『絵双紙妖綺譚　朱鱗の家』（91年9月／角川書店）と題され、さらに角川ホラー文庫に収録された際に『うろこの家』（93年7月）と改題された。白泉社の『皆川博子作品精華　伝奇　時代小説編』（01年12月）にも収録されている。

『絵双紙妖綺譚　朱鱗の家』も従来の挿絵の枠を超えて美麗なイラストと小説の文章が一体となった作品だったが、『みだれ絵双紙　金瓶梅』ではさらに進んで、絵の中に文章の活字が配置されていたり、イラスト・文章ともに横向きに組まれたページ（本を開いた状態で縦にしないと読めない！）があったりする。『みだれ絵双紙　金瓶梅』が小説としては珍しいA5判ソフトカバーの単行本として刊行されたのは、同じ判型の「小説現代」掲載時のレイアウトを変更できなかったためだろう。

あまりにも絵と文章が密接に絡み合っているので、そのまま通常の単行本や文庫に収録するのが難しく、これだけの面白さにもかかわらず二十年以上も再刊されることがなかったと思われる。実は今回のコレクション収録にあたっても、レイアウトの変更が必須となるため、いくつかの絵をカットせざるを得ない、という意見もあった。しかし、編者のわがままで、すべてのイラストを再録してもらったのである。厄介な作業を完遂してくださったデザイナーの柳川貴代さんと担当編集者の池田真依子さんに感謝します。

また、今回、岡田嘉夫さんのご厚意で、すべての原画をお借りすることが出来た。最終ページの牛の絵は、初刊本では頭と前足の部分しか入っていなかったが、原画を見ると背に人が乗っている様子が描かれている。もちろん本書では、全体が入るように絵を配置したので、印刷物からの孫コピーとは一味違ったクオリティになっているはずである。岡田さん、ありがとうございました。

絵双紙と銘打った小説で、これだけ豪華絢爛なのは、柴田錬三郎と横尾忠則がコンビを組んだ『絵草紙うろつき夜太』（75年5月／集英社）くらいだろうと思っていたが、『みだれ絵双紙　金瓶梅』は、それに匹敵する奇書といっていい。岡田嘉夫さんは田辺聖子とコンビを組んだ『今昔物語絵双紙』（90年9月／角川書店）、『古典まんだら　うたかた絵双紙』（93年1月／文化出版局）、橋本治と組んだ『平成絵草紙　女賊』（98年9月／集英社）などでも華麗なイラストを披露している。

原典の『金瓶梅』は中国の明代に成立した長篇小説で、『三国志演義』『水滸伝』『西遊記』と並んで中国四大奇書と呼ばれている。『水滸伝』で武松が兄を殺した嫂《あによめ》の潘金蓮《はんきんれん》とその情夫・西門慶を討つエピソードから派生したもので、『金瓶梅』では潘金蓮が殺されずに精力絶倫の西門慶の屋敷で愛欲に爛《ただ》れた日々を過ごす、というストーリーになっている。タイトルは登場するヒロイン、潘金蓮、李瓶児、龐春梅の名前から一文字ずつを取ったもの。

この『金瓶梅』の世界を本格ミステリにしてしまったのが、山田風太郎の初期傑作『妖異金瓶梅』である。西門慶の周囲で頻発する殺人事件の謎を応伯爵が解いていく、という連作だが、通常の推理小説のパターンを何重にも破った仕掛けが施されており、二〇一三年に文春文庫から出た『東西ミステリーベスト100』では国内の第三〇位にランクインしている。

風太郎『金瓶梅』も相当に荒唐無稽なはずなのだが、皆川『金瓶梅』はさらに破天荒な展開で読者を驚かせてくれる。作中に著者自身や岡田嘉夫さんまで登場する融通無碍な物語で、これは講釈師が名調子で聞かせる講談の面白さである。

初刊本の刊行時に講談社のＰＲ誌「本」九五年三月号に掲載されたエッセイ「破調『金瓶

梅』は、ちょうど『みだれ絵双紙　金瓶梅』自体の「あとがき」としても読める内容であり、本書でも作品と併せて収めた。

第二部に収めた短篇の初出は、以下のとおり。

暁けの綺羅　「婦人公論」83年12月増刊号
平文　「歴史読本」85年5月増刊号
曽我物語抄　「演劇界」93年5月号
桜川　「観世」93年6月号
宿かせと刀投出す雪吹哉――蕪村――
光文社文庫『異形コレクション47　江戸迷宮』11年1月

「暁けの綺羅」は再編集本『溶ける薔薇』（00年2月／青谷舎／女流ミステリー作家シリーズ1）に初めて収録された。〈女流ミステリー作家シリーズ〉は山前譲氏の編による傑作選で、皆川博子『溶ける薔薇』、仁木悦子『蒼ざめた時間』、戸川昌子『蜘蛛の巣の中で』の三冊が同時に刊行された。

『溶ける薔薇』の収録作品は「遠い炎」「暁けの綺羅」「化鳥」「水の館」「溶ける薔薇」「殺生石」「花折りに」の七篇。「遠い炎」は『祝婚歌』（77年5月／立風書房）から『トマト・

ゲーム』講談社文庫版（81年12月）を経て『トマト・ゲーム』ハヤカワ文庫版（15年6月）、「化鳥」は『薔薇忌』（90年6月／実業之日本社）、「水の館」は『たまご猫』（91年5月／中央公論社）、「溶ける薔薇」は『骨笛』（93年7月／集英社）、「殺生石」は『妖笛』（93年12月／読売新聞社）、「花折りに」は『あの紫は　わらべ唄幻想』（94年5月／実業之日本社）に、それぞれ収録されている。

「平文」は珍しくSF的な趣向を凝らした時代ショート・ショート。「曽我物語抄」は掲載誌の特集「曽我物語の世界」のために書かれたダイジェスト版の現代語訳である。

能の観世流の機関誌である檜書店の月刊誌「観世」に掲載された「殺生石」「二人静」「松虫」「小袖曽我」の四篇は、『妖笛』（93年12月／読売新聞社）に収録されて、そのまま本コレクションの第八巻『あの紫は　わらべ唄幻想』にも収められている。今回、戸田和光氏から「観世」掲載作品に取りこぼしがあるというご教示をいただき、あわてて「桜川」を本書に収めることにした次第。第八巻の刊行時に気が付かなかったことをお詫びいたします。

「宿かせと刀投出す雪吹哉――蕪村――」は井上雅彦の編による書下しアンソロジー〈異形コレクション〉のために書かれたもの。〈異形コレクション〉に発表された作品は、大半を幻想小説集『影を買う店』（13年11月／河出書房新社）に収録しておいたが、与謝蕪村の句に想を得たこの作品だけは、あまりにも毛色が違うので外さざるを得なかった。時代ものが多い本書で、良い形でフォローすることが出来てホッとしている。

こんな大部の選集を十巻も作らせていただき、ファン冥利に尽きる。お付き合いくださった読者の皆さま、版元の出版芸術社の皆さま、とりわけ担当の池田真依子さん、装丁の柳川貴代さん、装画の木原未沙紀さん、帯に推薦文をくださった桜庭一樹、篠田節子、桐野夏生、篠田真由美、恩田陸、山田正紀、北村薫、綾辻行人、井上雅彦、京極夏彦の各氏、そして何より素晴らしい作品を長年にわたって書き続けてこられた皆川博子さんに、最大級の感謝を捧げたい。

なお、単行本未収録短篇が四十数篇残ってしまったが、その中の幻想小説系の作品を出版芸術社から、ミステリ系の作品を早川書房から、それぞれ単行本としてまとめる予定なので、読者の皆さまには、引き続いてのお付き合いのほどを、よろしくお願いいたします。

［著者紹介］

## 皆川博子

（みながわ・ひろこ）

1930年、京城生まれ。東京女子大学英文科中退。72年、児童向け長篇『海と十字架』でデビュー。73年6月「アルカディアの夏」により第20回小説現代新人賞を受賞後は、ミステリー、幻想、時代小説など幅広いジャンルで活躍中。『壁――旅芝居殺人事件』で第38回日本推理作家協会協会賞（85年）、「恋紅」で第95回直木賞（86年）、「薔薇忌」で第3回柴田錬三郎賞（90年）、「死の泉」で第32回吉川英治文学賞（98年）、「開かせていただき光栄です」で第12回本格ミステリ大賞（2012年）、第16回日本ミステリー文学大賞を受賞（2013年）。異色の恐怖犯罪小説を集めた傑作集「悦楽園」（出版芸術社）や70年代の単行本未収録作を収録した「ペガサスの挽歌」（烏有書林）、文庫本未収録作のみを集めた「皆川博子コレクション」（出版芸術社）などの作品集も刊行されている。

［編者紹介］

## 日下三蔵

（くさか・さんぞう）

1968年、神奈川県生まれ。出版芸術社勤務を経て、SF・ミステリ評論家、フリー編集者として活動。架空の全集を作るというコンセプトのブックガイド『日本SF全集・総解説』（早川書房）の姉妹企画として、アンソロジー『日本SF全集』（出版芸術社）を編纂する。編著『天城一の密室犯罪学教程』（日本評論社）は第5回本格ミステリ大賞（評論・研究部門）を受賞。その他の著書に『ミステリ交差点』（本の雑誌社）、編著に《中村雅楽探偵全集》（創元推理文庫）など多数。

Minagawa Hiroko COLLECTION

# 皆川博子コレクション

## 10 みだれ絵双紙 金瓶梅

2017年9月25日　初版発行

著　者　皆川博子

編　者　日下三蔵

発行者　松岡　綾

発行所　株式会社 出版芸術社
〒102-0073 東京都千代田区九段北1-15-15 瑞鳥ビル
電　話　03-3263-0017
FAX　03-3263-0018
振　替　00170-4-546917
http://www.spng.jp

印刷所　近代美術株式会社
製本所　株式会社若林製本工場

落丁本・乱丁本は、送料小社負担にてお取替えいたします。

ISBN 978-4-88293-467-7 C0093